第四届《安徽古籍叢書》編審委員會

主任委員

黄德寬

副主任委員

諸偉奇

丁　放

彭君華

委員（按姓氏筆畫順序）

卞　利　方錫球　牛繼清　王啓才

吴先伍　施立業　胡傳志　紀健生

陳　林　張玉才　曹小雲　曹天生

程德和　楊　軍　楊應芹　趙國華

鮑　恒　樊嘉禄

安徽古籍叢書萃編

田間詩集

清·錢澄之 撰
諸偉奇 校點

黃山書社

图书在版编目(CIP)数据

田间诗集 / (清) 钱澄之撰；诸伟奇校点. —合肥：黄山书社, 2014.1
(安徽古籍丛书萃编)
ISBN 978-7-5461-4292-0

Ⅰ. ①田… Ⅱ. ①钱… ②诸… Ⅲ. ①古典诗歌-诗集-中国-清代
Ⅳ. ①I222.749

中国版本图书馆 CIP 数据核字(2014)第 006187 号

田间诗集

出 版 人　任耕耘
策　　划　任耕耘 赵国华 汤吟菲
执行策划　汤吟菲 徐娟娟
责任编辑　汤吟菲 徐娟娟

装帧设计　未 氓
责任印制　戚 帅

出版发行　时代出版传媒股份有限公司(http://www.pressmart.com)
黄山书社(http://www.hspress.cn)
官方直营书店(http://hsssbook.taobao.com)
营销部电话:0551-63533762 63533768
(合肥市政务文化新区翡翠路 1118 号出版传媒广场 7 层　邮编:230071)
经　　销　新华书店
印　　制　安徽联众印刷有限公司

开本　880×1230　1/32　　印张　20　　字数　300 千字
版次　2014 年 9 月第 1 版　　2014 年 9 月第 1 次印刷
书号　978-7-5461-4292-0　　定价　200.00 元

序

黄德寬

值此《安徽古籍叢書萃編》編輯出版之際，欣逢新時期安徽古籍整理出版工作步入而立之年！三十年來安徽的古籍整理出版工作，很值得認真地進行一番回顧總結。

一九八一年，中共中央發布《關於整理我國古籍的指示》，成立了以李一氓同志爲組長的國家古籍整理出版規劃領導小組，正式拉開了新時期古籍整理出版工作的序幕。一九八四年，中共安徽省委決定建立安徽省古籍整理出版領導小組，由時任省人大常委會副主任魏心一同志挂帥，聯合了省新聞出版局等政府部門和安徽大學等高等院校、研究單位，正式啓動安徽省古籍整理出版工作。同年，安徽專業古籍出版單位黄山書社也宣告成立。安徽古籍整理出版工作由此翻開了嶄新的一頁。

三十年間，安徽省古籍整理出版工作堅持初衷，克服困難，在政府部門的支持和社會賢達的關心下，經過學者們的艱辛努力，取得了豐碩成果，其最有代表性的成果就是《安徽古籍叢書》的編纂出版。

《安徽古籍叢書》凝結了當代安徽傳統文化研究領域衆多學者與專家的心血和汗水。以吴孟復先生爲代表，組成《安徽古籍叢書》第一届編審委員會，賡續安徽先哲編刊地方叢書盛業，梳理文獻綫索，擬訂叢書子目，擘劃編纂體例。遵循嚴格的學術規範，《安徽古籍叢書》自一九八九年三月刊出第一種——《舊聞隨筆》，截至二〇一三年底，連同修訂再版，出版已突破百種，成爲我國當代古籍整理一個有影響力的品牌。

收入《安徽古籍叢書》的各類古籍，既有朱熹、戴震、俞正燮、凌廷堪、程瑶田、黄生、包世臣、楊仁山、吴汝綸等學術巨擘的著作，也有張孝祥、錢澄之、方苞、方文、施愚山、姚鼐、吴敬梓等文學名家的作品；此外，包拯、朱升、朱元璋、阮大鋮、姚瑩、方孝標、劉銘傳等皖籍著名歷史人物的著述也盡在其中。正是因爲歷代賢哲創造的精神財富，使得《安徽古籍叢書》一經出版即蜚聲海内外，産生了廣泛的社會影響。李一氓同志曾經撰文，欣喜地表示：

『現在有一個好現象，安徽要編印新的《安徽叢書》。』當代著名學者金克木、胡道静、張岱年、程千帆等先生稱道『這是安徽文化事業的一項盛舉』。法國漢學家戴廷傑也對《安徽古籍叢書》堅持嚴格的學術規範稱賞不已。

《安徽古籍叢書》的順利編輯出版，還因爲改革開放帶來的時代機遇。改革開放三十多年來，我國經濟文化繁榮昌盛，使得《安徽古籍叢書》能够得到有關方面的財力支持。上個世紀八十年代，《安徽古籍叢書》編纂在發軔之時，就不斷有項目入選國家古籍整理出版規劃，得到國家各方面的有力支持。最新公布的《二〇一一—二〇二〇年國家古籍整理出版規劃》中，包括《方以智全書》在内的新列《安徽古籍叢書》項目品種就多達四十八種。安徽古籍的整理編纂工作，正是在改革開放的大背景下，在全國古籍整理出版工作的大格局中，取得了突出的成就并展現着美好的未來。

《安徽古籍叢書》的編纂出版，安徽大學『省古籍整理出版辦公室』發揮了重要作用。古籍辨的同志們長期堅守在古籍整理出版崗位，甘於清苦，默默奉獻，辛勤耕耘，爲《安徽古籍叢書》的編纂和安徽古籍整理出版工作做出了突出的貢獻。二〇一〇年，在『全國專業古籍出版社社長年會暨全國優秀古籍圖書評獎會』上，時任國家新聞出版總署副署長鄔書林同志作題爲《無愧歷史 珍惜時代 出好精品》的講話，指出：『安徽是堅持地方古籍整理工作最好的省份。不少地方古籍辦幾乎都撤了，或名存實亡，安徽則堅持不輟，并做了大量工作。』

黨的『十八大』從戰略層面提出扎實推進社會主義文化强國建設，豐富人民精神文化生活，『建設優秀傳統文化傳承體系，弘揚中華優秀傳統文化』。《安徽古籍叢書》立足鄉邦文獻的整理編纂，因應了國家文化建設的宏偉規劃，是文化强省乃至文化强國建設事業的題中應有之義。這項事業遠非一兩代人所能完成，正如一九八一年中央三十七號文件所指出的，『整理古籍是一件大事，得搞上百年』。

《安徽古籍叢書》煌煌巨制，結構開放，歷時久遠。回顧過去，出版較早的圖書有些已經絶版；叢書版式、裝幀也屢經變更。爲適應集中展示、收藏和研究的需要，對已經出版的《安徽古籍叢書》進行階段性的集中梳理，適當遴選，統一版式，影印出版本套叢書是十分必要的。

作爲首套《安徽古籍叢書》選編本，我們希望通過這套書的出版發行，能使更多的讀者瞭解、認識和利用好《安徽古籍叢書》，有更多的皖籍、非皖籍專家學者參與到安徽地方歷史文獻的研究整理工作中來，讓《安徽古籍叢書》在未來不斷發展壯大。這是我們在新時期安徽古籍整理出版事業三十年之際的殷殷屬望！

二〇一四年六月

凡例

一、本編從二〇一〇年（包括二〇一〇年）以前出版的《安徽古籍叢書》中選取文獻資料價值大、校點整理質量上乘、學界仍有需求的圖書進行重印。

二、二〇一〇年以後出版者因市場上新書尚多，此次不復列入。早期所版《文學研究法》《舊聞隨筆》《桐城文學淵源考・撰述考》《桐城耆舊傳》《爾雅翼》等雖均爲叢書的中堅，因已有修訂新版，此次亦不復列入。《安徽古籍叢書附輯》整體不予列入。

三、所選圖書按初版時間先後順序編排。

四、采用原版掃描影印，不重新録排，儘量保存原書面貌。原書頁眉中的明顯編輯錯誤，逕改不出校；《竇山公家議校注》《康輶紀行 東槎紀略》兩種原書無頁眉，現統一補加。

五、重新設計製作封面，統一規格、工藝。一律采用大三十二開本，精裝。《説文假借義證》一書原版爲十六開，一個頁面放兩個中國頁，此次按統一開本重新排版，一個頁面放半個中國頁。

并新附《説文假借義證索引》於該書書末，以方便讀者檢索。《毛詩後箋》《吴汝綸全集》《田間詩學》《説文假借義證》等原書規模較大，爲方便讀者閲讀，現重新分册。另，《竇山公家議校注》保留原書西式裝訂方式。

六、收録叢書文獻由於各種原因，還存在這樣那樣的不足，請讀者批評指正。

第四届《安徽古籍叢書》編審委員會

二〇一四年六月

安徽古籍叢書

錢澄之全集之五

田間詩集

諸偉奇　校點

黃山書社

田間詩集目次

第二卷

江上集癸巳。詩古今體六十六首

第三卷

江上集起甲午止丙申。計古今體九十一首

第四卷

江上集起丁酉止戊戌。計古今體一百五首

第五卷 江上集己亥。計古今體九十五首

第六卷

江上集庚子。計古今體九十二首

第七卷

江上集庚子。計古今體八十四首

第九卷

江上集辛丑。計古今體一百五十一首

第十卷

江上集壬寅。計古今體九十四首

第十一卷

客隱集癸卯。計古今體七十二首

第十二卷

客隱集甲辰。計古今體一百一十八首

第十三卷

客隱集起乙巳止丙午。計古今體八十六首

第十五卷

客隱集起戊申止己酉。計古今體九十一首

第十六卷

客隱集庚戌。計古今體五十九首

第十七卷

客隱集辛亥。計古今體九十九首

第十八卷

客隱集壬子。計古今體一百二首

第十九卷

客隱集起壬子冬止癸丑。計古今體七十九首

第二十卷

客隱集甲寅。計古今體八十六首

第二十一卷

客隱集起乙卯止丙辰。計古今體六十六首

第二十二卷

客隱集起丁巳止己未。計古今體七十首

第二十三卷

客隱集起己未止辛酉。計古今體七十三首

第二十四卷

客隱集起壬戌止甲子。計古今體七十六首

第二十五卷

客隱集起甲子止丙寅。計古今體六十三首

第二十七卷

客隱集戊辰。計古今體六十七首

第二十八卷

客隱集己巳至庚午。計古今體七十五首

整理説明

田間詩集，二十八卷，包括江上集十卷，客隱集十八卷，共收詩二四一九首。

本書爲錢澄之生前親定的編年詩集，起於清順治八年（一六五一），迄於康熙二十九年（一六九〇），幾乎攬括作者四十歲後至逝世前這四十年中的全部詩作（四十歲前的詩則收入藏山閣詩存）。在這些詩中，作者記述了清軍的種種暴行和給人民帶來的深重苦難，真實地反映了當時的社會現實；記述了自己隱居鄉里，躬耕著書的澹泊生涯，表現了自食其力、嚴于操守的高風亮節；憑弔了昔日的戰場和先朝的遺蹟，于百感交集中抒發了亡國的哀憤，緬懷了抗清斗爭中死難的師友，頌揚了他們的氣節并表達了自己與清廷永不妥協的意志；追憶親身經歷的巨大變革，對明朝覆滅進行了深刻的反思；廣泛記載了清初文壇的活動，尤其是遺老階層的動止；作者最初對反清復明頗存幻想，（如贈方士先山人：「圯橋倚遍無人授，要等興劉孺子傳。」）但隨着歲月的流逝、清政權的日益鞏固，其晚年詩中也不禁流露出些許無可奈何的情緒。

澄之生活於明清之際那個「天崩地解」的時代，親身參與了當時一系列重大政治活動，且享年八十二歲，學問精深，著述宏富，在清初知識層中行輩很高，影響甚鉅。他一生創作了大量詩作，「詩歌古文滿天下」（韓菼田間先生八十壽序），對清代詩歌發展做出了傑出的貢獻。他對杜甫最爲推崇，自己作詩亦以「詩史」自勉。「先朝耆舊仍誰在？九死酸辛剩此编。」（佟世恩讀田間集有作）錢澄之的詩正是對那個動蕩、激烈時代的真實反映，也是對像他那樣的遺民階層心路歷程的生動展現。

澄之的詩在藝術上也有很高造詣。他早年學詩，頗受明七子的影響（見生還集自序），明季血與火的洗禮，使他擺脱了七子派的束縛，其詩多直面人生，情真意切，「使人欲喜欲悲，不能自已」（潘耒錢飲光八十壽序）。歸鄉隱居之後，澄之更加注重對詩歌藝術方面的錘煉，他强調「苦吟」，「格每進而益上，詩愈出而不窮。」（鄭方坤國朝名家詩鈔小傳）使他的詩在內容與形式上達到了較爲完美的統一。

對錢澄之的詩，當時文壇即予以高度評價。王夫之曰：「安慶錢秉鐙詩體整健。」錢謙益輯五炙集，於澄之詩錄之獨多，倍加贊譽；陳維崧篋衍集、卓爾堪明遺民詩皆置澄之於顯著地位；朱彝尊借用昔人評陶（淵明）語稱之：「心存忠義，地處閒逸，情真，景真，事真，意真。田間一集，庶幾近之。」韓菼稱道：「讀先生之詩，沖淡深粹，出於自然，度王孟而及陶矣。」就本書而言，這些評論都是符合實際的。

田間詩集連同文集等帙，在徐乾學等人的資助下，於康熙二十七年由作者親自督工在蘇州開雕，三年後梓成行世。該本即斟雉堂藏本。由于錢氏詩作多記當時史實，詩中又滲透了對前明的情思和對清廷的指斥，因而隨着文網漸密，其詩文集便遭受禁毁的厄運。自乾隆四十年前後，官方對之幾乎是見一部毁一部，致使田間詩集流傳極稀。文獻的缺乏，也影響了對錢澄之及其作品研究的深入，使這樣一位重要作家，至今未得到應有的重視。

這次整理，以斟雉堂本爲點校底本。該本單葉十行，行二十一字，白口，單尾，四周單邊，刊刻甚工。

由于本書版本單一而海内外皮藏甚稀，故整理中還參校了北京圖書館所藏二十卷殘本和復旦大學圖書館所藏二十三卷殘本，復旦本卷首鈐有「丁福保校讀印」，顯經丁氏收藏。斟雉堂本於清諱一概不避，然凡涉及明朝處，每每擡頭，恭敬之至，這在清人文集中似尚不多見。

諸偉奇

乙亥閏八月於安徽大學

序

任塾

余兄弟束髮即與龍眠諸子游，惟時龍眠聲氣遍于海内，詩壇文社與東南遥為應和更相雄長者久矣，而為之領袖者，厥惟錢子，則今所稱田間飲光先生也。先生才敏絶人，作為詩文，搖筆輒就，意不可一世。會寇躙吾皖，同時避地白下，瑣委之日，嘯歌自如。既素負不羈之才，又以落拓書生好持議論，為異己者所銜，致有南渡鈎黨之禍。自是亡命天隅，十年不返。改革後，白門寓客相率歸里，獨先生音問杳然，鷄鳴風雨之思，凡我同學未嘗一日忘也。

辛卯冬，還自嶺外，戢影江村，著作益多，詩益奇，每一落紙，競相傳寫，上自卿士大夫，下至田里負販傴瘻，皆吟誦不去諸口。既為諸同人鳩貲授梓，播之四方，所謂田間集者是也。邇年文教聿興，風雅益盛，先生亦不能深隱，仍事遠游。所至，詩輒成帙，號客隱集，視田間集殆將倍之，而仍以「田間」名者，田間固先生讀書處也。詩集外，文集等是。又有詩學、易學、莊屈合詁各種，卷帙浩繁。

戊辰春，東海徐先生謀諸都下大老，將盡梓以行世，會余有山左之役，語余曰：「子鄉有傳人、有傳書，今且悉付剞氏以公同好，子能與其成之乎？」噫，此余志也。以余鄉之有傳人、有傳書，其鄉人不能傳而借手於諸大君子，負愧甚矣！其敢自外乎？惟公所命，吾任其詩可也。計先生生平詩不下萬首，昔寓金陵有過江集，已流離天末有生還集，既皆入藏山閣集中，兹特集其辛卯還里以後迄今四十年所作，總爲田間全集，亦既洋洋乎大觀矣。校士之暇，聊題數語，略述往事，并識兹集之所由始事云。至其詩文之妙，膾炙士林已久，固不俟余之多言也。

田間詩集卷一

江上集 起辛卯冬止壬辰

倣淵明歸鳥詩四章

翩翩者鳥，及暮言歸。豈無他樹，戀此舊枝。延頸夜鳴，其聲孔悲。吁既歸矣，曷云悲矣。

翽翽者羽，遠集昆岡。百鳥于從，以翱以翔。銜飈駭散，相失一方。邈哉天路，中阻且長。

我之獨處，念我儔侶。抗志於霄，載扇其羽。未雲焉乘，不風曷舉？矰弋之施，于誰之所？

陰陰者木，有森其條。衆鳥萃止，鳴聲交交。言求我友，言構我巢。敬之信之，于焉逍遥。

初返江村作

往昔寇氛逼，猝與園林辭。流離避黨禍，轉徙天一涯。妻孥既死喪，惟有一子隨。自當從此逝，入山求所師。何意飄飄風，吹我還茅茨。入門見廢墟，堂搆無復遺。門逢二老叟，雙鬢交垂絲。云是我兩昆，熟視迺不疑。傍屋設靈位，倚帷哭者誰？答言同胞兄，歿去已多時。拊几一長號，塌焉裂肝脾。四家兄若士望我不至而卒。

我鄉舊淳樸，鄰舍情頗闌。自我出門久，終年望我還。兹晨候柴扉，知我遠來艱。深感父老意，相見開歡顏。喜我猶未老，但説鬢毛斑。亦有子弟隨，指之與我看。此輩昔在抱，今已突而弁。回憶十年事，如何不辛酸。

到家已旬餘，不忍啓我室。今晨一開扉，蠨蛸遍所歷。故物無一存，起坐想遺迹。平生尺素書，顛倒猶在壁。念我結髮人，去此爲誰迫。如何舍閨房，委身沈大澤。妻死難震澤。流塵集虛床，雨痕浥敝席。伊人永不歸，去去勿復覿。

敝廬雖以燬，所欣松竹存。子侄導我行，依依入林園。上山拜先隴，疑非昔墓門。西向望游子，意出亡者昆。亡兄若士因我不返，爲改墓向。言之增我恨，淚下不可捫。東皋有莚室，云栖兄嫂魂。兄嫂歿有年，且復多子孫。直爲貧窶故，不獲歸丘原。我歸復如此，拊膺夫何言。

自昔事行役，苦憶江村間。憶此老楓樹，婆娑門前山。秋霜一夜零，葉葉爲之丹。有時微雨霏，遥倚衡門看。田父樹下來，牧童嶺上還。但問禾稼好，相見開笑顏。長恐死道路，永託夢寐間。今我既歸與，此樂庶不慳。

江程雜感

不宿汀洲踰十年，水禽煙樹各依然。烽臺牓署新軍府，汛地旗更舊戰船。估客暮占風腳喜，漁家晝逆浪頭眠。江天事事渾如昨，回首平生獨可憐。

土音漸覺鄉關近，北風吹雨阻江沱，鷗鷺連天起白波。沽酒蘆中尋店去，買魚沙上喚船過。客載惟逢米豆多。向晚篷窗眠不著，隔檣愁聽健兒歌。阻風磨盤洲。

亂後江城估舶通，千檣泊處一村空。灘頭客附漁家火，路口神棲破廟風。梅福隱來休問姓，管寧歸去已成翁。行吟忽有傖僮識，猶詫鬚眉與昔同。

皖公城控大江流，萬里人歸此泊舟。津市魚鮮多礙路，網船親戚共張鈎。老兵賣酒壚難問，瘦馬呼羣棧不收。徙倚關橋相識少，黄昏鼓角迴添愁。皖城

樅陽市井倚江開，小港寒潮日暮來。騶豎遠迎舟楫問，羈人暗雜客商回。鄉音乍聽兒童喜，時事初傳父老哀。好望村煙尋路去，到門應是舉家猜。到樅陽，先遣兒子往訪江村。

到家

辛苦天涯願已違，江村重返舊柴扉。十年事付游仙夢，萬里塵侵學佛衣。門巷改來松桂在，

庭階認去弟兄稀。相逢莫訴滄桑恨，猶勝令威化鶴歸。

傷逝

學道忘情苦未忘，蒲團空炷夜禪香。回思虎口真偷活，每痛龍髯𦩘悼亡。老嫂尚留分寄篋，癡兒還指舊扶床。無端一案當階棄，憶爾雙眉淚幾行。

喜雪

年年臘盡滯天涯，白首生還度歲華。炎海人歸初見雪，煙村樹死半開花。巢低老屋漁翁宅，竹亞柴門處士家。暢好江天宜極目，晚來峰頂杖堪拏。

辛卯除夕家兄弟共用還字

柏酒交酬興未慳，舉家相慶遠人還。老兄憤世眉常鎖，諸弟憂貧鬢有斑。榾柮爐邊悲獨坐，泮洞江畔夢難攀。十年回首真無賴，永夜聯吟一破顏。

壬辰元旦

朝寒小閣剔殘燈，卻憶平生淚滿膺。旋著衲衣趨拜佛，別除草舍待陪僧。野人怨雨將春壞，農父驚雷是旱徵。何用焚香卜周易，近來占驗總無憑。

還家雜感

此生誰料有還期，哭罷相看夢裏疑。同産僅餘三子在，一門猶仗兩兄持。篋中淚漬游人信，壁上蝸殘憶弟詩。不是天涯歸意懶，懶歸原怕到家時。

近家纔聽喪吾兄，望見柴門百感并。得病祇因思弟劇，遠歸虚擬出村迎。哭耶嬌女帷前識，繞膝孤兒別後生。素喜拮据逍蹟遍，經行何處不傷情。哭四家兄若士。

震澤傷心擬漸栽，因君憶舊轉增哀。田園荒失尋誰問，屋舍開封盼我回。移櫬長江勞遠去，還山淺土亦親開。平生兒女更相抱，可尚提攜娛夜臺。亡妻殤子殯吴江，家兄爲移回淺葬故山。

亂餘未敢信家存，到日牽衣泣滿門。乍接遠人爭識面，試呼乳字已完婚。艱難謀食嗟諸子，老大驚心見衆孫。獨少童烏虚雁序，看渠羅列暗傷魂。余第二子鴻祺亦死震澤。

鄉井重來萬事徂，同堂猶喜弟兄俱。雁行零落悲門户，馬齒參差看鬢鬚。大宅久燒新葺草，水田頻澇罷催租。飢寒莫厭妻孥累，好勝初歸旅客孤。
交親畢集草堂盈，握手曾無一笑聲。多病未能迎寡姊，象賢且喜接諸甥。關心兄子尚孤健，
苦志貧門婿女貞。仲兄有女守節十年。誼篤更憐吾舅氏，星奔遠見渭陽情。舅氏聞余至，遠來慰勞。
百年舊宅已成烽，子姓蕃盈何處容。長憶聯吟庭雪滿，最憐合坐燭花穠。茨茅共惜秋乾蔓，
繞舍偏憐夜靜松。獨坐猛然迷往事，依稀牆角數聲舂。
苦憶墳園淚幾潸，佳城鬱鬱翠微間。麒麟無計成高塚，馬鬣終年卧小山。碑石磨留名士撰，
墓門開望遠人還。家兄念余不回，輒改墓道。國恩未展衣冠禁，泣向松楸慟莫攀。
青山不改昔崚嶒，人事驚看幾廢興。春酒久亡枌社侶，曉鐘頻換竹房僧。舊游剩得貧交在，
小字猶聞里嫗稱。攜去婢奴無一返，見伊兄母痛難勝。
羈栖自分漫興嗟，況是園林杖可拏。餐飯苦勞丘嫂爨，起居權寄老僧家。荒涼細徑新芟竹，
憔悴當軒舊看花。痛惜池松無故倒，濤聲夜夜夢天涯。
茅屋經時暫聚歡，夢回未許客心安。長貪魚蟹瀕江賤，卻恨園廬遍處殘。遠別林花宜飽看，
久忘鄉味勉加餐。開春又策江南杖，敢訴頻年行路難。

小兒入贅方氏詰朝走筆示之

夜看雙星色皎然，雖餘婚嫁劇增憐。莫從亂世嫌妝薄，且喜貧家得婦賢。五岳夢思今許遂，十年離合事堪傳。余出游十年，家信斷絶，兒婦守志，以待兒歸。應知汝母泉臺慰，爲對燈花淚點懸。

過樅陽輔仁會館有感

昔有童靜齋，生長此市井。終歲不讀書，一朝忽有醒。遍叩諸先生，發言無不領。坐卧一小樓，暗室衣冠整。講堂倡絶學，聽者發深省。有如醉夢鄉，忽聞鐘鼓警。厥功今尚存，厥志昔何猛。我來拜孤墳，披榛上荒嶺。

先生去已久，繼者爲吾親。吾親緣飾盡，所存惟一真。從游諸老叟，鬚鬢皓如銀。平生易簡理，微言與誰陳。所談皆世事，所接盡俗人。妙道無不在，指出皆歡欣。所以貨殖區，風俗半爲淳。歿去二十年，無人繼後塵。

輔仁館即事

講堂不到十餘春，還著緇衣拜聖人。鵂鶹翁存悲舊侶，虎皮坐撤憶亡親。鄰牆久壞桑陰過，小閣重修竹色新。卜築建祠通邑請，至今榱桷委風塵。先君子歿，通邑士人請諸鄭中丞建祠會館之側，因亂未就，木石皆爲無賴子竊賣。

地震 宿輔仁館閣上

二月月盡夜將半，急雨旋住地有聲。我時醉卧江頭閣，無端振撼宿酒醒。閣下老翁起大叫，多年宅壞毋乃傾。漸聞通街人語亂，嬰兒啞啞鷄犬鳴。江頭泊船倚老岸，江翻水立船底鞿。舟航欹側鼉鼉急，殷殷渡江疑雷霆。迺知此災竟千里，北極兗豫南揚荆。春秋亦紀三川異，垂簾日者占主兵。歲星在吳伐不得，非其分野禍將生。天意往復斷可識，眼見何時天下寧？

遇曾庭聞蕪陰市上

自著方袍萬恨平，窮途遇爾轉傷情。我從嶺外經年至，君向江南何處行。瓢笠喜無鄉里識，鬢眉猶使故人驚。相持莫便當街哭，爲到郊原一放聲。

赭山懷古

春游無伴獨躋攀，北狩曾聞駐此山。燕頷血凝芳草碧，謂黃靖南。龍髯淚滴野花斑。奸臣誤主危時遁，遁客捐家晚歲還。余以黨禍亡命毁家。商估渾忘朝市改，滿江帆落上蕪關。

訪沈愓菴村居

閒鎖高樓野外居，故人相訪暮春餘。水田泥濁調生犢，山路叉多信跛驢。屋賃半間栖劍客，窗存破硯寫方書。岳僧近自湖南至，又過城隅給米蔬。

夢回鈎黨痛猶新，愓菴與余同罹黨禍。握手相看萬死身。滄海變餘吾道在，青山別後舊交貧。放聲歌哭無多處，開口笑談共幾人。鄰舍藥闌花正好，卻緣底事獨傷春？

俞缶菴藥室

十年歎世老鬚眉，賣藥城西志可悲。方未施人爲養客，學因多病竟成醫。買松深護巢僧夢，穿井驚蛩橘叟棋。癡絶半生甘俗棄，惟餘此道合時宜。

萍蹤底事滯江鄉，半醉開衣指箭創。新傍清溪租藥室，許留老衲設繩床。壺中有粒難除癖，肘後何方可愈狂。每怪婆心偏爾切，原師我佛大醫王。俞曾爲金山僧。

過羅璨柯廬居

憶昨追陪劍水傍，鄞江變後苦相望。風霜偏老支床骨，涕淚猶盈泛海裝。調疾雨中糊藥室，飯僧松下啓齋房。柴桑倘遂平生志，馬隊雠書應不妨。

訪湯玄翼郊居

高士新租圃廨居，春深廡下夜春疏。閒尋碑石雠難字，喜過街壚覓異書。病色秪疑禪定起，談鋒偏洽茗香初。清詩忽被詞林賞，博得鄰園五斗糈。湯有詩，爲吳詹事所稱，貽書其同年，月給米五斗。

泊銅官遇武水戴子倉卒相識説嶺南事得素臣我貽近狀

江船夜泊銅官渚，幕客春從庾嶺來。姓字久逃方外變，鬚眉老被故人猜。瘴消梧郡情偏切，烽鎖梅關望不開。卻喜御風存二子，片帆天遣幾時回。

聞林樹本客死蒼梧

梧雲嶺樹不堪思，此夕遥傳萬里悲。客興最濃聯舫日，交情偏篤避兵時。家浮瘴海朝迷渡，雨聚蠻村夜賦詩。我出網羅君竟死，天涯誰爲護孤兒？

舊梵雨夜示方子留

精舍名存此再興，蹇驢走迓遠歸僧。十年論舊悲南渡，中夜吟詩泣孝陵。語罷繞闌樹杪雨，香殘重點佛前燈。來朝莫話天隅事，説向旁人最可憎。學道違親計已乖，新營丈室未編柴。風波獨問三江渡，嶺嶠羞穿萬里鞋。笑我餘生難出世，訝君何事竟長齋。庭闈許遂幽栖志，爲勸加餐慰老懷。

初度日

茗碗蔬盤初度辰，重談往事聽如新。山花好怪長爲客，啼鳥何情久戀人。生趣遍嘗餘老死，佛恩聊藉報君親。去年今日湖東路，煙雨篷窗淚點頻。行年四十逐飄萍，此日歸休夢已醒。短髮近從僧舍白，小山猶自渼時青。三竿竹裏三間屋，一炷香前一卷經。今歲田豐吾事濟，神巫早賜雨聲聽。方久旱祈雨。

苦旱行

我生多憂良可嘆，十年一歸遭奇旱。頗詘舊歲愁雨多，江頭潮長平江岸。豈知今年竟不雨，天心人事殊難算。處處祓壇迓神巫，龍師睡熟雷聲按。五月潮水去不回，數里行汲泥一半。東壖龜坼行推車，長河獨漉纔没骭。高田好禾已乾死，低處且賴桔槔灌。農夫望雨眼滴血，青霞日珥傍昏看。夜夜烏雲作雨勢，倏忽已見明星爛。老兄生在萬曆朝，災荒數遇無此難。十七年乾古稀有，那似今年流竟斷。今年地震驚殺人，更兼雷聲壞元旦。邇來占驗又不靈，顛倒陰陽無人判。苦旱不已定苦疫，秋饑竊恐吾鄉亂。我身托鉢事遠游，倉皇且爲兒曹患。

六月嘗新

江村六月不愁貧，已覺春聲動四鄰。卒歲未知秋稼稔，救飢且接早禾新。老僧鳴磬先供佛，田父操蹄自獻神。未死敢辭周代粟，臨餐三嘆愧逋民。

夏雹行

四月初夜風雨大，雷電穿窗窗紙破。呼僮拄門帷藏燈，屋上茅掀不敢卧。老農早起聲叫呼，新秧如鍼一半無。始知夜來天雨雹，大者徑尺小盈握。土人細察雹傷處，遂江一帶無多路。又見有龍江北來，雨雹相隨渡江去。共占此災主兵凶，六月三伏災復同。黄禾垂粒雹打盡，老農拊膺黄雀慶。冬雷夏雹本天變，豈有一年兩度見？天官占驗不敢知，壞我禾稼使我飢。

書石屋僧化衣緣簿

六月炎蒸正中伏，老夫逃暑上石屋。山門晝閉徒衆稀，沙彌迎客出無衣。明朝持簿長一尺，願乞匹布增光輝。今年天旱農最苦，爾持此簿向誰語？早暮精勤拜世尊，好仗佛力四天雨。秋成大有人樂施，破衣且向檐前補。

石　屋

石屋重來萬恨侵，獨留高檜碧森森。兩廊羅漢舊相識，記得撚鬚夜苦吟。唱和已稀蓮社侶，送迎不見虎溪僧。夜深醒卻十年夢，獨對千峰一點燈。

春蘭

空林疑有數花開，香氣無端忽自來。祇在此中尋不見，幽芳强半野人栽。

秋蘭

秋蘭初茁滿叢芽，一箭能開十朵花。不信幽香濃若此，祇應移植貴人家。

戲作示汪瑶若

記得相扶秃袖香，醒來依舊宿空床。料他不毁山僧戒，豈怕通宵般若光。

寄訊姚休那先生卧病

先生玩世者，老在亂離年。疾篤無車寢，書奇付井傳。可憐薪已盡，猶望火重然。欲問天南事，新詩有數編。

七夕同家兄作 時久旱祈雨

共候雙星聚，十年今夜看。雨壇嚴酒禁，子舍簇蔬盤。吾道悲秋慣，癡心乞巧難。填河無用鵲，銀漢恐應乾。

星日變

今年天變見非一，仲秋初夜彗星出。光芒亘天尾有聲，疾埽鈎陳入昴畢。又𡸁太白晝經天，日傍有星卻且前。土人或見三日鬭，兩日墮地一日懸。皇皇天子當太陽，有星竊日日無光，此日在天星者墜。星家不敢言災異，嗚呼可以知天意！

衲成

一衲三年願，今秋願始成。未煩緇素辨，且愛水田名。漢服人間怪，宮衣夢裏榮。佛恩留此製，穩著遂平生。

同家兄飲田家作

新酒家家熟，興來信步過。煙村經亂少，債户到秋多。山簇詩中料，水吹畫裏波。阿兄防我醉，紅樹已先酡。

中秋無月

似閏今閏月，忽漫是中秋。有弟攜家醖，呼兒辦小舟。絮雲旋入夜，片雨不成游。或恐非佳節，休爲敗興愁。

既望泛舟酒盡索飲鄰人不暢

澄湖秋後闊，還泛昨宵船。興好尊先盡，雲開月尚圓。擬尋村店酒，空攪俗翁眠。淼淼浩歌去，青山絶可憐。

同奏公梅士舍弟食蟹有感

憶昔江村樂，持螯意惘然。晨罾當閘口，夜火點江邊。落水纔輸課，經霜始論錢。弟兄輪作麪，此事十餘年。

和家兄移菊花詩

秋菊垂垂放，移當檐下栽。屋因貧去窄，花爲老人開。近寺邀僧看，呼兒問酒來。白頭羞對汝，底事耐霜摧。

食蟹有懷吳下

江村蟹不賤，飽食在吳年。產憶汾湖美，品爭黄雀先。汾湖紫蟹、陶莊黄雀爲雙絶。相肥筐欲小，擇旨㕑辭圓。滌爪手親劈，阿儂多可憐。蟹至冬，尖臍最肥，須手自劈，菊湯滌爪。

摘　豆

種豆南窗下，秋來滿架生。近門藤蓋瓦，插棘荳爲棚。過雨擕僮覓，承筐看婢烹。老饕何足厭，聊以慰幽情。

僧睡

竹扉時自啓，松徑少人穿。飯後客閒步，雨中僧晝眠。鐺吟將熟茗，爐篆欲殘煙。莫踏葉聲碎，恐驚夢裏禪。

鳩兹酬張惕中

江頭破衲少知名，脱粟親炊見爾情。痛入箭創陰雨夜，夢回鼙鼓海潮聲。國恩祇覺諸生重，交道誰言亂世輕。傳説敬亭僧卧病，又衝泥濘去宣城。

蕪陰送方爾止還山

曾訪高蹤見仲容，子留爲言爾止近狀。豈期瓢笠此相逢。悲歌自取時人厭，粗飯寧勞闕吏供。野服儘堪存漢製，道銜何處署「明農」。爾止近號。故山簡點田猶在，歸去腰鐮麥可舂。

有鳥一章示方田伯 時晏公尚滯蒼梧

有鳥天隅滯未歸，羈愁何計得翻飛。蠻江雨熱栖難定，嶺樹煙迷侶漸稀。翹首可憐云海闊，脱身豈慮稻粱微。野禽曾識籠中苦，卻望南枝淚幾揮。

和蕭尺木九日見梅之作次韻

木落天空雁到遲，漢家糕宴杳無期。幽姿判老籬邊菊，芳信先傳嶺上枝。氣至未妨時節早，陽生特報隱淪知。小春月近應全放，非是江城笛偶吹。

同沈天士渡江

遯迹菰蘆兩度尋，侵霜又唱渡江吟。煙浮隔岸魚鹽市，日隱長河桑柘林。亂去風波頻泛宅，危時兄弟幾同心。如君友愛東南少，患難交情此倍深。

酬吳德培參戎礬渡村居

兵散江州日，將軍此避秦。身因無用老，家爲報恩貧。吳爲袁督部將。礬具供高士，推居讓故人。祇今栖廡下，杯酒亦留賓。

張五叙移尊見過

張生蕪市隱，吾社舊狂徒。小拍邀歌管，賒錢付酒壚。朝飢長賣畫，世亂始爲儒。今日攜家醞，凄涼慰老夫。五叙豪飲，善聲律，亂後折節授經，居然老儒。

得素臣三月八月兩訊並寄詩箋知我貽近狀

揮手羊城訊字疏，寒宵叠至故人書。新詩萬里遥題箋，老友他鄉且共居。春信久浮南海雁，秋懷擬食武昌魚。也知破衲閩山返，貧病江頭獨掩廬。

三家兄幼安初度寓蕪陰遥祝

肅肅歲云邁，孟冬月載陽。游子栖江縣，牢落古寺旁。攬衣步庭除，日月既以望。念我同胞兄，方稱五旬觴。嗟余久流離，十年一還鄉。如何百里外，尊酒不獲將。豈無一言陳，握筆情内傷。回思廿年事，泣涕不成章。憶昔廿年前，我兄妙能文。先君課諸子，于我與兄勤。篇成待天曙，吟苦入夜分。雖無二陸聲，都邑亦有聞。時值盛明代，况逢堯舜君。自謂次第出，並可致青雲。此志竟不遂，天地一塵氛。國運既以然，我曹胡足云。我爲奸臣逼，竄奔靈武軍。兄困鄉井間，筆硯一朝焚。絶迹謝城市，甘與樵牧羣。眷言先子教，長此懷清芬。昔與兄別時，倉況兵荒後。兄逃草間活，我挈舉家走。出處不相謀，黽勉以糊口。一去十年餘，天道厄陽九。兒女半摧殘，榮華竟何有。臘月禿首歸，蕭然窮老叟。我兄雖食貧，有田三十畝。稚子能操觚，井臼付新婦。嫂氏厚福人，悠然偕白首。念我鹿門伴，可憐骨已朽。昔兄體羸弱，咸謂稟自母。神明老不衰，當得吾祖壽。謂彭祖。何處求神仙，惟有多飲酒。何以侑兄酒，東籬菊有英。又何以侑之，僧居梵唄聲。人生逆旅耳，萬慮且宜輕。雖在塵世中，長懷出世情。衣食天所定，既足不願嬴。百年已過半，胡事苦營營？惟有未生前，此事當分明。望兄池上居，茅屋爲三楹。共兄學佛法，逍遥悟無生。

得客生昆仲信

遥遥湘漢羨歸蓬，底事回舟下粤東。僧籍儘容逋客占，昍客生亦僧。蠻鄉猶喜故人同。謂溫玄博。良朋西望心空切，令弟南來路不通。石生南來不得信而返。更説阿兄依峒主，鶡冠無恙萬山中。令兄遠生隱於陽朔山中。

過家兄果菴山居

同堂兄弟少，相對盡華顛。病橘年年蠹，寒梅樹樹煙。誡兒投杖起，陪客負暄眠。生理那堪說，爬搔手一編。

除夕

今歲已除夕，吾生事若何。酒狂隨量減，老態逐年多。早散防兒飲，遲眠聽客歌。遠人須勸醉，不醉夜難過。坐有遠客。

田間詩集卷二

江上集 癸巳

元旦日食

歲朝逢日食，占候客心偏。僧起迎初旭，鳥驚失曙天。直疑報曉誤，還欲解衣眠。不信龍蛇識，真符跨馬年。

愚如上人見訪傳黄波民口信失所寄書

黄生閩海客，失志在江隈。寄訊因風便，煩僧破雨來。手書行李落，姓字故人猜。波民昔字帥先。五月能乘漲，柴門候爾開。

得愚如信復回桐山取衣過樅川去

赤腳雨中去，貧家贈別慳。祇言隨挂席，何意更尋山。托鉢村煙少，衝泥石路艱。再來捎口信，爲説贖衣還。

園居雜詩

茅屋多年廢，偷閒暫葺成。林花隨季有，藥草遍山生。小雨松窗裏，孤兒夜讀聲。所期通大義，不用博科名。

睡法今年得，柴門向午開。牽蘿上老樹，留棘扈夭梅。死友夢中見，游僧嶺外來，僧文如言林樹本身後事。漫言湖海事，吾志已成灰。

蘭若東皋上，閒行日幾遭。託僧護穉筍，供佛摘櫻桃。鳥語經時變，魚聲入夜高。所傷松樹倒，不復聽春濤。舊有蟠松偃蹇池上，今倒矣。

伊昔交游滿，如今有弟舅。同心經亂見，鈎黨幾人存。舊事老偏記，新閒閒不論。出門惟索飲，足迹遍鄉村。

破屋重來住，紙窗燈可憐。農忙三月雨，鳥鬧五更眠。細點牀頭湯，同參洞上禪。課兒時技瘖，老筆忽成篇。

舊書存史記，溫罷已經春。麥穫秧田老，茶烘穀雨新。太閒僮欲病，數過客知貧。別有愁心事，詩成乏解人。

牆缺由人過，籬疏懶用遮。耐煩緣久客，容卧且爲家。叢桂千年物，蔦蘿十丈花。晝長無別課，一日兩煎茶。

世緣吾謝盡，俗相訝難忘。童稚心猶罣，妻兒骨未藏。所求茅蓋頂，那得竹成行。若問安身法，終期入道場。

江村雜述

老屋江皋近，兵船上下愁。衹求連夜過，怕被鬬風留。烽火沿村放，鷄豚比户搜。蘆中多難婦，莫勸土人收。

正月神先判，須防此地驚。室家無我累，手脚較人輕。急束詩篇少，單裝襆被行。所嗟兄久病，寄信姊家迎。

判是他鄉老，懷居意謂何。荒田爲僕誤，退步受人訶。變後家門弱，貧來罪過多。扁舟下吳會，此志屢蹉跎。

已分窮山老，交親底事疑。此心應未死，吾道欲安之。問訊蒙何點，追尋見左思。謂次德、子直。寄書多不答，況敢示新詩。

自來生計少，難後更何營。樸被讓寒女，稻粱分老兄。兒知鹽米貴，天與利名輕。得飽殊非易，明年我欲耕。

勿進王孫飯，逢人許報恩。也知季布勇，且閉賈彪門。博浪奇功少，柴桑雅志存。休文慎交接，謂沈愓菴。天道正難論。

示閩人還里

爾來如此去，念昔意多違。七八年同事，三千里獨歸。天時且莫間，吾道豈全非？待汝營茅屋，先秋候竹扉。

感懷詩

冉冉孤生竹，託根松樹林。松樹既孤直，竹色亦蕭森。上爲霜雪瘁，下有斧斤尋。不如道傍生，雜在桃李陰。桃李人所惜，竹亦免見侵。託身既得所，中夜起清音。還恐伶倫知，毋爲鸞凰吟。誰知芳草中，藏此危苦心。

萬物各有智，至神莫如龍。龍爲陽火精，迺藏淵水中。當其乘風雲，飛騰凌虛空。化爲魚與蛇，蹄涔亦能容。頭角既以盡，變化乃不窮。日日游世間，無人得其蹤。如何延津水，中有雌與雄。水深亦可涸，劍去亦可從。往來人所指，藏身焉得工。不見夏孔甲，豢與畜豕同。身死醢作鮓，徒爲庖廚充。

蘭若生空山，離離緣陽坡。春風披拂之，爭發叢中華。草木亦何意，貴飲天地和。如何芳未歇，遂有霜雪加。蘭茝既枯死，椒檄還紛羅。仰視白日匿，忽在西山阿。我欲麾之反，愧無魯陽戈。精衛思銜石，夸父空飲河。有志不得就，念之淚滂沱。

浩浩洪流水，中有往來舟。舟楫各有適，意各不相謀。往者既利涉，來者自淹留。我舟蹈風行，日暮征不休。豈知巉巉石，闌我水中流。波瀾渺以深，川塗阻且修。顧見傍舟去，疾若雲煙浮。行者發歡笑，坐者生歎愁。惟我達其故，坦懷無所憂。天道有互勝，人事無獨優。先後理一視，我何多怨尤。

槭槭園中柯，靡靡庭前草。秋風一以吹，零落迹如埽。朝爲青蔥姿，夕暮成枯槁。人命生非時，腰領不自保。屠割如犬鷄，係累及懷抱。安能同草木，及時自衰老。吁嗟亂離人，得死固爲好。

人生亦有命，禍福亦有以。屢空回固安，貨殖賜自喜。兩人易其常，無損貧富理。莊周號達生，彭殤等一視。及觀戒畏途，貪生無過此。寧爲曳尾龜，不爲處籠雉。如何孟子輿，干謁不肯止。虎鬚亦可編，虎尾亦可履。吁嗟兩賢人，同在牖下死。

翾鳥翔高岡，見色已知避。游魚泳深淵，聞聲亦驚逝。飛躍適其天，弋釣何所覬。往往殞其軀，直以食餌致。猩猩見酒疑，終爲麴蘖醉。狙公遭拳牿，把握不能棄。我觀人最靈，俱秉機先智。一爲欲所牽，冥然喪其志。旁觀無不清，當局旋已昧。初謂足即休，終焉死不悔。明明蹈危機，甘心以身試。身焉不自保，豈非貪爲累。使我心常虛，貪慾焉足蔽。

烈鳥味殺蟲，貂鼠皮畏狸。禽鳥以氣制，死歿性不移。惟人有猛氣，獨復不如兹。在生稱勇敢，既死無一知。漆頭爲溺器，有怒不得施。死而能殺賊，此語竟空垂。刑天舞干戚，千載毅其尸。伯有爲厲鬼，子産撫其兒。我觀捐軀人，臨殁志不衰。有志竟不伸，徒爲後代悲。

腐草爲螢火，有光能耀夜。青松變爲石，堅貞與相亞。如何翩翩雉，迺入淮海化。翾飛豈不佳，水處斯爲下。或言鳥有文，潛身避彈射。未聞東海漁，鱗介還見赦。變化得幾先，斯言毋乃詐。所以虛名人，末路良可詫。顔回老不死，寧免寒士罵。

夙昔事遠游，直至崑崙顛。路逢青鳥使，啓關導我前。顧我有靈骨，置我於列仙。得驂周王乘，每侍金母筵。洪崖相把手，浮丘亦比肩。浩劫例當乖，一散如雲煙。罡風吹我下，飄飄落人間。行行至城市，遙聞人氣羶。望見雙朱扉，匍匐叩其關。中有老道士，紫衣束金冠。

其名在仙籙，所居爲洞天。目我以凡夫，叱之使速還。我欲訴此故，氣結不能言。

寄彭孔哲刺史

蒼梧使者重交親，鄉曲情從異地真。囚首江亭逢候吏，吞聲官舫慰纍臣。榕陰深護危巢卵，曼公、梟客家俱借庇。海氣遥騰破網鱗。別後烽煙未全息，庾關西望幾傷神。

梧州城踞夾江沱，亂後因君得再過。津市煙銷殘竹瓦，山樓月落起蠻歌。飲除冰井泉源少，候近桃花瘴癘多。嶺路漸通人漸散，獨留高寺老頭陀。曼公爲僧，挂錫雲蓋寺。

輓蔣誰菴司徒客死長干寺

煤山變後幾人髡，破衲年年滯白門。鈔法萬言前輩貲，往，遇熊魚山先生，極贊所言鈔法。書生一命烈皇恩。文壇於我知偏早，僧籍推君臘最尊。古寺繩牀回首去，逍遥不用賦招魂。

水厓同方爾止哭子留作

同舟涉水厓，澄湖深可榜。問此爲誰行？擁櫂悲相向。吾道既以孤，斯人復淪喪。攜手赴山阿，雲木鬱含愴。入門同一哀，暮色增惆悵。傑閣林杪縣，皓月出孤嶂。夜深作悲歌，我歌不敢放。

自我適炎州，所歷備險阻。回胆望故鄉，四郊此樂土。二子復何心，辭榮學農圃。棲棲東海隅，飢寒不言苦。既爲小兒笑，還遭長者怒。此志竟無成，野死良自取。獨令吾子存，孤憤向誰語。

滁岑招隱詩同左子直子厚飲陳默公樓上

五月暑氣毒，城邑難久留。所遇皆熱客，清冷不可求。野人乍入市，振策何所投。老友三兩家，僻在西北陬。日暮城隅陰，散步得自由。遥愛林麓邃，曲折藏一丘。我友善卧疴，經年居小樓。雙扉鎖初啓，道書讀未收。苔草階面厚，砌花石上稠。開軒延北眺，夕氣爽如秋。移植故山竹，新梢頗修修。披襟坐林下，隨時成獻酬。坐見郭外峰，窈窕雲西流。回首眄城郭，俛仰悲昔游。存者今幾人？出處各不謀。處者甘寂莫，出者亦沈浮。我疑不可黑，子疾何時瘳。服藥成神仙，此事真有否？不如多飲酒，長嘯西山頭。

暑中走椒嶺省方氏姊示諸甥

十七年前椒嶺路，短驢疑在夢中行。兵烽幾度門無徑，靈雨初通澗有聲。久旱得雨。牛屋半楹啼寡姊，蔬盤一夜共貧甥。老來萬事心灰盡，益重人間骨肉情。

又哭方子留

已矣方生根莫伸，傷心不獨爲交親。自憐萬死留殘喘，底事終年哭故人。供佛有廬工未竟，課奴爲圃菜方新。帷前乳母哀哀訴，弔爾偏逢初度辰。

去歲白門亡蔣翊，今年東海失方干。子留客死明州。故鄉漸覺同人少，吾道惟宜野死安。塵世本愁天夢夢，泉臺更恐夜漫漫。遺編一半垂危錄，筆墨淆訛不忍看。

得彭然石書信

瘴海星飛去莫攀，書來猶說在人間。馬嘶郊甸園棋散，然石善奕。烽鎖關門托鉢還。燈火夜聯江上艇，詩題秋共粤西山。天涯暗哭張巡淚，謂別山。準擬開緘尚有斑。

澹歸江上過寄訊云爲碗頭僧八月矣頃從廬山來期余長干聚首忻慨成詩

爐峰何意跛能登，皆稱「跛阿師」。消息初疑尺素憑。早信皈依緣謗佛，澹歸昔以謗佛爲天然師所肯，今果皈依矣。但存血氣總爲僧。相期塔寺尋方丈，怕過鍾山望孝陵。來往吾廬江上近，扁舟底事興難乘？

塘上松

我家塘上古松樹，左挐右攫虬龍怒。屈幹回枝撑不高，白晝陰陰起烟霧。一夜雷擊半株死，一枝奔向波心裏。倔强力與雷霆爭，倉皇渴飲池中水。從此摧殘偃蓋枝，偏枯側出轉稱奇。水中松影兩相映，摇曳仿佛雙龍嬉。我欲搆亭倚松下，東面臨池最瀟灑。茗熟欲學春濤聲，客睡長愁松子打。不然池東起小樓，疏枝細葉交床頭。晝長無事欹枕卧，耳邊風雨聲颼颼。天意傾覆焉可保，人事感應殊難曉。我兄于樹不關情，絶命之刻松亦倒。家兄若士殁時，松無故倒。虎倒龍顛委池側，枝柯偃蹇用不得。我歸但見根槎枒，徘徊欲過淚霑臆。我去天南十一年，夜夜夢到小池邊。即今茅屋何處著，辜負松風夢可憐。

許岩公復入雙溪舊址結廬乞書容膝兩字

卜築依初地，溪聲舊枕廬。閭閻秦火後，人物漢陰餘。暫與市喧接，自然静者居。南窗容膝處，老筆爲君書。

薜荔行

牆邊老樹久枯槁，苦遭薜荔纏未了。薜荔自矜得所依，寧顧他時此樹倒。可憐老樹空槎枒，薜荔爲葉花爲花。春時不省花葉假，老樹依舊有光華。老樹薜荔還相得，令人卻憶侯門客。將軍聲勢最可攀，幕下文章寧足惜。將軍勢去豈長尊，老樹枝枯不久存。此生依附終難恃，好認從來自本根。

桂花下獨酌醉成

我家西園桂樹大，樹下能容百人坐。花開十里爭鬭香，花落數尺隨人卧。惟有此株顏色丹，言是仙種出廣寒。紫玉爲枝赤金蕊，葉如青蓋浮雲端。我思搆閣名月窟，當樹開窗圓如月。碧紗映處樹影明，玉宇晶時天香發。即今無閣亦自好，金粟滿地不須掃。我來獨酌無人斟，三杯徑醉花上倒。此時月出人來稀，月光照見花滿衣。夜深或有嫦娥至，乞得長生藥始歸。

中秋月食

秋月圓如此，爭言永夜晴。人間誇盛滿，天道有虧盈。漸看輪將盡，還疑魄未生。徘徊欲誰待，且卧聽鷄鳴。

同方爾止李仲山童稚公舍侄廉裕集孫不害宅聆誦佳句鏗爾有聲率成以志傾倒

樅陽小市饒流寓，眼見孫郎最出羣。向有李生稱協律，謂仲山。近逢諸子總能文。酒杯數許山翁赴，雅詠時從半醉聞。相對方干成二老，詞壇此後合輸君。

長河堤上同家兄舍弟口號

稻稏江村秋色闌，長河水急客心寒。潮流漸細魚罾密，官路纔通酒店殘。柏葉吟風紅的的，蘆花吹雪白漫漫。廿年攜手行歌地，滿目淒涼掩淚看。

灊漕後山晚眺

湖上冬晴湖水平，夕陽山色遠含情。數家牛屋參差住，一葉漁舠次第生。月架斷崖迎面起，燒連荒塚隔溪明。遙遙犬吠寒林外，華子岡頭吼豹聲。

力疾訪程浮槎洲居看菊

河上老翁住水涯，閉門閒植一庭花。自憐好事能扶病，爲喜留人故在家。檻外淺深姿爛熳，籬邊高下色交加。與君飲能身全健，酩酊無辭歸路賒。

蹣跚策杖看花來，萬朵千枝次第開。乞種自矜垂老得，問名還憶阿儂栽。吳人蓄花，多設名色，今皆有之。冬晴早葺深深屋，日暮頻斟細細杯。也識主人珍惜甚，醉餘莫插滿頭回。

曾青藜過草堂余以足疾卧雙溪俟看花始回先寄一首

有客衝寒過草堂，無端卧病滯湖鄉。老兄應喜開蓬徑，稚子能爲掃竹牀。野飯莫辭菰米黑，江籬難負菊花黃。暫留襆被遲余返，且脱僧衣共把觴。余與青藜皆僧服。

送别曾青藜入楚

百粵三吳萬里經，游蹤不爲大親停。曾有大母踰九旬。難兄西邁穿秦棧，令兄庭聞方入秦。令弟南趨過洞庭。歲晚江深孤櫂遠，天寒氛淨九疑青。同時踽侶如相問，説向心灰似管寧。

夜歸

江上霜風吹客衣，菰蒲艇子夜深歸。征鴻暗叫尋行度，野鴨齊驚破陣飛。近水林巒行去失，遠村燈火望中微。犬聲出屋舂聲歇，知有人開竹裏扉。

叢桂謡爲仲兄六十初度

桂樹叢生山之幽，枝葉連卷根相繆。開花鬱若黄雲浮，我兄讀書其下三十秋。今年花開花甲周，舉案孟光偕白頭。婚嫁已畢身自由，有子克家饒算籌，孫能挈杖從兄游。獨憐生女命不猶，早歲來歸誓柏舟，亦能養親甘旨羞。舉酒屬兄兄勿憂，兄飲我舞叔子謳。同産者五三人留，十年遞長齒髮侔，仲子長叔子十歲，叔子長余十歲。父母稟賦兄獨優。問兄有酒當飲否，三人之外誰爲儔？酒酣不用悲楚囚。我本與兄無壯猷，慎勿多口招人尤。頻年旱潦田折收，攢眉啜粥終歲愁。我行萬里今歸休，世態閲盡如聚漚，側身天地何所投？回思十年滄海流，爾我猶得延蜉蝣，勸兄知足閒且偷。世事紛紛閉兩眸，黄鷄正肥新酒篘，況復花發滿山丘。明歲努力事田疇，祝兄穰穰滿車篝。河上牧豕大如牛，僕有飽飯牛有芻。夏日苧衣冬布裘，衣食粗足又何求？我亦花間搆小樓，丹經貝葉互較讎，歲歲花開一唱酬。從此百年身悠悠，安能齷齪千歲謀。

秋雨歎

老夫秋卧空牆側，牆東踏碓舂不歇。瓦溝雨聲徹夜懸，牀頭接漏盆滴穿。宅老人稠無去處，拄杖祗到衡門前。爨婦廚邊炊欲哭，濕薪不著煙滿屋。阿兄飽飯腹便便，手把書卷翹足眠。稻畦已破禾浸死，麻菽被隴不得收。水鄉望魚如望稻，水戀又恐魚回頭。已苦薪盡炊方絶，況乃草爛牛無芻。出門看雨雨不住，前村買酒無船渡。農夫把鉏行復歸，洗脚檐前坐織屨。朝雲闌東日出早，豆棚絲絲作雨聲。蘆菔泥深種不得，秋瓜時過空自生。青菰黑芡非難摘，小船繫井無人撑。田家租輸腹已餓，未黑掩門向燈坐。小兒市上得酒還，速宜取醉昏昏卧。

秋水歎

貧家住近江水涯，有田數畝皆汙邪。十年種田九年浸，古堤漸塌年年加。去歲潮涸天不雨，此田龜坼成焦土。今夏大旱秋雨通，江潮判與卯年同。先有上神判云：江潮同卯至。潮來嚙堤堤欲決，合力扞禦傷農功。楗薪下石僅能塞，山水倒注泄不得。眼見黄禾没水底，魚龍怫鬱紛來食。可憐黄禾子離離，老農照影心傷悲。租船買酒入水稷，酒少口噤寒難支。終日稷稻不盈畝，上場打稻纔數斗。稻黄者少青者多，除還酒債竟何有。況復皇天不肯晴，積禾在場禾耳生。街頭稻價日日賤，此稻入市賣不行。君不見賣稻老翁泣訴苦，門外催租吏如虎。

秋海棠

裛露紅猶淺，映階碧已深。偏當炎夏日，開向此窗陰。零落美人淚，幽芳處士心。可知枝葉大，容得蘚苔侵。

何許情根結，熒熒花尚芳。可憐一滴淚，斷盡千秋腸。泣露珠同濕，凝紅汗有香。祇疑牆角下，啼血至今藏。一名「斷腸花」，傳是情人淚所成。

錦莧

赤莖疑作莧，彩色忽將舒。照眼花相似，烘階錦不如。未霜誰點染，當暑已蕭疏。最艶無人處，開門乍見初。

丹黄隨意設，濃澹自交加。偏以秋增艶，惟憑葉作花。色先鴻雁到，一名「雁來紅」。姸向老翁誇。又名「老少年」。何處熏人眼，燒丹道士家。

鷄冠花

的的丹砂碎，亭亭絳幘齊。昂霄如覓鬬，侵曉不成啼。俗艷妝村落，秋光照圃畦。未登花譜上，獨許野人題。

紛敷籬下物，爛熳夕陽中。長夜應難叫，危冠空自雄。已知形似木，底事祝鳴翁。對爾驚秋盡，寧輸報曉功。

水仙

莖葉盈畦短，根荄與石宜。素華疑雪片，絶艷是冰姿。影在燈前好，香惟夢醒知。神清誰得似，姑射耐寒時。

千葉殊穠艷，宋人以千瓣爲真水仙。吾憐六瓣單。香中稱澹妙，花裏最清寒。白映湘妃佩，黄加道士冠。常防酒氣逼，不敢醉時看。

贈從兄季和

耿介推吾從，同堂亦罕倫。遺金呼客拾，時服厭人新。伏臘三年醖，晨昏百歲親。水田纔數畝，殊不覺家貧。

田間詩集卷三

江上集 起甲午止丙申

聞曼公還過白鹿山莊

嶺南又見客生還，獻歲侵寒特叩關。笑我無端辭瘴海，問君何意出廬山？故鄉天地原來窄，南國功名已盡删。惟有佛門堪避世，把茅長得戀慈顔。曼公返里爲僧。

寄孫豹人

示識孫郎面，看酬舍弟詩。豹人有詩酬梅士弟，因見懷。志憐吾道合，辭見客心悲。風氣關中厚，文章江左卑。騷壇憑筆削，切恐太傷時。

關中杜杜若擬過訪草堂訊石胤崑後事因出山奉晤

扁舟何意問牆東，草茀長河路未通。吾道十年悲海内，交情半世在關中。出山喜趁三更月，繫櫂虚覘五兩風。杜維舟縱水。漫訴故人生死恨，詩篇紀事恨無窮。事載生還集。

蕪湖晚泊即事

蕪湖如此閙，怪煞白鷗閒。大舶當江住，邏船入夜還。市喧連水上，漁火隔沙灣。客有詩盈篋，明晨可進關。

讀惕菴再晬詩

國門生人萬人看，夢裏還疑此會難。解釋未關脣舌力，放歸豈是網羅寬。翩來歲月新推算，列出圖書再晬盤。一日抵他千日過，及時老友共追歡。

友人述礬渡事贈俞缶菴

鋃鐺聲急渡江來，火點雙扉徹夜開。門下健兒鬭難散，壺中高士許身陪。酒杯判飲終難醉，藥裹交還未肯回。吏至，知爲醫士，付藥囊，促其去。此誼於今稱絶少，當時誰不自疑猜。

酬胡翁吉甫

吾鄉雅好爲長句，前輩輸君律最工。綵筆更于垂老健，白頭獨見此翁雄。步趨似得輕身術，口角猶存善謔風。夙昔憐才今不改，逢人爲我哭途窮。

白門過無可師竹關

蒼苔雨過跛驢艱，破寺城南獨叩關。松徑已經兵後毁，竹房疑向夢中還。霜刀新剃頭嫌冷，凍硯頻呵手未閒。擁被夜深談湯理，與君耐可老青山。

金陵即事

秋山無樹故峻嶒，幾度支筇未忍登。荒路行愁逢牧馬，舊交老漸變高僧。鐘樓自吼南朝寺，佛塔還然半夜燈。莫向雨花臺北望，寒雲黯澹是鍾陵。

城郭人民迥未移，夕陽鼓角不勝悲。屋檐幾度添宮瓦，石路何年踐御碑。祠廢已無官樹禁，寺荒端爲賜田追。酒樓遍唱闌東調，誰聽秦淮舊竹枝。

日落荒祠鴉亂鳴，蒼苔道滑少人行。爲尋鐘梵趨投寺，怕觸車塵戒入城。野老善談亡國事，山僧猶唾賊臣名。周雷碧血藏何處，欲向墳頭哭一聲。謂周仲馭、雷介公。

鍾山依舊有雲封，宫監孤忠尚苟容。報國獨存千歲蜕，護陵猶守一株松。休從廢地占龍氣，敢憶深林見鹿蹤。方外小臣曾未到，幾回落照哭秋峰。

金陵佳麗已全非，十一年來識者稀。山色清秋停蠟屐，人家白晝掩雙扉。練緺小婦排門入，嵍面奚兒放畜歸。城北酒狂還認得，謂季水。爲憐衲破解寒衣。

留别純水僧舍

鞋穿衲破苦霜濃，開士團瓢許暫容。院廢獨存三徑竹，山深空記萬株松。爐香防爐常埋火，道侣無人自打鐘。此願佛天應不負，任教蛛網滿龕封。

白鷺洲贈胡次公

最憐開國舊諸勛，休戚同時尚有君。早棄賜田鄉黨笑，獨留陵屋子孫分。麻藏枕匣宣宗詔，瓜裂園門公主墳。時向市曹收死友，親爲裹革厝江濆。

酬蔣潛伯客中

吾鄉才輩起，今數蔣生奇。作客長干寺，思親歲暮時。賣文營襆被，寄食省朝炊。夜坐寒無酒，披衣誦我詩。

下山先覓汝，屐破寺門霜。早飯潛營米，夜眠累讓床。交游情可見，蔣干當事者頗困。僮僕色難當。故里催科急，期君共整裝。

蕪湖遇康小范勸余東游詩以謝之

旅食江城困，壯游老友來。感君腸最熱，怪我志全灰。客路窮時險，人情變後猜。東行期屢改，或擬奉追陪。

泊蕪關猝遇暴客既免承史赤豹秦及生見顧即刻發舟不及報謁詩以見意

藥室偶然集，萍蹤遽擬分。甫能離虎口，何意聚鷗羣。多難愁行腳，薄游恃賣文。風帆今夜宿，相望隔江雲。

返里哭何篤生

山路跫音半歲稀，誰憐垂老淚頻揮。年來屈指交情盡，海内灰心吾道非。得病可因長夜酒，遠游爲救闔門飢。田疇草苐荆扉掩，衹似中州去未歸。篤生在洛陽，一夕大醉，遂得病。北歸趨問維摩疾，强起堅邀老友留。紅稻春來炊旋熟，碧蛆傾出酒新篘。卻看鬚鬢驚全變，爲向交游説漸瘳。我去白門君厭世，誰知此别是千秋。

十月雪寒甚因念農者

十月風嚴老樹折，漫天柳絮恣飄撇。屋瓦無聲不覺飛，回飇掠户穿人衣。手中杯滿旋欲罄，脚下爐寒灰已燼。爭稱有雪兆豐年，又言此是飢寒天。東家有工傭不得，缾中那得米與錢。明春麥熟快一飽，眼前粒米家家少。

小年夜傷懷 時家兄幼安新喪

夜向新墳哭數聲，掩門獨坐暗傷情。素琴欲鼓音先盡，春草將生夢不成。折翼那堪多難日，斷腸惟對白頭兄。謂仲兄。三年撥火圍爐處，幾度循牆尚擬行。

峽山

峽山西去路初平，每憶吾兄並馬行。牆角野花開撲面，陌頭春鳥亂喧晴。催殘旅夢侵晨飯，聽遍塗歌徹夜聲。十六年來無限恨，蹇驢獨叱不勝情。

山逿草徑已成蹊，野火燒餘碧未齊。斷黑上關防有虎，侵星炊飯罕聞鷄。酒家新占居民少，市井重遷舊址迷。人迹較稀車路淺，馬蹄不濺尺深泥。

入城望龍眠書懷示左子直昆季

朝雲開處見龍眠，計别兹山十六年。舊館亂餘曾護竹，高窗雨過有流泉。盈頭白雪誰相識，滿目青峰盡可憐。同學弟兄存二子，應留一榻與安禪。

雨中同左子直子厚過陳二如呼飲二如後至

負郭雙扉轍迹新，吾徒老去幾交親。入門作饌呼中饋，踞榻狂歌待主人。雨驟獨留元直住，子厚以雨先去。尊開未覺阮家貧。廚前鹿脯難逃算，自詑公明術有神。蔬盤已盡，余算廚有鹿脯，果中。

左氏山居感舊

郭外諸峰久見招，西溪流漫雪初消。趁晴不策衝泥蹇，過淺都憑隔水樵。綠竹已殘僧漸護，青山無禁火頻燒。種田尚有逃民在，驚我重來處處邀。

餘生重作故山游，枕被相期信宿留。廢館墟存爲佃屋，前灘草合改溪流。把茅蓋頂初遮佛，獨樹眠堤自繫牛。惟有昔年牆外水，聲聲徹夜繞床頭。

酬戴山民孝廉

二戴曾傳大小名，賢書遠慰豫章城。余歸，至南昌，聞山民之捷。重來白社尋安道，共向青雲哭子荆。謂振公。令弟鬚髯增我老，故人悲憤對君平。多年不作鷄窗夢，爲爾還深風雨情。

陳同人見過

陳生久不見，訪我暮春時。野色寒侵骨，霜毫白到眉。所愁貧有婦，自信老無兒。忽上新墳哭，重添孫楚悲。上亡妻方安人塚，痛哭失聲，感昔時之禮待也。

哭家兄幼安

霪雨淹春春不晴，春晴幾日已清明。酒澆新塚無人迹，庭掩靈帷少哭聲。陌上農忙爭播穀，枝頭鳥鬧早催耕。野花牆角邉山路，獨欠吾兄課種行。

亂來早棄舊青氈，減盡平生興可憐。城市十年蹤已絕，西南萬里眼空懸。病因身死方知篤，里以人亡始歎賢。好友夜臺先作主，論心猶得慰黄泉。兄所善何篤生先數月殁。

四十纔過已倦游，詩狂酒態一時休。也𡖖多病偏宜壽，底事當歌不解愁。入俗常防兄弟笑，問田深諱子孫謀。臨池擬搆三間屋，枕被同床願未酬。

哭鑑在

吳生展轉桂林間，望見寃旌尚擬攀。已棄室家奔象郡，竟捐骸骨葬虞山。傳𡖖未定何時死，論志原知不肯還。笑我歸爲鄉里賤，餘生偷得幾年閒。

㬎孫試周日置酒

江村松桂百年居，眼見吾孫五世餘。弧矢我辭歸里日，圖書汝據晬盤初。溪邉粳稻垂垂熟，席上叢蘭宛宛舒。好注瓦盆斟麥酒，弟兄相賀到田廬。

園居示諸生

炎曦毒熱午偏加，茅屋深憑老樹遮。高枕肯輸元亮卧，問奇虛擬子雲家。溪邊潮長魚欺釣，陌上風回稻見花。長夏授徒無別課，獨揮羽扇講南華。

絺衣閒挂薜蘿牆，新剃霜毛覺易長。隱几靜聞南郭籟，曲肱貪納北窗凉。秋前蘭茁幾時放，日暮荷翻何處香。講罷七篇吾事畢，晚來攜手詠滄浪。

同爾止子直不害訪瑤若山居得交字

同人有約隨魚艇，獨樹逢迎見鳥巢。白酒儘拚秋晚醉，黄花肯負歲寒交。池邊小閣新添檻，竹裏凉亭沓蓋茅。安得比鄰皆德友，柴門來往不須敲。

既送爾止子直東去獨宿不害齋中

送別同人夜斗寒，老狂無伴宿江干。蓬窗擁被霜風緊，茅屋吟詩蠟炬殘。蟹火漸從沙脚出，橘香祇在案頭乾。尋山句看篇篇穩，爲爾書題壁上觀。

做淵明飲酒詩十二首

寄生大塊中，何者爲我故？譬如逆旅物，暫有安足據。在世雖百年，畢竟舍之去。臨去豈不戀，戀亦不得住。所以達觀人，澹然隨所遇。委順生死間，不厭亦不慕。日飲一杯酒，可以全此趣。

宣聖防酒困，周易凜濡首。但云不知極，其辭亦無咎。大哉二聖人，未嘗斷我酒。如何學佛人，不許杯入手？還言破此戒，諸戒亦難守。我心任自然，本無戒可受。方其酣醉時，虛空一何有。試問學人心，有能如此否？

胞中有重閡，果核無完形。衹此中虛處，萬化由之萌。橐籥空無有，鼓之風輒生。俛仰天地間，至理妙難名。設有一物在，元化豈不停。吾其與萬有，浩然還太清。

朗鑑無藏影，洪鐘無匿音。忽然相值時，感應不自禁。感已隨復寂，安有理可尋。吾觀學道人，衹求無其心。心豈可無乎，無之患轉深。惟有隨所遭，與之相浮沈。

今晨無一事，有客候我廬。偶然得旨酒，佐以園中蔬。與客樹下酌，酒少趣有餘。客忽不肯飲，問我所讀書。我心在飲酒，客意將安居。即此爲大妄，此妄即宜除。把杯還自問，我豈亦妄與？

鞅掌觀無妄，羣動胡滿盈。鄒魯矜儒術，舉世無一誠。鄙夫務貪欲，志士尚聲名。名欲雖有異，學道同無成。至人重適己，毀譽豈足驚。焉能乖天機，而往狥物情。遯世不見知，庶以遂此生。

大道曰希夷，至德稱簡易。焉知天地心，吾心是者是。陋彼鈎玄人，昧然求其異。我於世無取，亦復無庸棄。起居任運游，遷化依時至。以此日用心，而心無一事。自顧多閒暇，終日陶然醉。

芸芸萬物化，各各復其根。其根果何有，出入豈有門。聖人推太極，毋乃荒唐言。吾生本無受，殁去亦無存。于中何所見，而辨明與昏。不如隨衆人，與之同渾渾。

人生求有道，仁義固其端。吾不知仁義，惟求心所安。仲尼困陳蔡，微服亦不難。登壇卻萊夷，鋒刃還相干。豈不惜軀命，道在志以殫。吁嗟保身語，徒爲後世寬。

端居玩蕃變，爛熳同一仁。生理無端倪，諦觀皆至神。息息相灌輸，寧隔我與人。于中忽分別，謂吾有此身。此身一以累，骨月不見親。安得返無始，同游六合春。

有客同栖止，意趣不相若。一客終夕夢，一客終夕覺。覺夢更相笑，不知何者樂。惟有大覺人，心知夢所作。顛倒夢境中，自云得解脱。

古稱好飲酒，其人皆大賢。往往有所託，遂以飲酒傳。我獨何爲者，得飲即歡然。我若不痛飲，恐負此中天。天今安在哉，蒼蒼形正圓。去我不甚遠，可以相周旋。

方貞述先生輓章

蛟臺夜見大星沈，淚灑樅江聽訃音。白首韋編三世學，青山木榻一生心。憶開笑口談佳夢，獨向私交示苦吟。雅志未酬賫恨殁，九原終是國恩深。

曹山孝子已披緇，還著麻衣哭繐帷。絶學誰傳康節易，先生易學宗邵子。斷腸難讀放翁詩。詩有示兒絶句，先生每讀之失聲。貧來鄉里猶疑假，疾向交親忽似癡。碩果晨星零落盡，普天瓶得幾人悲。

老梅行示二何生

牆頭老梅漸欹斜，高柯半死留槎枒。枝條即存生意少，天陰慘澹寒無花。堂上書生頭半白，巡檐不語空咨嗟。西園古樹昔所見，突兀朽株餘一片。歲晚椿枯著枝短，孤花點點綴如霰。可憐此樹正芳菲，冷蕊疏枝復誰羡。此樹花發照江湄，澹月濃星相映奇。半夜草堂窗欲曉，東風吹拆白離離。三十年來竟寂莫，偃蹇西園同朽姿。何生相遇苦不早，乘興看花花已老。芒鞋深雪不知寒，憑軒惆悵當年好。冬已盡矣春將回，溪邊樹樹足徘徊。請看老梅花漸少，爲語東君努力及時開。

白鹿山中酬周農父

自失揚州史相亡，幕中遺事話凄涼。那知虎穴他生夢，還共龍山雨夜牀。酒後不眠真老態，劫餘未死是癡腸。可憐高興多年盡，獨有詩成興故狂。

吾徒落落少交親，老友逢迎涕笑真。虎口並憐經萬死，鷄壇剛可剩三人。白頭見面休驚瘦，赤脚還鄉賴得貧。近喜合明倡絶學，謂無可。同參莫負再生身。

不擇地同無可師夜坐

露下久不坐，談深侍者疑。螢尋經案照，蟲與客床移。破戒編書日，傷心見性時。靜中一滴淚，未許俗禪知。

得沈耕巖口信兼問無可師近狀

徵君栖隱處，近説在黄山。老友尋難見，全家去不還。有言傳世外，無字落人間。欲問真僧法，爲園未得閒。

暑夜聽兄子讜祐彈琴

松窗人不寐，中有素琴聲。晴久疑絃脆，彈疏似指生。不知心已静，惟覺暑都清。聽罷月初上，草蛩依舊鳴。

石公子

三原石胤崑進士客死江上，殯于鰣魚嘴蓮花菴。令兄仲昭適宰吾邑，其公子遠來見問，因爲指示其處。比聞尚未親往，但遣吏一行，恐反以追尋成委棄也，詩以促之。

遠聞公子至，掩淚出山阿。旅櫬十年滯，江程兩日多。定須詢父老，或恐委風波。獨遣吏人去，徘徊意謂何？

夏夜雷雨不寐

瓦溝通夜注，農父眼常開。雹火穿窗去，雷車碾地回。漸聞奔浪至，疑是拔江來。已分湖田没，波濤底用催。

夏日雨後

好雨從風至，炎蒸一以清。雷車驅漸遠，雲氣斷猶行。蟬劇林乾噪，蛙矜草露鳴。同時遭汝聒，聽去各爲情。

寄懷惕菴五十

先朝黨禍稱多士，遲暮同心尚幾人？令族徵君成大隱，謂眉生。吾家御史是名臣。謂開少。青天卧對滄江老，皂帽相看白髮新。出處參差餘四子，歲寒那得不交親。

曾衝虎穴等閒還，初度嘉辰劇可憐。時事漫勞函史記，新詩不用舶商傳。閉門草市知非日，洗硯清江學易年。老友山中聊寄訊，近來參得伏羲禪。

夜

直覺貧居好，無煩夢寐驚。烏栖巢不定，鷄鼓翅難鳴。山鬼嗔鵖嘯，土人銜虎行。詩成思脱稿，那得到天明。

别孫不害途中有懷

出街别孫楚，驢背獨成眠。客影瘦殘照，人聲喧渡船。魚罾爭鬧口，牛路指墟煙。念爾柴關掩，初抄秋水篇。

縣門行

縣門朝開官不出，昨夜大盜進官屋。健兒被傷公子死，衙外知更衙裏哭。樅陽臨水萬餘家，公然船過彈琵琶。縣上差兵親認得，鳴鑼捉賊通街嘩。家家揭竿闌江口，船到江口誰能守。弓箭在手刀在腰，一夫上岸千夫走。差兵晝夜尾船行，獲之乃是旗下兵。可憐冤煞城中人，嚴刑至死無一聲。旗下兵來不敢鎖，當堂揖官對官坐。官免殺傷已有恩，明日同官赴轅門。移文調取罪前用，臨去傳言謝官送。

秋夜宿秋風閣示瑶星

竹樹深藏小閣偏，先生栖隱自何年。黄精好當三冬飯，皂帽難禁九月天。燈掩長干呼買酒，窗明通夜照安禪。濤聲驟起繩床下，知在高松頂上眠。

松風閣雨中醉歌

松風閣上雨昏昏，松風閣下長閉門。有時米盡炊不舉，朝惟一飯夕無飧。行汲客爲舊刺史，負薪人亦前王孫。鍋中衹有兩人粥，減餐留我閣上宿。閣上書生出未歸，案頭萬卷與我讀。連日陰暝晝不開，解衣下山押酒來。把酒勸君我先醉，醉便卧倒無人推。松風颯颯吹欲醒，半醒半醉心魂驚。恍惚乘舟泛東海，耳邊澥湃奔濤聲。乘舟直到「三山」上，仙人招飲再三讓。飲我一杯醉不勝，玉女堅持不肯放。洪崖浮丘皆在坐，我獨逃席飄然墮。仿佛聽得松風吹，夢回依舊閣上卧。閣上蕭蕭雨點愁，悔辭美酒離瀛洲。夢中重泛濤聲去，料是仙人席未收。

閣上對雨有作

雨壓松濤萬壑鳴，窗昏不辨午鐘聲。破山路狹崩將斷，荒塚蹊侵踏欲平。新剃白頭蒙被坐，耐寒赤脚化齋行。老僧定起爐灰冷，可有詩成徹骨清。

冬夜雨花臺步月小飲

早卧天寒夢不成，清輝起我踏霜行。酒因偶酌忽然醉，月爲窮愁特地明。塔火熒隨市氣隱，城煙白與暮潮平。冰輪遍界無人見，獨上峰頭嘯一聲。

暮雨示澹寧

小樓深坐雨中尊，户外煙埋老樹村。酒店下山難著屐，鄰菴分汲與開門。霜鐘杵細更初起，佛案香遲晝已昏。三尺奚奴留不住，可憐炊飯累王孫。小奴新逃。

卧雪懷瑶星江上

高窗乍曉雪漫漫，怪得繩牀徹夜寒。衲履且圝伸脚卧，簾開未敢出頭看。千株老樹迎風白，六出奇花夾雨殘。獨念主人江上去，泊船何處釣魚灘。

同三一上人客胡氏草廬

草廬秋老蔓瓜藤，籬落稀疏夜吐鐙。鉢袋喜逢行脚伴，繩床長坐有鬚僧。君從筆墨求安隱，我借圖書演大乘。三教總來無一字，何妨慧業與年增。

三一上人雪竹歌

長鬚上人髮盡禿，與我共栖江頭屋。今晨洗硯向江流，爲我開窗寫雪竹。竹竿著雪爭低垂，拂檻無聲相亞枝。葉上離離雪不動，普天凍合無風吹。竹下嵬峨千年石，雪光照耀同一白。雙眼迷茫認不清，森森冷氣遙相迫。上人畫雪果奇絶，淺深遠近能分別。揮毫潑墨煙雲流，墨不到處即爲雪。上人胸無一點塵，竹石爲骨雪爲神。本來無限蕭疏意，筆下淋漓寫向人。旁觀嘖嘖皆稱善，那知君自呈生面。別後攜歸挂草堂，與君千里常相見。

胡星卿六十壽詩

勛戚飄零遍兩京，君家兄弟最知名。俠腸世已傾難弟，雅量吾尤醉老兄。陵屋分多須別搆，墓田租少欲躬耕。郭門蹤迹多年斷，不見羊駝滿帝城。

公主墳邊課婢鉏，先生生計未全疏。朝廳莊户看分菜，夜叩漁家約打魚。吟到板橋潮落處，醉閒江岸雁來初。紙窗燈火茅檐裏，坐聽兒孫讀父書。

五柳成陰菊有花，柴門置酒旁江涯。青山滿目人空老，白法窮年鬢未華。户外草盈高士屐，溪遶鄰指故侯家。祝君擬薦安期棗，豈勝東陵五色瓜。

酬介丘上人

竹爐灰暖罷焚香，擁被支離不下牀。多病難趺雙膝坐，同年早占一頭霜。番僧挂鉢私傳藥，寶塔當軒屢放光。牛糞火中黄獨熟，肯收涕爲俗人忙。

過友蒼精舍

老去投閒别院居，松窗芋火即吾廬。舊游數問燕京事，好友常通遼海書。對客添爐灰陷後，冒寒洗鉢菜香初。年來丈室無長物，柴米蕭然轉自如。

卧病長干酬何敬輿太史

頭白飄零祇自傷，故人宦後也凄涼。交情歷盡難忘舊，色界空來獨悼亡。圖籍可憐前代賜，衲衣爭冒老僧裝。原來學士休官早，還是狂奴昔日狂。
老去耽吟句嬾工，飢寒豈盡爲詩窮。談經決定人難聽，托鉢長防路未通。門掩舊京秋色裏，藥香破寺雨聲中。與君共有傷心事，貧病傷心更不同。

雨花臺送余大徵之永年署

酒散高樓夕照殘，送君滿地葉聲乾。僧栖白下秋添瘦，舟過黄河月苦寒。官舍夜長初共被，江程米熟好加餐。前途候吏逢淮見，不似頻年行路難。

張家海石歌

君不見陳家園裏張家石，高可一尋圍五尺。有如摧倒枯松株，龍鱗剝落蒼苔蝕。蒼苔剔淨孔紛紛，細看迺是波濤紋。當時遠從東海至，到今人説張將軍。將軍一門好文采，夜巡海上見光怪。入島尋知石有光，采石直用戈船載。戈船泛海入江來，金陵城門夜半開。萬里道出蛟龍窟，千夫輦向鳳皇臺。將軍園在鳳游里，石到園中扶不起。即今横卧小亭前，可憐將軍血戰死。君家父子皆好奇，每談浮海動鬚眉。園館已爲他人有，獨留此石無人移。張家園賣石不賣，園更幾主石猶在。我來懷古欽英風，不見將軍見石拜。

酬方搢公民部

舊游意氣已全新，野性惟宜老友親。待客近情爲客久，治家有法起家貧。纔窺白髮先辭禄，自出紅塵不見人。破衲所需容膝地，可堪晨夕作比鄰。

門掩城隅向夕陰，狂奴索醉動追尋。閒教歌舞新翻曲，緩搆園亭足用心。禮法疏因同學早，宦情冷是讀書深。最憐垂老生英物，纔識之無繞膝吟。

送梅杓司回宣城並問君謨

霜天凍滑小橋驢，送汝衝寒返舊廬。蕭寺冬殘爲客日，敬亭月上到家初。道衰遍地難行脚，游倦歸山好著書。借問君謨湯處士，瓷罌瓦鉢興何如？

冬至夜同介丘友蒼陪虞山翁禮塔即事

裴公禮塔日初長，佛號魚聲夜繞廊。月出殿東清梵合，霜侵臺上戒衣香。多生緣共依三寶，未死心還待一陽。不是虞山真願力，宵深爭見白毫光。是夜彷佛有光。

六朝松石歌

葆光堂前有古松，年深五鬣陰不濃。玉鱗犀甲脱落盡，白如蜿蜒蜕骨龍。松下峨峨石高揭，松根石色無分别。巫峽廟前一朵雲，峨眉頂上千年雪。我來撫石坐松下，堅貞潔白還相亞。

松石由來質本同，此石定是此松化。石上鐫字記六朝，六朝到今千載遥。麈尾風流長已矣，幾人勁節同高標。國朝此地中山有，轉屬中丞猶未久。中山之後爲清門，中丞子孫至今守。去年大樹罪前霈，不爲石憂爲松慮。願松盡化松根石，復恐秦人更有赭鞭驅。

寄題岕菴補山堂

岕菴家在洞庭灣，漁子鷗羣共往還。市上但留詩一卷，蘆中遥見屋三間。湘煙日暮橫江白，水竹秋深滿目斑。直北諸山無可畫，畫圖應補點蒼山。

示同寓李生

家在星江久不歸，兩年荒寺與相依。談詩雨夜燈花結，得句秋山柿葉飛。酒店動邀高士醉，寒天出借老僧衣。爲憐多病辭文債，未到黄昏即掩扉。

田間詩集卷四

江上集 起丁酉止戊戌

寄周農父

鬱鬱青松姿，自植南山巔。上有巉巖石，下有潺湲泉。終年冒霜雪，朝夕含雲煙。檜樹亦挺生，不受蔓草纏。數與雷霆鬬，摧折禿其顛。根幹本不殊，榮悴胡相懸。可憐石上根，屈曲還鈎連。我與農父交，二十有六年。文鄙西京後，詩稱建安前。子學通天人，術數無不研。上書報罷歸，投筆從戎旃。督師在江北，惟子與周旋。豈意揚州破，空有襟血濺。我遭黨錮禍，妻子沈深淵。十年一還鄉，相見鬢蒼然。子爲淮帥客，能操利物權。我無家可歸，合明同學禪。無可方在合明。天地成翻覆，性命罔苟全。慷慨見孫吳，孫謂克咸，吳謂鑑在。臨事軀竟捐。出處雖有異，此志同一堅。子年今五十，淮上誦子賢。人皆爲子羨，吾獨爲子憐。如何功與德，假手他人傳。勸子以學湯，望子以知天。松柏庶不凋，陵谷猶未遷。努力謝帷幄，來耕潭上田。

贈何玉成七十初度

甪里先生不入城，吾鄉大隱少知名。十年所見多興廢，兩姓今存幾弟兄。劫後茅齋堪抱膝，老來弱女倍鍾情。有時策蹇僮前引，只過溪邊數里行。

盛年爭羡玉爲人，君爲吾姊夫行。竹馬追隨記未真。往日諸郎誰更在，吾家羣從已全貧。厭聽近事惟談舊，嬾著時衣不製新。我是餘生君七十，自今來往莫辭頻。

田家苦

老夫生計苦疏慵，學稼東皐擬自供。豈謂歲豐偏乏食，可知穀賤最傷農。埽倉不補衙前貸，減糶權酬廡下傭。爲語家人休悵恨，晚禾或殻一冬舂。

辛苦莊翁已半年，自興東作廢朝眠。調停力僕私加酒，護惜耕牛少種田。烏稻儘完村店債，青苗先抵富家錢。獨憐開柵雞初飽，縛換官鹽向市廛。

陰晴不定屢妨功，辜負人家望歲豐。稻已登場淋驟雨，禾纔垂粒損東風。欲薪老樹寬炊婦，許製寒衣勸牧童。尚有水田難得稑，租船索酒費無窮。
餐飯親同撥樆草，沿溪植杖看耕耘。鄰丁倩得先爲禮，頑僕央多轉不勤。農到老時求始約，
事因誤後弊纔聞。近來納課餘無幾，田主還勞履畝分。
歷年耕稼付兒曹，底事關心自取勞。病裏託僧尋草藥，窮來賒酒向新槽。債多嫗善迎門對，
米賤奴思棄主逃。自種南皋三畝豆，鉏荒蒿長尺餘高。
卒歲無糧且莫愁，糶輸官税免征求。急投米店憑虧價，倍入錢家不肯收。暗地託人沽小婢，
鄰居引客看耕牛。明年決是辭田去，還挂蒲團事遠游。

孤螢篇

江村六月夜將秋，乍有乍無螢火流。初出井闌飛不起，漸尋檐户去還留。去留不定隨風度，
忽上簾旌脈脈駐。弄影疑窺竹裏星，含情似少草間露。草間露少光不融，卻憶當年爛熳叢。
讀書共映匡生卷，照院同輝隋帝宫。祇今寂莫自明滅，耿耿丹衷應有血。熠燿何曾借壁光，
凄涼不肯因人熱。莫笑孤螢焰最微，穿簾入幙有光輝。能臨錦軸窺銀字，還拂瑶琴見玉徽。
窗裏佳人發長嘆，空房獨有孤螢伴。凝輝不受烈風飄，亮節偏於陰雨燦。可憐螢火腐草生，
自開自闔本無情。夜深燈暗天昏黑，猶賴孤螢一點明。

姑山草堂詩

秦淮九月天氣涼，江雁初飛菊有芳。徐生旅館湛清觴，夜深酒䣼燈猶張。雪乳細撥凹澮香，草根滴露啼寒螿。展出筆墨精且良，要我寄題姑山莊。姑山老屋百年荒，兵火經過樹未傷。薜荔梟梟網古牆，人煙深處橘柚黄。中有幽塢搆草堂，柴扉松竹森成行。先世圖籍此中藏，山頭怪石勢低昂。見者叱之疑爲羊，麻姑仙迹事渺茫。鐘鼓不擊餘鏗鏘，東有大湖水汪洋。沈麻諸子宅其傍，暇時過從一葦航。有書有友死可忘，胡爲棄兹山水鄉。賃居蔬圃春無糧，應門老僕鬚全蒼。終日街頭走欲僵，勸君早整還山裝。妻孥天寒遥相望，埽除苔蘚開竹房。架有軸卷篋有漿，召君好友讀且嘗。縱君談笑無所防，我亦有廬樅水陽。桂花松子秋滿牀，催科驅走來四方。閉門有志不得將，君家稍足歸無妨。逋君詩債今當償，作詩勸君歸計長。

方搢公再舉子有獻繡簾作三鳳圖索余長歌題其上

吾友繡山方司徒，老來福慶天所扶。行年五十棄官職，渥窪初産汗血駒。即今五歲再舉子，膝下頓有雙明珠。高堂陸離簾影動，誰爲織此三鳳圖。簾裏兒啼簾外笑，湯餅召客相歡娱。咄哉司徒真丈夫，今何縲列昔何孤！昔困飢寒趨路隅，今坐華屋嘈笙竽。滿堂歌舞氣奔走，天下不得輕寒儒。造物賦分本有限，早歲榮者晚必枯。方子當年久寂莫，到今晚節纔芬敷。豐頤大顙偉哉軀，相者謂君有四雛。此圖缺一不用補，日中還有三足烏。圖中畫一日輪。方子從此累不淺，老作牛馬兒孫驅。我比方子早白鬚，有子生孫稒而愚。男大憑婚女憑嫁，不游五岳胡爲乎？我不作君只作吾，若擬向平君還輸。更過廿年婚始畢，我在嵩山頂上呼。

胡星卿茅屋歌

白鷺洲接大江濆，牧馬兒來動成羣。先生避世何處去？合家住近公主墳。茅屋三間倚墳腳，門户敧斜草繩縛。籬外時聞樵婦喧，樹下每有漁船泊。先生田無一石租，餬口衹賴青囊書。星卿精堪輿術。春深婦子競鉏菜，水落弟兄公養魚。可憐茅屋多年破，五柳陰中留客坐。風雨淹旬不出門，先生高卧舉家餓。先生本是公主孫，當年駙馬最承恩。馴象門西起府第，至今基址宛然存。府基荒去墳園冷，細竹寒花空滿嶺。洗菜猶傳金水橋，灌畦爭汲琉璃井。東川戰功晚始酬，駙馬還蒙少主優。靖難師來家已破，子孫旋失東川侯。奪爵猶加主國號，上書乞恩無不報。下降聞在高帝年，問安尚睹英宗詔。詔書累朝墨有光，龍箋寶篆枕中藏。主家法物一朝盡，樸素惟留駙馬牀。駙馬之牀樸如此，想見國初俗不侈。當時賜出椒房宮，如今鎖在茅屋裏。茅屋相看幾度春，終年抱膝不知貧。叩門半是先朝爵，失路時憐帝室親。先朝帝室復誰在，茅屋栖遲人勿怪。君不見開平王後懷遠侯，妻子負薪身種菜。

湖孰種菜歌

金陵城東湖孰村，中有隱者開平孫。通侯甲第今已矣，意氣豪華無復存。開平去今凡幾代，五王之後惟君在。往昔爭言青門瓜，如今獨數湖孰菜。問誰種菜滿畦新，一家生計只三人。終歲把鉏菜畦裏，婦能炊飯兒負薪。爲君婦亦太辛苦，嬌貴當年難比數。翟珈賜出小侯妻，珠翠裹成上公女。都人猶記嫁時裝，如雲妾媵爛生光。臺前照鏡輪梳髻，架上熏衣派管香。一朝散去竟何有，相對惟餘雙白首。早從府内厭笙歌，還向村中操井臼。村中井臼倚柴扉，賣菜還愁終歲飢。夜長不肯燃薪坐，十指侵寒綻故衣。東川子孫公主裔，妻孥行汲心常愧。閗説君婦盡傷情，無心更擬求奴婢。

蕭伯闇河亭有作

水屋依城晝掩門，經旬木榻上潮痕。同胞薄宦成兄志，合室長飢報國恩。多病餘年休斷酒，新閗時事莫深言。平生交誼兼師表，爲爾家庭古道存。

贈朱七處

城南白髮老頭陀，菜甲畦中掩薜蘿。穩著僧衣官不禁，閒談往事難偏多。避人索畫侵晨出，許我尋花傍晚過。赤腳抱孫看水漲，憑他醉尉往來訶。

同嘉樹无忝有懷坐徐氏水亭因憶石溪友蒼兩師東去

城南虛閣敞江湄，客到炎天水漲時。卧柳巧遮亭午過，歸舟横任晚風吹。持齋慣設名僧榻，即景能生高士詩。只在此中閒半日，乖他行腳兩禪師。

塞虹橋看水中塔影

長干塔火矗城隈，影落橋東波倒迴。點點曙星銀海燦，層層寶樹渚宫開。直疑蚌吐千珠見，忽訝龍銜萬燭來。不是燃犀通夜照，江神水族漫驚猜。

湯聖弘招同嘉樹有懷飲雨花臺共用秋字

每眺荒臺動客愁，白頭況是此時游。山因樹滌奇纔見，江以潮撑定不流。樓閣迴添雙闕恨，丹青空染六朝秋。登高賦屬諸君事，笑我逢場强唱酬。

蔣潛伯試罷約共舟東去聞警輒止示潛伯

客途長困在秋天，同事多時覺汝賢。即防變化辭吾黨，猶喜窮愁似去年。建業雨聲添酒債，台州兵信阻江船。知君未盡扁舟興，我自衰頹不敢前。

同介丘友蒼訪王元倬

老去君公志不回，多年避世在城隈。歲寒得伴添生意，時異憑人溺死灰。謝客慣稱山寺去，叩門親爲老僧開。霜天凍合柴桑路，除卻緇流若箇來。

同友公介公過袁令昭茶話

拄杖城西叩竹門，蠟梅一樹照黄昏。隨時蔬果因僧設，垂老清商逐部翻。玉樹閧聲悲建業，旗亭賭勝說開元。道人解得陰陽理，律呂從君仔細論。

與石溪閒坐喜雪藏法師自祖堂至

閒對香爐坐撥灰，祖堂山上老僧來。看經萬卷頭全白，説法多年口未開。乍接威儀增氣象，驚傳大衆禮塵埃。輿人欲去頻分付，爲待天和雪霽回。

同介丘曝背因偕友蒼赴陳伯璣齋

繩床偃凍夜難過，曝背檐前體漸和。忽與赴齋來舍衛，便因問疾勘維摩。小橋防滑霜華厚，一路頻休老態多。行去人稱三佛子，禪心不死更如何。

贈旭初上人

吾友王元倬，高風我所師。不與時輩交，甘爲流俗欺。亦有胡星卿，閉門江水湄。足迹不入城，舉家終歲飢。二子慎游處，獨與師追隨。安知吾師德，觀其友可知。師窮大乘法，世典無不窺。六書學更精，難字不復疑。所以博雅士，時時來問奇。授徒荒寺側，還爲蒙師嗤。師性太疾惡，孤癖不可移。語及忠與孝，喜色溢兩眉。年年先帝忌，野哭冬青枝。同心有數子，相對涕泗垂。以兹笑遠公，蓮社趣何卑。元亮生在今，求入應恐遲。今年師六十，正是還山期。山中何所供，猶餘霜後葵。同來祝師者，皆是周孑遺。願師闡大法，人天所共推。
披衣坐曲盤，師笑而不爲。但辦犁與鉏，叱牛耕荒菑。

遇椰雲禪師

閩海風波不可思，與君留得老頭皮。殘年秖合相依住，君賣丹青我賣詩。

長干寺走筆謝曹梁甫送米

賣賦營炊價漸微，今晨已辦典寒衣。可知仁祖真相念，算定修齡此日飢。

南陔壁上有范車管榻謝髮鄭心八字各繫一詩以詠其志

粲也萊蕪孫，忽焉喑不語。終身寢柴車，誓勿踐其土。丈人徒步歸，濯足長江滸。
南陔有斗室，列坐盈高賢。子魚亦不薦，徵車亦不前。何事皂帽翁，著膝榻爲穿。
子陵漢遺民，羊裘去何速。皋羽非比倫，還向釣臺哭。晞髮空有心，遺集共誰讀。
志士心已灰，鄙夫心竟死。如何井中函，以心名其史。學道求無心，問君何者是。

宿南陔齋頭

白門栖泊近三年，曾向高齋兩度眠。檻外井泓冬至節，階前梧碧歲寒天。慚余學道心難死，看汝傷時淚欲懸。容易竹牀通夜話，交游亂去幾人全。

長干塔歌

長干古寺矗浮圖，莊嚴妙麗天下無。番僧望見遥作禮，鼓舞贊嘆相歡娛。塔上燈火終年點，塔下梵誦千人俱。僧徒屢見塔光放，亦有佛像現須臾。我聞夜半金輪叫，風吹鋃鐺聲嗚嗚。戊戌正月雷火擊，似有怪物爲雷驅。起自殿脚至塔頂，爪痕直上西一隅。明朝比丘募修造，樹旗開簿請樂輸。工師科費居士斂，約略萬金恐不敷。層梯累架甫相直，此架亦須木千株。旁有五人顧之笑，笑此工師才皆奴。比丘失色工師怒，大衆亦怪言矯誣。五人言能緣塔上，便捷不異猿與狙。更肩長木横絶頂，撒手其上往來趨。木頭著斧諭工取，工能取者吾爲徒。工師見之畯指退，斧旋入手萬衆呼。下來隨受大衆請，但索飽飯無所需。琉璃簷上磚五色，掘出未有尺寸殊。先修一級至九級，攀躋上下如坦途。九級去地將百丈，高鳥奮飛或難踰。倒挂檐際補檐霤，觀者恍惚神色徂。半空遥聞人語笑，士女瞻仰傾通都。縣官惡之謂惑衆，捉來堂上皆至愚。城中大户素所習，未聞膽氣如此麤。塔工十日亦已竣，通算所費何區區。塔廟廢興有天意，虛空應仗神明扶。君不見鐵塔寺裏老髠來，煎湯上洗金葫蘆。

卜居西街

西街市冷似村墟，爲聽兒曹此卜居。流水一灣沿小徑，過橋幾步即吾廬。瓶因酒盡留儲粟，圃待花稀改種蔬。預想炎天門晝閉，北窗卧起讀丹書。板屋荆扉半欲殘，梧陰入夏覆窗寒。親除礙瓦藤千尺，獨護穿階竹數竿。好客來多頻缺坐，新蔬炊熟苦無盤。朝飢賴得鄰僧米，欲乞朱門一飯難。

懷左夏子戴山民導及姚經三孫喈公方山公漢臣諸子丁酉夏約余談易城北

吾衰人共棄，講易是生涯。暫入華陰市，爭迎處士車。鬼詩姚合注，姚經三方注長吉詩。梧月戴逵家。道院談經處，秋來幾點花。西閣過新雨，招攜有左思。尊開罷講後，談妙納涼時。小戴偏傾耳，季方亦解頤。所居孫楚遠，常是罰來遲。

城北人喧少，家家負郭居。素心多比屋，容膝即吾廬。送客同閩韻，緘鬮互借書。故鄉新米賤，酒價近何如？

長干游竟滯，吳會興難乘。妙悟思吾黨，浮名誤老僧。漸寒爲客喻，多病逐旬增。怕見江天晚，新亭久不登。

沈天士舉子索詩即事書示

長干二月春氣融，桃花李花相映紅。游人踏花路路通，沈生獨坐心忡忡。有兄聲名噪江東，虚名被陷囹圄中。桎梏貫肘械被躬，還擷賦詩哀故宫。仰看天意非朦朧，白日不照幽篁叢。弟也叫天天豈聾，清明歸雁乘北風。念兄失侶如孤鴻，安得接翅排遠空。夜眠不夢夢維熊，占君喜氣眉間充。朝擷生子果得雄，大兒五歲儼成童。生時值兄初出籠，癸巳秋事。丹穴產子籠鳥翀。此事感應若相蒙，佩君金錯刀玲瓏。君不作公子孫公，湯餅召客毋匆匆。待兄出獄飲如虹，阿兄再晬詩更工。癸巳秋出獄，有再晬詩。弧以苞桑矢以蓬，泥飲累月興不窮。勿言臣等殊無功。

贈方士先山人

高座春深一徑偏，山翁息影此多年。曾從父戰窺方略，竟舍兒髡事老禪。術秘爲防時輩學，酒酣長枕異書眠。圯橋倚遍無人授，要等興劉孺子傳。

卜居西街酬揩公次德省齋見過

西街老屋買來破，移居此地無人過。終日緘關不出門，市井小兒欺我懦。今日老友城中來，置酒臨階就花坐。司徒雅量吾不如，二難不飲興有餘。留君久坐無他意，要使門停長者車。

長壽菴瞿耶上人索句

敝廬在南郊，吾亦偶然寓。賴得素心人，時時一散步。旁舍老比丘，久得靜中趣。白晝閉雙扉，經句或一遇。時有磬聲聞，知是幽人住。我來爲啓關，佛案香初炷。庭階淨如拭，涕唾時恐誤。浣濯白氎衣，皎若霜雪素。楚楚羅經書，似未觸手污。耽潔既以癖，索處遂成痼。我性本疏放，修整時復慕。矜持秖須臾，少焉還我故。恣意閱簡編，狼藉君當恕。

題曾氏八卦圖

宓羲作八卦，天地秘以宣。老少有定位，向峙何儼然。文王老多事，從而爲倒顛。其體本不動，其用乃如環。譬如矩有方，規之化爲圓。莊子得圓旨，邵子發微言。乃知環中趣，實義本非玄。請觀周世易，卦莫尊於乾。六爻以龍稱，其初即爲潛。神龍不見首，豈必長在淵。可憐遁甲書，徒令兵家傳。自此八卦作，千古用後天。我友曾皙後，學易積有年。出處無成心，與世相推遷。有同炙轂輠，莫獲測其端。垂老畫此圖，以當自壽篇。我亦學易者，執志苦拘牽。藏身術數中，餬口無粥饘。顧謂我知易，長與我周旋。會須毀八卦，相見未畫先。

送一靈出關尋剩公

送汝出關去，江城春欲闌。計程萬里外，惜別一年寬。勿以天南熱，還欺塞北寒。鉢褒俱寄此，太覺客裝單。
剩公吾不識，高躅舊京傳。忽醒羅浮夢，來參鐵嶺禪。艱難師友誼，去住弟兄賢。留其弟迦陵於栖霞。阿字幾時到，多君攜手還。阿字亦粵僧，先出關。

送兒子廉裕及兒子灃祖回里

久無兒女戀，此別覺依依。遠路慳童僕，炎天尚袷衣。莫貪行旅速，須趁米船歸。寂莫西街屋，從今獨掩扉。

寄舍姪扶升索先世遺稿

未有龍眠集，遺詩且盡編。表章緊我任，詞賦況家傳。亂日書多散，衰門汝最賢。柳溪存稿否，試檢白雲篇。柳溪遺稿、白雲篇，皆扶升先集。

移居南郊

租得橋西宅，攲斜只兩間。窗平秋後草，榻對雨中山。賓客應難到，吾人不易閒。雙扉臨市井，無事晝常關。

郊居疑太僻，所恃是長貧。牛馬憑呼我，屠沽可結鄰。圃規先定菜，僮約與供薪。時恐門前指，此中尚有人。

竟少容身地，入山未敢深。苟全梅尉志，晦迹伯休心。老能千秋業，閒餘二仲尋。詩名藏不得，傳出有知音。

户牖迎朝旭，高眠奈我何。牛車村市少，魚網板橋多。斷續煙邊柳，離披水面荷。竹間有老友，擁被數相過。

城居吾不樂，生長在田家。飯雜菰爲米，盤腥菜有蝦。定須求竹種，且漸縛籬遮。預想朱明候，開軒看藕花。

僮僕出門早，晨興自埽除。所求清我眼，何必定吾廬。客至難尋酒，人貧恃種蔬。有錢無可費，合是老慳居。

同陳昌箕杜蒼略閒步因訪星卿草堂待月歸途有作

江郊騁步野人居，豆架瓜棚暗草廬。近席潮平鳴急艣，背檐月上白前墟。竹聲夾路秋深夜，荷氣侵街露下初。分手過橋新得句，到家無火映階書。

朱子葆别去有懷

嘉禾亂後信全稀，忽過南村叩板扉。笑汝纔完婚嫁債，勸余莫著水田衣。雨淹塔寺花無賴，潮退湖鄉蟹正肥。去日行裝知掠奪，丹陽何計買舟歸。

次韻答陳昌箕見贈之作二首

來往城南意獨傷，逢君鶴髮語斜陽。同時壇坫知交少，合算公車道路長。陳以辛酉登賢書，上公車十三次矣。禮塔尚看吳歲月，憑高無復漢封疆。酒杯詩卷通宵興，跋扈飛揚讓汝强。

閩江風物總堪傷，幾度吞聲哭孟陽。謂令兄道掌。藥裹滿床書籍亂，酒杯留客嘯歌長。別來郊邑多新壘，夢裏山川是舊疆。君到延平詢故吏，先朝從事項誰强。

慧音寺尋密傳禪師

一徑斜穿古檜陰，長廊畫暗碧苔深。閉門不省秋光好，獨對爐香自看心。

少年白下舊詩僧，忽棄詞林學大乘。鄰院小師尋入社，不知名已上傳燈。

訪木平上人所居一茅是長干絶頂

絶頂孤扉晝不開，望中煙樹隱樓臺。有時雨久炊常斷，居士敲門送米來。

送與安上人之越

越中佛寺遍千峰，何處叢林不可容。近日能詩隨付法，漫勞枯坐悟南宗。

鄧府菴棋僧

鄧府菴前草亂生，荒墳細路少人行。竹風滿院雙扉閉，聽得楸枰落子聲。

步月長干寺聞橋上有吟余飛來峰詩者且細述其事

孤月懸空滿院秋，舊詩有客詠橋頭。詠餘更叙狂奴事，細聽如爲夢裏游。

望長干寺

南岡回望長干寺，寶塔紅樓碧瓦亭。恰似將軍濃蘸筆，層層顔色寫丹青。

秦淮邂逅曾旅菴走筆卻贈

子固聲名世久傳，東南巖壑蹋將穿。閩江冠蓋浮雲散，粵國詩篇夜雨聯。到處買山成小隱，有時歇脚便安禪。諸經註誤緘關較，先輩文殘割俸編。分韻苦吟光孝寺，尋蹤潛問佛山船。飄零白髮兵烽裏，邂逅清溪水閣遊。倒屣迎門呼姓字，移牀促坐訴風煙。鬢眉已改音能辨，涕淚難乾眼未痊。僮僕爭看相識少，交游細訪幾家全。忠魂喜聽南陽烈，（謂李源白。）苦行真輸給諫賢。（今出家稱澹歸。）轟飲酒徒爲異物，含香小友亦高年。兩傍屬耳疑談夢，半醉搔頭敢問天。閨閣持齋多難後，兒童執禮故人前。屋價正高休住市，催科日急莫求田。與君共覓長干宅，白飯青蔬果腹眠。

重九夜集默公長干寓齋燈下看菊同小范得花字

城郭人初散，山亭日易斜。未酬佳節興，同集老僧家。鐘閉三門月，燈開滿塔花。報霜新雁過，驚露草蟲譁。佛案橙新摘，經牀菊始華。暗香迷次第，澹影亂交加。鈴響棲檐鴿，巢翻定夜鴉。共傾元亮酒，獨試遠公茶。飲量窮全減，談鋒老漸差。悲秋都不必，吟醉是生涯。

望鍾山

靈谷身難到，雨花眺最悲。已無千歲鹿，空泣萬年枝。寺閉秋聲裏，峰明夕照時。寢基樵徑破，野燒牧奴遺。碑說磨刀滅，笳聞收馬吹。孝陵圖本在，一覽一淒其。（崑山顧寧人摹有圖本。）

薄命曲 安邑張萬青悼亡姬索詩

妾家住金陵，姊妹良家子。身如金錢花，被人作錢使。一解

車過秦關去，知充後房姬。嚙臂謝阿母，低頭事諸姨。二解

君家庭廣廣，多植合歡樹。但得爲人憐，不恨爲人誤。三解

阿母舍女歸，泣涕終夜語。養蝅喂黄蘗，腹内絲絲苦。四解

脱釧要阿母，妹勿别與人。諒爲人小婦，寧有姊情親。五解

弋人坐磐石，野鴨飛滿塘。蒲弓不再引，一獲兩鴛鴦。六解

郎載阿妹行，荔枝得飽食。妹勿食荔奴，嗔他生在側。七解

妹宿羅浮旁，姊在泰華頂。夢中擲梨花，與郎同哭醒。八解

夢醒促郎歸，妹來姊不見。幃前出皓腕，念姊臂上釧。九解

郎采芙蓉花，花葉大如船。儂自乘船去，郎心空見憐。十解

張有載花船傳奇，俱叙傳奇中事。

三山街遇陸漢東悲喜成句

荷衣棕帽朔風吹，市上逢君執手疑。未敢認真停問訊，似曾識面賴鬚眉。班齊客舍聯盟日，火照官船捧檄時。往事莫題腸斷盡，一回哭友一回師。

姚六康過訪留宿

端州散去嶺千層，何意重挑白下燈。諒汝公車聊免俗，看余野服已非僧。同門人在天涯盡，故國名疑夢裏登。午夜吞聲談往事，捫心相問負渠曾？

牛首重過桃花磵

桃花磵上有精廬，二十年前此讀書。遍覓臨溪房不見，被僧改作行人居。

寄牛首三茅峰老僧

憶在峰頭遇老禪，亂中留我竹房眠。忽驚烽火隨人散，猶欠廬陵米價錢。

過甘露閣

小閣柴門竹裏開，游人只到短牆回。官兵伐竹山僧去，三徑無籬任往來。

西方菴石眉初度二首

此地無來往，惟尋開士居。栖心三徑竹，寓目一畦蔬。門掩持經日，香殘出定初。許君親有見，出示杖人書。謂浪杖人。

精舍藏村落，雙扉晝不開。今晨花甲過，合境苾芻來。野飯燒冬筍，人情送蠟梅。陶潛無米汁，也索飽齋回。

雪中張萬青拉飲

獨卧江天白滿村，爲君强起出柴門。初衝市氣寒疑減，漸没城煙晝欲昏。舟楫冰膠淮水涸，峰稜粉抹蔣山尊。老來怕就人家宿，覓我重衾夜不溫。

踏碎城南滿路花，空庭老樹白槎枒。瓦溝次第通宵合，塔火分明一氣遮。直上露臺緣恃酒，旋收臘水與烹茶。看君轟飲難堅坐，送我高眠道士家。

即事戲成

蠟燭花穠獸炭紅，銜杯無計覓妖童。尋歌兒不至。歌聲夜盡秦淮啞，酒户人輸晉楚雄。坐上邢生晉人，吳生楚人，量甚豪。簾外寒威頻問雪，席間勇氣欲當風。陳尊正飲客休去，愁煞三更獨醒翁。

雪後僵卧承曾旅菴損錢買炭口占奉謝

南郊雪後晝無煙，市井蕭條歲暮天。詩債每催侵曉起，睡鄉長戀看山眠。氣嘘被濕鬚防凍，足怯牀空膝苦卷。正報廚中薪炭了，故人剛送一緡錢。

雪後同星卿訪旭公碧峰寺即事示七處

偃卧依衰柳，行吟伴老翁。屐穿蔬圃外，扉掩竹聲中。擁被僧添瘦，尋詩客自窮。雪留如有待，冰裂乍疑融。野徑荒荒白，山門黯黯紅。奔騰羣馬戲，鳴噪晚鴉叢。煖憶澆胸酒，歸迎劈面風。菜稀知市貴，麥壓望年豐。趁凍愁街滑，防泥覓巷通。寄聲朱七處，此意畫難工。

麥園　思仲氏也

青青者麥，熒彼東陂；翳翳松竹，衛以棘籬。歲聿云暮，華萼盈枝。有廬其下，先子所栖。先子逝矣，丘隴在兹。墓門之木，魂魄焉依。惟我諸昆，朝斯夕斯。亦曰親宅，以毋敢（或）遠。

諸昆凋喪，存者二子。我踰嶺歸，子心則喜。如鳥折翼，爰獲其比。如枝將披，更生連理。叔氏不祿，誓勿去爾。

自我出矣，霜雪再零。三徑新治，草蔓已盈。有榻虛設，有門晝扃。念子無侶，披荆獨行。豈無教誨，孰汝肯聽。丘墓蹴蹋，莫動彼情。

仲氏子煦，訓蒙於村。水來破堰，塾亦不存。及時歸來，以課厥孫。勿騖詭行，勿事大言。燕也病廢，煦則諸人。昆毋羣荒于嬉，以墮吾門。

念我兄女，早喪所天。無家可居，復返于錢。與母爲命，中道母捐。年逾四十，長在兄前。摻摻女手，甘旨給焉。我不念兄飢，惟女也賢。

仲氏之室，昔燬於火。倚牆茨草，狹不容坐。曰將新之，豈不恃我。我何望哉，願與時左。改操以行，兄亦不可。嗟兄無屋，命之坎坷。

我思搆廬，于山之陽。有三其楹，中奉烝嘗。皤皤二叟，宅其兩旁。我貧而樂，子壽而康。尚其待之，此志毋忘。

椒嶺 思寡姊也。同産者六，存姊與仲並我三人。老而皆單，我又遠出，骨肉之誼，垂老彌篤。

我有寡姊，宅山之阿。花甲將周，玄髮其皤。言念母氏，泣涕滂沱。養姊者少，憂姊者多。思姊不見，我勞如何。

踰彼青山，以望椒嶺。厥木維喬，鸛巢其頂。我省姊來，中道延領。四十餘年，木猶孤挺。撫今念昔，中心悲哽。

叔氏季氏，與姊姻只。惟此山路，二子勤只。我游嶺外，生死不聞只。朝得我信，夕將姊知，博姊欣只。追念二兄，姊淚紛只。

姊夫既殁，遺以諸甥。火焚其居，栖于兩楹。中夜號泣，鄰不忍聽。姊年邁矣，憂能傷生。我無善狀，以慰姊情。

姊雖食貧，而多子孫。昆弟之後，不及姊繁。中心怦怦，小者未婚。亦既婚矣，後有嫁娶。聽子之自爲矣，姊毋煩矣！

有鷄在塒，有酒在篘。我來省姊，于彼新秋。姊慮我出，謂我毋游；我之游矣，姊心憂矣。姊毋我憂，我心則休。匪四方之志，惟衣食是求。

秦淮歲暮宿倪越公孫雨田寓閣

水落秦淮夜悄然，故人留我讓床眠。燈前一卷時時看，太史遺詩手自編。

少年爲客苦寒宵，水閣經冬最寂寥。兩岸綺窗通夜閉，孫郎向月自吹簫。

長干寺贈海寧查逸遠

古寺秋深夜不扃，客星幾點共飄零。鐘殘隔院禪香换，雨暗長廊塔火熒。市隱定從江左覓，雅歌還在越中聽。道人入世無他術，止講牀頭一卷經。

田間詩集卷五

江上集 己亥

柳絮篇

長干三月柳花飛，拂巷穿街亂撲衣。閒逐游絲颺紫陌，急隨花片度羅幃。人家曉起紛紛白，委地盈階掃不惜。暗妝老樹認爲花，斜舞回廊疑似雪。莫笑楊花性太狂，無情無緒漫悠揚。誰家庭院非吾土，何處園林是故鄉？佳人不道花輕薄，世事由來無定著。已惜桃花順水流，更傷霜葉歸根落。飄颻不自定東西，嬾學人間著處迷。便欲乘風輕渡水，惟愁帶雨濕霑泥。往還豈借吹噓力，倏忽升沈渾未測。階下兒童捉不來，梁間燕子蹴難得。飛去飛來任意休，春風不用更追求。即教化作青萍草，依舊無根水上浮。

黄俞邰以燈夕後一日三十初度用湯聖弘原韵

江南節物忽華余，萬卷爭陳燈市初。卻怪黄生蹤迹少，自緘竹閣校藏書。
家近皇城馬路邊，孝陵長對草窗前。即今三十成名士，不見松楸十五年。
修竹藏軒暑不知，秋來冒雨偶披帷。閒翻奇字多難認，轉笑無公字學癡。無可師以字學付俞邰。
詞客登壇法楚騷，爭酬新句薦春醪。老年屬和吟難穩，白首江天苦費搔。

雨花臺

京國春游盛，登臨只此臺。酒完人故醉，歌慢客先回。山月防將起，城門趁半開。夕陽峰最好，獨有老僧來。

秦　淮

清溪餘一曲，莫過木橋邊。北客丹亭榭，吳兒澹管絃。押衣離酒店，喝采賽燈船。五月河房貴，租添看水錢。
酒伴全非昔，兒郎態未殊。舊交遮扇過，熱妓隔船呼。玉笛情多少，珠簾艷有無。關東人漸熟，亦說用蘇廚。

利涉橋東去，游船不敢過。漁罾當檻緊，馬棧對河多。舟子愁兵問，營姬見客訶。幾年㽞敕勒，今已滿城歌。

久在清溪裏，今來識幾家。屋巢辭舊燕，堤柳宿殘鴉。人去朱樓改，潮侵水閣斜。不知誰第宅，新種邵平瓜。

舊曲

一帶荒墟地，人傳舊狹邪。歌銷鶯自語，舞散柳還斜。魚磬藏蘭若，蝶迷罥菜花。高樓存幾處，盡說住良家。

金陵雜詠

寺嚴游女禁，今見往來頻。入院車偏熟，穿林馬亦馴。茶湯前內監，星卜老逋民。柏樹枝多死，南廊僧漸貧。信心惟道媼，護法仗時人。大殿工將起，梨園賣戲新。長干寺

荒臺游不改，迴異廿年前。路口牛車塞，山頭毳帳連。歌難按舊拍，裳少帶閒錢。酒店經時

剪，茶棚逐處遷。勢官矜顧盼，詞客鬭詩篇。獨羡輿人醉，齁齁草上眠。雨花臺

春市家家出，妝成婿喜無。樓須多日定，衣是隔宵租。勒馬情空注，窺簾色盡殊。官裝新北調，民俗舊南都。彩仗排班少，氈裘奪路趨。芒神荆棘繞，吁駭問農夫。春市

閭閻猶似鬧，世事已全非。官在微行傲，市因强買稀。念珠尋蠟珀，時服重毛衣。索看成交少，閒攤問價違。殘書愁客檢，贋畫聽人譏。獨見遼陽叟，牛車載貨歸。燈市

伊昔狎游地，經過亦可傷。鵶塗殘粉壁，燕壘落雕梁。客到談遺事，兵來説空房。故家多脱籍，前輩盡從良。問姓新移住，知名别處藏。敲門不敢應，愁絶是妝裝。舊狹邪

長干即事

長干天下塔，壯麗鬼神驚。舍利光頻放，金輪頂夜鳴。碑留番客讚，有番客作讚留碑而去。瓦怪震雷轟。匠石騰空補，歡聲動一城。戊戌春，雷碎塔瓦，有五匠人躡空運甓，不日成之。

院較當年鬧，松間小店增。卜多高士賣，工待宰官興。功德輸修藏，方有社修藏。人情讓點燈。塔燈挨點，無一夜空。席棚爲薙髮，養活幾千僧。

方爾止移居

吾兄耽野趣，買宅傍城東。門掩寒塘側，樓開夕照中。比鄰多畫手，坐客半詩翁。余亦時來往，牀頭酒莫空。

我尋栖隱處，言是宋家園。近寺墟爲圃，穿橋水滿村。即宜修草閣，且爲補柴門。布置饒丘壑，暇時細討論。

巷偏車轍少，祇合杖藜過。夾路宜添竹，當門好種荷。水光東面闊，山色北來多。即此堪容膝，餘生足嘯歌。

鮭菜無多種，貧家好客偏。漸除寒士態，深識細君賢。酒價僮能訪，茶香婢可憐。先，有婢瀹茶極精，今去矣。所需懷抱物，相慰耦耕前。爾止無子，方得佳偶，故及之。

姚彥昭經三昆仲見過因同飲胡氏草廬

小謝纔停楫，元方久未回。彥昭時以授經在城。沙街攜手至，席帽出城來。路聽車聲讓，門窺馬過開。草廬深竹裏，有約共追陪。

山民在溽暑中過訪草堂〔一〕

有客朝攜手，柴門問水涯。畏炎辭遠席，訪舊到貧家。匙滑南鄉米，井沈六合瓜。清談留二仲，坐待日西斜。

白門行

白門一別十五年，白門再來人可憐。市上逢人少顏色，家家盡欠旗下錢。旗下錢欠誰敢少，家貲已盡錢未了。妻兒准算牽入城，明朝引兒出打草。誰者鎖頸城南門，頸上淋漓鮮血痕。近前掩面不忍問，問之知爲隆準孫。此輩凌辱自甘受，肌膚戕毀復何有。獨憐編户借還官，横使骨肉遭毒手。市井蕭條店不張，新年通著舊衣裳。豪華祇羡遼陽客，艷冶惟憐滿女妝。滿女妝成亦有色，道逢牛車讓車側。幾家老嫗候山門，隨車入寺誰禁得。城南一帶梵王宫，塔院樓臺相映紅。忽有兵機防伏莽，松陰竹色一朝空。竹色松陰最瀟灑，即今一望彌曠野。墓上無非塞外羊，山巔盡是關東馬。朝朝暮暮白頭僧，每眺高臺淚不勝。惟有長干寺裏塔，通宵猶似昔年燈。

老狐行

君不聞書生問難董江都，一語識破化老狐。書生入京見天子，殿前雄辨折羣儒。天子非常賜恩禮，公然白晝搖簪裾。天地翻覆狐不死，還竊虎威欺鄉里。啼笑直假髑髏面，變化終存爇火尾。出入虎前狐後隨，逢人辟易夸且悲。虎欲噬人避不得，賢豪免者吾所爲。賢豪之死亦有命，老狐此言胡足信。不聞天下無狐鄉，天公直遣虎噬盡。我遇此狐雪白鬚，頭搖手戰兒童扶。當年曾受人主敕，至今不怕天師符。共言佛法魑魅懼，老狐偏在佛堂住。口中持咒手書經，維陀大杵驅不去。自説長齋四十年，祖師堂内久參禪。明眼老僧休道破，南來佛法許狐傳。老僧傳法心最苦，祇圖此物能伏虎。狐張虎勢作虎聲，時時吼令合山驚。君不見老僧法被老狐滅，師徒無聲眼滴血。

青樓女

江東結客有沈生，早擅青樓蕩子名。室中慣取青樓女，入門椎布甘辛苦。共羨君家大婦賢，許君夜夜擁姬眠。可憐遇難一朝死，頸血淋漓濺西市。官收妻妾散歸旗，傍人都爲諸姬疑。一姬鬬難色自若，與郎别時原有約。引吭自盡通邑驚，同時又有小婦爭。小婦終年長獨宿，夜臺今夕還相逐。可憐大婦獨從容，手殮姬人棺自封。絶粒經旬命亦絶，沈家親戚生顔色。太守點名親下縣，歎息一門世罕見。自買香燭拜三喪，就中一喪青樓倡。

搏虎行

勸君有山讓虎住，慎勿搏虎動虎怒。虎欲住山可柰何，搏虎不中傷人多。世人但言猛虎虐，我在山中笑人弱。夜到官符召獵師，獵師寸鐵不曾持。即期虎穴不日埽，縱火乘風殊草草。居人防虎結伴行，見火上山攘臂爭。攘臂爭功爲虎死，那知端坐巖穴裏。火勢逼虎虎心驚，躍出深林作吼聲。獵師辟易火亦滅，山頭火光猶未歇。山頭之火隨風吹，近處人散遠不知。君不見獵師既去虎歸穴，山前山後新滴血。

泥鰍行

人家堂坳水不乾，疑有怪物水中蟠。田蛙無聲蚯蚓縮，爭傳此物頭有角。老巫見之禮最恭，云是洞庭行雨龍。作法燒符請龍子，雷火滿空龍不起。不如蜥蜴徑寸身，亂打雪雹猶有神。傍人還恐變化去，那知藏在泥深處。汲水取泥投江流，蜿蜒乃是泥中鰍。泥中鰍，何足怪，空使老巫朝夕拜。

野鶴篇

東家老屋出狐狸，搏雛噬卵無不爲。野鶴飛在池邊歇，還欲咋其千年血。堂上錦雞好文采，雖不相知遥相愛。小狐夜驚雞羽傷，還指池邊鶴嘴長。瞵眴奮臆向鶴怒，鶴嘴雖長何處訴。鶴何其懦雞何愚，笑倒牆根短尾狐。

青藜蒼谷星卿索飲醉後作

君不見燕市酒徒有荆軻，漸離擊筑荆卿歌。狗屠何人無名姓，三人相和淚滂沱。又不聞蘇生每夜酒一斗，一卷漢書常在手。張良奮擊祖龍槌，惜哉不中一杯酒。古來飲者多牢騷，胸無磊磈飲不豪。三子胸中復何有，飲我酒盡還餔糟。酒酣仰面向天哭，荆卿在燕酒未足。易水歌罷長已矣，報仇豈望高生筑。常侯歸種邵平瓜，狂奴自賣君平卜。曾生還山且耕田，漢書只在牛背讀。

金陵口號

漢家法物廢爲銅，觀象臺存器已空。卻説渾天儀尚在，撤來零落府堂中。

每憶魚鮮羨後湖，持竿敢動一鱗無。水衡已弛先朝禁，特召江頭網户租。
舊内門封不敢開，幾時瓜菜滿城栽。當年賜作中山第，夜半離牀叩首回。
大中橋北北人栖，南内淒涼白晝迷。時有推囚官吏到，夜深冤鬼遍城啼。
南朝册籍重魚鱗，鎖鑰嚴防察視頻。發出街頭官價賣，家家窗户一時新。
牛頭山下鐵心橋，千載精光自六朝。爲擬鑄刀官取去，只今劍氣可沖霄。
靈谷松陰五里長，窺人鹿出色全蒼。如今樹盡三門毁，獨對鍾山看夕陽。
城南樹色霭氤氲，石馬高低貴戚墳。松柏伐完荒塚塌，牧奴磨滅斷碑文。
萬松無復一松遺，來往人詢正學祠。棟宇盡傾孤像歸，冠袍危坐雨淋漓。
古樹蒼蒼官路傍，墳園無主説孃孃。花磚碧瓦皇陵式，撤向叢林蓋講堂。
歲祀南郊古帝都，天壇猶憶舊規模。棟梁處處栖靈氣，賣與人家住得無？
園陵宮闕已全傾，十八門樓毁盡平。往日金湯須底固，太平不用外羅城。

苦熱行

中夏氣炎熱，其烈如焚柴。大地皆焦土，萬物爲枯荄。入秋猶不雨，時節毋乃乖。青青田中禾，化爲蒿與萊。鯉魚亦有神，嘘吸驅風雷。密雲自西興，微雨從東來。霢霂一瀟灑，歡聲六宇該。羣生望始蘇，天意還見摧。中道折其翼，委身困黄埃。自非應龍神，安救下民災？下民猶有望，庶幾天意回。日暮雷雨散，面色成死灰。

偶見坊間有近刻遺聞一書悖謬特甚不勝憤惋遂成此詩

史家稱實録，孔子贊闕文。所以信後世，豈不貴其真。不見韓退之，有論不敢伸。天刑與人禍，言之悸心神。斯人愍不畏，謬妄撰逍凷。甲申殉國變，烈哉數名臣。此外安足道，表章必有因。又如賣國者，丹書著國門。公論豈能廢，曲筆乃爲原。皆言此書出，意實由斯人。南渡政多端，綱領略不存。所載諸讕論，當時未一陳。乃知紀失實，總以徇交親。至於閩粤事，有若夢中言。年月既錯亂，爵里亦紛紜。是非與功罪，顛倒難具論。閩有華小吏，遭斥懷怒嗔。私意撰僞書，詆誣無不云。儼然編野史，小人語是遵。此事吾親見，紀録亦未湮。柰何當吾世，親見是非翻。逍凷頗流布，人圖耳目新。耳目既以惑，後世何所循？安得有識者，一見輒爲焚。慨然作此詩，聊以寫煩冤。

病中述懷

鬚鬢甘吾老，寧堪多病催。學禪心未了，入世志全灰。稚子尋柴至，鄰家借米來。晝長深鍵伏枕眠隨戶，只放北窗開。

北風連日夕，當暑作秋聲。苔色緣牀上，瓜藤礙路生。候蛩涼欲語，乳犬卧頻驚。熟，醒常到五更。

種荷惟采藕，荷葉滿鄰塘。不見藕花白，空聞荷葉香。雨聲病裏碎，水氣醉餘涼。容我消三伏，秋期覓草堂。鄰人促我出屋。

市井無人語，過牆僧可招。夜涼江長水，地僻板爲橋。秧黑勞收馬，魚腥乞哺貓。河身餘幾尺，怕似去秋潮。

兵過船來少，居奇賣米家。雨傷新靛葉，風損早禾花。市井喧分肉，兒童習捕蝦。當街讓打草，鎮日過牛車。

吾志亦殊小，天心胡太慳。所求竹數箇，爲搆屋三間。雅願頻年縮，閒情一病删。竟無安隱處，只合返家山。

贈胡處士星卿

榮榮畦中蔬，婣婣門前柳。畦以木槿藩，門用桑樹紐。茅屋入蒿萊，江聲通户牖。中有避世人，言是東陵後。多年不入城，一卷常在手。客來問所爲，良久乃開口。有時還見招，臨流一觴酒。

門前何所見，透迤江上山。亦復何所有，宛轉江水環。春潮江水闊，漁舟聚其間。荻簾亦不卷，柴門亦不關。合家事園圃，獨有老翁閒。老翁持菜把，入市換米還。故人自城有時斷朝炊，日午不能飯。看水板橋平，席地草茵軟。溪上櫂歌揚，竹外犬聲善。故人自城中，無酒何以返。泥婦身上衣，踟躕日將晚。日晚質酒來，言笑盡繾綣。

惟我與夫子，同爲學道人。我亦無深嗜，不能甘子貧。昔爲帝室戚，今爲隴畝民。抱腹聽鳴雞，長夜不肯晨。兒女終歲飢，啼號動四鄰。故人貽斗米，持以分所親。哀哉此高士，不能營其身。

聖道日荒蕪，斯人固無昧。夫子窺太初，心行果不背。既鮮獨立懼，亦辭遯世悔。德秉羼提忍，學遵老氏退。仁者必有勇，汶汶豈一概。忽遇邪説人，辨論何慷慨。豈知馴擾中，龍性固常在。

同胡星卿過牛首定禪丈室方繡山爾止先已在坐

跨驢循絶澗，山葉颯已秋。仰見牛頭寺，丹翠空中浮。巖際錦樹合，松上白雲收。時時聞鈴鐸，往往見紅樓。欣此天氣佳，愜我同心游。石磴辭攀躋，間道入林丘。耆舊五百餘，大半白其頭。庭階自起坐，不問客所由。客亦不復問，直造禪室幽。叩門妙香出，二子先已留。果核既錯陳，伊蒲亦頗羞。開窗俯絶壁，浩浩大江流。大江何所見，中有往來舟。波浪接天白，萬古長悠悠。上人昔宴坐，閒澹寡所儔。我亦山中侶，策杖時相求。雨聲閉竹窗，雪色浮茗甌。流離天一隅，此樂能忘不？何意二十年，與子重綢繆。餘生應有限，世事亦可休。所需容膝地，垂老此優游。上人不輕諾，首肯爲我謀。

牛首

不到牛頭寺，于今二十年。那知崖際閣，重向亂中眠。城郭青峰裏，帆檣落照邊。時鬨江右客，泣指上河煙。

監院舊相識，扶筇特地尋。飢寒離虎穴，粥飯有叢林。接衆此時事，住山他日心。可能求斗室，容我擁爐吟。

次夜過祖堂宿石溪師竹關

幾年客長干，名山不易造。一徑入深林，曲折久迺到。山門松間開，有僧爲我導。竹房上崖際，石磴穿窈窕。上人亦啓關，憑闌肆孤眺。驚見俗人來，頓覺一山鬧。上人我同庚，髮白顔殊少。清風灑塵表，朗月盈懷抱。意取嬾殘禪，不傳曹洞道。有時弄筆墨，直探北苑奥。豈有揣摩工，所任自然妙。卷以贈方子，足慰平生好。夜久齋廚閉，自起然茶竈。茶熟客亦眠，獨上峰頭嘯。

同星卿訪梅逢一靈二上座

古寺入深松，石徑踐以熟。一自導師亡，旋見苔徑緑。念此二開士，在昔稱高足。策杖叩其扉，繩牀守幽獨。爐灰不復然，齋堂日一粥。靈公呵凍書，寒色滿修竹。梅公負暄坐，談笑無拘束。禪機紛滿前，豈在言往復。梅公老古錐，信是住山人。靈公氣骯髒，目中誰等倫。長干十萬户，獨與二老親。二老復何知，惟有徹骨貧。朝洗耳中污，夕澣衣上塵。所存餘幾何，去妄豈有真。賴此善知識，妙義互相陳。逝將舍我學，從汝談淨因。

天界紀事

百丈毘盧閣，莊嚴歷十州。殿供軀像偉，碑紀國恩優。鈴鐸通宵語，竹松滿院秋。冥心鐘磬裏，端坐老堂頭。

三門來往歇，半是帶傷兵。翠竹官監伐，蒼松鼠亂行。路闌疲馬倒，井羃渴駝鳴。鐵騎無時入，頻令合寺驚。

導師辭世日，悲泣動天龍。南國尊三寶，江南以藏經、長干塔及杖人爲「三寶」，城南賴以不燬。諸方正五宗。杖人有五燈正宗，一清諸方之訛。偈于臨去説，龕欲待誰封。曲盎端然坐，傾都禮梵容。

輓天界和尚四首

佛法從來未問師，經時親炙睹威儀。起居自在無心處，生死從容不動時。萬世獨知莊子解，十年三點所南詩。託孤已信存吾道，師以莊生爲孔子真孤，託老子以存。此日真孤更託誰？

東南棒喝正紛然，洞上孤危一綫懸。老去示人惟讀易，年來下座不談禪。天心已信常冬至，祖意休矜有別傳。今日偶然窺見得，教儂何處哭蒼天。

三百年來一老髡，灰心獨念本朝恩。井中史記死猶讀，獄裏經聲今尚存。師觸時諱下獄，獄中遂成道場。佛寺彫殘悲國土，御碑漫滅慟山門。兵興堅卧毘廬閣，字字新詩有淚痕。

寸絲不挂赤條身，天下禪僧無此貧。撒手纔爲流俗信，師端坐而化。逢時屢被及門嗔。諸方嗣法稱多士，半夜傳心定幾人。制作一生盈數尺，誰爲删出見師真。

兵後重到草堂書懷

曾經烽火暗南村，敢擬吾廬今尚存。牛赀堆逰尋老友，馬蹄聲裹掩衡門。灌園叟去蕭籬倒，載米船來市井喧。愁絶不堪思往事，滿庭秋色照黄昏。

草堂四蛩詩

耿耿光難昧，幽幽照獨行。無風自開闔，近水得逢迎。歷落親人冷，飄零出世輕。共知爲腐草，休恃有微明。螢火

不定去來意，悠揚何太微。尋花輸蜨鬧，咽露讓蟬飢。羅網寬休觸，兒童捷有機。憐他輕點水，得趣便高飛。蜻蜓

積雨堂坳白，蹋蹋入户蛙。已無朝氣怒，還怪夜分譁。井海知誰大，公私聽並嘉。時防持釣者，算汝作魚蝦。蛙

促織縈深夜，牆根何處尋。非時寧敢鬭，率意自成吟。豈入豪家耳，惟關靜者心。通宵愁不寐，應是爾知音。促織

書懷

今秋通不熱，吾意更蕭然。枕到天陰潤，牀隨夜雨遷。因人成薄醉，無客即高眠。餐飯依時減，毋勞問米錢。

寄蕭尺木索畫

吾憐蕭處士，白髮老江天。埋迹市廛裏，閉門風浪邊。供僧惟一飯，賣畫有閒錢。許寫青山寄，欠來已十年。

上河留宿酬王汾仲諸子

步出江關路可憐，偶乘高興小春天。橋危獨木愁行旅，潮落高灘鎖釣船。津市一家初賣酒，村墟幾處有炊煙。居人好客爭爲主，留我樓頭累夜眠。

憶江村寄示兒子煦初廉裕隲祥及兒子灋祖

江上青山桂樹村，先人遺構至今存。本無多地爲園圃，獨此閒軒課子孫。逢世文章寧有效，傳家經術且宜尊。同堂自昔相師友，來歲吾歸細討論。

寒夜念天界同參諸子

破衲蒙頭擁地爐，紙窗新補壁新糊。殘書數卷終朝看，老屋三間一物無。正好餔糜逢米盡，偶然思酒乏錢沽。知君夜靜灰堆冷，七尺單前凍未蘇。

寒燈無燄炷無香，坐到更深嬾上牀。讀湯偶知冬至節，參禪不入祖師堂。果然火死灰重活，但覺陽生凍未妨。借問蒲團枯坐客，功辭翦爪爲誰忙？

酬三宜大師

一衲蕭然自在身，諸方獨有此翁真。寒江破浪違慈母，古寺臨龕哭故人。師來爲浪杖人封龕。不斷情根存世諦，可知佛法在天倫。我無一物堪爲供，赤手將來未是貧。

早雪

漫説寒威淺，江山也一新。半空消不見，大地蓋難勻。野路銀沙漫，遥峰粉筆皴。占年寧足算，暫息道傍塵。

六出花初試，千林大可觀。擬舒衫袖接，旋被屐痕殘。飄忽隨風態，輕盈到地難。也知時節早，應待逼年看。

不寐

客被何曾煖，霜嚴好是晴。雞寒啼費力，鼠黠墮無聲。殘月曉纔上，野更遠不清。通宵求合眼，多是近天明。

草堂紀異

孟冬建亥月，羣陰氣以盈。百蟲蟄不出，青蠅迺營營。紛然几案間，耳目無時清。貧居寡羶薌，擾擾何所爭。屏坐不得卻，開軒玩虛明。虛明豈足礙，且復憎其聲。或云大兵後，尸氣感所生。又云冬大熱，將有疫盛行。微物關氣運，我心寧不平。冥心絶聞見，任汝自縱橫。江南亂甫定，有鳥鳴屋頭。有如將雛雉，旋繞聲啾啾。居人夜不寐，聞者生歎愁。云是鬼車鳥，厥聲災禍由。掩耳不敢聽，而我獨無憂。我觀天人理，吉凶本自求。我生不愧天，此鳥寧足讎。達人齊得喪，志士重自修。誰謂鳥聲惡，宛若鐘鼓幽。聞此發深省，如何還怨尤。老屋牆隅穿，羣鼠穴其内。白日公然出，頗作逢迎態。衣桁無完物，書架半殘廢。平生所著作，竊取無復在。意氣還驕人，傍觀轉難耐。我自學道來，深以文字悔。任汝攘所有，原情悉汝貸。胡爲益跳梁，時復肆狂喙。背德者不祥，汝行將自逮。安得曠野居，終身遠此輩。馴犬十年餘，晨昏在門户。依依膝下眠，出入銜衣屨。搖尾有所需，給之惟恐誤。一朝忽狂吠，不復舊恩顧。伎倆昔所知，猙獰狀可惡。時時張爪牙，意在使我懼。醉人不畏虎，得全以天趣。我天既以全，寧于犬乎怖。恩多怨反生，我實驕汝故。從此舍汝往，慎勿卧當路。狺狺且收聲，路人不汝恕。

閉　門

但得閉門坐，憑他風雪寒。問心無一事，數米有三餐。老友疑相質，閒書束不觀。此生疑過分，何敢更求安。

寒夜張爾公見過

老友緘關久，冒寒過草廬。久辭城市迹，新禁國門書。方禁其書。米店錢還後，茶爐火著初。相看頭白盡，談笑未應疏。

苦寒行

嚴霜日夜摧，北風一何凛。天地忽以閉，晝短夕苦永。敲石無火星，斧冰惟枯井。口噤不得開，淚下直如綆。豈無太陽輝，一令羣陰屏。浮雲相蔽虧，乍出旋已隱。浮雲本無根，白日亦有景。自非羲和才，六轡何由騁。空使寒巖松，窮年自孤挺。

僧舍蠟梅

花開精舍裏，攀折遍街坊。大户增錢奪，高齋累月香。僧心惟驗蠟，佛面且分黄。世味嚼來久，空門可較長。

臘月望前一夕同曾青藜訪孫易公圍爐看雪限韻

昏暮集微雪，杖藜興偶乘。舞空纔著瓦，軀冷欲侵燈。長夜客難過，深杯老不勝。擁爐看汝飲，簾外正飛騰。好客推孫楚，況逢點也狂。萍蹤粘白下，花信逼青陽。得雪銷冬熱，聞雷怕歲荒。窮途餘老友，且莫判行藏。

哭藏野上人

上人違幾日，靈骨已歸山。破衲禪堂佔，空房監院關。琴憐雙耳廢，緣怪一錢慳。普德門前路，從今罷往還。

校記

〔一〕溽　原誤作「湄」，形近而訛。

田間詩集卷六

江上集 庚子

庚子正三日沈仲連楊商賢曾青藜方爾止梅杓司陳伯璣同集顧與治宅

雨隔春城路未賒，客途相聚頌椒花。深杯潦倒羈人興，老屋陰寒處士家。時事又憐三日過，鬢毛總向十年華。明朝便發還山櫂，愁煞孤篷月影斜。

初春邀蒼谷飲梅岡酒樓望見張興公至招之共醉詩以紀之

長干正月春寒天，長干一路酒簾懸。我尋蒼谷謀一醉，手中恰有千銅錢。梅岡之上酒家少，小樓面山半欹倒。有翁賣酒廚無肴，蒼谷愛此酒醅好。賣酒老翁亦不俗，獨在爐邊扇茶熟。

呼來共飲顔色歡，笑我千錢酒不足。何者拄杖老翁來，逍遥獨步雨花臺。醉中認得張長者，此翁雖老能銜杯。憑軒大叫亂招手，翁也笑指窗中酒。須臾曳杖上胡梯，酒翁自起添一斗。張翁衰鬢白如絲，言當剃盡身披緇。苦被兒曹不見聽，殮我終以僧伽梨。我與蒼谷皆大笑，鬚髮有無何足道。岣翁學道聖人徒，那得酷信西方教。酒翁從旁摩我頂，笑我狂言不自省。多年老禿還諫人，譬如我醉勸君醒。傍人聽説訝狂癡，獨有張翁信不疑。兩君髠頭不事佛，此意難與酒翁知。

擬往江右尋藥地不得去里中諸子聞白門近事招余還山

廬山有願去何遲，況復追尋慧遠師。開歲便要雲水伴，出門偏與雨風期。自知念雜魔須嬈，且喜心安謗不移。比得謗甫息。勞動故人遠相憶，勸歸爲刻十年詩。

返里門江上雜作

貧裝惟附載，行止聽篙工。舟等潮來活，村經兵過空。年終遍處火，日落一天風。誰識千檣裏，愁吟雜老翁。

篙師眠最熟，寧顧客心忙。人語鄰舟起，鷄聲野店荒。漸岣敲石火，似欲理帆檣。風色嗔相問，憑君住不妨。倚灘不到岸，此地幸無驚。數問來船信，喜聞前路平。隔年愁上料，幾月又裝兵。羨煞打魚者，深宵搖舿行。聯檣鄰漸熟，向曉約齊開。旗脚占風轉，船頭覓浪回。路程嗔早算，篙檝怪頻催。神福爭錢買，登崖久不來。誰憐長滯客，今日也開舟。風戒飽帆腹，柁看撇浪頭。江豚朝面拜，水鳥近船泅。慚愧東來子，輪君怨石尤。

騎驢衡北客馱落詩以謝之

狹路相遭處，孤吟甫就時。馱高驚偪側，驢墜失敲推。客惜千金貨，吾成一句詩。不知囊底物，五字可能賠。

訪方還青山莊

劈面衝風去，行人納手寒。詩從驢背就，客用馬頭闌。衝客馱落，大爲所困。問路三叉錯，沈吟一字難。遥知今夜宿，倡和有方干。

老友官初罷，攜孥住此山。徑荒無轍迹，水落有潺湲。瘦馬放溪上，居人指樹間。天寒知不出，應是掩柴關。

入城途中口號

前山青欲没，一路晚煙生。頑僕催頻歇，疲驢策不行。日斜寒氣峭，風止暮雲晴。野店難尋宿，吾須趁入城。

越巢爲左霜鶴賦

徑隱叢篁户隱梅，茅齋斜倚半峰開。空林人語窺難見，野路樵通唱自迴。晝冥雨篩千嶂合，夜深溪怒萬山來。高窗燈小兒貪讀，一聽書聲一舉杯。

主簿祠荒滿薜蘿，一巢新搆在巖阿。久思學釣尋漁父，忽肯參禪寄鳥窠。野火燒餘山色淺，柴門掩後月光多。溪邊坐聽灘聲鬧，常許施橋與過河。

左眠樵抱蜀堂落成

半生事業已全虚，垂老仍尋舊隱居。澗溜昔年枯絶響，巖藏先世讀殘書。欲留客飯親燒筍，爲仰僧勤帶種蔬。我搆茅齋空有願，此中權可號吾廬。

竹成

我來犢角未全生，一雨纔窺數寸萌。朝省地潮滋壞甾，夕看露顆上梢行。攜笻並記過牆節，撑石起𨋊出土聲。昨在九峰經宿返，亭亭早見萬竿成。

同左子兼子周尋山

尋山連日費躋攀，不盡探奇不肯還。黄鳥啼殘深樹裏，青鞵蹋破亂峰間。少年輩轉輸余健，多事時偏勒汝閒。已約高僧秋後至，挂瓢親許小琅環。小琅環爲左氏家山。

喜姚經三成進士

才子高科及壯年，看君意氣轉蕭然。拈詩句就銜杯裏，作畫心窺用筆先。莫厭刑名官近俗，應知山水郡多緣。道人經學無人識，望汝流通使世傳。

龍眠山居雜興

築室當溪口，溪聲比舍連。截來穿竹徑，引去入秧田。泛酒夜難醉，臨流午能眠。羽觴原上放，直過小橋邊。

經營三四載，新搆小茅茨。筍密僧私賣，租寬佃自知。開荒南澗闊，覓種下江遲。瓜豆緣塍種，溪邊盡插籬。

亂後山田瘦，春陰趁早耕。秧鍼寒裏損，糞火雨中明。酒店乘忙蓋，鄰家爲水爭。叱牛牆外過，時有讀書聲。

見説西峰下，陰寒可種茶。山深雲雜霧，地黑土兼砂。盛夏勤薅草，初年忌摘芽。荷鉏僧不倦，常到日西斜。

古藤纏壁住，知是老牆根。竹色碧侵户，梅陰香滿園。野鷄銜客起，乳鹿避人奔。市上還防虎，山中不閉門。時有虎入城。

幾道灘難過，誰成獨木橋。田因更佃瘦，山以上墳燒。村婦雨中牧，丫童屋後樵。隔牆來往近，有酒即相邀。

一犁東作起，草徑狹難行。處處驅牛路，田田放水聲。莫嫌連日雨，已是一春晴。客至親炊飯，兒童遺入城。

牆角鈎衣刺，繁花滿路香。翁饒判食菌，婦鬧爲爭桑。趁客奔蠱毒，催耕候鳥忙。松棚新貢酒，私喚老僧嘗。

村居離郭近，野老未忘機。籜隕編涼帽，稭留織草衣。血痕歸獵網，腥氣坐魚磯。見客雄談古，東門看戲歸。

糧事聞人説，官收果便農。倘能減科派，詎敢後輸供。僧徒施茶竈，鄰求造酒傭。今秋安水碓，借與四村舂。

休脱衣棉早，空山入夏寒。摘蔬盈一把，燒筍飽三餐。浲湯溪邊講，詩文醉後看。怪余談不倦，得遇解人難。

好山何必買，得住即吾廬。北苑眼前畫，㴒華袖裏書。水溝花自去，石縫草親除。潭上漁無禁，人來亂打魚。

講罷吾無事，巡溪步幾回。草昏山欲合，杉黑雨將來。晝卧貧僧病，春寒野殿開。樵人歸不歇，前路伴相催。

過碩人醒園偶作

太冲耽野趣，市隱亦蕭疏。負郭纔通巷，開門別有廬。小亭留客坐，大宅讓兒居。自說歸田後，緘關嬾讀書。

酬左夏子

博物推公子，誰堪共討論。見君能不語，覺我太多言。居僻寧逃世，交嚴豈閉門。吾鄉無古學，史法賴猶存。

招武水高子威入山話別

通家魏里彥，兩月滯荒城。訪舊老來意，看山臨去情。本無多石色，但可聽溪聲。欲問頑夫事，丘中過此生。

青布潭弔左子忠

未了一分願，空捐萬里身。故人虛有望，茅屋竟難新。許爲結茅。得病因多酒，遺孤仍舊貧。潭過宿草處，一過一傷神。

周信臣山齋

周生讀書處，茅屋只三楹。水斷隨牛迹，籬遮吠犬聲。尋山高士興，謝客老親情。見説緘關久，經時不入城。

左氏三都館詠新筍

此徑昔栽竹，亂來餘幾竿。茅從今歲葺，筍趁老夫看。拔地蒼苔破，參天碧玉寒。庭前盈數畝，觸目是琅玕。

出山纔十日，清翠遍山隈。似少去秋雨，應從前夜雷。迸生疑有怒，競長是誰催。飽盡平生眼，行吟日幾回。

生意難拘束，縱横不作行。斜穿寧避石，直過似無牆。空地補偏得，新畦侵欲荒。安排消暑處，吾意已先涼。

流水緣新竹，平生意在兹。忽驚青箇箇，漸覺影離離。坼土曾親見，抽梢人不知。坐來光可飲，睡足茗香時。

頗怪篔簹好，還憐老竹根。雪霜經幾月，雷雨長兒孫。犢角一時鋭，龍鍾幾箇存。池邊吾手植，料得滿家園。

過張山人不遇

北山有逸士，相訪每相違。陋巷無多屋，居人共一扉。客來題壁滿，僮應在家稀。爲問比鄰叟，常時夜始歸。

祝山如邀飲出示新詩

東門城口鬧，中有逸人居。一徑入深巷，滿牀堆異書。茶從僧轉覓，酒爲客長儲。佳句篇篇好，流傳豈藉余。

方井公招飲

負郭牆陰僻似村，屐聲得得破苔痕。山城水漫朝無徑，竹樹春深晝掩門。酒在雨天容易醉，詩于晚節覺難存。煩君好我思行世，好待删成與細論。

初夏

梧陰初大竹初成，天氣寒多穩卜晴。野草花鋪紅毯闊，新秧風熨碧濤平。幾雙山地牛頻叱，一片水田蛙亂鳴。底事流鶯啼漸嬾，漫無情緒兩三聲。

喚晴喚雨樹頭鳩，處處農忙爲麥秋。山筍充盤和露折，野花入藥夾藤收。學飛燕子空巢出，作隊魚苗戲溜游。講罷南華無一事，舊詩親寫與人留。

杜鵑

四月秧齊水滿村，杜鵑啼處綠陰繁。山花似染三更血，國事徒傷萬古魂。少婦枕邊春已去，征夫嶺上雨初昏。天津處士休愁絶，那得南人氣尚存。

黄鶯

碧柳千條罨大堤，鶯吭初滑聽難齊。風前酒醒偏閒囀，夢裏人驚直怪啼。似曲慢調深綠内，如花流過短牆西。知君自愛聲音甚，定選陰陰好樹栖。

百舌

春深山僻鳥鳴幽，底事間關啑不休。一片舌翻千樹裏，百般聲鬧五更頭。繁音學得人堪喜，巧語多來聽轉愁。自是耳根難得靜，讒言君側豈吾憂。

畫眉

小鳥和鳴何處尋，聲聲不變異時禽。四時有之。清溪雨過矜新啑，別院風微送好音。顧影漫勞京兆筆，聞名先動美人心。能言未必如鸚鵡，閉在雕籠一樣深。

王以介太史出參江西督儲叙別

早歲爲儒典石渠，借才暫出叱熊車。舳艫自轉司農粟，膏火仍親太史書。老友禪關深望護，謂藥地師。前賢講席未應虛。柴桑大有遺民在，肯過潯陽一式廬。

內史持籌佐大藩，南州久困轉輸繁。要知治賦循良績，早驗居鄉長者言。國課正嚴寧望減，民情少緩即爲恩。遙遙澤沛西江水，可有餘波溉里門。

寄懷錢爾斐孝廉

武水泱泱滿縣流，孝廉家在板橋頭。竹聲晴聽通宵雨，山色陰含一院秋。爲喜孤吟營小閣，時招野客上扁舟。梅花墓側東門路，惆悵當年夢裏游。

兩年風雨卧南園，問姓同爲武肅孫。郭外花開春置酒，溪邊詩就夜敲門。漬留震澤孤臣血，謂仲馭。招斷虞山萬里魂。鑑在葬桂林虞山。莫話昔年行樂事，豳人紅袖至今存。昔與爾斐作使女郎賭勝爲樂，問其人尚在焦陰。

亂餘澤國遍風波，破衲孤筇未敢過。枕被幸存兄弟樂，並念爾玉。庭階深望子孫多。向來白髮應全禿，老去青衣豈解歌。爾斐生而發白，又所狎僮齒長矣，蓋戲之也。借問客園憔悴叟，驚魂定後興如何？謂龍門先生。

書懷寄錢仲芳

記別王孫十六年，故人星散五湖烟。也叫鬚髮隨時白，不見詩篇與世傳。骨肉難餘同産盡，園林兵後幾家全。向來鄙句蒙收錄，一字如存亦可憐。武水有詩百餘首，皆亡矣。憶君家尚有鈔本。

風波閱盡道人裝，無復狂奴故態狂。一領衲衣常自補，數莖短髮已全蒼。爲澆宿草思行腳，但説嘉禾早斷腸。小艇夕陽來去路，不堪回首是西塘。

寄魏交讓處士

憶昔孤吟武水濱，竹林聲氣最交親。謂令叔子一、子存。風霜節以孤偏勁，清白家因亂益貧。常怪德門多達士，猶存胄子作遺民。東南比歲名流盡，似爾超然賸幾人。

數過潘伯鸞小飲與陳二如劇談醉後有作

南樓深巷隱雙扉，每訪潘生盡醉歸。講湯超超迎妙悟，談詩往往合禪機。日斜川上收虹飲，雷過城頭挾雨飛。不是衡炎頻擾靜，微言欲覓解人稀。

述醉示諸禪人

昨夜醉歸歸獨後，街頭月色清如畫。同行不用更扶持，我醉心知路不謬。分明記向北門歸，左氏門開未掩扉。階下童子喚不醒，階前花影滿人衣。愛此花影對花坐，小童扶入竹房卧。半夜忽疑卧在階，空庭風露還愁大。猶憶門櫳倚壁開，捫壁求門安在哉。那知身在門以内，何處求門更入來。翻然驚覺愧且喜，將心覓心一如此。寄語同社參禪徒，主人原在儂屋裏。

飲鄧柬之卻贈

羨汝藏身出處閒，乘風高翮早知還。數延僧住思離市，但得錢餘便買山。生事喜於垂老足，世緣肯放此心閒。論交杵臼今無幾，一過高齋一破顔。

吴于庭移居城北

新居負郭抵村莊，况有三間疏豁堂。便縛架遮東曬熱，早開窗納北風凉。雜花滿院留詩叟，小石憑闌坐酒狂。共訝屋縉稍過直，原來丘壑趣偏長。

江在湄昆仲見過

鶯花入夏三都館，蠟屐侵晨二陸來。執禮爭知家有教，讓賢轉覺仲多才。門庭見爾清修苦，心事逢人笑口開。老去詞壇如不棄，或堪頻把論文杯。

姚翼侯催妝詩

薄暖輕寒四月天，黄鶯休攪合歡眠。壁間絃是新調好，鏡裏眉知再畫妍。永叔大姨稱謂换，尚書小女子孫賢。劉曄再娶趙晃尚書第九女，生九子。最憐集句聲聲苦，從此摧燒不許傳。翼侯先有悼亡集句。

左夏子懷西樓得山字

桐風初御晚涼還，屐齒同乘物外閒。百尺樓頭書萬卷，千重樹裏屋三間。澮香細潑秋前茗，遠黛平招雨後山。半醉袒肩橫説湯，一生天放老夫頑。

飲姚駕侯錦叢堂

錦叢堂側碧苔斑，滿榻圖書在此閒。年力正强思勇退，家聲方課獨偷閒。小窗日課詩偏富，大户天教酒不慳。客到所談方外事，何須更買最深山。

江村初度

行年半百願多違，幾見茲辰守舊扉。壯志暗消余已老，家人相慶客真歸。易于燈下朱難點，孫指髭間黑漸稀。從此猛拚除故我，豈需明歲始知非。

寄從子龍友

我遇杜蒼略，言與汝相識。稱汝好文采，落筆多奇特。蔣春鄉先生，覽之爭歎息。知爲我從子，亦足生我色。又言汝不羈，意氣難可即。游學亦多年，岸傲乃如昔。我以正月回，羣從皆羅列。問汝獨不見，久未還鄉邑。汝父年向衰，鬚髮白間黑。倚閭望汝歸，中夜淚霑臆。汝母厝淺土，風雨臥荆棘。兵火沿江村，寧不念罔極。汝妻守空房，糠麩不得食。汝子嬌可憐，宛轉繞我側。朝夕盼爺回，傍人爲心惻。丈夫志四方，天倫詎有忒。汝學當益進，汝才極可惜。我昔好遠游，間關歸不得。汝在咫尺間，久出何所逼？傳聞頗異辭，展轉滋我惑。讀詩早言旋，免我長相憶。

方季重見過

深憐中表半晨星，稚弟居然見老成。骨肉情濃悲叔子，謂家兄幼安。園林路熟憶難兄。謂令兄伯穎。家粗可過心偏遂，望本無奢累更輕。安得住山休隔嶺，時時家醞與同傾。

老去

老去書難讀，終年手一經。農忙閒坐庥，僧倦放參醒。畬火無端著，柴門忽自扃。此中饒得趣，欲説與誰聽。

偶作

同輩頻抽去，舊游看漸孤。也知隨分過，那得此心無。學佛戒難受，吟詩律不拘。老夫年半百，今始欲爲儒。

莊生不可學，漸覺此心灰。人似同舟聚，屋疑避雨來。起居安逆旅，來往倩形骸。處處多粘縛，何時攏盡開。

端午獨酌

霪雨涉春夏，百穀播始完。林間水生陂，浩焉興波瀾。郊邑困誅求，四民力已殫。黯然值令節，慘澹不成歡。壯子室屢空，長夏更艱難。手持一尊酒，弗獲具盤餐。酒雖滋味薄，能令顏色丹。漬以菖蒲香，防彼邪氣干。開尊自斟酌，一酌再三嘆。跼蹐茅檐下，周旋豈得寬。

惟有孤生松，可以恣盤桓。

夏夜喜雨

火雲晚照四郊愁，一雨滂沱豈待求。天澤自依時節降，人情空爲稻粱憂。高田趁水都催種，早稼盈疇已望收。多少農夫通夜聽，聲聲滴在寸心頭。

不種田園不納糧，也欣時雨共人忙。老僧豆架侵晨縛，鄰舍瓜藤一夜長。牆外暗㽕奔澗響，林間微有宿燈藏。分來佛火無些事，照我收書自上牀。

七夕陰示從子龍友 將應試白下

天河陰不見，酒盞興難降。犢鼻矜南阮，烏皮老北窗。雲遮應有渡，星暗自爲雙。莫乞黄姑巧，蛾眉皓已厖。

索飲方季重

懷抱秋來惡，那堪麯糵疏。上牀眠不著，即事悶難除。表弟能藏酒，阿咸數起予。六舍侄爲季重婿。倚渠謀一醉，于汝意何如。

詠史

荆州據形勝，其國四戰衢。北向爭天下，勢同順風呼。乘危不能取，惜哉失此圖。先主既入蜀，勢在西一隅。主既稱爲帝，蜀亦建爲都。將士皆懷安，焉肯復長驅。雖有孔明才，見利不能趨。魏延計不用，千載嗤其愚。

古來稱險固，惟蜀號偏安。一夫以死守，誰能踰其關。如何有蜀者，兵至輒破殘。哀哉姜伯約，勇智非不全。漢主既乞降，焉用軀獨捐。解甲以事讎，舍易圖所難。此志亮不就，至今爲心酸。

晉室昔南渡，立國過百年。其臣非不庸，其主皆至孱。豈有復仇志，惟圖旦夕安。所重亦門第，所尚仍虛玄，中朝覆亡轍，到今迴不悛。中原有戰爭，此地幸以全。獨令王與謝，後世稱其賢。

得失固有道，成敗安足論。成者寧必聖，敗者詎爲昏。古來功名際，多爲史氏冤。謝玄破苻秦，其名至今存。向非朱序倡，秦兵豈遽奔？英雄一失路，萬古褫其魂。功名屬竪子，壯士復何言。

中原昔喪亂，戎羯互塗炭。共偷江左安，坐看神州陷。壯哉宋武帝，直上咸陽殿。百年宿穢清，天日重相見。可憐秦父老，壺箪遍畿甸。中原望風降，拓跋不敢戰。一朝棄之行，急歸圖晉禪。關中自足帝，方隅何用篡。空使向化民，再罹畎戎難。功名不得收，古今一長歎。

虞常漢烈士，没身在匈奴。身陷志不屈，還欲復其仇。思劫閼氏來，並取丁靈頭。此豈能歸漢，要爲壯士謀。傷哉奇計泄，同事皆被收。其事雖不就，其義已千秋。獨陷蘇子卿，北海長幽囚。

漢家邊禍起，舋由中行説。翕侯相繼降，和好從兹絶。隴西辱家聲，長水焉足責。貳師名將軍，一敗屈其節。爭寵復何心，陰害出同列。敕巫託鬼語，祠社屠其血。冤死在異域，殺身一何拙。

都尉昔出塞，搏戰功誠奇。若非管敢降，豈不出重圍。壯哉韓延年，一死報主知。因杅無功返，夷滅焉能辭。緱王亦可慕，浞野亦可追。何爲別子卿，泣下空霑衣。不如丁靈王，勸縱蘇武歸。

蘇卿在北海，志豈復望生。空死無人地，此心誰當明。丈夫守大義，口舌未可爭。李陵語未畢，喟然感其誠。雲中生口至，迺言武帝崩。南嚮一長號，至今凶哭聲。白髮謁園廟，歸國徒傷情。

人生重富貴，要在還故鄉。韓信過淮陰，身封楚國王。買臣歸郡邸，腰懷會稽章。故妻怨既報，漂母恩亦償。英雄不見道，恩怨焉能忘。得志論一時，寧保後不亡。二子無令終，後世皆稱揚。

子雲寡嗜欲，家無儋石儲。漢亡不肯去，天祿還校書。勢利非所慕，所懼身見誅。設令投閣死，死市何以殊。天地有玄文，時節當發攄。焉顧持筆士，削其漢大夫。

富貴不足羨，道在豈爲恥。不見張安世，光寵世無比。父子併封侯，知懼不知喜。纖嗇殖貨財，天下稱其美。張禹老貪夫，嗜利死不止。卧病邀帝臨，但託婿與子。天變意昭然，豈不在王氏。直爲子孫計，陰希外戚旨。漢祚從茲移，禍由貪夫始。

同戴无忝訪方有懷白鹿山莊

昨夜漁篷泊釣磯，朝涼趁向鹿湖飛。蓼花灘暗迷河路，松竹陰穠閉板扉。支磴且留來客坐，呼僮走約主人歸。炎天相見無苛禮，揖罷當風便解衣。

訊臣向魏塘近事 劉臣向頃游天都返，過武水，特訊之。

魏塘回首幾招魂，不在南園即半村。吏部果然嗣愛子，職方曾否有遺孫。入官田宅誰爲贖，戀主僮奴若箇存。想見兩家花圃好，春時一樣鎖青門。

陳朗生山館

厭入樅陽小市廛，避喧稍覺後山偏。幾時亭子崖巔置，安得泉聲壁上懸。石磴高低迎客坐，竹牀來往許僧眠。樹根碑記吾當撰，留待和州處士鎸。和州戴无忝善篆刻。

田間詩集卷七

江上集 庚子

方還山過訪村居有贈依韻奉和

海内詩寒老孟郊，逢迎猶有故年交。難餘忽共新裁被，亂後重營舊毀巢。並哭窮途殊出處，好拈險韻費推敲。田廬未就栖身窄，消受江村一把茅。

管領騷壇自過江，高吟猶記隔池窗。紅亭淥水花千朵，白眼青天雁一雙。往事已成春夢醒，狂心端賴夜禪降。老年聚首無他事，湯在牀頭酒在缸。

懷齊方壺

同學書堂久未過，憶君吟嘯遍山阿。悲秋夜半商音發，感遇尊前楚調多。滄海杳無鴻雁影，青春空老白狼河。向來狂態知難改，醉後如岡出塞歌。

得龔仲震閩中書信

忽得故人信，遠從江上魚。如何沙縣別，纔接海澄書。多難交頻減，漫游計亦疏。令君吾未識，應自重相如。海澄令爲吾鄉人，素不相知，脱仲震於難，書來云推某分，恐未然也。

穫稻詞

女踏碓，兒埽倉，我家今日稻登場。穫稻上場打稻畢，拂還租稻叉手立。往時入倉纔輸官，今年只在場上看。晚禾乾死田無稿，又下官符催馬草。買草納官官不收，千堆萬堆城南頭。風吹雨打爛欲盡，餓殺闌中子母牛。

催糧行

催完糧，催完糧，莫遣催糧吏下鄉。吏下鄉，何太急？官家刑法禁不得。新來官長亦愛民，那信民家如此貧。朝廷考課催科重，鄉里小民肌膚痛。官久漸覺民命輕，耳熟寧岡冤號聲。新增有名官有限，兒女賣成早上縣。君不岡，村南大姓吏催糧，夜深公然上婦牀。

水夫謠

水夫住在長江邊，年年捉送裝兵船。上水下水不記數，但見船來點夫去。十家門派一夫行，生死向前無怨聲。衣中何有苦搜索，身無錢使夜當縛。遭他鞭撻無完膚，行遲還用刀箭驅。掣刀在腰箭在手，人命賤同豕與狗。射死紛紛滿路尸，那敢問人死者誰。爺孃養汝纔得力，送汝出門倚門泣。腐肉已充烏鳶飢，家家猶望水夫歸。

乞兒行

乞食兒，勿求飽，如今惟有乞兒好。富人有糧貧有丁，羨爾不聞追呼聲。鄉里小民難到縣，羨爾不見縣官面。官家賦稅多如麻，汝徒只稅籃中蛇。君不見，富家翁，朝防吏人夜防賊，通宵有眼合不得。籃中蛇去值幾錢，草堆一夜齁齁眠。

捉船行

縣裏今年大捉船，有船不近長江邊。往時縈纜闌江口，如今橫艦截江守。峨峨大艑載官鹺，官不放行可奈何。捉船到官候糧久，可憐無糧燒船走。男兒生計亦無窮，何苦老在波濤中？

從今應與江神别，此生誓不理篙檝。閒得一夜心不休，明朝替人駕小舟。

寄懷白門舊游五首

屬門人何怒飛問訊諸子，詩以代書。

馴象門西老逸民，兩年晨夕最交親。圖書相對全無事，粗糲同餐未覺貧。雪裏顏開僧舍酒，花時淚濺帝城春。揚雄居遠謂炯伯吾歸遽，試問追隨尚幾人？胡星卿

雨花臺側破山前，有客樓居十幾年。坐卧一牀人罕見，購求千卷手親編。賢甥酷似能偕隱，阿叔雖癡亦好玄。造席若知吾弟子，怒飛擬訪松風閣。定容汝宿萬松顛。張瑤星

元倬先生馬巷居，修梧小石野人廬。牀因客卧書頻卷，詩以交嚴册漸除。頭白未妨冠服古，眼昏應與簡編疏。别來念爾心灰盡，尚覺杯中興有餘。王元倬

青門未必世堪逃，自是東陵隱計高。竟肯種園身本健，公然執爨婦殊勞。灰心轉怕新聞至，得酒時防故態豪。與我明年俱五十，那能同醉卧江皋。常蒼谷

季子孤標野鶴姿，老來持重亦吾師。長齋不斷杯中物，遠害常防亂後詩。世網遍張余自放，禪關已過爾還疑。莫因學道身心苦，何日爲君撒手時。錢季水

又二十四首

園上頭陀族本華，多年賣畫作生涯。閉門反教鄰人鎖，潤筆深防老友賒。白鷺洲邊停杖履，芙蓉山畔領煙霞。交親索負柴扉滿，誰信終朝不在家。朱七處

城北王生舊有聲，孝思友誼嶺南行。親喪遠至通街泣，旅櫬兼扶舉國驚。王迎喪嶺南，并扶潘廷尉櫬回。酒到十分神始王，身惟一綫繫非輕（一）。橋邊相訂移家出，擬覓吾鄉數畝耕。王杲青

仲子無端滯網羅，北來家信近如何？交游早慮危機伏，患難還知俠氣多。老友詩于連夜燬，君聞難先焚篋中詩。阿兄鬚在一年皤。謂星卿。生還遠寄江村訊，飛棹衡門與嘯歌。胡君屋

城南野色滿西街，白板門稀漸補柴。佛戒易持難斷酒，家人不勸盡長齋。市中賣藥惟僧乞，寺裏聽經有弟偕。臨去誤收書一卷，至今展對即牽懷。張僧持

白下知交半隱淪，同時最有子雲貧。辨端欲起皆知讓，星學頻推豈認真。楊好推星命。性不茹葷非佞佛，家常絶粒未求人。江村老友柴門遠，撥草穿畦月幾巡。楊炯伯

牆東處士髮星星，老屋苔侵户晝扃。野哭每逢先帝忌，身閒甘授小兒經。談時微中終朝默，酒不辭斟徹夜醒。疑我有書人罕見，欲來竊向帳中聆。王維中

墨妙如君世亦稀，看君游戲頗忘機。囊非正乏輸錢卻，卷自成堆得酒揮。遠客乍還經宿去，

貰游屢約及期逋。松風閣上青田石，許爲鐫還竟不歸。張大風

衣屐蕭然處士風，吾徒世法幾人通。律詩自與唐音近，章法言于漢篆工。宅卜南村因夙好，身離西席便奇窮。齊年尚有開平後，謂蒼谷。明歲同稱五十翁。吴樵月

荒園一徑入蒿萊，常與溪翁薄暮來。但到賓朋逢茗熟，弗拘時節有花開。家私已盡惟藏畫，酒量雖差不斷杯。猶記小橋橫席坐，月高闌進醉忘回。姚伯右

隆準爭憐高帝孫，每談往事欲銷魂。朱門入籍知難賣，翠袖從良説尚存。亂日飢寒猶是福，非時凌虐豈稱冤。遠游爲負兵家債，流落松江何處村？朱茂昭

蓬門開向小橋邊，避世經今十六年。遂見山陵驅牧馬，每逢國忌拜啼鵑。爲儒半出門牆下，佞佛時遭塔寺前。羨爾食貧無重累，杖頭常帶酒家錢。金伊仲

年年麥飯哭冬青，皂帽方袍共幾人。麯蘗難消亡國恨，芰荷不染朔風塵。徒閒苦柏矜高節，未有寒梅漏小春。意氣似君貧不久，問君底事只長貧。殷任野

早歲逢迎記不真，那堪鬚鬢盡如銀。疏花小檻松江宅，野徑孤筇白下人。褚，松江人，寓居白下。畫倩老僧傳筆意，繡疑嬌女是鍼神。家繡多乞七處粉本。如何歲暮柴門掩，又作淮南幕裏賓。褚白浮

建安游子滯難歸，困在江城古帝畿。賣畫僧慳分潤少，燒丹友死乞錢稀。謂陳古公。故山賊占

長僑寓，深巷人尋倒𨶒扉。近日閩鄉容易貴，如君偏是苦長飢。黃波民

馬路街邊舊草堂，圖經千卷小樓藏。異書試檢丹黃遍，難字頻詢亥豕詳。潤筆每蒙資困乏，閩人嬰託君屬書于余。聯牀常得備遺忘。借來秘本僧廚失，應有神靈護不亡。借秘書，藏修藏社，爲人竊去。黃俞邰

門西小市倚城隈，一月經過定幾回。初學易林頻布卦，自開酒店動傾醅。孀親節著徵詩檄，狎客談皆作賦才。斗室炎蒸深坐日，北窗曾有好風來。湯聖弘

憶別梅岡舊酒壚，憐君行腳海天孤。性難合處原知僻，迹太奇時漸近愚。爲客久無穎士僕，隨身惟有孝陵圖。顧摹有孝陵圖。白門相念癯禪外，謂旭初。更見南陔老病夫。顧寧人

頭白張頗志已灰，萍蹤未許海鷗猜。幾家圃內求花接，何處階前選石堆。丘壑境從詩法悟，江湖興自酒杯來。導師有意爲摩頂，浪杖人欲令薙髮。念著萊妻苦要回。張大玉

蕭寺浮居客滿廬，談天聲價近何如。酒錢共仰君平卜，詩句頻央逸少書。謂王山癯。樹裏簾收人散後，橋頭燈燦月明初。經行處處同攜手，獨有狂奴足迹疏。周勿菴

籜帽荷衣道士裝，看君奇癖在膏肓。竹筐滿市收茶具，藥裹逢人試禁方。家爲燒丹全破廢，身思買卜且韜藏。知君有宅桃花塢，終歲何曾到草堂。謝逸人

檜樹森森滿寺陰，蒼苔路滑日相尋。同參單上人皆散，說法堂前草漸深。托鉢幾完行腳願，

把茅誰作住山吟。棲霞塔就吾何供，千里拈將一寸心。天界同參諸子

長干壯麗九州稱，聞道今年土木興。留取臺基容禮塔，倒開窗户看然燈。杖人擬有此式。垂簾大半多高士，挂錫其中有異僧。若遇故人相問訊，爲言鬚鬢白髩髩。長干寺諸子

新亭岡轉一茅孤，破衲棲山老更癯。持戒自知嗔性在，授經屢辨字音誣。蒲團夜雨談圖讖，麥飯春風哭鼎湖。最是別來常挂憶，佛前摩頂小僧雛。旭初

憶在長干數往還，避喧深入祖堂山。二時齋粥松根送，雙扇柴門竹裏關。老病秋林增點綴，蹣跚石磴慣躋攀。去年寫幅煙雲寄，牢挂江村草屋間。祖堂介丘上人

雜憶九首

南來佛法自牛頭，二十年前此熟游。長憶小房耆舊住，偶逢佳客茗蔬留。大江潮白窗窗見，古澗藤纏樹樹秋。相識獨存監院叟，對人猶説昔風流。牛首監院

高座苔荒野色侵，游人只在雨花陰。路纔轉過喧隨隔，客自來稀境豈深。黄葉堆邊方士醉，梅花窗下老僧吟。一從寺閉兵搜後，無復扶筇得得尋。高座寺

南朝諸寺首長干，百戲叢叢院落寬。黄口喧稱新國手，寺有奕手，纔十餘齡。白頭閒話舊中官。御碑額許游人坐，輦道錢憑賭豎攤。近日松園頻試馬，可憐老樹半彫殘。長干寺

溪流脈脈繞頽牆，曾客荒林舊道場。竹影篩殘深院月，梅花凍白一庭霜。彈琴僧見經時化，說劍人傳蹈海亡。今日山門新壯麗，爲看丹堊益凄涼。普照寺

朱雀橋南壓最喧，纔離市口綠陰繁。青苔巷埽家家路，白槿籬編處處村。王氣已銷松樹盡，軍書忽下竹林髡。比來煙雨蕭條甚，空有樓臺望裏存。

玻璃窰上一村偏，小巷疏籬盡可憐。僧舍門當清晝閉，人家路向亂畦穿。打柴婦過空樊圃，放馬兒來各斂錢。數里琅玕官伐盡，即今幾個轉蕭然。

南岡路出鳳臺門，草色苔斑滿淚痕。碧血已收難入土，丹心終在不稱冤。未聞令下仇枯骨，徒以交貧滯旅魂。擬斂錢租荒寺地，可還移得殯江村。

移居爲卜白門幽，豈意居民事事愁。闌市怕收騎死馬，犒兵權借放生牛。逃完户口官難問，牽去妻兒債未休。惟有山僧裝不改，近聞牒下漸苛求。

小市居因老友招，短牆門閉草蕭蕭。偶逢僧出搖葵扇，閒看潮生坐板橋。晨起絶糧鄰肯借，夜歸辨語犬來邀。盈庭秋色誰爲主，獨有胡翁歎寂寥。

仲兄初度日偶成四十韻

青山招隱地，皂帽灌園翁。筋力天私健，門庭齒最崇。卑栖羈客似，獨宿老僧同。飽肉資兒

俸，供甘貲女紅。兄有寡女，以鍼黹佐甘旨。我菴黄葉下，兄卧白茅中。容膝纔如斗，遮頭略比篷。屐乾晴怕脱，書爛濕頻烘。夜榻施氈罽，秋燈著紙籠。誦因無本熟，句以不眠工。嘗寐凹蘆雁，聯吟伴草蛩。題枯思曲折，字細眼朦朧。入世嫌腸直，居家幸耳聾。酒惟呼弟飲，經必遣孫通。擔糞看粗婢，爲牛弄小僮。剉芻宵喂蹇，除架早栽菘。鄉里衣冠混，尊罍餅餌充。毋輕開此口，切願反諸躬。事到手偏棘，人知心尚蓬。馳驅焉得已，嗷嗷漸難雄。且喜荆猶合，休嗟桂舊叢。岳連慚二室，行斷剩雙鴻。險韻詩更和，佳辰杯肯空。霏微吹座雨，明滅隔江虹。方竹裁斑杖，圓荷截碧筒。英餐初墜菊，曲奏半焦桐。自得貧居趣，何須生計豐。七旬來鼎鼎，百歲過匆匆。莫任胎成性，應拚講習功。參禪隨意坐，學易與身終。祠屋穿三架，瓜田廢數弓。晨昏依木主，清白守家風。樹色窗朝北，湖光户面東。乘涼颸習習，曝背暖融融。恕物銷閒怒，齋心息内訌。擁爐團襆被，篝火映簾櫳。音籟由天發，頭顱任雪蒙。豈徒寧喘息，兼以課兒童。祖德時時説，遺編世世攻。少年能聽順，長者亦虚公。即此真安樂，誰言吾道窮。

重九日友人見過

柴門住近大江涯，有客追尋路苦賒。三徑葉聲高士屐，一庭山色老僧家。茱萸正熟經秋酒，叢桂還留滿樹花。向後詩壇欣有屬，獨拚歲月注南華。

寄題劉臣向山居

陶公祠側竹森森，小搆三間倚碧岑。借倩石崖當户擁，安排老樹滿庭陰。市囂漸作偷閒計，家足懸知勇退心。從此俗人都可謝，白頭緇侶得相尋。

捕魚歌三首

長河水退疾如箭，江魚上水只一綫。土人鬫魚亦擇日，織竹爲梁罟同密。水口有梁魚早驚，大魚小魚湧來爭。大魚奮鬐向空擲，去江咫尺出不得。鯉魚信是非凡鱗，騰空躍過真有神。小魚無神枉自急，依倚大魚頭戢戢。聽得水響皆回頭，水聲亦是灘上流。灘上細流旋已汔，諒汝終是池中物。

清晨打魚魚網齊，人多水淺水爲泥。大魚入網歸漁户，小魚亦聽村人捕。風寒如刀人不覺，一半無罾空手捉。捉得鯉魚已在手，手滑旋爲他人有。物物有主爭不得，此魚非汝口中食。

崛强不動灘上鱗，灘迯挺叉先有人。往來搜括何太盡，寧有細族水中剩。水中之魚亦善藏，明年出水三尺長。

六月潮水破我堤，潮來有魚稻無畦。稻有佃人魚有主，魚雖食稻不得取。家家水到柴門前，網挂牆壁空垂涎。行人爭見魚湧上，今來取魚殊失望。或云九月連朝霧，鯉魚引魚乘霧去。我思此物之來天所予，佃人無稻魚當捕。君不見，佃户田邊水尺餘，下水捕捉皆有魚。

二子篇

我行萬里今歸來，閱盡天下無奇才。垂老江村識二子，聲名不挂當時齒。楊子祖父來東鄉，家貧親老事岐黄。戴子歷陽名父後，一筆輕身萬里走。兩人篇章殊精妙，雕蟲小技何足道。戴子痛父志未伸，衣袖斑斑漬淚痕。學道豈必求出世，年過三十不肯婚。楊子信是甘貧者，潭邊種菜纔盈把。晝出灌園夜讀書，嚴親督過不少假。此事在古未爲奇，稱向時人人不知。君不見，吾鄉爭與二子友，但言二子能賦詩。

和方有懷孤鴛鴦詩四首

微禽幸脱網羅中，敢羡雙飛恨在櫳。君是合歡牀上客，只應持贈獨眠翁。

十首詩成盡可憐，憐他隻影小窗前。也知嶺外歸來客，獨宿松間十七年。

此生交頸夢難成，愧煞人間伉儷情。唤作鴛鴦單不得，時時顧影怕呼名。

吟君詩句斷人腸，底爲鴛鴦苦悼亡。玉鏡臺前吟不得，防他鬬著暗心傷。

寄藥地無可師五十

風勁知歲晚，水落知天寒。居人篝火坐，各各掩其關。言念藥地翁，一身棲廪山。廪山在何所，草屋八九間。江右土氣薄，況經兵烽殘。緼袍豈不冷，粗糲寧可餐。又鬬終歲病，鬢鬢不復斑。豈無徒與侶，枯澹恐無歡。念此不能往，喟焉摧心肝。

惟彼藥地翁，今年正五十。十載參學功，兹事應已畢。何不放牛行，聽其自出入。無事經卷間，窮年尚汲汲。我讀羲文書，不從書中得。大昜本在人，日月誰能測。一悟咸感旨，損盡安排力。苦爲習所持，即事難自必。明歲亦知非，念之心轉急。

鬬翁在藥地，終日只讀書。此事佛所禁，翁意那得舒。佛法制凡夫，豈爲我設與。我今但飲酒，吟興亦不疏。平生好此物，到老不能除。自謂醉吟時，雜念無用鉏。以此在世棼，而心常得虛。遠公亦有塔，浮山自有廬。翁倘能歸來，我其從翁居。翁醒我獨醉，兩者樂焉如。

昔在庚寅歲，同泊昭江船。爲翁稱四十，冠冕羅賓筵。長歌聲忽悲，轉眼十年前。存者今幾人，亡者良可憐。如何我與翁，又隔窮山巔。翁其愛道體，强飯以安眠。五十爲始衰，百骸宜周旋。譬如逆旅宅，亦欲使完堅。定知久當去，得住且免遷。知翁無所嗜，亦不用學禪。

惟有一卷書，可以終天年。

北風行

玄冬十月北風久，白日慘澹青天吼。萬里枯蓬蔽空飛，一川亂石平地走。江頭老翁門不開，舉家相對色如灰。已愛屋上茅盡卷，況乃堂前柱欲摧。當風出手手指直，門欹繩爛縛不得。門外往往拔大樹，根斷株傾委牆側。羣兒紛吺斧作薪，欲起禁之老無力。一村三日少人行，耳畔唯聞摧折聲。獨有南山松倔强，半死猶與風力爭。

輓李長者文若

昔我先君子，抱道隱巖阿。遠方爭就學，里彦靡不羅。翁也負英氣，自請備四科。雅志鄙章句，微言聆頗多。日把莊生文，松間朗吟哦。竊聞時輩笑，聲益振林柯。所居在菰蘆，籬落向江沱。熒熒麥與菜，纍纍瓜與茄。柴門帶高柳，古屋纏薜蘿，客至出麥飯，村酒得微酡。兼通儒釋理，辨論若懸河。有見必自是，此病老不瘥。兄弟事耕鑿，門内藹然和。嗚呼喪亂來，人事同逝波。翁老而失子，骨肉半消磨。所種沙渚田，崩卸成漩渦。疆界既以盡，賦役徵逌苛。此翁興不衰，七十鬢皤皤。我自嶺外歸，步屧相經過。夜深談易理，傳注痛詆訶。當其得意時，目中寧有他。今春奄忽逝，未剬久卧疴。翁爲學道人，去來路不頗。年紀近八旬，不死欲如何。所憐雙親柩，暴露荒山坡。所憐兩稚子，未勝笠與蓑。空有官家税，而無田中禾。恤孤竊有志，常恐竟蹉跎。時于牆壁間，誦翁呼吸歌。

述　懷

五月井水寒，十月井水溫。陰陽潛變易，智者窺其根。而况氣候移，一往不復存。古人有陳迹，每爲後世翻。如何章甫儒，猶守聖人言。草木戀故株，人心懷舊恩。不如候旦鳥，能知朝與昏。大運既以然，吾道安足論。

有客授我書，云自張子房。其理本大昜，其術役陰陽。十干甲迺遁，六龍首則藏。昜爻稱帝乙，遁甲義以彰。八卦排九宫，虚者爲中央。中央數居五，其色迺正黄。神人避正位，往往游其旁。此義知者誰，庶幾老與莊。誰謂兵家言，恐是養生方。

振衣忌太白，濾水惡太清。太清魚不樂，太白黖易生。舉世懷嫉妒，焉能全令名。賢者砥完節，至人多累行。成綺事譏議，伯陽不與爭。後世原其毁，焉知至人情。

揚雄性佚蕩，劉向無威儀。抱道空自樂，誰能知其奇。南國有曠士，秉志類如斯。其口不擇言，其行迺無虧。我欲從之學，懼爲世所疑。世情重色莊，勸以少矜持。此士還大笑，爾胡教我欺。去去勿復言，吾不爲人師。

靈鳥長苦飢，志士常苦貧。人生何仁義，惟知賄是親。東鄰有戚施，騃愚駭四鄰。西舍有嬌女，容華耀青春。願言結歡好，共知非等倫。所重在金帛，豈必重其人。不見南郭子，守道以終身。兒女非不佳，長大無昏姻。

人生各有志，所志各不違。處者甘藜藿，出者厭甘肥。焉能慕高尚，而辭渴與飢。顔公送酒錢，元亮亦不揮。未聞五侯鯖，遂爲西山薇。古人嚴一介，此道今則微。窮餓未即死，不如且掩扉。

虞火戒突直，防隄慎蟻穴。世人重周旋，彌縫慮其缺。而我性狂愚，言詞復疏拙。如何謗毁來，反以括囊獲。忠告固見猜，綢繆轉開隙。中夜内自省，不知愆所積。不見道傍樹，編籬得松柏。不見庭中花，種梅成荆棘。世路苟如此，存心復何益。

吾生固有分，所貴能自知。昨日饜粱肉，今晨抱腹飢。早時縱歡笑，夕暮已生悲。自齊分正爾，安敢踰其涯。偃鼠飲滿腹，鷦鷯巢一枝。豈不羡鯤鵬，所賦各有宜。遠志諒不遂，徒爲世所嗤。

潘蜀藻邀同方爾從舒懷祝山如劉爾雅陳季白潘彥升集石經齋即席

潘岳閒居願不乖，誅茅小搆石經齋。罷修碧檻惟栽竹，特閉朱門改用柴。詩卷敢爲慈母較，蜀藻北堂詩集初成。酒杯偏喜故人偕。談深燭盡西風夜，落葉蕭蕭暗滿階。

見齊方壺關外書信有懷

睹君書札字如鴉，遠自關東萬里賒。病婦可憐長在榻，嬌兒猶怪不還家。深宵夢醒沙場月，絕塞愁吟野戍花。聞道遼陽饒唱和，新篇幾拍入清笳。

冬夜方子山幼安田伯素伯孫小武小咸陳大匡戴韓五左壯于峙匡集左武子齋論詩漫示

敢矜風雅伯，難處老幾知。諸子才皆大，吾鄉調不卑。細求五字法，小搆一篇詩。吾鄉體好爲七言，又一題輒得數首。皆古人所絕少，詩不如古亦以此。近日詞壇盛，居然作者誰。

哭胡臨海子兑

之官頻聚首，臨發覓心悲。病勢人傳久，除書客見疑。見除目臨海已易令。兒方扶櫬至，母尚倚閭思。割俸編詩願，同鄉更仗誰。子兑擬捐俸刻龍眠詩。

偶飲城外小店諸子隨至漫成

野肆東門外，軒窗面面幽。偶然尋酒伴，何意聚詞流。小飲豪奴笑，深談店叟愁。市人不敢入，嵇阮在壚頭。

聞陸漢東到金陵即回得姚六康凶問

昨歲江城聚，嶺南二妙才。如何三載别，獨見陸生來。客路潮陽遠，公車白下回。橋西訪舊宅，應怪少人開。余舊寓大市橋西，漢東曾過其處。

吴拙存出示哭鑑在詩屬余序之因成一首

幾度哀吟調不成，斷腸况是鶺鴒情。作君小序無多字，一字書成哭一聲。

冬至前一日峽山途中作

且勿憂天變，今晨有薄霜。客衰鬢苦凍，驢瘦耳尤長。山色凌冬紫，雲情欲雪黄。明朝猶在路，那得養微陽。

投宿峽山贈念何菴主

每叱溪逕蹇，遥憐竹色寒。柴門藏路側，精舍隱林端。日在山中短，天于閣上寬。老師相識舊，常借一宵安。

圓通閣上 冬至前一日

今日純陰夕，一陽未有芽。星凝疏竹見，鹿過合山譁。就火客談湯，移燈僧舀茶。竹牀樓上冷，多送衲衣遮。

衲褥爐埋火，毋妨襆被單。香燈半夜换，鐘梵五更寒。火照驚鴉起，僧來問客安。行人籬外語，大霧正漫漫。

曝背

見説三竿上，推窗甫下牀。爐寒休更擁，棉舊罷重裝。日短午纔暖，山深南有陽。負暄吾自適，無夢獻君王。

雪朝偶成

林雀不聞譁，竹窗旋已曙。攬衣啓柴門，蒻蒻見積素。孤煙弱不高，野田微有路。土畦高下白，皓若宿羣鷺。寒花褏不舒，麥色萋以布。何處一聲喧，驚此山鳥去。

校記

〔一〕惟　宜作「維」。

田間詩集卷八

江上集 辛丑

田園雜詩

夙昔慕躬耕，所樂山澤居。憂患驅我遠，常恐此志虚。十年一言歸，舊宅已焚如。嗟我昆與弟，茅茨倚廢墟。徘徊靡所栖，還結田中廬。結廬雖不廣，牀席容有餘。牀上何所有，一二古人書。熒熒陂上麥，青青畦間蔬。日入閉我卷，日出把我鉏。

仲春遘時雨，既雨旋亦晴。百草吐生意，衆鳥喧新聲。紛紛羣動出，各各有其營。孰是形骸具，而懷安居情。秉耒赴田皋，叱牛出柴荆。耒耜非素習，用力多不精。老農憫我拙，解軛爲我耕。教以駕馭法，使我牛肯行。置酒謝老農，願言俟秋成。

一春勤稼穡，草木荒東園。今晨始芟刈，逝將除其根。良苗常恐短，惡草常苦繁。腰斧伐荆棘，用以衛籬藩。荆棘傷我手，淋漓手中痕。手傷不足道，籬弱何以存。家人挈酒至，滿斟在瓦盆。勸我飲一醉，頹然卧前軒。前軒無人來，春風開我門。

鷄鳴識夜旦，鳥鳴識天時。東皋人有聲，我起毋乃遲。攬衣出門早，且復驅其兒。黄犢初教成，我鉏子則犁。犁鉏豈不苦，衣食道在茲。道傍一老父，蹩躄前致辭。言兒筋力薄，稼穡非所宜。詩書雖不尊，猶是祖父遺。如何舍素業，自甘辛苦爲。多謝老父意，此意君未知。呼兒且飯牛，吾去燒東菑。

在昔江村田，貧者纔數畝。父老能力耕，子弟無游手。春秋聚比鄰，半爲垂白叟。泥飲不能歸，往往卧路口。自經喪亂來，此會散已久。今年更作社，四鄰能來否。社公猶有神，鄰翁亦有後。呼兒牧鷄豚，命嫗釀新酒。豈惟祖德存，抑使風俗厚。回頭語子孫，世世毋相負。

今晨放大牛，水田調生犢。稚子原上呼，有客訪茅屋。田鳥噪正喧，招手去何速。念此爲誰歟，有馬又有僕。舍耕還入門，酒是平生熟。田潦濕我衣，泥塗霑我足。且爲解襏襫，易我揖讓服。故人持不聽，訝我未免俗。呼兒出草堂，敕廚炊脱粟。我去送牛來，今夜留客宿。

罵牛東皋上，有客問我經。我牛依田轉，客亦隨我行。請問大易旨，此理不易聽。乾卦冠潛龍，遯世去其名。奇門稱遁甲，迺能役九星。秖茲无首義，可農亦可兵。八卦周天轉，六位以時成。時哉不可背，亦豈容將迎。朝爲輦上客，夕爲隴上耕。斯義如轉圜，指出子應聆。

顧客且安坐，吾牛不肯停。

東園有嘉樹，開花照昏曉。一爲葛藟縈，遂使枝條槁。枝條既以盡，葛藟縈未了。我欲解其纏，轇轕死相抱。念此不能除，斬斷迺爲好。斬藤樹亦傷，藤去樹以保。今晨心目曠，宿穢淨如埽。樂哉嘉樹柯，且復惜其老。寄言種樹人，此物去宜早。

晨興理園圃，有蟲嚙我蔬。根株既傷損，枝葉還蕭疏。我心不忍殺，棄之臨路隅。棄已還復出，此豈能盡除。況且擾鄰畦，彼蔬亦何辜。念當護此生，慨焉揮鍬鉏。遂令害苗物，戮盡無復餘。借問好生人，此義將焉如。

鄰舍有老叟，念我終歲勞。日中挈壺榼，餉我于南皋。釋耒就草坐，斟出盡濁醪。老叟自喜飲，三杯興亦豪。縱談三國事，大駡孫與曹。呂蒙尤切齒，恨不揮以刀。惜哉諸葛亮，六出計猶高。身殞功不就，言之氣鬱陶。嗟此異代憤，叟毋太牢騷。

屋上春鳩鳴，田家穀始播。時雨催我還，倚鍤檐前坐。牧童去未歸，雨聲聽漸大。時雨豈不嘉，所慮老牛餓。自往喚牧童，牽牛入闌卧。我牛既以來，我鍤行須荷。田疇及時治，況復雨初過。亦知冒雨寒，爲農焉敢惰。

盻盻水中蛙，聱聱隴上烏。土膏一以動，各有口腹需。田婦饁我飯，承筐置路隅。憔悴者誰子，似是久餓夫。問之不肯對，但指形容枯。我腹豈不枵，畏其委溝渠。撥飯與之食，傾筐無復餘。飯已長跪謝，此恩漂母逾。我實憫子飢，寧爲千金圖。揮之使速去，毋用長者誣。

春天不久晴，衣垢及時澣。身上何所著，敝襦及骭短。家人念我寒，一杯爲斟滿。酒滿不可多，農事不可緩。奮身田野間，襟帶忽以散。迺知四體勤，無衣亦自暖。君看狐貉溫，轉使腰肢懶。

東家事詩書，西舍勤稼穡。本意在謀生，所期各有得。君看西舍翁，男耕女能織。娶婦既以勤，生子又得力。焉知翁室豐，今年大召客。割鷄秋極肥，出酒濃如漆。可憐東家子，終歲不飽食。夜愁兒女啼，晝愁租賦逼。天寒四壁空，相見無顏色。從此誡子孫，決志耕不惑。

魯國有一士，中年不蓄妻。有酒惟孤斟，有牀祗獨栖。將旦候鷄鳴，入夜聽烏啼。三冬布衾單，暖氣無一絲。況復失中饋，長苦渴與飢。飢渴豈不苦，所得良自知。在世多不便，去之甘如飴。常恐懷其安，一旦不肯離。不離可奈何，吾其無此迷。

上士守其中，下士勞其形。晝作形以憊，夕息神亦寧。放身草間卧，一卧不得醒。豈惟舒我體，亦以忘吾情。春耕思有雨，秋穫思有晴。終年旱潦戔，常恐秋無成。秋成聽諸天，而我胡營營。我情豈忘歟，庶無他妄生。

人生會有盡，行止非自由。止亦不可趣，行亦不可留。如何柴桑叟，汲汲爲此戔。終年痛飲酒，冀以忘其愁。吾身聽物化，化及事則休。當其未化時，焉能棄所謀。有子亦須教，有田亦望收。天心于人事，何息不周流。我不離世間，而願與天游。焉能外親戚，視之同聚漚。

迺知黄老書，不如孔與周。

汪瑶若寄訊云以三之日過田間遲之不至

聞君有約赴青山，便訪茅齋桂樹間。爲擬聯牀添竹榻，早呼開徑埽柴關。廚無兼味應相恕，

酒人新年或未慳。一夜梅花開似雪，可因興盡及門還。

午睡三首

北窗隨意卧，竟日少人來。自把雙扉闔，春風吹又開。

牀上書忘卷，松風次第掀。夢中聽乍醒，似有客來翻。

貧居真樂處，未許俗人知。過午煎茶熟，剛逢睡足時。

雨　窗

昏昏連野雨，漠漠隔溪煙。煙雨遮茅屋，窗中有客眠。

灊山道上雨過望雲中天柱峰

千峰迷失雨餘天，忽向雲端睹岳蓮。白滿虚空遮不到，黛參霄漢望如懸。危檣直出銀河上，高髻平窺玉案前。莫是巨靈伸指起，腰軀猶在雪堆眠。

灊山道中送迦陵上人之越並寄翁山禪師

翁山吾畏友，之子亦同流。爲赴祖庭約，本受吾鄉浮山之請。因成天柱游。萬山隨片笠，一鉢入孤舟。煩語祁園客，吾心自此休。翁師方寓祁氏園。

自灊山入太湖道中七首

望去峰尖雲裏見，到來山色霧中看。知無脚力穿雲霧，空向青天倚杖歎。

見説峰頭一水環，最高頂上杳難攀。居民不省稱天柱，指與游人説萬山。

三祖寺前多酒店，僧家原爲住山開。葷腥不入齋堂去，專待燒香老嫗來。以上灊山道中

溪回百折繞山遙，裊裊横空獨木橋。一夜水來橋盡斷，過溪直待漲全消。

一道清流走白沙，青杉翠竹有人家。門前路斷應難到，來往灘頭放釣槎。

司空山亞皖公尊，遥望牛頭一角存。漸到山根看不見，煙迷雨暗杏花村。以上太湖道上

積雨連朝溪路漫，奔流壞棧過山難。道旁借問先生宅，直上銀河三角灘。訪聶比玉

太湖聶比玉山居

司空山後一村偏，我友誅茅十八年。繞澗離離生藥草，穿階活活引流泉。路隨灘没朝尋渡，

牀厎溪喧夜攪眠。坐久不知檐溜歇，瓦盆濁酒共陶然。

一溪曲折入花源，冒雨衝泥直到門。炊飯無人輪子婦，采薇供客走兒孫。草茅遮斷沿山路，

燈火微明隔水村。悲喜半生談不盡，牀頭已罄積年尊。

爲避風塵到此間，筆耕未許暮年閒。路逢野客多酬酢，門對溪翁數往還。税急吏頻披草徑，

人稀虎竟破柴關。細看天意今將轉，好辦移家早出山。

白鹿坪贈寶惜菴主

烏雲巖下虎聲驕，白鹿坪前斷采樵。虒煞四山風雨夜，跛師來結小團瓢。

山根有客褏胡麻，遠餉闍黎不在家。獨有壞衣懸樹上，草間揮汗自鉏茶。

山前山後絶人煙，每爇爐灰火自然。昨歲雪中香忽滅，罷炊忍餓過新年。

一徑荒荒入草萊，佛堂燈在竹門開。游人吹火燒茶熟，日暮山根負米來。
榖雨過來又一旬，家家祀竈焙茶新。明朝赴請前峰去，盡把茶山託與人。
腰斧穿雲獨自行，空山無伴響丁丁。枯株倒向溪邊爛，留待明年木耳生。

市虎謡

東門城外人煙簇，有虎直上人家屋。虎騎屋脊不敢下，通街小兒攢虎駡。爭言野獸近城來，城外今年防火災。或言此物傷人多，貫滿自來投網羅。須臾斃之分其肉，留取虎皮及虎骨。皮骨公除送入官，官親檢過恐不完。府裏軍門官最大，此皮合送軍門坐。村中只道縣有虎，那知皮骨盡入府。

丈洲行

今年有官來丈洲，千金之產充洲頭。税加十倍出散户，散户逃亡洲頭補。洲已崩去税在身，富賣山田貧賣女。村人訛傳官如虎，洲頭那當鞭撻苦。情願破產共輸金，求官勿來官不許。官通算法善開方，到洲升合無敢藏。誰者傳此勾股術，使我洲頭家家哭。

燕巢行

燕子飛來繞人屋，屋裏檐前看不足。幾回尋得屋可栖，卻向春田銜新泥。春來雨多泥嫌濕，燕子巢成梁上立。傍人相賀燕有巢，豈知心爲黄口勞。黄口在巢燕飛去，時時得食銜來哺。長得雛成能學飛，燕子辭巢何處歸。丁寧向雛如有訴，明年記取舊巢處。明年雛燕堂前見，人猶認是銜泥燕。舊燕營巢新燕補，勿負巢邊燕子語。

打旗船行

江頭罟師老長年，開帆遠避東人船。東人掠船禍猶可，目睛一瞬能殺我。近求緑林計更奇，小船盡打王子旗。鋃鐺鎖頸貫兩肘，上船喝人人拱手。君不見江頭有盜捕入城，都是昨日打旗船上兵。

老驢行

老翁住山出無車，來往惟乘長耳驢。往昔爲驢今爲蹇，村前村後去不遠。遠去十里輒傷蹄，有時天陰陷在泥。即今收放復誰管，驢耳雖長尾漸短。夜半槽邊鬪驢鳴，誰其起者白頭兄。

可憐驢老爲人棄，獨有老兄把火喂。老兄喂驢不自騎，與兒騎去嫌驢遲。驢歸遲兮兄起早，牽在雨中食細草。

捕匠行

今年江南大造船，官捕工匠吏取錢。吏人下鄉惡顔色，不道捕匠如捕賊。事關軍務誰敢藏，搜出斧鑿同賊贓。十人捕去九人死，終朝鎚斲立在水。自腰以下盡生蛆，皮鞭亂揮不少紓。官有良心無法救，掩鼻但嫌死尸臭。昨日小匠纔新婚，遠去寧顧結髮恩。晝被鞭撻夜上鎖，早賣新婦來救我。

夢仲馭

恍惚南園路，平生迹似稀。夢中蹊徑異昔。映窗猶藥碗，見客舊麻衣。言笑居然是，門庭大半非。十年不盡淚，重向五更揮。余十年前哭仲馭有詩，皆載前集。

宿輔仁館夜起示楊得之童稚公期公

何處鐘聲報耳邊，起來行坐月當天。諸君未見清宵好，只怪吟詩夜不眠。

上祖妣孫宜人塚 吾宗一綫，衍自宜人。瞻拜松楸，詩以繼泣。

有衍其澤，有隆其丘。鬱鬱者墓，佳氣載浮。哀我宜人，掩此一抔。言念罔極，雪涕横流。
嗟嗟先祖，執法惟肅。厥罪伊何，罹兹冤酷。呱呱二女，從母也哭。維今之蕃，荄于母腹。
皇赫斯怒，詔諸婦前。謂死與適，聽所擇焉。哀我宜人，之死靡遷。天心式格，曰孫也賢。
迺叱諸婦，遠配于遐。
迺詔宜人，往裹其尸。攜女扶櫬，馳驛以歸。皇皇典禮，申命有司。宜人歸來，天下稱之。
天祚忠貞，誕生處士。錢也得男，惟通邑喜。教育成之，克紹厥祀。子孫繩繩，於其伊始。
嗟我處士，生不識父。緊十三支，系兹一縷。子姓則繁，母氏勞苦。靜言思之，泣血如雨。

述井德 飲水思源，遺澤斯在。敬述四章，以示後人。

有石者井，于宅之東。朝斯夕斯，以養不窮。門百其口，惟井是供。誰其貽之，曰司寇公。
於惟司寇，家聲有赫。同支貿繁，競趨其熱。矯矯先祖，如泉斯冽。貽兹井闌，以況貞潔。
井闌之來，于山之陽。彼誰者宅，墟址就荒。蒙籠荆棘，翳彼道傍。善人遷焉，厥澤以長。
天道無常，惟德斯久。我飲于井，無譽無咎。嗟司寇公，遺蹟未朽。丘墓將傾，子孫不守。

尚慎旃哉，歌以垂後。

漫述口號

江村地僻少逢迎，自分長貧過此生。安命豈真關道力，求人何處有交情。稚孫教得留書種，窮子能專事筆耕。口腹所需于世少，算來無事可經營。

近來稍覺費躊躇，爲祀先人勉搆廬。長點香燈供木主，漸謀梨棗刻遺書。家規成付諸孫守，祠屋分同仲子居。此事未完心不了，且隨緣去看何如。

松樹歎

偃蓋虬枝近百年，長籠佳氣護高阡。可憐葱鬱一朝盡，伐與官家造戰船。

深松茂柏鬼神棲，車蓋亭亭遠近齊。自是人間官法重，那能復顧夜臺啼。

空山伐木響丁丁，説造舟裝下海兵。怪得山靈留不住，樹頭夜夜有潮聲。

高標勁節入雲孤，不受秦封「五大夫」。用汝作舟期破浪，貞心還可濟川無。

留松詞

隔嶺蒼松大蔽牛，工師肯向小山求。常時怪爾無材具，不是無材那得留。
根株已分斧斤摧，豈意全生賴不才。料汝終無舟楫用，從今偃蹇傲山隈。

感懷

柴門斜枕大江濆，吳楚煙波此地分。閑外久疏鴻雁影，灘頭長狎白鷗羣。故人消息多年絶，
南國存亡迥不聞。回首虞君巡狩處，九疑遮隔萬重雲。
自辭嶺嶠卧江湖，老病驚心歲月徂。萬里瘴煙迷紫極，十年風雨泣蒼梧。星移絶塞流光遠，
日挂荒山返照孤。借問西征元帥府，底須追逼盡天隅？
亂去風波行路難，此身只合老漁竿。已聞移檄栽滇餉，時報降書受漢官。宋主海中還正朔，
晉家江左説偏安。艱難萬里蠻荒外，實錄誰編與後看。
盤江西去瘴雲昏，絶域朝廷豈尚尊？事去久聞天柱折，眼懸虚指帝星存。專征大帥爭輸款，
特典孤臣未報恩。試向日南還悵望，北風吹雨滿乾坤。
澤畔終朝祇自吟，吞聲幾度不成音。君臣雖遠寧逃義，師友云亡敢負心。野老也知天意去，

癡腸豈必國恩深。即今浪説崖門破，誰抱龍髯入海沈？自識天心有廢興，漢家圖曆杳無徵。總戎棄主真難料，屬國匡王豈足憑。野史尚稱十六載，舊人惟見兩三僧。張瞿殞後山陰死，卻憶同朝淚滿膺。

彭躬菴過訪田間

垂老營一室，累載費拮据。短衣雜傭作，手足皆泥塗。客從遠方來，遙問田間廬。馱負何纍纍，滿篚圖與書。家人驚所見，知此爲誰與。心疑是斯人，相見果不誣。相識雖非故，相思廿年餘。人生志氣合，豈在密與疏。自余處窮僻，言笑鬱不舒。何意今夕聚，縱談無所拘。釀酒雖非嘉，不用市中沽。盤餐亦以儉，猶有蟹與魚。惜哉子不飲，我自盡此壺。子行數千里，幾人爲吾徒。世間無奇才，吾道已矣夫。五十以學易，爾我倏已逾。我有一丘壑，而恒苦索居。中年亦有見，習氣厚難除。遠愧藥地翁，毅然事浮屠。我守先子訓，黽勉學爲儒。所恨氣力弱，無人能起余。良朋眇天末，誰言德不孤。子在巖穴間，獲與親友俱。夕則攻諷詠，晝則把犁鉏。此樂可忘死，桃源焉得如。致意曾止山，遠游胡爲乎？誨我藥石言，我豈冥然愚。所恃命在天，毋事多憂虞。明年春水發，能同東來無。茅茨治已就，晨夕聊可娛。吾生寡歡趣，得意惟區區。焉能舍徒侶，而往逃空虛。來當共講席，勿令歲月徂。

贈淳安宗丈朝卿文卿二子

有客尋源樅水濱，江頭失路問亡親。二子失路，因問先人始知。一千里外同宗誼，三十年前合譜人。門閥屢經烽火變，家聲不逐市朝新。融堂易學吾能繼，祠墓何時謁後塵。

命子詩

兒子濚祖，倏焉三十，榮名無望，學行未成，先世之業，恒恐中墜。閔其多難，勗以前修，今我不述，後何間哉。

悠悠錢祖，肇封彭城。舍竹得姓，孚公以興。渡江之後，奕世有聲。遷於安國，惟王挺生。

桓桓武肅，奄有吳越。射潮之氣，海若爲奪。迺念民命，臣節罔闕。子孫百世，王澤未竭。武肅王

惟王之國，傳于有功。推讓文穆，內外僉同。王既襲位，守禮益恭。保我黎民，帝命以隆。文穆王

再傳忠懿，臣服于宋。靜宣來朝，爲天子重。曰予方郊，汝其侍從。納土之後，清譙屢奉。作牧歷陽，惟德斯種。皇皇典文，未由莊誦。靜宣公儼

大理乞郡，出守新安。無家可留，將母于官。公便其樸，民樂其寬。解任不去，爰居汝灘。大

理丞隱之

五世之後，再挺兩侯。抗起徒步，志滅國仇。乃殲妖黨，乃創狂酋。礌石之捷，功大不酬。退居蜀阜，以優以游。至于文孫，用揚厥休。侯孫融堂先生始克奏請。崇此爵號，載諸春秋。惠濟侯爵

蜀阜之裔，半登於朝。融堂著述，爲諸儒標。卓哉我祖，詩酒自豪。輕舟泛宅，至于江皋。埋船定居，卜此瀠澧。萬四公烈

元末倡義，寔惟人傑。龍戰于野，雌雄誰決。將軍知命，歸于有德。既膺世賞，亦荷褒勅。厥嗣司憲，乃死于職。遺腹繁衍，宜人之力。定遠將軍必壽

敬哉我祖，罔替厥聲。博覽羣籍，躬耕豹城。於皇仁考，得氣惟英。融堂絶學，于兹再明。遭時不仕，酒赫其名。

念我母氏，生子勞苦。同産五人，我居其五。兄弟雖才，不及我父。繄我也狂，黨禍斯賈。我挈妻子，逃之東吳。同宗者賢，推宅以居。國事一去，脊捐其軀。謂家仲馭。汝母攜幼，沈身太湖。我殯諸寺，往奔天隅。晝伏夜行，達于行京。漳浦之薦，黄石齋先生。士類以榮。受知冢宰，峽江曾二雲先生。作李延平。奉檄于役，國祚旋傾。與汝相失，我陷于兵。

困閩三年，得間乃奔。端州逢汝，匪夢伊魂。恭逢盛典，策士于軒。拔置禁近，承乏代言。國步方艱，膺此特恩。

庚寅之秋，得假西上。桂林多材，我未敢讓。彼㩦者張，江陵張別山公。握手悲壯。我行言旋，東西交喪。追攀莫由，長號南向。

我之困矣，載奔無路。間道跋涉，乃與禍遇。謂汝且逃，我隨以去。骨肉分散，生死莫顧。倖脱于縲，與汝再聚。

我負國恩，客死無悔。汝心思歸，我無以解。送汝還家，井巷未改。汝母之柩，儼然斯在。惟汝之婦，守志以待。言結其褵，鄰里歎駭。歲月如流，倏焉十載。

追惟汝生，于歲之終。皇考心喜，曰余得雄。名以瀍祖，庶其亢宗。行年三十，衣食弗充。汝既抱子，余亦稱翁。言念汝母，泣涕霑胸。

汝母寶賢，殉節而死。汝之念之，無復仕理。詩書之澤，勿自汝止。汝母求榮，以俟厥子。

戲贈飲客吟客各八首 偶與家兄弟小酌，戲請飲客吟客各八人，因贈以詩。

飲八客

頭白村翁卧路隅，有兒能負有孫扶。莫嫌老去朝朝醉，不是豐年得醉無。村翁

日落漁翁不下鈎，賣魚取醉卧船頭。鄰帮開動頻相喚，喚醒撑篙網未收。漁翁

佛前日醉兩三場，莫笑山僧是酒狂。醉裏觀心無一事，看人妄想坐禪牀。僧

黄冠道士酒腸寬，也不言飢也不寒。古廟雪深伸脚卧，自稱身服大還丹。道士

縱博攤蒲夜不眠，千場輸盡滿腰纏。醉來膽氣䲭豪甚，一擲收還百萬錢。博徒

邊人一醉卧沙場，滿耳淒風滿面霜。夢裏不知身中酒，只疑天暖似家鄉。征人

赤脚鶉衣雪裏行，乞來殘酒即時傾。草堆一夜齁齁睡，多少朱門醒到明。乞人

新插青帘挂酒壺，時嘗一盞看佳無。興來且盡牀頭甕，不管人家沽不沽。賣酒翁

吟八客

猿臂將軍鶴髮翁，老來入社調偏工。饒君馬上矜無敵，不及詞壇得意雄。老將

絲管抛來鏡少窺，筆牀硯匣不曾離。看他詩興花前少，多在傷秋卧病時。老妓

七尺單前坐已非，口頭拈出盡禪機。請看近日能詩者，何處宗師不付衣。禪僧

道士平生識字疏，自言能詠未能書。口占特倩旁人寫，多少詞宗和不如。村道士

街頭有客不知名，雜在傭中過此生。時向夜深吟一首，旁人聽去又吞聲。逋客

客遊無奈旅愁何，偏是愁中好句多。若使臨邛能好客，集成那得有悲歌。遊客

怪得年來女道尊，大家才子在閨門。蠻箋慣寫香奩體，錦字時存粉甲痕。閨人

燒符請得到人間，倡和經旬不肯還。卻說古今詞賦客，天曹列在散仙班。乩仙

看花十首

最愛花枝映水邊，照來花影倍增妍。朱顏小婦新妝就，明鏡臺前越可憐。水中

分明鏡裏有春風，引手攀花鏡本空。不似月中丹桂影，尚留根在廣寒宮。鏡中

膽瓶新插朵離離，莫笑無根但有枝。檢點樹頭開及落，與他爭較不多時。瓶中

漫道燈前色較殷，含嬌含態有無間。應同金屋珠簾卷，一片清光映玉顏。燈前

盡日尋春花裏藏，折花端合獻空王。靈山會上傳何事，驀地拈來笑一場。佛前

著雨花枝最有姿，嬌柔無力倩扶持。也知雨欲催花去，引得人憐在此時。雨中

旅況經春恨未消，偶然失笑在花朝。笑他不戀枝頭住，也逐東風處處飄。客中

亂來忘卻已交春，怪得山花次第新。幸負東風勤著力，世間未有看花人。亂中

聽說春光欲起看，倩人扶著倚闌干。勸花莫恃精神好，也怕風吹雨打殘。病中

每日花前飲一壺，半酣看去眼模糊。莫矜艷色欺人老，醉後朱顏賽得無。醉中

看月十首

夜靜江澄匹練鋪，篷窗開處月輪孤。即疑龍女深宵出，來戲波心一顆珠。江上

露白煙銷欲夜天，冰輪卻向馬頭圓。此時見月惟行客，一路人家盡早眠。馬上

夜長推枕轉身頻，入帳穿帷月色新。應是姮娥眠不著，潛來窺伺不眠人。枕上

松間明月最銷魂，細影疏痕映板門。一派潮聲風攪亂，還疑初出浪中翻。松間

參差竹箇翠交加，影落虛庭迴不遮。一片空明疑積水，水中藻荇任橫斜。竹間

萬蕊千條屋角遐，梢頭忽見一輪圓。黄昏時節無人到，翠羽嘈嘈滿樹煙。梅間

蒲團宴坐在雙林，灰死香消夜色深。惟有法堂孤月上，清光如鏡照禪心。定中

清宵見月幾含情，似爲愁人故故明。應是夜深纔皎潔，不愁不坐二三更。愁中

積素揚輝通夜照，月光雪色一般清。若非移上闌干影，地底平鋪辨不明。雪後

舞席歌筵徹夜開，當頭幾見月徘徊。清光不逐豪華散，歌舞完時上砌來。席散後

田間詩集卷九

江上集 辛丑

送僧之浮山訪隱

有僧新從剡溪還，拄杖揖我遊浮山。浮山别來三十載，爾去不得同躋攀。當時遊屐殊草草，到今無詩亦自好。石上題者誰最工，爾到山中細搜討。巖壑玲瓏鑿不成，拄杖卓地鏗有聲。遠公棋局千年在，未分一著誰分明。汝縱明得向誰語，勸汝莫搥上堂鼓。如今道場那得興，權在居士不在僧。如今禪師入院苦，佛子沿門求山主。華嚴寺中有堂頭，衣鉢蛩盡僧始留。佛法之壞至於此，爾輩出世亦足羞。浮山可遊不可住，知君饒有山水趣。九帶堂前一茅屋，差可擁爐煨黄獨。

寒暄篇贈方還山六十初度

世事反覆誰能測，爾我變態一何極。足迹平分半天涯，我在極南子極北。子昔六月猶畏寒，炊飯見風不敢餐。宦居邊地豈不冷，起處頻年何太安。我生與子太殊絶，性如吳牛恒苦熱。荔枝飽食瘴飽經，何曾憶著江南雪。皇天教育不肯言，彼此互換深意存。寒暄鍛鍊豈無故，從此宜知造化恩。兩人百折皆不死，閲盡風波始返里。我髮已禿惟留鬚，子身轉健但少齒。我年五十子六旬，所傷在老不在貧。風流莫憶過江事，眼前壇坫存幾人。即今生計復何有，惟有賦詩還飲酒。惜哉子非高陽徒，但有酒熟來相呼。

從兄叔穎六十

河渚桑陰覆草廬，吾兄躬稼此中居。開荒原外春調犢，看水田邊夜荷鉏。堤決空憐栖畝稻，潮來還望上罾魚。即今初度無新釀，麥酒能沽亦醉余。

向來遁迹此河濱，不以滄桑慕隱淪。生計拙因黄口衆，世情愁在白頭貧。歲時置酒招羣從，風雨攜筐餉老親。兒女債多婚嫁積，何年纔是自由身。

九龍菴即事

竹色松聲引路迂，蹇驢衝暑破蘼蕪。天遻雨過堆藍出，檻外江晴匹練鋪。半日見帆移岸否，終年隔浦識山無。不知犬卧緣何吠，似有攀巖采藥徒。

夜坐示冰令怒飛二何生

日落荒祠暮色深，兩行竹柏碧沈沈。野煙忽合江無影，細雨纔鬨磵有音。犬吠彷徨何所見，螢飛來去似相尋。端居不用臨書卷，正好隨時看此心。

樟樹行

東鄉有樹陰滿屋，土人相傳千歲木。樹根香火祀爲神，折動一枝輒損人。官裏今年要樟樹，搜尋遍邑纔得遇。官命伐樹誰敢爭，樹根既倒屋亦傾。百夫牽挽不肯去，黄禾滿田踐成路。樹老心空用不得，至今棄在官路側。

綠林豪

江頭來往綠林豪，弓箭在手刀在腰。門裏劫商門外坐，捕捉公人當面過。殺人打貨上船行，人人知是食糧兵。箭簳分明記名姓，官府朦朧不許問。君不見，西家被劫報官知，合門拷掠血淋漓。

贈園居老僧

上人勤梵行，助我住山情。每夜三更醒，遥聞磬一聲。耕種惟三畝，經年不出村。自裝金相畢，還欲改山門。

新秋宿何氏山居酬玉成公度

小澗横橋獨木危，故人相迓蹇驢遲。鷄栖桑柘通村放，稻熟溝塍滿路垂。兩姓現存三世好，雙星況是一年期。是夜七夕。老來兄弟難頻聚，薄俗逢迎那得知。相距衡茅數里程，偶來信宿主人情。年豐穀賤田家窘，市遠農忙野店爭。藥酒試嘗容易醉，池鮮買得即時烹。炎天門户通宵啓，可似吾廬犬不驚。

老屋山根數百年，晚炊攢合一村煙。秋收驢向空田放，日午牛依大樹眠。口絶雌黄聊避世，星憑太白自經天。時有此異。高阡巨宅多佳氣，我愛松陰處處㘣。

松聲驟止色蒼蒼，一片陰雲罨草堂。雨過移牀無不漏，風來開幔未全涼。衣衫濕處梧桐滴，枕簟清時茉莉香。最喜菊花生意轉，休煩澆灌野人忙。

聞方君則避暑何克上池館小詩嘲問并寄克上

擬候雙星共嘯歌，七夕，公度約同集，不至。蹇驢還報滯山阿。方干題詠應將遍，何氏園林不厭過。得意事防兒輩覺，談心話屬少年多。老頑有興思闌入，其奈炎蒸隔嶺何。

秋村八課

今年秋較稔，隴稻一時黄。得暇先完廩，占晴早築場。鷄豚開栅喜，婦子合村忙。即擬輸官税，寧期卒歲糧。穫稻

新酒通村熟，吾家釀㕢催。撇嘗頻就甕，看煮自持杯。到手能無醉，封頭誓不開。菊花久窨好，留待故人來。釀酒

月黑江頭火，村中捕蟹歸。緣沙籠炬密，上水結罾稀。筐以經霜滿，螯知食稻肥。久拼持殺

戒，爲爾願還逡。捕蟹

山人傳善本，栽法乞僧家。何必種求異，且圖籬有花。色中黄自正，蘂裏白爲嘉。老去希明目，寧愁霧早遮。移菊

青青原上架，采摘不時需。祇怪籬先弱，寧知莖早枯。花稀空見惜，用盡若爲扶。遡暮應相棄，毋勞歎老夫。除架

秋山不可埽，秋葉埽還吹。路没人行少，林深犬過知。豈惟除竹徑，亦以佐薪炊。吾意紅堪惜，堆來寫近詩。埽葉

農隙爭乘屋，秋晴趁好天。葉紅堆處爛，蘿碧補時牽。免濕齋廚火，期安雨夜眠。家人思換瓦，此志慰何年。葺茅

門扉向夕掩，燈火入秋清。篋裏藏團扇，牆根覓短檠。雨窗挑毬暗，涼壁照蛩鳴。老去難深坐，空慚永夜明。篝燈

秋村八聲

江南秋未半，已覺雁紛紛。沙渚誰驚陣，關河乍失羣。排空天欲暮，叫月夜初分。惟有羈愁客，樓頭最早聞。雁聲

蟋蟀聲難斷，千秋此夜深。漸于牀下語，合在壁間尋。處處愁人耳，年年旅客心。天機依物候，豈是爾能吟。蛩聲

秋蟬嘶漸弱，惟覺晚來悲。遠樹初吟處，前村欲歇時。意侵寒露怯，聲送夕陽遲。合抱枯枝死，凄涼更聒誰。蟬聲

墜響空階靜，辭柯一葉乾。無風吹地走，不雨打簾寒。已覺埽堪惜，還憐踏欲殘。掩門深坐聽，山路正漫漫。葉聲

今年寒似早，已聽擣衣聲。塞上何時寄，閨中此夜情。拂砧心子細，調杵恨分明。空感居人耳，征夫迴未驚。砧聲

江田收穫少，所喜碓初喧。杵急雨中屋，舂疏月黑村。聽宜于夜靜，聲只在籬根。燈火依微處，人家已閉門。舂聲

農事經秋少，婦功入夜新。繰車聽去慢，絡緯語來親。分照憐同伴，咄聲和隔鄰。莫愁宵火盡，自有代然薪。紡車聲

何處書聲好，茅齋秋夜深。煙高孤鶴語，月澹一琴吟。自向靜中聽，焉知讀者心。不拘誰子弟，吾只喜清音。讀書聲

鷄將雛

田家養鷄秋不收，時時鼓翅土中搜。土中何有時搜得，擲向雛前看雛拾。蚯蚓啄出雛且驚，銜去故引雛來爭。可憐粒粒送黄口，嘴距雖勤咽得否。天寒柵壞雨中伏，喔喔呼雛腋下宿。蒼鷹欲下雛亂藏，護雛與鬬爲鷹傷。雛漸長成東西去，母子相遭不相顧。母心戀雛逐不休，被雛啄傷始回頭。

空倉雀

空倉雀，何不只在空倉住？朝朝飛上田頭樹。田頭樹多站滿枝，東西跳踉偷眼窺。禾稭乾死稻無粒，汝縱下田不得食。滿地蓬蒿亦生子，何不飛入蓬蒿裏。覷我穀種曬場遝，食之荒我明年田。稺子持竿滿場逐，飛飛又上人家屋。屋欲穿，天且雨，今年無草何以補？官倉自有雀鼠糧，何難飽食充汝腸。空倉雀，不如但學倉中鼠，日竊官粟誰詈汝。

捉捕行

鷹能捉，犬能捕，年年射獵城南路。高下隨人不暫離，共上中山擊狐兔。中山兔盡狐夜驚，即防蹴踏冢穴平。祇言狐兔不日絶，那知鷹犬自相爭。犬背主恩掉尾去，反面還爲狐狸護。從此鷹拳勇莫施，高墳大宅公然住。昔時逐兔犬常肥，今隨狐狸終歲飢。回首蒼鷹不得志，猶在天邊側翅飛。

泣象行

雲南象來舉國嘻，纏頭赤脚蠻子騎。云是粤東新戰獲，道出江楚北歸旗。還遵前朝加品秩，照品給俸沿途支。大開城門容象進，獨有一象不肯隨。印官當街再拜請，象奴附耳前致詞。先言禮節勞縣主，後言官職如前時。去南日遠北日近，此是本國知不知？象聞此言淚雙垂，淋漓滿路觀者悲。語象且勿悲，汝來粤東五千里，即今放歸歸已遲。我聞西有獨牙象，摧堅陷陣功尤奇。昨日被執不肯屈，掘坑縱火焚其屍。汝輩不戰復不死，中道涕泣將何爲？

癡羊行

昔聞龍女牧雨工，散地食草與羊同。山邊有羊非凡種，呼作雨工雙目竦。土人致禮爭求觀，竹枝灑鹽恣飽餐。天旱迎羊往祈雨，羊登雨壇亂撾鼓。鼓聲驚起虎來爭，癡羊屈膝哀且鳴。隨虎還山入虎穴，早晚只是虎口血。羊非雨工心自知，土人無識空相疑，土人自癡羊不癡。

縱目

清秋閒縱目，時復過東皋。潮上溪流轉，江明水面高。遠帆疑不動，深夜似聞號。小艇乘風進，舟人豈用操。

中秋前一日過何克上蓮溪同君則及家兄作

記別園林八九年，茅亭添蓋小池邊。芰荷香裏三更坐，蟋蟀聲中半醉眠。繞院吟詩迷夜氣，隔牆打稻趁風天。月輪已定明朝望，似爲同人故早圓。

山田糯熟酒新篘，老友邀同信宿留。竹徑陰森疑礙月，藥闌深淺自成秋。青苔階面眠黄耳，紅燭尊前對白頭。最喜芙蕖香不歇，猶殘碧葉滿清溝。

同仲兄過玉伯兄莊家

茅屋依山花亂栽，老兄策杖偶同來。閒抛馴鴿隨鳩婦，特背家鷄餧雉媒。菊怕蟲傷求藥治，禾因雨久上場堆。籬間野色兼紅紫，并作秋光爛熳開。

嘆老

豈意吾真老，近來始自疑。怪他年少輩，行樂不教知。

祇是三年内，人驚老態多。中心雖不服，其奈白鬚何。

有感

吾家逢朔望，祖廟禮無違。不及十年内，頭班漸漸稀。

小築束果菴兄乞石礎口號

小築依山麓，經營基始平。煩君致石碣，爲我奠松楹。土木功全賴，棟梁任不輕。異時占礎

潤，風雨憶君情。

微雪

昨夜風如此，能無一寸深。積陰凝北户，輕素抹高林。晝短日光薄，家貧寒氣侵。梅花消息

早，也索杖藜尋。

冬夜不寐

酒醒夜纔半，爐埋火漸微。嚴霜欺襆被，缺月瞰門扉。世界天寒静，人家歲暮稀。遥遥吠犬吠，多是納糧歸。

似是今宵冷，新泥草舍溫。雁聲疑帶箭，虎迹直侵門。夢怪空林響，醒挑稱子言。鄰鷄啼隱隱，尚隔幾家村。

鷄　鳴

冬已過半夜偏長，愁人不眠獨在牀。寒鷄擁翰不肯叫，老鴟得氣山頭嘯。山頭有虎伺人行，倀鬼騎虎學鷄鳴。鷄在牆根鼓兩翅，欲鳴不鳴時未至。村南村北凹犬喧，鷄未三唱勿出門。窗前山鬼太無賴，低頭樹下學人拜。遥遥古寺打鐘聲，一聲一拜聲聲驚。鷄鳴一聲天下白，千狀萬態從此滅。

烏栖曲

庭前樹，烏夜栖，何事夜夜枝上啼？一夜不啼樹初静，上枝下枝栖不定。勸烏但栖勿復疑，樹枝雖短無人窺。秦家樓前桂樹好，小兒擲彈何草草。城頭老鴉爭栖鳴，烏栖獨樹鴉不爭。烏子八九東西去，安能共烏一樹住。如今返哺事已稀，有巢應待烏子歸。烏得一枝栖已足，我在窗中伴烏宿。

孤雁篇

北風吹雁孤飛遲，日暮失羣鳴且悲。羽翮憔悴天涯遠，同侶被傷身獨免。往時塞上矰繳多，如今江湖遍網羅。網羅遍張飛不得，茫茫四海難求食。江空歲晚稻粱微，水淺魚鰕處處肥。漁人打魚不打鳥，汝但飲啄毋驚擾。雲中時有征鴻聲，聞之勿起翻飛情。勸汝勿羨雲中翼，雲中之禽身不測。

梅花詩

自秉空山秀，非由處士栽。黃昏餘雀啅，深雪少人來。嬾與芳菲競，聊于晚暮開。道旁無識者，翻謂被春催。山中花多冬開。春信眇無緒，荒煙空滿林。偶然臨水見，慚愧遍山尋。也識冰霜意，誰窺天地心？歲寒同調少，惟許老僧吟。

生意梢頭小，枝條亦自嘉。礙檐防蹋折，在野任横斜。牆角稀疏蕊，籬間冷落花。上林無處著，只合老江涯。

幽芳禁不得，嚴冷最相當。月澹餘清影，霜濃覓暗香。肯爲羌笛弄，空想漢宫妝。欲折誰堪寄，休開驛路傍。

離離壓殘雪，脈脈照溪濱。一任夜無月，何妨天不春。芳華憑俗賞，風味與誰親。祇覓閉門後，徘徊似有人。

北風吹不折，兀傲小窗前。弄影餘山鬼，品香亞水仙。好沽村酒醉，合照道人眠。楚客搴芳遍，遺君世外傳。

何代花纔著，風人詠者稀。不妨逃作卒，寧取號爲妃。夢亦尋高士，魂應著縞衣。時蒙野外訪，半是凍僵歸。

落葉殊無賴，含苞今滿柯。移根避煙火，受命在巖阿。豈必天寒好，其如歲暮何。輸他松樹老，還覓此花多。

何處花先放，向南三兩村。未春天似夢，徹夜月無言。且喜昏鴉散，毋嫌翠羽喧。衆芳久寂莫，賴汝照乾坤。

風雨自吾分，時逢此夜晴。耐寒殊不苦，著色總成清。霜已凍無縫，雪惟翻有聲。俗人爭解惜，應是慕虚名。

田間草廬初成移居

結構三間小，經營兩月多。堂應延野老，壁合挂漁蓑。元亮柴桑宅，堯夫安樂窩。不知茅屋趣，于此定如何。

門隅藏斗室，開取向南窗。牆壞遮憑樹，山囦缺見江。遠鷄晨隱隱，高雁夜雙雙。擬作課孫塾，餘年第一椿。

到處家頻棄，故鄉初有廬。差强于客舍，大半似僧居。店近賖零酒，河荒望小魚。钁頭藏壁後，親種一畦蔬。

柴扉不擇向，祇對遠峰開。日月當門出，江山抱屋來。入林惟少竹，滿徑自生梅。已訂牆東友，求根密密栽。

草舍工纔畢，貧家力已殫。爲留樹不去，遂使屋難寬。吾卧且粗穩，兄栖尚未安。小廚嫌太逼，幸自儉盤餐。

累旬傭土木，衣敝屨頻穿。開囷無多米，看橐剩幾錢。未防冬事逼，且得雨中眠。祠宇規初定，成應在隔年。

月夜

孤月當門上，清光徹夜寒。遥知人境裏，只有一僧看。

田間雜詩

農事吾曾學，園林況可栖。犢需三社教，田過九天犁。雪少春無雨，霜濃晴有泥。麥苗先後種，出已一時齊。

茅茨松竹裏，編棘偶爲園。水落旋成徑，煙孤不入村。老惟能讓事，躁未免多言。薄俗真難見，吾生合閉門。

木落塘邊路，終朝踏葉行。昏鴉爭有故，過雁急無聲。吟苦渾忘老，詩成豈爲名。偶然得佳句，似搆自前生。

近會居家法，安貧豈是癡。無燈眠太早，借米飯常遲。煖老無需玉，調脾喜帶飢。晚來園被坐，饘粥最相宜。

世法終難學，時流不可親。自知饒舌慣，常觸用心人。醉恐難頻恕，交防太率真。通身無俗骨，只合守長貧。

借問江村課，冬來事未休。因編籬罵犬，爲護麥驅牛。嘉樹尋人接，好花用意謀。茶鐺不斷火，松子亦親收。

世界窮如此，吾徒更可知。兒愁催税吏，孫失授經師。飯少煩舂細，爐寒勸起遲。問年纔五十，底事鬢成絲。

小搆冬難畢，籬疏且補柴。過炊留犬飯，減米打僧齋。老矣粗堪遣，安焉不敢懷。似忘行脚苦，又欲理芒鞋。

長夜不能寐，多年祇獨栖。心全爲湯耗，時復著詩迷。鵂鶹常疑鬼，兒啼直准鷄。放閒無別法，惟有醉如泥。

自問田間老，何如藥地翁？（無可師。）早誅茅庇雨，碎補衲遮風。是事耽吟廢，凡心一醉空。讓君成苦行，不必又雷同。

入冬纔數九，已動苦寒情。霜重天將變，風嚴晚欲晴。羣鷗旋不下，野鴨陣成聲。凹說梅花綻，前村冷怕行。

小港通江路，到門祇見山。客因迂道少，身以背時閒。藥物慵能損，酒錢零易還。生涯一字訣，惟學子瞻慳。

一陽生幾日，生意覺全微。日短鈔書少，村空問字稀。帖天鷹漸没，困雨鴨知歸。自向田間老，毋勞辨是非。
野外閉門早，窮冬似不寧。夜長鐺火慢，天黑壁燈青。兒語嫗能省，鼠行貍會聽。偶然思小
飲，已覈掌中瓶。
江村無事叟，世界不拘身。老大惟防病，交游厭説貧。閒常如作客，傲爲嬾求人。時俗憑他
假，何妨獨任真。
已辦開年酒，安排不出門。紙糊通屋暖，衣覈半牀溫。醉後求齏汁，饞來煮菜根。親鈔工部
律，窗下課雛孫。
祇慮樵蘇乏，須防雨雪霏。婢遲捫蝨應，僮冷捕魚歸。夜坐看裝絮，晝眠待浣衣。一編詩過
日，徙倚只巖扉。
莫管兒孫事，求安只此身。荷衣耽著舊，菜甲喜嘗新。犬避常來客，鴉馴久住人。殷勤憐小
竪，殊不厭家貧。
炙背攤書坐，人來藉杖興。魚喧經過獺，雞護側飛鷹。晝暖眼生霧，夜寒鬚有冰。詩成多健
忘，落稿即時登。
鹽米看將盡，人情況逼年。寒凝煙不起，陰壯火難然。犬知廚荒坐，貓貪席煖眠。一裘思換
布，指望賣文錢。

樂易堂落成

傍墓三間室，還家十載情。投閒非避世，鍵户且偷生。身老居宜煖，眼昏窗欲明。西偏虛斗室，住我白頭兄。

清淨同僧舍，吾名樂易堂。羲經爲貝葉，神主代空王。粥飯時鳴磬，晨昏每炷香。琉璃通夕點，一樣佛燈光。

尺寸經心出，堂成未覺貧。新泥牆不至，勤埽地無塵。就砌安茶竈，遶廚作米囷。歲荒難設酒，粗飯待交親。

頹垣宜補築，不許路經門。梅信偏疑早，松聲亦厭喧。當風開北户，看月在南軒。檻外辛夷紫，春來萬朵繁。

户外田須廢，開池細引渠。擬添臨水檻，題作製荷居。窪淺多栽藕，溝通好畜魚。客來垂釣取，亦可佐盤蔬。

建祠通邑議，經始廿餘年。多士名應紀，中丞額尚懸。庚辰先君子殁，合邑士人請諸中丞鄭潛菴建特祠，中丞扁曰「君子儒宗」。遺書藏有室，供祭税無田。未敢私孫子，惟求賢者傳。

和諸生雪夜讀書

夜氣嚴寒雪後加，苦吟猶在老夫家。却防庭樹偃應折，且喜檐梅凍有花。店閉難尋村酒貰，窗疏好用荻簾遮。明朝試騁江天目，粉白層層抹九華。齋前可望九子山。

哭仲兄湘之翁

不見吾兄久，存亡迴欲迷。孤兒謀食去，寡女閉門啼。竹補常來徑，蔬荒舊種畦。安仁銜恤處，今日與同栖。

斗室栖身處，叩門日幾回。詩成背客寫，茶熟盼余來。衣篋分都盡，書箱鎖未開。幾時不忍到，雨滴一房苔。

頻歲風波惡，行藏苦勸余。也知兄漸老，特搆屋同居。龕設將供主，窗分擬讀書。落成曾不入，半壁至今虛。

偶然作

未肯持齋戒，何心出世氛。在家難斷酒，垂老賴茹葷。妄想無時減，訛言亦喜聞。倘能真不礙，僧俗可須分。去歲灰堆裏，無端忽破疑。即今心不死，深悔戒宜持。痛處偏知護，安焉詎肯離。此中全了了，只是自相欺。參禪難得力，知是病根深。熟處愛難割，閒中鬧自尋。未能終日醉，猶賴逐時吟。不信宗門老，全無雜用心。

後偶然作

靜夜觀心坐，問渠觀者誰。衆餐余亦飽，魚樂客原知。佛法惟言覺，禪家每勘疑。不勞相勘驗，吾自得吾師。近得羲文旨，無心更學禪。物情緣底滯，天道看來囘。路盡處偏轉，薪窮時自傳。騰騰吾任運，不用燭幾先。大湯咸爲感，仲尼聖在時。本無心足用，寧有物能欺。天地原由我，鬼神更是誰。點胸吾自信，底事問人爲。一貧遂到骨，得意向誰言。始覺身心樂，皆承患難恩。厭人談佛法，肯自斷名根。世界無窮事，還憑妄想存。

百歲行將半，吾寧誤此生。是非誰檢點，得失自分明。世法隨緣去，詩篇看與成。眼前無一事，何處可縈情。

苦寒二首

凝寒看不見，割面本無風。應是虚空凍，人居冰腹中。

氣化疑全滯，凝陰塞兩間。衹餘方寸地，呼吸得迴環。

雪　朝

怪得鳥聲住，開窗看雪飛。今朝眠不起，料是客來稀。

寒夜讀書漫興

把卷不能寐，爐存火一星。古人書具在，今夜客初醒。孤月指邊見，震雷覺後聽。六經吾注脚，何意更談經。

南華

南華吾熟讀，世故老蒙莊。怖死情偏切，謀生心亦忙。言因無用大，身爲好名藏。攘臂支離裏，何人窺短長。

相應

鬚鬒吾寧礙，衣冠世共憎。偶然欲免俗，何意遂成僧。問法人難賺，傳經我亦能。置身緇素裏，無事不相應。

來園雜詩 園中花樹，不植自生，周旋已久，各贈二韵。

已覺寒梅早，枝條故故遮。今朝檐際覓，親見兩三花。梅

桂樹千年物，叢生有六株。小山盈十畝，盡是落花鋪。桂

宅後松全禿，多年老此峰。衹愁雷雨夜，一半去爲龍。松

桂樹月中種，香濃白露天。把杯吟一曲，紅雪落翩翩。丹桂

橘柚經時摘，青青日漸黄。最憐人靜後，無故忽然香。橘

冰姿原絶世，底事學紅妝？艷色春無限，誰容汝擅場。紅梅

娟娟門前柳，絲條拂地垂。春風吹有意，爲我埽茅茨。柳

著色寧爲艷，輸香覺太濃。是梅皆冷澹，花譜冒同宗。蠟梅

古杏村村見，春煙樹樹籠。怪他經雨白，只在半開紅。杏

忽訝花如雪，難禁一夜風。熟時偷最早，鳥雀與兒童。櫻桃

小桃當户映，輕紅亦自嘉。山人新接過，還擬似朱砂。桃樹

爛熳荒山裏，芳名孰與標。漫誇西府艷，一樣雨中嬌。山海棠，即詩所謂杜也。

素花真六出，似與雪爭奇。正在純陽月，陰來報我知。梔子

月下疑無色，煙中薄有姿。從來不結實，誰賺路旁兒。苦李

木筆花千朵，把將芍藥看。暗中開繼落，一月不知殘。辛夷

素華零似霰，驚起一庭鴉。忽悟鳥鳴磵，春山落桂花。山桂○王摩詰鳥鳴磵有「人閒桂花落，夜静春山空」句。

霏霏五月雪，鬱鬱萬年枝。雨水何須卜，花開過始知。冬青○農家占：花開盡則後無大雨水。

層層皺縠紋，摇曳有清芬。想見文君寡，新妝白練裙。白石榴

山茶何代樹，艷色吐丹砂。只得一枝在，還開千朵花。山茶

野色村頭賤，何緣植禁中。應憐名字好，偶與帝星同。紫薇

滿院梧桐葉，飄零早報秋。免教深夜雨，點滴到心頭。梧桐

堆盤香自妙，人棄效尤殊。世少瓊琚報，山人莫浪投。木瓜

春篁添數箇，已覺筍行遝。勢欲穿田下，明年許廢田。竹

纖纖佛頂青，燦燦僧襴紫。發願蓮花生，結胎應如此。羅漢松

柿葉無通赤，斑斕錦不如。更憐枝似鐵，屈曲未全舒。柿

老樹如車蓋，交陰翠幾重。此中堪搆屋，恰對九華峰。雙檜

手植新杉樹，一年一節青。孫枝根下起，出土便亭亭。杉

可憐烏柏樹，不待曉風吹。白滿枝頭粒，留充鳥雀飢。烏柏

高樹秋深葉，童童葆蓋黄。把茅當頂破，特爲翟空王。皂莢樹

籬落紛紛布，朝華亦可觀。要知容易落，不使見衰殘。木槿

五尺琅玕樹，新懸辟火珠。朱闌相映好，原不倩他扶。天竹

不信花爲鳥，斑斑有血痕。枝頭無語喚，游子暗消魂。杜鵑花

不是春花艷，誰移野刺栽。怪他無力起，只要傍牆開。薔薇

盛夏當窗護，炎威也似寬。借他陰正好，修竹漫相彈。甘蕉

拔山徒有力，無奈弱姿何。不住臨階舞，知余善楚歌。虞美人

檻外辛夷盛開二首

凭軒兩樹紫辛夷，二月花開不計枝。朵朵擢空爭吐燄，更無一瓣肯低垂。

房如膩粉寧爲白，朵蘸臙脂不道紅。一樹含苞千點火，枝枝尖燄欲燒空。

讀曲歌 嘲左眠樵

吳中出細布，匹短幅大闊。不中裁儂衫，縫衣與郎著。一解

遍調耶孃傳，小曲儂能度。郎勿按拍板，幾番教儂誤。二解

郎好白晝眠，上牀推不醒。旁人錯相疑，只怪就儂寢。三解

郎喜出門去，望郎畏人知。暗中布方局，郎自不解期。四解

郎性不飲酒，雅好捉帋吟。蓮子種成藕，絲絲有苦心。五解

黄檗當門生，爲郎作籬落。終日彈七絲，聽取苦中樂。六解

田間詩集卷十

江上集 壬寅

過舍姪河上居

爲便躬耕搆草堂，柴門斜啓面湖光。瓜棚陰與老農坐，麥酒醅留諸父嘗。早稻收供終歲飽，晚荷翻動滿村香。甘貧自是吾家法，舊業詩書且勿忘。

見新筍有感

瘦竹龍鍾三兩竿，年年池上望檀欒。今朝新筍盈林迸，不見吾兄倚杖看。

新移梅一株枯死弔之

壓樹堆枝白玉葩，多方移自俗人家。那知一片憐香意，斷送牆頭萬朶花。

雜詩

步出城西門，荒堤何逶迤。衰柳夾堤植，上宿鴉與鴟。路傍有古廟，入門柩纍纍。借問此何人，云是義士尸。寄此頗有年，親戚不敢移。中有慷慨士，平昔心相知。始志在捐軀，臨危果不欺。旅魄滯曠野，冤魂當訴誰？徘徊不能去，愴惻傷肝脾。

赫赫勢家子，金錢甲城内。宅後羅姬姜，宅前羅冠蓋。計較盡錙銖，積斂死不悔。一朝屠伯來，人命恣斬艾。心知富人名，坐罪不肯貸。身首殊西市，田廬入官賣。妻妾屬他人，子女復誰在。富人有何辜，旁觀或稱快。豈不善趨時，多財成患害。豐狐皮爲災，巨象齒其罪。所以明哲人，棄此如草芥。

我昔好交游，結友皆豪賢。意氣一相許，殁身誓不諼。自謂天下士，盡可披心肝。顧見遊俠兒，聲利方交歡。南鄰笙竽沸，北里鐘鼓喧。富貴誓與共，患難期無捐。一朝時事異，此義安可全。有急來見投，梟首懸諸竿。念彼亡命人，惄焉爲辛酸。

昔有夸毗子，自命頗不苟。一旦處脂膏，見利忘所守。夜半知者誰，毋迺同門友。始事不相欺，臨危迺思負。時勢既以變，人命復何有。豈不念舊恩，志在滅其口。危哉避仇人，乘間脱身走。燕丹顔色變，焉保樊生首。爲語世上兒，勿恃交游厚。

朝入城南門，經過冠蓋里。門扉日中閉，鳥雀檐下喜。高樓既以傾，花榭亦以毁。石筍青峨峨，爭爲勢家徙。問此爲誰居，疇昔門如市。雙手覆邦家，海内不敢指。國事一朝壞，名敗身亦死。炫赫曾幾時，至今人切齒。唯有霍家奴，猶稱富人子。

鬱鬱青槐巷，中有壯麗居。華榱耀金碧，交窗結綺疏。高樓臨大道，艶色照通衢。昔爲富人宅，今爲丞相廬。行人不敢過，過者爲下車。別去無幾時，門巷忽荒蕪。雙扉白晝鎖，中有官物儲。問之丞相殁，得罪身被誅。妻孥遠戍邊，籍没無復餘。識時稱俊傑，斯人計豈疏。屈節以保身，禍至還突如。悵念平生交，夷滅何歎與。

北里有富室，養女自云姝。南鄰有貧女，終歲閉門居。顔色人不見，但知手爪殊。楚宫購重錦，織作遍里閭。富女名在官，臨機空躊躇。邀女入閨閣，坐女以軒車。請女當窗織，一匹五丈餘。織成獻后宫，寵譽傾通都。錦匹朝日成，女情夕暮疏。情疏不足道，謡啄一何辜。寄言謝北里，棄絶將焉如。

攬衣忽不寐，起步庭前楹。秋蛬扶户叫，聽之感我情。萬物有至信，候至此則鳴。如何結友誼，不如秋蛬聲。憶昔初相知，一語要平生。堅此歲寒約，重以金石盟。昨暮極繾綣，今晨背我行。有如急難至，子安我則傾。轉念疇昔言，曾無一語誠。傾家不足道，此意殊難平。

西風肅檐户，有雀鳴東箱。鳴聲一何悲，似爲異物傷。我欲全此鳥，搗藥裹其創。織籠使之栖，采花飼爲糧。常恐鷙鳥害，舉家爲隄防。今晨開我籠，刷羽忽飛揚。飛飛顧我語，如訴積年腸。疑我有他志，久令籠中藏。我不望汝報，汝行亦太涼。努力從兹去，有恩望汝忘。

珍禽亦有種，靈木亦有根。如何霜霰加，凋傷無一存。道逢一少年，云是勳戚孫。甘爲市井誘，棄絶父母恩。念其久饑渴，聊復給饔飧。與語無一實，所見皆至昏。諄諄勸其返，掉臂還出門。世胄苟如此，已矣復何言。

水村示羣從雜詩

青驢晴踏野田花，雜樹陰濃小謝家。短艇湖中初放鴨，荒階草際已鳴蛙。筍抽夜雨新梢鋭，柳挂春風弱線斜。酒渴燈殘眠不得，呼兒吹火再煎茶。示席之

二十年前此舊廬，桑榆陰合幾家居。遺經尚秘南華註，放學私鈔本草書。尊覓隔鄰嘗過酒，盤供小弟罩來魚。嗟君婣母吾丘嫂，猶記靈均誕降初。示玉若

重修宗譜一山情，爲補茅齋特地迎。母養缺因村館散，兒書廢有水田耕。知時不守儒生拙，

多藝羞成術士名。怪爾傾家營葬父，雙尖遥指是佳城。示長人

白版雙扉晝不關，渚清洲碧盡回環。膝谿兒寐春時困，田上兒歸雨後閒。向晚鷄栖喧栅外，合門煙暗壓林間。茅廬礙眼須全撤，自要巡檐看遠山。示庶長

水村即事示諸從子

卜宅依先隴，桑榆水上村。牛多深巷濘，爨密晚煙屯。野渡遥通市，疏籬不設門。一房三百口，强半是諸孫。

節令看將近，湖田未肯荒。雨多防壞麥，寒戀不成秧。牛力侵晨猛，人工迫夏忙。家家兒采藕，足濟半年糧。

昔人分占地，已是百年居。力作纔堪過，游閒少有餘。水谿難恃稻，田脚亦闕魚。吾意傳家法，朝耕夜讀書。

近水山都小，穿湖路盡通。帆低歸浦雨，傘敵到家風。門繡蒼苔澀，堤號老樹空。全家生活計，都在森茫中。

見説土膏動，今晨人下田。蒲抽三尺劍，荷卷一溝錢。買吏防增税，迎神特問年。曆圖全不驗，可是暮春天。

小雨淹旬日，新晴杖可扶。山藍爲對岸，井脈自前湖。隔水農相問，栖田鳥暗呼。破煙撑艇去，半是白頭儒。

檜溜何時住，春泥不肯乾。子孫如此衆，屋宇那能寬。草澤收牛早，秧田護鴨難。衣棉脱更著，早暮覺全寒。

天陰無早晚，又見暮炊時。狹路牛行讓，閒田鷺起遲。山名方語誤，水影釣船知。眼前諸俗事，盡可入新詩。

水村示從孫昆牧

緑樹青溪共一村，牛闌牆畔紙窗昏。春來頗被鄰家怪，爲寫翁詩不出門。

過老鶴菴

野路通精舍，山門對面疑。客從林際下，僧在竹間窺。石磴到須坐，好房開始知。師徒欣接待，剛是焙茶時。

過庭玉雍産村居即事

牛屋重重架，湖田面面青。船成下水試，網曬過山腥。晝静人皆出，宵勤户不扃。移居凡幾代，頓有百餘丁。

吾愛堤楊下，家家繫小船。一門工射鴨，四季得烹鮮。野芡堪充飯，池蓮正值錢。蕭條憐二子，轉覺廢書賢。

一村皆可過，生計在湖濱。爨密居疑偪，産多分亦貧。荒原無棄地，深巷少閒人。暗惜詩書種，休令世澤泯。

水村泛舟荷葉中過灣漕橋赴族弟飲

吾家合族居水涯，家家有塘生荷花。春來潮漫成一片，荷葉連天無闌遮。水南宗人招我飲，相邀只用舴艋艇。湖面欲皺風泠泠，山頭忽暗雨冥冥。讀書穉子能撑篙，往來嘯歌殊不勞。芡盤雀鷇亦可惜，回舟尚欲探其巢。此鄉之人習于水，那知荷葉香如此。羡煞小舟垂釣翁，坐卧只在荷香裏。風吹荷葉一時翻，望見橋頭緑樹村。咫尺雨來不得到，有翁隔水候柴門。

五月還江村即景

長夏江村未寂寥，莊家麥酒動相招。湖田水足嫌多雨，草閣宵寒怕長潮。稗子采荷包雀卵，居人下食引魚苗。山逕早稻看將出，屈指營新一月遙。

柴門新縛豆棚寬，來往行人坐此看。荷葉值錢須護早，麥仁炊飯覓春難。流螢白晝潛瓜蒂，水鳥清江乳芡盤。時有農夫相問訊，分將常膳與同餐。

今春累月滯湖鄉，歸日蓬蒿塞徑荒。滿架蟲生趨曬藥，一窗蛛網慢開房。樹經手種私常看，茶自僧分急要嘗。便擬買船營水屋，明年須試養魚方。

蒼苔不埽地無塵，槐柳陰中枕簟陳。朝市共知今日熱，閭閻豈獨此鄉貧。倒乘牛背鵶欺豎，久立魚梁鷀狎人。向晚兒童泅水戲，搴來菰菜及時新。

江流面面繞孤村，老友時招嬾出門。攬鏡鬚驚連日白，註書眼在半年昏。晨看露水晴偏濕，夜驗星文熱最繁。炎夏始知新法善，數莖短髮賴全髡。

嬾慢今年倍昔年，終朝行坐只溪邊。渡頭風順歸漁艇，江口潮通到米船。詩興偶吟佳句動，睡思長把佛書眠。草蟲牆下聲聲澀，不到秋深已可憐。

暇日行田草自耘，算來三夏已平分。鷄登高樹啼驚夢，牛没深泥卧避蝱。錯對少年談往事，每逢遠客問新鬮。柴門極目江天迥，忽起奇峰是火雲。

新杉細竹逐時修，窗裏琴聲夜更幽。炎月曬來顔亦黑，南風吹久骨皆柔。瓦疏入夏遭梅雨，糧盡經旬接麥秋。却笑昨宵眠不熟，鷄雛放出未親收。

報恩行　閲唐人小説偶見此事，慨然紀之。

君不見，中山狼，獵人追奔竄道傍，老儒救其死，反眼睢盱爪牙張，攫取老儒充飢腸。中山狼，無足怪。黄腰破鏡猶食母，何況區區有恩輩。君不鬮長安賊曹掾，夜半放死囚，死囚爲官宰百里，與掾相遇十日留。「大恩不報」婦足聽，持刀報恩如報仇。掾鬮此語汗交流，躍馬逃奔喘不休。下馬入店訴此故，牀下義士投刀怒。「我銜宰命專候君，鬮言始識爲宰誤。」語掾「勿睡門且開，須臾還取宰頭來。」頭血模糊掾認得，報復頃刻何快哉！嗚呼，安得如君義士遍九州，手提匕首天下遊，專報世上不平事，專取人間負心頭。

夏日園居雜詩

共羨炎蒸日，吾家萬樹中。巷涼微有氣，午熱轉因風。睡賴看書引，吟惟即景工。小船常入市，河路幾時通。

竹間門不掩，樵釵少相尋。牛放污池卧，蟬移遠樹吟。忍飢看稻出，耐暑喜苗深。獨有澆花客，私懷望雨心。
竹窗無日色，吾意欲移牀。雨轉東頭散，風露北氣涼。井寒思灑簟，房濕勸焚香。不是眠多遍，寧知晝許長。
世事無吾分，新聞不願聽。尋巢還雀鷇，破網救蜻蜓。野店人情詐，農家草藥靈。施茶有功德，慎勿令僧停。
自是山人性，偏耽水屋居。穉孫央放學，小婢竊翻書。草淺鷄捎蝶，禾深鴨唼魚。入城無一字，真怪世情疏。
總無身外物，斗室即堪容。檐鬬新來雀，窗吟欲出蛬。酒移旋變味，茶盡吝開封。最愛湖心菜，兒童日采供。
小院經時到，閒闌滿地苔。甃階蟲不去，移屋鼠先來。茶子如期出，瓜秧過節栽。宅西門向忌，且爲有風開。
縛棚初不蓋，滿架有藤蘿。近市瓜蔬賤，通村麥飯多。菱溝鋪舊錦，禾浪熨新縱。辛苦南莊叟，桔槔還唱歌。
餐飯應從減，深憐爨婦炊。鷄栖日午樹，蟬接夕陽枝。蛛網閒終日，蚊雷鬧一時。松濤聲不下，何處有微飂。

竹樹陰非薄，人來乍覺涼。無風雲跋扈，不雨電張皇。覰面田蛙坐，聞聲水鳥藏。把竿呼釣艇，吾志在滄浪。

行止無多地，身心秪自寬。幔露螢火小，書夾蠹魚乾。頭爽僧新剃，眼昏曆倩看。詩成吟數過，急索諷人難。

曉　起

露華滿砌月當天，鴉鵲林栖各悄然。近井婦喧爭早汲，合村人起説難眠。漁家欸乃三更觴，汛地依微一隻船。本意追涼風總息，應攜童稚浴清川。

頓　減

一年頓減舊聰明，記性惟于往事清。話柄忽忘思總誤，族人頻會見還生。加餐每勸脾難强，絶欲纔能體覺輕。多謝詞壇常齒及，可知折福是詩名。

纔晴

猛雨纔晴已一旬，稻苗高下綠初勻。鴨歸路口能分陣，鷺立波心不采人。天熱兒孫書課減，晝長傭作水漿頻。羨他赤裸騎牛子，日浴清江幾遍新。

近來

近來禮法喜全裁，老去疏頑世不猜。怕著衣憑梅雨裛，嬾收書任竹風開。習醫道士留偏去，載米鄰船望未來。暑氣中人餐飯減，那堪河朔共傾杯。

望雨謠

潮水已退湖水平，上天一月無雷聲。湖邊老翁田近水，口中望雨心望晴。東風徹夜鯉魚哭，鴉立池心何處浴。但使湖田家家收，吾苗獨槁心亦足。山頭放水塘坳乾，山下轉水人力難。村巫祈雨久不應，霶灑到地旋毀壇。溪雲沈沈雨勢作，鷺鷀飛破不肯落。農夫望雨怕雨來，早稻臨場無人穫。東邊忽出虹兩條，黑雲上頂一時消。巫師收人五色線，作法能繫雙虹腰。

喜雨歌

朝來爭水纔上田，一坵水費千餘錢。桔槔辛苦夜索酒，困極倒向牀頭眠。夜半醒聞微雨度，雨聲著瓦喜還懼。久旱不敢望甘霖，倏忽已聞瓦上住。有聲如潮拔海來，幾番到頂風邀回。可憐雨勢逆風至，追隨熣電與驚雷。雷聲一震雨聲急，金蛇之光穿窗入。咫尺便愁江湖翻，狼藉敢顧書卷濕。瓦溝水急還倒流，茅屋乾久漏如舟。即恐湖田一夜没，此雨天明未肯休。少焉雷高雨亦小，水聲潺潺牆外繞。田間兩月蛙無聲，一時鳴叫那可了。早起看水盈溝洫，昨日桔槔空費力。農家點滴皆成金，我損千錢何足惜！

夏日田家作

民生食爲本，要在四體勤。盛夏豈不暑，良苗獨欣欣。我苗既以長，我草亦以耘。南村稻何早，今晨已食新。我飢焉足慮，且復乞諸鄰。新米飯極香，炊以召所親。田家何所召，勞我作苦人。泛泛水中菜，潑潑水中鱗。雖無酒肉味，魚菜亦錯陳。舉家共一飽，誰謂吾廚貧。種秫在東皐，期以釀新酒。稻苗何油油，垂穟已盈畝。笑指一月後，美味入吾口。昊天不我遂，一旱三旬久。苟可資灌溉，辛勤復何有。夜坐茅檐前，星漢當户牖。有家不渡河，有雲不翳斗。寥寥天宇晶，瞻望空搔首。

吾廬雖不廣，灌木頗森森。日午農務輟，來休樹下陰。曲肱方欲寢，驚蟬忽嘶吟。何以滌我煩，命兒彈素琴。此道吾不解，竊獨好其音。彈罷頹然寐，起視日已沈。惜哉秫色槁，秋至無酒斟。稗子原上來，歡顔爲開襟。盛言湖田好，禾苗與人深。無酒何足道，且慰農人心。

月出不復明，星繁亦可數。高柳兩三株，逍遥蔭我户。時有農夫來，露坐共我語。所羡水田禾，所嗟桔槔苦。夜久螢不飛，莎雞忽振羽。嗚聲一何急，似欲入我廡。東風徹夜吹，明日豈得雨。不雨可奈何，聊用解吾暑。

檻外有辛夷極盛每春開花數千朵夏秋之交輒復吐一二枝然鮮艷不如矣詩以志慨

一春木筆爛如霞，一名木筆花。三伏炎蒸尚欲華。應似詞人垂老日，綵毫時吐夢中花。

馬上兒行

五陵惡少探丸兒，躍馬彎弓白晝馳。路遇官軍相借問，分明身隸正黄旗。

河北山東羽檄催，紛紛馬匹向南來。廬州太守公然劫，一帶城門不敢開。

一樣邊裝誰敢遮，當街下馬問生涯。近來客夥爭能鬭，散入鄉村打富家。
三尺琱弓不離身，村南村北漫遮人。平明上馬東西去，去後官來捉四鄰。

秋雨宿龍戒菴

久知山頂一茅幽，乘興攀緣到上頭。户外俯窺千嶺合，天邊遙涌大江流。陰崖霧重茶叢好，絶壑風清竹箇稠。客至恰逢秋夜雨，燈槃茗碗話西樓。
萬壑松風小閣憑，晚時雨細雜煙騰。空山鐘早完禪誦，古殿天陰暗佛燈。草徑頻來修供客，竹房久去學詩僧。昨聞虎出還當路，不是探奇不肯登。

雨阻龍戒懷還青四松山莊

龍戒山頭望不舒，赤城西去故人居。四松齋裏寒添被，萬竹菴中夜喂驢。獨坐肯開新窨酒，閒眠難覓欲看書。相尋訂有涼秋約，可料懷君暮雨餘。

李生行

君不見，漢時東方朔，詼諧玩世金馬門，位纔執戟飢欲死，微言諷諫悟至尊。滑稽翻爲世所賤，至今人比淳于髡。又不見，近代徐文長，筆鋒犀利不可當，當時空遇胡開府，後世猶賴袁中郎。奇人往往遘奇阨，此事言之增感傷。吾鄉山人李士雅，一生足迹遍天下。談吐所至席生風，文章一出人競寫。筆舌欲兼二子長，胸藏孤憤無知者。徐家兄弟皆好奇，謂莘叟、月鹿。耳中常聞生不羈。與生久處謂生靜，怪生言動胡迂遲。吁噫嘻，李山人，徐太史，形骸之外識者誰？如此相知真相知。可憐李生好心事，開懷寫意無所忌。途窮每動達人憐，談妙時遭俗子詈。功名自分長已矣，年近五十猶無子。廣陵人病寄書稀，白下寵新薄命死。即今已是垂暮年，歸來四壁轉蕭然。買臣負薪長獨往，相如娶妾竟空傳。看君口快腸太熱，此法自合主迍邅。君不見，眼前才調諸子同，一朝遭際雙眼空。有力不爲知己用，有錢不與貧士通。鄙夫庸兒享厚福，此輩居然富家翁。嗚呼！此輩居然富家翁，李生焉得不奇窮！

同左眠樵霜鶴游碾玉峽因懷爾止

龍瞑溪水自東來，穿崖瀉壑如奔雷。山腰峽闊不盈尺，束水水急聲喧豗。水聲束急勢轉大，噴珠跳玉不肯過。雪浪銀濤晝夜爭，一條飛下青山破。左生本是樵牧輩，振衣躡級欲凌雲。邀我過水坐盤石，對面大聲語不聞。石頭坐久寒生粟，拄杖半染苔痕綠。想見方公此讀書，空山無人一茅屋。即今茅屋已全傾，竹刺藤梢繞徑生。夜深或有精靈出，月白應聞嘯詠聲。

飄泊遥憐方仲子，三十年來稱名士。一生作客不思歸，好水好山棄在此。

同左碩人蔣潛伯飲吳于廷醉後示蘇生

今日出山天氣佳，城西吳郎邀我飲。坐中諸子皆同心，談鋒一任狂奴騁。況有蘇生善雅歌，歌聲漸佳酒漸醒。城頭聽鼓夜將深，生也喜我爲知音。一曲歌罷一杯酒，興豪技癢兩不禁。滿堂客散棄我走，借問主人有酒否？老夫不醉不肯回，還向隔牆謀一斗。一斗告盡燈燭昏，主人已去僮僕奔。此時客醉誰相送，獨憑蘇生肩出門。

秋夜過陳遐伯雨窗茶話 遐伯爲賊傷右腕，書畫用左。

小院茶鐺沸，山人客未貧。丹青一隻手，智慧再來身。挂壁燈光暗，吹窗雨響新。夜深談不散，吾近在比鄰。

賦得振衣瀑布青雲濕 邑侯試士題戲拈

太華山頭望不開，終年噴雪水喧豗。隨風忽散千峰雨，動地疑殷萬壑雷。自恃身輕空可蹈，却憐路滑險難回。旁人莫怪衣衫濕，纔向青雲頂上來。

颺日摇空煙霧霏，芒鞵濕透未知歸。半空松響濤聲亂，一路苔侵暑氣微。白晝懸來銀漢倒，青天裂處玉龍飛。攜來山口成霖雨，豈在峰頭獨振衣。瀑水遥看尚可憐，況來親到最高巔。鬚眉緑染深秋色，襟袖寒吹細雨天。永日明珠囚自瀉，終年匹練白長懸。農人望雨情方切，散入溝塍與灌田。漫詫蒼龍嶺上行，青坷坪險未全驚。雲埋草屩常疑滑，雨濺荷衣不道晴。到頂早知嚴暑失，分流應使濁河清。也知白雪高難和，願向琴中聽一聲。

里人書齋索題

愛汝塵中志不羣，書籤筆架總清芬。檻前錦鯽椎冰護，郭外黄花冒雨分。潑茗動邀詞客坐，吟詩私許老夫聞。此中正有休心法，漫擬移家住白雲。

題石谿畫

絶壁松根挂飛瀑，下作潺湲相噴薄。箇中便是石谿影，隨意添成數重屋。西頑老去思住山，芒鞋遍覓無半間。此屋欲借誰人住，閒把柴門終日關。

望龍眠積雪

不見千峰色，誰將一粉塗。雲山同混沌，心眼共模糊。嶺上村埋否，窟中僧在無。老翁摩頂笑，應似白頭顱。

冬至日尋左子兼同訪重崖上人不值偶成

北郭風嚴凍已堅，爭言奇冷是今年。偶乘薄暮邀元放，思踏層冰訪大顛。陽氣暗生長至日，禪心須驗苦寒天。尋君不見無他往，祇在南鄰酒甕邊。

冬至後一日孫喈公邀同李士雅吳炎牧左子厚戴導及集晚香堂偶述所聞時堂外梅花初放

雪後山城凍不開，晚香堂上偶銜杯。忽驚皓月中天出，且喜微陽昨夜回。蠟燭可憐重吐穗，寒爐豈有再然灰。談深飲罷巡檐笑，春信先傳一朵梅。

龍眠感懷

壬寅冬，余以較刻小集留滯山城。同游諸子出近稿屬余點定，丹黃未加，讙譟旋起，横造蜚語，不知所自，遂力辭諸子而歸，詩以志感。

過江詩卷手親編，回首登壇二十年。藝苑即今爭虎視，詞場次第數龍眠。表章鄉里應無罪，唐突鋒鋩特可憐。貽笑千秋渾閒事，此聲恐被四方傳。

蠻觸紛紛不可馴，誰知始禍是交親。心傷文舉通家誼，眼見康成受業人。世界久嗟無古道，門庭何遽蔑天倫。老夫祇怪牀頭誨，豈怪兒曹意氣新。

多難飄零鬢已華，半生蹤迹寄天涯。曰歸擬灌東陵圃，但到爭迎處士車。潘岳閒居園欲毁，左思招隱杖難拏。余寓蜀藻家，幾毁其宅，霜鶴見招，亦不敢赴。龍眠不許山翁住，何處林泉是我家。

子固文章千載豪，成名何必定風騷。無聲勒令黄鐘啞，寡和先妨白雪高。但有奇才爭欲殺，縱饒綵筆未須操。自嫌拙婦無機杼，不許天邊織女勞。有言己不能詩，若輩何以詩爲。

無名謗議遍城騰，市井爭看感慨興。令伯豈宜稱僞命，雪菴詎可號妖僧。同時高尚情寧異，一例方袍罪獨增。若向此中論資格，蛙聲井底任憑陵。有言余不得與大僧比者，論資格耶。

野服逍遥應未妨，共言當代昵緇黄。荷衣舊學山僧製，籜帽聊爲道士裝。文網朝廷原闊大，章程里巷太精詳。即今遠出遵時制，或可方袍老故鄉。

亂后文章頗救飢，年來餬口遍天涯。若云傳食吾何敢，但説嗟來亦不辭。老母灘頭常漂處，閣黎寺裏撞鐘時。開春擬續田間集，重補柴桑乞食詩。

錢起當年薄有聲，因遭鉤黨偶然更。避仇早變吳中姓，易代重譏世外名。處士冒稱常自愧，頑民頗號似非情。若言命意干時忌，淡蕩神靈恐不平。余以黨禍變名二十年矣，輩集闌闠中，指爲罪案上控。

山城耆舊半吾儔，欲訊平生亦有由。四海盤匜推上坐，八廚鉤黨附名流。談經屢奪江東席，學道聊同方外遊。爲語少年休謾罵，此身筆削在千秋。

百折經過不肯回，老年還被小兒摧。眼分青白甘常閉，口善雌黄禁未開。得謗祇緣思息鬮，邑故兩社，有小人不利其合，故挑之。多尤可信爲憐才。平生一字輕標榜，此後逢人志總灰。

田間詩集卷十一

客隱集 癸卯

春雪還江村留别諸子

二月山城雪亂飛，江村獨叱蹇驢歸。吟詩客散詞壇冷，惜别魂傷酒力微。陰壯也知消不久，花遲即恐凍全稀。紛紛舞絮盈庭集，可念當風老衲衣。

復客

爲客吾生事，無端返舊扉。乳鴉爭學噪，獨鶴悔思歸。敢怪人情異，應知吾道非。方袍不可着，從此換征衣。

季秋偶赴山寺方繡山見過邀爲匡廬之游比聞信輒返君已呼酒薄醉小詩見意

秋後村無徑，家家一水環。君方呼釣艇，我已出柴關。竹裏門誰應，牀頭酒未慳。迯予山路遠，早是醉言還。

欲還何所待，待我上匡廬。已是多年願，況承前日書。六月先有字見約。籬遜樽盡後，松際月明初。便可挂帆去，吾身信所如。

乘月汎舟到樅川即事

小艇維門首，停杯即可登。本無裝待治，況是月堪乘。風起酒通散，路迷山足凴。中宵忽有悔，忘挈舊扶藤。

飲劉臣向家塾

別業僻難到，同人老更親。雄談看興會，痛飲見精神。紫蟹初登市，清酤轉乞鄰。盤餐方法備，不似阮家貧。頃，臣向見顧，鮭菜而已。

舟行紀事　時秋水大漲

一白杳無岸，秋潮黯自深。江程從此直，河路不須尋。渺矣扁舟興，暢哉游子心。遙愁今夜泊，何地可行吟。出樅陽

未知江路險，已見皖公城。樓堞中流出，閭閻一水平。紅驚霜樹過，青覓遠山迎。近岸堪乘漲，毋煩破浪行。過皖城

風帆爭利涉，早泊且安眠。村没通無店，城昏薄有煙。過船牛屋上，倚棹女牆邊。淼淼滄波裏，官量何處田。時正有量田之令

秋濤高數丈，半浸小孤山。怪石根全没，危峰勢可攀。鳥盤空不去，僧乞米頻還。避水居人苦，爭栖巖穴間。望小孤山

過江流最急，逆溜到城邊。倚石排魚網，當門渡小船。樓頭三鼓斷，石罅一燈懸。見説巖栖叟，囫瓢二十年。宿彭澤

望漳湖懷范小范

漳湖秋後漫，釣者興何如。莫辨江邊路，焉知湖上廬。田存難免累，頃以丈量，小范甚苦。水至豈

安居。百里樅陽近，七年不寄書。

南康道院

小院荒涼甚，游觀一郡推。吏時稽客至，官或送人來。雅咏傖童怪，深杯道士陪。竹房新窨酒，待我下山開。

望廬山

匡廬入夢已多時，乘興先探絶頂奇。一路葉埋靈運屐，合山僧待子瞻詩。雲鋪半嶺村猶霽，雨在高峰客不知。小竪暗攜長笛至，擬登五老向空吹。

宿栖賢寺二首

山路苔深客至稀，特尋鐘梵叩禪扉。大師度嶺誰爲主，天然師道場。監院遊吳且未歸。乍聽遠來爭接杖，却憐初到勸添衣。白茅小屋開方丈，送我安單暫息機。

見説栖賢古道場，自經劫火到今荒。門庭仍接諸方衆，耕種纔收半歲糧。願力須完皆是妄，名根未拔豈能藏。雷峰老漢真知識，住院規條揭滿堂。

投宿硃砂菴 一名老樹菴

路入含鄱冒雨趨，嶺有含鄱峕。硃砂峰下一菴孤。把茅初蓋主人出，脱粟能炊明早無。時有山精窺户入，每聞假鬼隔牆呼。小師細述多遺蹟，此地曾居舜老夫。宋禪師

萬松坪贈聞極上人

廬峰峰半萬松坪，乘興探奇冒雨行。白晝打門山鬼戲，黄昏過嶺野牛鳴。舊持南岳書難達，十年前卓菴禪師有書附予轉寄。新撰匡廬志已成。上人修山志甫成。别院一間迎養母，蔬盤常賴母經營。

阻雨萬松坪紀事

今年九月天氣清，方子邀我章江行。舟過鄱陽不肯去，撩衣直上萬松坪。十步九歇不言苦，含鄱峕口初逢雨。罡風吹我去何之，夜宿老樹菴無主。朝雲沉沉雨勢大，拄杖已折草鞋破。石頭路滑赤脚遲，又遇衝風吹我墮。與子相失半山腰，空林獨往影蕭蕭。煙雲合處通無嶺，溪水喧時知有橋。我到橋頭發高咏，方子林際遥相應。溪流宛轉松漸多，松中已覺精廬近。

隔松隱隱見炊煙，有僧長鬚三門前。知是老禪揖不得，解衣同上大牀眠。老禪呼水濯我足，更作椒湯煖我腹。夜深添火談不休，自看密室與我宿。雨聲夜雜溪聲鳴，方子終宵有歎聲。自疑五老緣太淺，兩度來遊天不晴。方子勿阻看山興，我到山中計已定。不晴不上五老峰，判與老禪過此冬。

由萬松坪冒雨到凌雲舍即事

我來遊廬山，志在造其巔。皇天不肯晴，僧牀累夜眠。今晨米告盡，焉得不言還。去此五老峰，往尋三叠泉。石間本無路，草際微可沿。甫從溪中過，忽又巖上穿。雷聲一何怒，奔流百丈懸。攬衣並流下，谿路貿仗然。況復雨時至，對面愁攀援。杳冥失山色，仿佛有無間。遙聞竹中語，微見松際煙。老僧供茗飲，一啜禦我寒。更言前路險，絕壁俯深淵。自舍所扶杖，遣徒導我前。捫壁不容趾，投杖竟過焉。還顧綠水潭，一泓澄可憐。胡爲銀花翻，疑有神鼎煎。前登偪側嶺，竹林遺蹟傳。題名者誰子，石上草草鐫。石縫裂盈尺，上窺一線天。或云有絕徑，從此達玉川。越嶺徑彌仄，窺崖脚已攣。所恃霧氣隱，但聞水聲喧。方子指我笑，昔鋭今何孱。回頭見方子，前後爭扶牽。半晌僅能過，中心猶悁悁。道逢虎迹新，謝遣導者旋。此去蒼苔滑，十步九躓顛。山查味極佳，杜鵑色正鮮。山高風氣勁，此物何由全。

不見山頂松，屈曲生崖潊。其高僅盈尺，其壽已千年。枝爲罡風吹，根與頑石纏。所以柯不高，惟有瘦且堅。蹭蹬至峰口，峰勢轉巑岏。徘徊不敢下，荆棘任所扳。時時學猿挂，往往愁鳥翻。遥見煙霧中，似有瀑布奔。明滅倏無定，迷離眼漸昏。有如金瀉地，斷續還渾渾。突兀石側出，倚杖聊可捫。同行遥相唤，長恐中路捐。忽聞犬聲吠，相顧開笑顔。筋力既以憊，且復獲所安。勝遊良不易，兹遊毋太艱。

過上三叠泉精舍

千竿竹暗雨昏昏，三叠泉聲霧裏喧。山氣早寒先向火，茶煙纔上慢開門。燒菴何處尋遊子，前有捫壁石絶險。過客終朝累老髡。勞遣小師前導我，凌溪絶壁恐難捫。先是，菴爲遊人所燒，謬許造，還不果。

宿凌雲舍枕上口號

溪窗徹夜作雷聲，屋溜泉奔聽不明。雨即慳尋三叠勝，晴還悔下萬松坪。崎嶇有徑寧辭險，筋力雖疲尚可行。若使玉川門又阻，一生辜負看山情。

到玉川門不得渡

連朝雲霧罩峰巔，又遣溪流鏁玉川。攀涉豈宜頻阻興，溪山不信太無緣。應防詞客詩篇少，欲試遊人願力堅。直聽漲消重策杖，今宵側耳恐難眠。

鐵壁精舍

鐵壁層層斧劈痕，匽瓢小搆倚山根。溪流横過原非路，石罅斜通寶有門。白晝雷轟巖户動，晴天雪噴竹窗昏。老僧供茗留人坐，從此攀躋問水源。

玉川門裏有山徑絶險可達萬松坪是無可師手開看三叠泉孫魯山再爲剪刈詩以誌之

玉川竟達五峰巔，鐵壁千層一徑懸。繞石陰森寒白晝，隨泉宛轉上青天。新修隘路椒園叟，舊闢荒途藥地禪。要自此中親到過，些些丘壑笑龍眠。

到凌雲舍知吾鄉孫魯山前半月過此攬勝而去亦未登五老峰寄懷二首

玉川門外水如雷，纔是先生攬勝回。苔蘚曾經藜杖破，荆榛爲過筍輿開。蒼崖磨待新題句，紅葉燒餘舊煖醅。莫笑問津人絶少，經旬又見老狂來。

匡廬絶頂最難遊，也向松坪幾日留。客到每逢雲物晦，我來又聽雨聲愁。空囷僧舍連宵火，欠看鄱湖萬頃秋。五老見人羞踊甚，肯容大老上峰頭。

三叠泉

靈奥不易探，興會詎可誤。石出漲以消，鳥鳴雨初住。杖策沿溪流，曲折經屢渡。玉川徒有門，鐵壁絶無路。雷霆互喧豗，雪浪莽奔赴。側身窺洞口，有物向空吐。大聲恫心魂，焉得不速去。踰險恃輕身，乘危戒反顧。雖極攀涉勞，頗盡林壑趣。稍見三叠泉，遥遥千丈素。恐是鮫人機，毋乃天漢注。一叠鬼神驚，再叠蛟龍怒。三叠江河翻，傾倒誰能禦！餘勇噴珠璣，猛氣生煙霧。青天雨霏霏，白晝森然懼。下有緑水潭，閟爲神物護。停泓似不流，奔注忽以聚。銀花攪四圍，動定各回互。莫測澒洞端，焉知瀠洄故。至人法坎止，此理應可悟。坐久毛髮竦，寒色滿衣屨。山空無日光，焉辨朝與暮。僮僕或先行，導師亦回步。匡廬洵多奇，兹觀亦已巨。如何山下泉，居然稱瀑布。

廬山雜紀口號

一縷煙生頃刻濃，終年頂上有雲封。鄱陽好處層層見，何必求登五老峰。

海綿千頃已全收，山志稱雲氣爲海綿。霧冪雲巾又蓋頭。却怪此峰稱「五老」，如何老只見人羞？

蒼崖紅樹錦爲斑，疑有疑無霧雨間。忽被煙迷全不見，分明一幅米家山。

含鄱嶺上小團瓢，夜半門扉有客敲。親見老儒來乞火，多年腐物會成妖。

山上常餐是芋魁，遊人每爲絶糧回。下方施米虚功德，一石纔能五斗來。

雲霧峰頭萬畝茶，好茶只得兩三家。攜來山下無香味，應是山中水自嘉。

茅菴僧出半開關，常辦遊人到此間。有米在廚客自飯，往來米價不消還。

團瓢早積過冬柴，一夜風號雲盡埋。直待雪晴春始掘，叢林鍬鍤預安排。

過白鹿洞不得入示繡山

先賢此地舊絃歌，慚愧藍輿洞口過。惟有斷碑當孔道，遥憐古木滿山阿。藏書院閉人窺少，養士田存官占多。老去始明朱子學，門牆外望欲如何。

南昌遇何紫屏

執手章門此會奇，銜杯絮語不勝悲。覽詩早信爲皐羽，投刺應知訝子皮。范蠡變名鴟夷子皮，紫屏初見予刺疑之。異代功名何處論，半生出處幾人知。點頭尚有蒼頭信，猶記當年嘯傲時。新詩五韻見交情，幾度高吟和不成。惟恐傷時還閣筆，即教懷古亦吞聲。樽前得句蠻姬誦，醉裏題碑賈客驚。粵中曾爲紫屏書政碑記。回首舊游零落盡，天涯贏得兩狂生。

同紫屏訪黎博菴廬居

南昌前輩古風流，特訪廬居問蓼洲。地名。木榻半穿身未老，板門閒閉氣常秋。酒杯自向東籬把，刺字遙尋北海投。別後有詩無忌諱，好憑何遜寄揚州。

陳士業數過小寓論詩率爾有作

三十年前陳士業，相逢豪氣尚如新。興逢文酒全忘老，家爲交游積漸貧。是我有詩皆過目，訝君無字不留神。旁觀莫怪深談久，海內深談得幾人。

滕王閣同方繡山敦四宴集得風字

滕王高閣聳層空，乘興登臨二阮同。檻外雲山餘舊恨，城頭鼓角送秋風。以是日立冬。天時已變江流裏，人事常悲夕照中。却怪來游詞客少，子安詩句至今雄。章江門外已成烽，高閣重開與昔同。村市半沉秋後水，帆檣爭趁晚來風。他鄉對酒偏難醉，勝地題詩不易工。遙指西山蒼翠裏，幾人曾見採芝翁。懷安期生。

再用風字酬敦四

憶别江城恨未窮，他鄉重聽話遼東。虬鬚點得陰山雪，貂帽吹殘大漠風。出塞弟兄多日紀，懷人詩句怕雷同。向來飲量稱無敵，底事持齋不肯雄。敦四怪予無詩見懷，予笑曰：「恐兄入關後補詩者甚多，以此自嫌耳。」

章門喜遇陳是菴别駕併爲催粧

相逢猶憶少年場，異代蕭條識老狂。幕府檄來徵考績，錦屏客聚爲催粧。樽前燭影欺新月，簾外花枝報小陽。時爲十月上弦。獨有舊人今夜冷，知君惆悵合歡牀。是菴未續娶，先已納姬。

周農父楊嘉樹至自嶺南云於羊城晤姚六康喜極有詩

章門驚拂嶺南塵，説向羊城見故人。海外已傳蘇軾死，天涯猶念馬卿貧。哭君詩誤何須諱，笑我情癡果是真。早晚公車江上過，相逢悲喜一時陳。向因友人訛傳，遂有哭六康詩，想見之啞然一笑也。

寄陳昌箕廣文兼問鄧子與

廣文五載滯延平，此郡溪山舊有名。閣裏邀賓攀磴上，廳前視事見帆行。酒錢易盡誰相送，詩料雖多莫漫成。沙縣故人常會面，也應細説昔交情。

寓　目

此郡焚幾盡，東偏一望賒。竹園新佛舍，瓜地舊侯家。釣艇城根出，浮圖郭外斜。城外有斜塔。分明遺址在，想見昔豪華。

瓦礫堆遊路，游人屐齒疏。橋平齊放馬，水活暗通魚。没入皆官地，租來有客居。月明湖上好，羡爾夜深漁。

贈葛霜華

侵晨尋古廟，梵誦隔林坳。小竪同持呪，行厨不動葷。坐多逃世客，集廣放生文。獨有圍棋好，時賢總讓君。

壯年遂不仕，常憶朗陵危。奉檄開城走，沉舟下峽遲。尊公容宛在，予少時丁卯晤尊君清涼寺，今見霜華貌酷類，問之始知。伯氏死誰知。國變時令昆赴水殉難。自説無生趣，應皈大導師。

寄無可師

此來尋五老，亦擬問匏瓢。豈意游蹤滯，還坳去路遥。江寒舟怯換，地僻伴難邀。小阮崎嶇至，應堪破寂寥。頃有沙彌無伴，爲大師猶子，遠尋西上。

近識安禪處，身心得自閒。供惟勞長者，居不擇名山。法席應爭請，餘生且合還。故鄉斟酌住，浮渡白雲間。白雲亦祖庭，不必定浮山也。

吴城阻風

鄱陽不可過，兩日卧湖蹬。屐阻通街路，檣連下水船。舟師私攬載，僮竪暗攤錢。薄暮占風色，閒看市井煙。

急雨爭移纜，櫓聲喧滿江。市燈收酒店，官燭隱篷窗。積悶憑詩遣，閒愁被酒降。避風高柁後，應傍洞庭艘。

潮落墟初出，舟航集市門。遻商人盡讓，楚客語多喧。曲巷穿山徑，巖牆上水痕。令公祠閙甚，新稅及梨園。

小市舟難泊，潮來取次移。高燒嗔惡燭，淺酌試新甆。默默惟眠好，昏昏與醉宜。僮童工弄笛，詩句倘能吹。

遽與章門別，還於此地留。銜杯聽雨點，解纜避風頭。泊必依官舫，幫無虐小舟。榜人通夜罵，且免客途憂。

渚　溪

磻陽不可過，小渚避風湍。盜出因湖闊，船多得港寬。僧誣神託夢，隊借長充官。局促篷窗裏，聊偷一夜安。

泊渚溪寓目彭蠡

秋水寒不退，冬月暮多風。回舟泊小渚，登高望征篷。遥見所來路，浩若乘虚空。自非指南車，焉辨西與東。白沙疊爲岡，其上草木童。山色半蒼黑，煙雪互濛濛。時見岡巒斷，頗疑路四通。乃知皆島嶼，浮汎波濤中。詘道前山下，屡號暮夜戎。榜人戒行客，勿貪利涉功。亦有西上舟，點點鳧雁同。帆影既以盡，目力猶未窮。轉睇匡廬山，杳冥霧雨蒙。我舟去何時，羨彼孤飛鴻。

泊大孤尋白泉寺

北風不肯息，波浪逆我舟。中流開篷窗，遥見松竹幽。舍舟步出市，策杖入林丘。果然愜所願，小構藏山陬。園籬既以治，畦徑亦頗修。僧徒勤梵行，日暮猶未休。客至何所供，茗香足淹留。山泉味極甘，雪色照素甌。欲往尋其源，源深谷不流。渾渾井中出，有如白乳浮。以此名白泉，因有人來遊。君看白泉名，題在寺上頭。

石鐘山

昔我挂帆上，江流何渾渾。順風過絶壁，斗削不可捫。遥見縶罶人，有若巖際猿。今來水始落，與子同扳援。石拒本無徑，壁裂如有門。時時奇鬼搏，往往猛獸蹲。絶頂望江流，浩浩東向奔。還顧足垂處，凛然森心魂。下見石鐘石，紛紛考擊痕。嗟此李渤誤，如何至今存。此山本空洞，如罭盂與盆。水落人可入，有路達城根。以此風鼓浪，水石互吐吞。所以蘇公來，大聲水上喧。自公此記出，一洗石鐘冤。明明水經注，不肯信酈元。世無讀書人，固陋安與論。

阻風鱘魚嘴即事

北風不可下，艤楫縶枯楂。入舟苦局促，一杖聊可拏。居人避水去，茅屋半欹斜。婦人投所親，丈夫或在家。市上何所有，但有小魚鰕。此鄉無禾稻，所恃麥與麻。麻麥既以盡，蔗荻不復花。水田寸寸壘，賦税日日加。江濤激頹岸，敗板圻官艖。忽憶廿年前，吾友没江涯。旅櫬寄此地，有菴名蓮華。故鄉在三原，欲返道路賒。今來時代更，洲渚漩爲窪。蘭若復何有，總有委泥沙。男子死四方，豈必首丘嘉。螻蟻與魚鼈，同盡何傷嗟。歎息回篷窗，淚落黄昏鴉。三原石胤崑客死此地，劉客生殯諸蓮華菴。今詢其地，已爲烏有矣。

宿磨盤洲

此洲昔殷盛，漂蕩幾家存。江口旋編屋，潮頭尚打門。樓船乘浪進，鼓吹雜風喧。小泊更籌裏，嚣然似一村。

放舟小飲忽過皖城醉中口號

舟輕無浪且銜杯，百里江程一刻回。高柁轉時驚雉堞，篷窗推處見樓臺。冬晴蒼翠雲中出，夕照丹青水上開。醉眼莫疑看似幻，海門自昔號蓬萊。

到樅陽

望見樅陽近，風帆及早收。漫愁舟進口，且喜水回頭。市井新開店，人家始下樓。江流雖勇退，勢比昔年秋。

艤舟遇姚彦昭得左子直燕邸信知魏子存相念

我纔破浪至，君更逆風行。自笑年年放，空勞處處爭。彦昭今秋北試不利。日邊游子信，劫後故人情。可識廬山返，新詩帙又成。

聞姚經三司李建寧

閩海芝城我舊過，先賢遺蹟滿巖阿。雲山入座侵書帙，廳事開簾足嘯歌。一路箬香茶筍妙，四方書購棗梨多。詩傳湯學同時出，皆經三素志。業擅千秋奈汝何。

宿汪惟肖山居索詩爲徐月鹿五十壽走筆奉寄

汪子空山一茅屋，黄昏驢背邀我宿。客有白飯驢有芻，擁爐夜話徐月鹿。月鹿才名我久聞，與我未交交以神。往時豪氣傾江北，祇今清譽騰淮濱。淮水東匯清江浦，南北舟車日旁午。太倉悉仰輓輸功，過客恃爲地道主。年年採木造漕船，昔何苦窳今何堅。物價既優功亦倍，家家得用水衡錢。朝廷計功不計費，區畫要爲百世利。即防掣肘另增官，何意同官與同志。如君才真天下奇，朝起視事夜賦詩。判牒爭求蘇軾帖，放衙閒賭謝安棋。君於朋友有高義，吾里相傳兩盛事。恤孤已見李狂生，娶婦復聞楊處士。明年正月君五旬，祝君詩句滿堂新。可憐汪子解君意，論詩偏重老遺民。夜深邀我飲我酒，酒酣屬筆爲君壽。酒醅告罄詩亦成，此時誦君君知否？汪子早去稱君觴，予亦還家即整裝。明年倘過黄河去，淮上爲君醉幾場。

寄徐莘叟太史

名園策杖屢蹉跎，準擬今冬約伴過。身隱未能忘筆墨，興衰猶喜聽笙歌。常時放櫂千江遠，老去騎驢兩日多。雪霽山寒行不得，花前留醉待春和。

贈牛山道人

松桂陰中舊草廬，一窗偶借道人居。飯香僧舍煙生處，茶沸山亭月上初。老去守中防客氣，靜來試眼寫方書。同年壬子推君長，鬢髮相看迥不如。

爲憐多病學長生，瓢笠尋山到處行。賣藥隨緣囊漸減，彈琴無字指偏清。脾因過午停餐健，體自中年絶欲輕。向道周郎能顧曲，至今宛轉逐簫聲。

田間詩集卷十二

客隱集 甲辰

樅陽阻雪

北風不可去，擁被阿咸家。急雪窺牀集，迴飈侮燭斜。喜饒新歲酒，愁損故園花。正好看飄撇，疏簾底用遮。

元夕阻風錦衣洲

津市無多路，帆檣不肯前。大風收港息，孤月入窗圓。寂寞過燈節，淹留恨米船。同舟沽飲去，疏得守篷眠。

白鷺洲宿胡星卿草廬

去歲秋潮漫，遥憐處士家。瓜棚連樹倒，籬落與門斜。魚走塘皆破，馬來路莫遮。竹牀留信宿，猶詫酒能賒。

馴象門尼菴弔黄坤五旅殯

旅櫬何時至，郊扉此獨栖。門開驚鼠走，客到觸鴉啼。親戚已都去，銘旌尚未題。老尼言後事，一字一含淒。

平生稀一面，共訝客心悲。塔寺虚相待，萍蹤竟失期。先生曾尋我長干寺中，久待不至。荒唐天問註，寂寞義熙詩。今日筵前拜，魂兮識我誰。

連歲風波惡，艱危剩一身。如何逍此老，畢竟死於貧。作客原無主，哭君寧有人。舉家生計盡，誰復望交親。

前輩看將盡，聞君訃益嗟。吾方哀氣數，人只惜才華。在世原無謂，偷生亦有涯。漫勞悲客死，何處是君家。

長干寺酬趙月潭先生見過

蕭寺僧房僻，頻勞緩步尋。虚懷前輩誼，握手古人心。道合交無淺，時危語莫深。正思詢典故，欣接舊詞林。

雨阻長干寄徐月鹿水部

準買扁舟向北行，無端又滯石頭城。塔檐徹夜聽鈴語，巷口侵晨厭屐聲。柳色遥連淮甸緑，江流空憶浦關清。知君退食衙齋静，與客圍棋日幾枰。

寄陳階六大參

二十年前舊酒徒，風流三接憶當湖。君爲平湖令，予曾過訪。强邀荀令除官格，醉擁秦青置坐隅。飲量難餘疑漸減，筆花老去不曾枯。秋來覓我淮陰市，看取狂奴興在無。

七年前寄數行書，隔歲遥傳雙鯉魚。以我酒狂時復作，知君豪氣未全除。道分出處情寧異，地阻江淮跡太疏。寄語詩城諸社侣，藕花開日好邀予。

上河訪王汾仲口號

不見王生已六年，看君難後益蕭然。軀孱判爲交游累，家破難邀故舊憐。屋僦半間聊訓讀，書求八法罕酬錢。兒童散去窗初靜，自下門扉與客眠。

示程子介

時俗人情更莫論，看君落落道心存。有錢祇濟貧交急，失意難忘汲引恩。性僻吾原憂寡合，口緘世反怪多言。如今好客平原少，躄者誰容尚到門。予薦子介於貴人宅，爲其內人不悅，辭去。

王元倬移居巷西約同姚伯右楊炯伯王杲青陳璽侯小集

江村歸去信難通，每念南陔老病翁。徙宅不曾離巷北，避囂仍可號牆東。此身幸在寧嗟困，吾道雖非未筭窮。試看樽前無雜客，論心猶有數人同。

答石潮禪師見贈

天界堂頭老導師，別峰未見已相知。敢開大口爭談法，或有微言雜在詩。湯學偶於窮處悟，禪心時向醉中窺。謬勞佳句深錐劄，其奈凡情不肯疑。

答棲霞竺菴禪師

曾到黄龍空手還，餘生得意酒杯間。細看妄想寧宜滅，自信狂言不可删。佛法忘來隨處見，南華讀罷此身閒。導師惜我頻垂示，却怪頑夫老更頑。

雨宿方望子寓樓

小樓聊假息，留滯忽經時。月色愁中誤，雨聲醒後知。朝炊煙不出，夜漏榻頻移。多少交親宅，唯君借一枝。

過方爾止晴望樓小飲

高閣倚城隅，當窗二老夫。人煙昏後合，山色雨中無。薄俗真宜避，吾徒幸不孤。隔鄰饒畫手，此意亦堪圖。

芳樹六章爲方繡山六十初度

倚倚芳樹，薈彼丘園。有泓其池，有翼其軒。之子肥遁，于今十年。或勸之出，笑而不言。出者屢蹶，信處也賢。

芳樹伊何，維梅與松。松柯冬挺，梅陰夏濃。良時置酒，老友過從。其跡則異，其心實同。相顧念昔，胡然而翁。

惟子壯年，意氣揮霍。居室屢空，行歌自若。我與子交，禮數脱略。子貴不驕，我貧而樂。文酒爭長，緬言如昨。

秋風始肅，陟彼匡廬。雨阻道絶，褰裳以趨。我棄其杖，焉用彼扶。子不我後，黽勉崎嶇。乃夜紀事，謂我弗如。

子年五十，誕厥嘉兒。六十之辰，兒已追隨。對客能書，抱經能疑。侍坐於側，言笑以時。親戚驚歎，曰此子奇。

子有奇子，亦既有家。賓客咸集，樽罍孔嘉。臨觴不御，戢影栖霞。念子素履，弗紛于華。青山矢志，尚其勿遐。

栖霞禮浪大師塔院

導師歸寂久，禮罷淚難禁。在日無多法，臨終只此心。自憐親近淺，已覺受知深。一瓣香藏久，逡巡直至今。

登攝山絶頂

嵯峨獨枕大江隅，與客追攀興未孤。麥色不齊分野緑，潮頭初上滿槽鋪。煙奔谷口横空去，雨截山腰過嶺無。漫説金陵佳氣盡，此峰仍障帝王都。

岧嶤俯視萬峰羅，垂老支笻始一過。劫火不銷千佛石，烽臺長鏁敗軍河。金焦影落天晴見，瓜步帆收晚照多。借問宋家鏖戰處，萋萋洲渚塞煙波。

池州凌雲閣同楊嘉樹作

苦雨淹旬不出城，忽登高閣見空明。湖堤水嚙尋山阻，橋竇潮平擁棹行。遠黛似螺餘頂見，濕雲如絮半腰生。獨推一榻容高卧，纔聽官船唤打更。

涇縣道中示嘉樹

老來遊事拙，長路仗同人。冒雨先尋店，留船自候津。驢遲煩客促，僕懶代予嗔。竟日通忘倦，沿途唱和新。

涇縣感舊贈王雲從孝廉

久不驅驢出，況當溽暑新。偶來因老友，爲何紫屏見邀。乍到問同人。在市焉能隱，偷安賴得貧。相逢不相識，仿佛是前身。

文物悲前代，鷄壇憶盛年。美髯疏似畫，逸興涌如泉。吾道名爲累，交情老可憐。相看頭白盡，叙舊意茫然。

經旬常卧病，積雨没蓬門。何必離人境，自然超物論。年來多難，唯雲從超然。交多難謝客，屋小每移樽，惆悵平生意，相期竟夜言。

舊遊看漸少，絶迹意何如。文字已全廢，山林無可居。難通徵士訊，莫寄孝廉書。謂眉生、道吉。來往琴川上，空逢赤鯉魚。

同紫屏偕閩中諸子遊水西寺即事　有上中下三寺

三寺鐘聲隔水西，連朝約伴費攀躋。山城樵早喧爭渡，海國童嬌跣過溪。夾路果園村姥護，誰家茅屋午鷄啼。沙邊瀨淺全無徑，莫怪遊人屐齒迷。

竹樹遮門一徑深，樓臺仿佛見叢林。寺碑每記宣宗蹟，寺爲唐宣宗潛龍處。山誌多傳供奉吟。太白詩最多。丹井甃存僧罕汲，葛洪井。賞溪流改吏何心。僧言賞溪本在山下，爲邑令改而東，恐不然也。客來想像秋霜閣，亂石崩崖無處尋。

丈室僧遺小影懸，支公没去已三年。謂友蒼禪師。飢分麥粥當僉啜，醉放蒲團帖地眠。覓席陰移崖際樹，侵肌凉透雨餘泉。水邊林下經行處，土銼茶煙迹宛然。

古澗寒飈速客回，行過中寺偶徘徊。法堂堆麥僧長鑠，別院穿松客自開。已見白雲歸作雨，上寺名白雲。誰聞黄檗喝如雷。下寺即黄檗所居。上人選石留茶話，苦被童奴趁渡催。

贈漳浦莊孝廉儕鶴

漳浦風流不乏賢，逢君爲客聚琴川。藕花香散乘凉夜，竹葉樽同過雨天。遺事欲蒐詢舊吏，歸裝獨重有新篇。銅山共荷門牆誼，細問遺孤淚泫然。

送蔡君亮孝廉之新安入閩

嶺嶠崎嶇去路賒，亂山孤縣偶停車。酒樓窗近鬪歌管，佛院牆傾見藕花。浪迹終年長作客，多情到處且爲家。天都取道閩關便，還指羊城向海涯。

贈仙遊吳鶴九孝廉

荒寺羈栖困客心，乘凉隔院動相尋。堂虚合坐需天晚，砌冷貪眠怕夜深。閒寫道書消旅況，醉歌蠻曲操鄉音。論詩大有驚人語，不許吾徒率意吟。

過石壁和金太史江文學韻

行經山隘暗迴腸，逐伴纍臣此出疆。壁上墨痕淋暮雨，溪邊灘響咽斜陽。同歸益勵臨危志，未死偏增殉節傷。記得孝豐閩變後，吞聲重趼赴閩鄉。乙酉秋，到孝豐聞新安陷。

新安晤鄧子與答其見贈之作

葉落虚空散，浮雲東西馳。飄轉天地間，會合終有時。憶昔干戈際，慷慨與子辭。斷橋一分手，生死不相知。我既歷險阻，子亦罹艱危。間關度嶺嶠，黽勉還茅茨。念我平生友，消息當報誰。忽傳南宮捷，姓名久更疑。見子應制作，高文何瑰奇。人皆爲子慕，吾獨爲子悲。一官竟蹭蹬，始志果不欺。我客長干寺，邂逅陳昌箕。言子狀甚困，惜子數甚奇。數奇何足惜，所苦終歲飢。吾友姚仲子，意氣吾常推。司李建安郡，臨別屬以私。惟子與陳子，託其加護持。堅約秋深日，尋子史溪湄。何意汗漫遊，聚首忽在兹。乍見不及喜，亦不道相思。但云中郎帳，睹我贈友詩。心知我尚在，寧知見有期。所述無萬一，涕下如綆縻。子鬢猶似漆，我髮已爲絲。相顧念疇昔，豈必盡狂癡。談笑終日夕，忽當與子睽。我行無蹤跡，飄泊隨風吹。子亦狷者流，游謁恐非宜。人事日變更，世路多險巇。歸裝倘稍給，慎勿還山遲。丹楓繡崖谷，候子于武夷。

新安長橋步月贈東莞洪蘗倩

月白沙明夜氣清，倚欄話久不勝情。同年獨僭新鬚髮，老友唯諳舊姓名。南國風雲悲異代，海天吟嘯似前生。述懷有句休高咏，怕被人傳激楚聲。

海陽尊經閣七夕同紫屏作限韻

金風入夕透疏櫺，早見高梧一葉零。五嶺同遊餘二老，十年幾處看雙星。爲儒肯乞黄姑巧，感物偏驚烏鵲靈。夜半虚空音樂過，還疑眢壁有藏經。

閣上秋懷

憑陵高閣頫諸峰，客到常登第一重。當户白排三窣堵，繞窗青列萬芙蓉。秋清委巷無砧杵，日落荒林自鼓鐘。吾道既非經學賤，漫矜先代有儒宗。

過白鶴山汪氏園

木落高城暑氣殘，精廬小構隱林巒。主人自去央僧守，佛相長供許客觀。一勺井泉通邑釀，名東山井，水絶佳，合城取以釀酒。數竿水竹隔溪看。蒲團閣上開簾坐，也覺身心半日安。

斷　石

丹嶂何年巨斧開，崩雲墮地卧溪隈。應留仙客排棋局，恰許漁家作釣臺。潭上幾人能嘯咏，壁間諸佛自莓苔。石梁過處疑天造，塞斷休教俗物來。

閣上作寄謝廣文

海陽城郭半林丘，高閣憑欄望裏收。三徑經旬無客過，萬家幾處有煙浮。砌階桂樹驅殘暑，出院梧桐報早秋。誰謂廣文官最逸，炎天過盡未登樓。

久寓海陽學宫未識謝廣文面臨行寄謝

秋風日夕洒征衣，惆悵先生出未歸。官閣登臨同水部，謂何紫屏。高齋吟眺憶玄暉。榻懸梁上兒能下，酒出牀頭客自揮。來去不須相識面，交親即恐太忘機。

同紫屏遊白岳紀事

磴道攀躋第幾重，籃輿一路入深松。山空客過傳鞭響，日落壇荒見虎蹤。自昔御爐頒大内，至今金屋冠孤峰。中和白岳遥崇秩，千載登封望世宗。

中峰石勢障丹臺，誰啓仙關引客來。雲路躡窮心已歇，天門過去眼重開。千尋巨壑窺將合，一帶懸崖繞却迴。最是老楠能作怪，無端火出自成灰。天門楠樹自燒死。

珍珠簾下雨絲飛，客到秋初暑氣微。點滴可能添瀑布，飄蕭暗覺潤生衣。鳥來朝𪬙依時至，雲出遮門近夜歸。遙指香爐峰在眼，日斜頂上弄光輝。

玉屏高峙白雲齊，金殿平臨萬嶺低。天表舊傳成祖肖，御碑親出肅皇題。門瞻紫極遙朝北，路繞丹梯盡向西。禮罷上階窺黼帳，真身猶是鳥銜泥。

紫霄崖畔碧苔盈，爲仗同遊鼓勇行。巖際四時飛作雨，堦前衆壑暝猶晴。巨碑有字高難讀，野殿無人老漸傾。更去莫愁前路晚，夕陽村落正分明。

洞天門隱竹松幽，邋遢栖真在上頭。倚檻秋陰青嶂杳，看峰晚霽白雲收。仙家歲月終難駐，人世風塵不自休。借問浮圖藏蜕處，可四笙鶴夜深遊。

客祁門寓十王寺雜詠 一名悟法寺

城南悟法寺，臺殿敞溪邊。俗儉偏貪佛，僧賢欲改禪。春喧臨水碓，篙曲上灘船。頗羨村翁古，衣冠似漢年。

經旬不出市，草色滿庭荒。破院埋雙塔，長廊閉十王。香田常住累，佛事一秋忙。好接諸方衆，尋師坐道場。

禪林何代廢，今已合重興。精舍栖遊子，空房養病僧。廚開殘梵夾，窗墮走瓜藤。昨夜光明滿，新添佛母燈。

老年難作客，況是凜秋時。何處求梅墓，相傳寺爲梅鋗墓。閒來辨岳碑。寺側有武穆題碑。醉疑沽酒惡，醒怪打鐘遲。去住惟憑興，前途不自知。

茶棚閒寓目，來往閲行舟。日落渡難待，灘平纜早收。鳥知施食集，魚恃放生浮。窄堵溪流隔，常思到上頭。

梵宇臨官道，施茶信有緣。漁罾竿去遠，此溪禁漁人。健婦擔爭先。漏税常通貨，隨鄉不使錢。俗不用錢，而商貨竊通吴越。米船江右至，最賤是今年。

客居偏喜寺，課誦晚堪聽。襆待僧閒製，杯因友病停。紫屏方卧疾。科頭時禮佛，嗽口自持經。

見説山門古，泥神大有靈。

山深寒氣早，地僻屐痕稀。游客已都去，主人猶未歸。有書朝押酒，無被夜添衣。寂莫高陽侶，閒時一叩扉。

無事尋人語，閒談每夜深。土風崇鬼教，梵唱雜伶音。諳俗老來態，悔遊病後心。所嗟詩思澀，得句費沉吟。

窮途依老友，久卧客心驚。謂紫屏卧病。藥竈通宵火，鄰牀半夜聲。不眠長屬耳，無語暗關情。多少飄蓬慮，躊躕到五更。

訪葉特子

小構何年畢，爲園且護籬。天晴庭曬藥，雨洗壁題詩。茗熟談深後，樽開客聚時。要予常散步，乘興勿須期。

贈陳秉文

此地亦云僻，交游每到門。貧來惟屋大，亂後有書存。涉世吾甘拙，求人合厭煩。同心能好我，時許縱狂言。謂方兆玉、汪子先諸子。

李御侯醫士索詩

李生稱市隱，小巷一壺懸。乞藥清晨集，主方通邑傳。甕贏常買醉，僧病免還錢。過午閒無事，邀人合管絃。

饒州道上作

過盡祁山路，推篷眼一舒。江平無險阻，樹合有村墟。處處初收稻，家家習打魚。怪予幽意愜，生慣水鄉居。

重九前三日李梅公司馬邀同文燈巖何紫屏蘇興三劉遠公賞菊即事

謝公池館倚城隈，三徑斜從竹裏開。花綻早邀詞客看，鶴馴驚見野人來。庭階樂事聯詩句，身世浮名付酒杯。正好縱談判燭跋，城頭更柝苦相催。公子惟饒能詩，遠山夫人有集行世。

名園偶集盡交親，況接先生滿座春。深巷車填知好客，嚴城鑰啓爲留賓。樽逢重九前三日，坐序他鄉第一人。自笑二毛資格廢，追隨先達僭如銀。

南昌舟中和紫屏作　時紫屏有門人督儲此郡

南州賦困已多年，滿地征徭劇可憐。羽檄屢催輸粵餉，彈文不恕過淮船。民懷寬政完逋税，吏凜清風減例錢。最是關情師友切，聽來含笑向江天。

贈李維饒孝廉

破帽西風九月天，偶同何遜訪平泉。門如蔣詡初開徑，客似張融暫寄船。丘壑晨昏隨杖履，庭闈色笑有詩篇。睹君佳句驚無敵，愧長吟壇三十年。予生壬子，君壬午，僭長三旬。

劉遠公索題扁舟圖

篷窗客靜楚天孤，萬里隨風作釣徒。秋水茫茫兩岸失，扁舟渺渺一絲無。貌癯似辟留侯穀，興盡仍歸孺子湖。從此全家移入畫，不勞開卷更看圖。

飲遠公湖上居

廿載扁舟客，今年汎宅回。相逢司馬第，共醉菊花杯。道貌豈難認，遠公素癯，今益然。僧裝改自猜。別離不盡叙，明日叩門來。

去歲頻來此，生涯羨作漁。那知湖上宅，即是故人廬。補葺因初返，蕭閒似寄居。何年結茅屋，魚艇到階除。

伊昔笙歌地，荒殘半似村。纍牆因瓦甓，編竹補籬門。饌出迸方在，盤陳故物存。不緣驅寓客，那肯返家園。

狂談容易醉，禮法可全删。掌燭初移席，留城莫上闢。湖風吹酒散，江月趁人還。却顧門前路，茫茫一水環。

朱定遠索贈 故世職指揮使

西江意氣苦難平，曾耳朱家舊俠名。肘上力鬪惟賣畫，眉間色在不談兵。國恩祇用窮愁報，世職還因廢棄榮。尚有壯心降未盡，酒酣慷慨作歌聲。

寄李羽先 爲見羅先生裔孫

豐城家世仰先賢，零落裔孫最可憐。大宅入官猶望價，遺書經火有誰傳。春無隔宿常留客，酒但謀歡不惜錢。記得夜深吾醉後，笙歌攪醒一街眠。

李梅公司馬七十壽詩

吉州前輩氣如春，陽月剛稱七十辰。方外逢迎無禮法，夜分談讌見精神。世言安石真名士，我仰山濤舊直臣。懷抱一生詩酒樂，知君家世謫仙人。

也知出處任浮沉，金馬遙憐避世心。老去鬚眉渾雪色，人前咳唾作鐘音。花矜玉樹先時放，韻押香奩逐字吟。遠山夫人有集。定有赤松期結伴，西山深處好相尋。

李司馬席上贈文燈巖

欲訪柴桑路未通，清秋忽聚菊花叢。籃輿偶出乘高興，皂帽同時避朔風。席上惟予與先生絮帽。涙洒西州悲故相，謂姜閣學。詩存南國表孤忠。公刻海岸先生詩。皖江潮接潯陽近，我欲相從把釣筒。

題趙國子小影

報恩背上三尺劍，救世壺中九轉丹。此是英雄真面目，旁觀莫作道人看。

將發黎博菴過舟夜話

理楫候明發，先生乘夕來。狂談時擊節，小飲不辭杯。口已多年閉，懷從今夜開。乞文曾有喏，許爲先君墓誌。相約及春回。

同紫屏訪洪浪上人上人爲予同鄉

精舍蓬窗見，呼船暮叩扉。小徒留客坐，鄰院覓師歸。佛法同鄉護，市囂隔水稀。喜君饒本色，不用騁禪機。

卜築無多地，容身得幾間。自矜蔬有圃，須種竹爲關。訪舊客重到，參方僧不還。相期秋色好，結伴入西山。

題石溪禪師畫爲何紫屏五十初度

何子别我十六載，鬚鬢已變冠服改。章門握手淚泫然，點胸幸有兩人在。今年春月稱五旬，生歲維乙月在寅。吾生合秉五行秀，木氣多者其人仁。大撓十干甲爲兄，乙也次之配長庚。陰符遁甲易帝乙，慎德應鍾太乙精。石溪高僧吾老友，手寫長松爲君壽。不羨參天勢莫攀，且喜凌霜凋獨後。松傍老樹還森然，枝葉雖異根相連。谿亭兩翁語何事，應是同參枯木禪。

夜到壽昌寺哭其天禪師

駐楫趨程日暮時，逢僧還怪客來遲。參禪衆散叢林冷，説法堂空深草知。夜到故人通寺喜，坐談遺事一門悲。當年天界無窮淚，又向西風哭汝垂。

康僧閣上罄深談，且喜吾宗道已南。秉拂爭知能繼法，論詩謬許是同參。壁留半偈傳雙樹，門對千峰守一龕。即恐祖庭虚席久，栖霞早問老瞿曇。

過昭武謝張閩自明府買舟下延平

琴堂草塞閤門扃，客刺初傳躧履迎。自説簿書成俗吏，乍看談笑尚書生。地衝驛困官難應，縣瘠民頑法不行。爲覓扁舟勞損橐，倚舷深頌故人情。

到延平暮雨投宿陳昌箕寓齋

廣文栖半嶺，路滑苦相尋。我自推門入，君方繞砌吟。詩毋因客廢，酒且與同斟。莫話七年別，徒傷遲暮心。

延平送紫屏南去予上建寧

送君聊佇立，苦恨順風催。柁已隨溪轉，窗猶望岸開。霧中孤棹遠，崖畔一人回。予亦逆流去，明春可定來。紫屏約明春至芝城。

建溪旅泊邂逅許天玉因聯舟痛飲讀其新詩

不見許詢三十年，相逢同買建溪船。高灘響急銜杯過，古驛更疏聽雨眠。童豎暗驚談往事，榜人爭聽咏新篇。吟壇屈指今無敵，可但閩鄉數汝賢。

醉後贈連石菴參軍

三山連子氣如雲，酒盞詩壇天下聞。家世爲儒非所好，無端投筆思從軍。軍吏豪華復誰過，時事既非家亦破。城中甲第已屬人，客裏賓朋猶滿座。即今僑寓建安城，過客何人不識名。夜夜燒燈呼酒伴，時時按拍聽歌聲。黄華山居最瀟洒，一榻經旬爲予下。對雨旋傾架上杯，衝泥每跨槽邊馬。我本江頭憔悴人，感君意氣重君真。急難但識朱家義，交游誰信鄭莊貧。跼蹐轅下不言苦，朝朝帶劍趨軍府。昨夜酒酣軍牒來，仰天長歎不能語。連子連子爾何爲？年年爲官官轉卑。近來軍職賤如土，爾獨蹭蹬胡數奇。連子大笑頻搖手，此城負我千斛酒。問君酒債何時完，酒完之日纔遷官。

將返延津留别連石菴

黄華山脚參軍幕，白舫灘頭野叟來。風雨兼旬頻試伎，賓朋無夜不銜杯。詩看速就才偏澀，酒與同傾量漸開。欠事未聽新樂府，相期燈夕盼予回。

集連章侯齋頭用雲字

閩江高誼數參軍，風雅傳家更有君。把盞緑浮通夜酒，開簾白走一溪雲。飲豪似減相如病，情至頻吟孫楚文。生有悼亡之戚。不是老狂貪久坐，天涯夜雨最難聞。

重過延平訪葉慕廬司李

閩郡溪山在上游，一時司李盡風流。偶逢遺老傳新句，謂文燈巖。且喜荒城是舊遊。越國交情懷繡水，君原籍秀水人。皖江文物接黄州。此邦變後難回首，爲爾重登百角樓。

不到并州十九年，再來真倚故人賢。似聞洞口猿猶叫，重覓津邊劍可憐。名士豈能無過客，此官不用廢詩篇。僧窗一卷樊栖草，伴我孤吟夜懶眠。

送陳昌箕廣文之永安并柬諸友

廣文官滿不間遷，還向交遊覓酒錢。已囑老妻牢鎖印，又逢高會慢開船。山城兵占悲沙縣，村郭人稠憶貢川。記取侯門多債主，莫將觴咏了殘年。

百角樓懷古

百角樓高俯碧潯，廿年此地再登臨。渡江一馬蹤全失，躍浦雙龍劍莫尋。棟宇已更前代製，雲山偏觸舊遊心。即今壁上紗籠滿，獨有羈人倚檻吟。

延平感懷

廿載延平淚，兹來始一揮。登樓遺眺在，過市昔人稀。風物凄殘照，雲山斂舊暉。虚懷詢父老，往事可全非。

冠蓋昔全盛，經過祇獨嗟。府前官下馬，山頂吏開衙。遺事删天寶，名流散永嘉。暗尋僑寓處，錯認幾人家。

伊昔居停在，依稀賓積坑。故家多易主，委巷半栖兵。屐怯穿街過，車危下嶺行。降丁安插處，今已是荒城。

城市何曾改，行來迥欲迷。負塗官路豕，亂曉寺門鷄。筧過街分水，槽橫巷有泥。東頭樓最古，今已換新題。百角樓改爲先鋒樓。

久斷閩溪夢，何期此再經。山城堞更粉，郡閣瑣餘青。搜誌書難借，升衙鼓慣聽。莫嗟相識少，吾鬢總星星。

起居尋丈裏，未晚紙窗昏。送客聊諳徑，看山只在門。僧寮兵婦雜，公廨吏人存。故老勞相問，慚予少舊恩。

僧舍炊將絶，況當歲欲除。所嫌棲近府，敢嘆出無車。血少難成夢，眼昏省看書。故園今夜冷，兒女正愁予。

冬餘無幾日，客滯已兼旬。長吏時時易，居民處處貧。固窮惟信命，貶道枉干人。從事官偏冷，煩渠給米薪。謂葉慕廬。

也覺眠難穩，朝寒不敢興。炭錢經雨長，米價逼年增。苦憶論文友，時昌箕客永安。徒閒嗜酒僧。閒寺有酒僧，亦遠出。隔溪好山色，天霽共誰登。

客況從來慣，窮愁亦自安。獨傷頭已白，又見歲將殘。歌管宵深近，山城雨住寒。世情吾不怪，時事屬艱難。

寄姚經三三山客署

一别經旬雨，三山望不開。遥憐司李署，誰把論文杯。作客知予拙，逢人説爾才。幾時辭幕府，歲晚共舟回。

井叔立春前二日初度小詩述懷

垂老得良友，兹遊頗不虚。畏君詩卷少，覺我語言疏。政簡早聞道，庭閒時著書。先儒遺集在，日讀幾篇餘。

也識公庭肅，經旬少到門。人稀知省事，胥老不交言。郡以廉疑僻，衙因静覺尊。登車風凜凜，真見典刑存。

雨中酬王因菴廣文招同陳昌箕羅倩亭吴子紱劇飲大醉

廣文署冷晝常扃，召客衝泥屐滿庭。垂老成名羞作吏，半生得意在談經。雨天傾倒真宜醉，鄉國謳吟盡可聽。苦被衙齋催客去，登筵酩酊不知醒。是夕復赴南平令召。

除夕前一夜葉井叔招同江無方小飲大醉

山城冷署夜開樽，把燭人稀自啓門。一座皆醒看獨醉，大家恭默聽狂言。老逢歲暮悲前事，客到途窮憶舊恩。莫怪野夫無忌諱，孤心此夜共誰論。

走筆和井叔見贈原韻

高齋共醉兩三場，歲盡衙荒燈火凉。夜半酒徒哀異代，樽前詞客叙同鄉。謂江無方。安心不去憑年逼，遣興多方畏夜長。報道明晨官起早，留連無奈此翁狂。

甲辰除夕

旅愁鄉思集黄昏，打鼓辭年處處喧。遠致廣文蔬滿把，昌箕送菜。近分從事酒盈樽。慕廬餉酒。

燒殘蠟燭難尋客，祀能家神自掩門。稍喜從遊能對飲，細將詩法夜深論。

半生萍梗滯天涯，又向閩江度歲華。地煖未須爐種火，途窮不信燭開花。勸人守夜囫安睡，制僕思鄉許醉嘩。此際江村多閉户，松烟洩處是山家。

田間詩集卷十三

客隱集 起乙巳止丙午

乙巳元旦

歲朝鐘鼓動香臺，曉起占雲霧不開。枕上序成先發筆，爲葉井叔詩序。牀頭酒煖自銜杯。徒行只答遊人拜，索和時防老友催。昌箕以元旦除夕詩索和。好笑去年裝早束，柴門預訂隔年回。

城郭蕭閒市悄然，出行且喜得晴天。官衙隔夜饞貽酒，客舍侵晨便數錢。遊子好占新歲夢，老人最穩昨宵眠。此鄉三度逢元旦，屈指經今二十年。

戴維烈孝廉寓中觀奕

同人不得意，相聚歲除時。敢信交當廢，惟知客漸卑。興豪充飲户，膽大敵棋師。總是消閒法，偏於逆旅宜。

雜作三首

亂離同散失，辛苦獨追隨。過嶺人家熟，投村燈火遲。别來嘗記念，見日轉增悲。百折難回志，惟餘爾尚知。示陳掾舜扆

憶昔逃名去，栖山恐不深。可憐人盡棄，猶見爾相尋。叙舊真如夢，懷恩尚有心。所酬詩記得，時在客前吟。示羅書佐璉

病廢一如此，相看祇淚痕。乍驚予已老，寧料爾猶存。亂日多同難，窮時憶昔恩。半生心與跡，汝外向誰論。示余小吏福

雨中同陳昌箕王因菴飲羅倩亭新居

不作安成令，全家寄劍州。莫言三徑隘，已費一冬謀。地狹親朋密，人閒市井幽。看君頭未

白，詎肯老林丘。

寶積坑邊路，重來廿載餘。羅含新卜宅，錢起舊僑居。君新居是我舊寓。題壁詩難覓，開簾山故如。躊躕今昔意，最是入門初。

屢有招尋約，剛逢夜雨時。僕催知候久，杯滿罸來遲。遊倦偏憐客，交濃爲喜詩。三山流寓外，唱和更同誰。

沙縣酬傅友仙明府 時方掛吏議

山縣凋殘客再來，撫循真仗仲卿才。邑逢厄運應難轉，吏有清操早見猜。父老不知官欲去，舟航猶載宅初回。也知宦興因時倦，其奈民情大可哀。

沙縣有感

亂日羈栖此縣頻，重來榛棘滿城闉。人歸初喜降丁去，宅壞爭嗟大户貧。市上鼓刀稱小吏，車前避道見遺民。劫餘獨有春郊草，依舊風吹一樣新。

過鄧子與有作

絮語連宵莫厭煩，同人今得幾人存。數經國變憐俱在，親見民艱仗一言。老去貧交常滿座，遊回債主日填門。高齋斗大纔容膝，自寫經書課子孫。

傅友仙明府招同鄧子與遊洞天巖紀事

曰予離沙縣，今將二十年。人民無故舊，時事皆變遷。朅來尋老友，遺蹟尚依然。邑君喜我至，假館爲留連。召我宴城西，有巖名洞天。林石互掩映，溪流抱其前。君出挾弓矢，從騎爲客先。中道馳且射，觀者井巷闐。豈知射御妙，但識君侯賢。馬聲入林去，人影簇溪邊。登巖大置酒，寓目郊與廛。樂哉今縣人，十室五炊煙。遙見帆上下，中有還家船。君侯且未去，速至毋遷延。酒罷客已醺，命駕起言旋。巷口人爭出，惟恐不及焉。間有識予者，擁輿帷爲褰。良以愛君故，俾予亦見憐。兹遊雖不壯，兹事良可傳。鄧子屬紀事，留待石上鐫。

同鄧子與訪半溪

爲趁新晴乍出城，近郊一帶莽春聲。橋危縱馬浮溪過，路狹逢樵讓畔行。努力看山遊子興，偷閒逐伴故人情。不知花事何時老，已見秧針冒水生。

半溪老僧索贈

一林松竹半溪環，二十年來住此山。爲接宰官扶杖出，更催徒衆荷鋤還。源流自説承金粟，瓢笠曾經出玉關。却怪名根終未了，要傳履歷到人間。

酬姜秀才逢源

昔年倉卒困風煙，焙筍寮邊幾夜眠。粒盡誰留韓信飯，途窮忽贈繞朝鞭。崎嶇歷盡驚予在，飄泊重來念汝賢。高誼即今無可報，留將詩句與人傳。

茂溪感懷

籃輿仍訪舊漁磯，鬢髮蒼然識者稀。市井已驚行去改，人民莫怪見全非。幾經劫火村猶聚，難得流離客盡歸。此會即今疑夢裏，莫題往事淚重揮。

酬羅奎之秀才

羈栖重返故溪濱，好友相逢涕淚頻。懷抱僅存三歲子，晨昏猶侍百年親。燈前目力嗟偏短，頷上髯絲與共新。咫尺郭門曾不入，對君猶見古冠巾。

羅氏溪上館

高館新開溪上頭，我來無渡自挐舟。洗開石色當軒出，砌就泉聲繞屋流。隔水童歸呼送酒，戲荷魚動欲垂鈎。知君課子心殊切，爲聽談經日再遊。

茂溪月夜諸子汎舟大醉

城堡何時築，溪流似昔年。可憐深夜月，還向故人圓。席散重攜酒，灘危自刺船。把杯期盡醉，判向水中眠。夜大醉，奎之落水。

已是廿年別，自然皆老夫。門庭今轉盛，池館昔通無。白髮人勞認，青山伴未殊。相看悲伯氏，流涕向山隅。

夜到順昌投宿普慶寺雨阻寄丁信可明府

把火呼船夜渡溪，籃輿入市徑全迷。嚴城官出難投宿，野寺僧容且暫栖。百道泉聲牀下走，四圍樹色雨中齊。遥知驛路停車久，正看村農趁水犁。

寓普慶即事

蕭寺城東一徑偏，重來猶憶下車年。流泉聲裏挑燈坐，雜樹陰中聽雨眠。僕慮侵寒私貰酒，僧爲撥悶與揮絃。郭門咫尺無人問〔一〕，飽飯伊蒲愧老禪。

酬松關見過并柬曉庭

空林雨滯獨徘徊，喜有衝泥老衲來。山路翠深霑亦好，鬚髯白盡見還猜。怪君受戒將詩廢，看我揮杯用茗陪。寄語緘關參學者，何妨特爲故人開。

贈順昌丁信可明府

山郭經過驛路存，凋殘小邑半如村。追呼日急心徒苦，功令雖嚴弊轉繁。吏議文深寧免責，民情事過始知恩。即今官舍同僧冷，祇得邀賓酒一樽。

李澮園邀飲醉後走筆

我從芝城來延津，周旋多是三山人。昌箕先生吾老友，到門下榻無主賓。因菴雅量世少及，每見心醉如飲醇。春來共飲維含宅，主賓爛熳皆天真。延陵吳子同時客，追隨無問昏與晨。黄華山畔主連尹，黯淡灘頭逢許詢。把詩即吟飲即醉，別來今已十五旬。籃輿重到雙峰下，耆舊凋喪無與親。柏鄉大令舊司訓，文章一見交有神。逸情爽氣照四座，荒館寂莫爲生春。山城有屋賣不得，拊手無計濟老陳。謂昌箕。我生足跡東南遍，交遊垂老半在閩。三山往往托深契，吾徒夙昔厥有因。君今服闋仍補邑，或在吾鄉吾爲民。下車若訪田間宅，記取松桂臨江濱。

過何劍客別業 何奉呂仙惟謹

憶在雙峰足嘯歌，重來此興半消磨。湘靈瑟曲憑誰聽，何氏園林數許過。一縣高朋開閣集，四山佳氣入樓多。知君本是仙曹侶，戲占華陽第一科。邑舊名華陽。

寄將樂令問玉華洞

郭外仙都路不賖，行春曾否一停車。風衝洞口橋難渡，火導崖巡杖可拏。每恨無緣逢石髓，定知有道出丹砂。當時壁上留題處，漫滅今存幾筆斜。

同盧漢遠熊甘澍廖朱草楚山上人遊龍興巖訪松關曉庭遂至茅蓬

出城無十里，一路有泉聲。得伴寧辭倦，看山不覺行。亭荒樵共歇，田小犢深耕。莫更思攜酒，吾方困宿酲。

早承菴主約，臨去只三人。能得此時暇，定知生事貧。雨崩畬客路，松截縣門塵。遙念禪關裏，茶開色正新。

遠聞犬迎吠，應知客叩關。僧開窗對坐，童洗鉢偷閒。道賤多傳法，時危難住山。見君渾不識，猶記昔童顔。

茅蓬去不遠，山路覺紆迴。遥見僧親掃，似知客早來。竹松經手植，泉石逐年開。何事攢眉叟，旁皇酒一杯。昌箕以過此不飲爲恨。

合掌巖訪慧掌精舍主人後到

渡口逢僧去，遊人自到山。廚邀泉入甕，門倚石爲關。蔬勑沙彌翦，炊遲菴主還。巖頭松在眼，留待日斜攀。

仙掌亭

絶壁孤亭掌上開，憑虚斗覺出塵埃。荒城日落炊皆見，小艇灘高上不來。萬簇米堆峰破碎，兩條帶合水潆洄。非緣同伴貧無事，誰許遊人晚未回。

避暑茅蓬二首

豸角峰前老比丘，爲貪巖壑結茅幽。朝飢自待人天供，夜坐時看虎豹遊。驅遣石頭沿路伏，周旋泉脉繞階流。只今酷暑逃無地，早晚林間已似秋。

荒館羈栖毒熱偏，出城松竹意蕭然。免聞市上呼天檮，時正祈雨。乍到山中整日眠。畬客求分官路水，廚人妄費筧來泉。瓜棚豆架隨時摘，不省今年是旱年。

同諸子集劍客齋頭醉後作

名園逃暑地，轟飲集高堂。當席思冰爽，捲簾納雨凉。羣峰窺坐秀，片石向人蒼。老去無多量，惟餘此興狂。

疾雷驅暑去，庭院已蕭蕭。出席衣堪御，登樓酒半消。雨絲吹客面，雲氣鎖山腰。漁艇灘聲裏，憑闌似可招。

大名推第五，今見二難俱。雅量寧堪較，狂言或不拘。呼僮頻洗盞，侑客與投壺。好友防予醉，歸途恐要扶。

酣讌已云夕，門扉未許開。客行苛令勸，吾拉小僮陪。酒困當風解，詩憨得雨催。同人且莫散，猶勝兩三杯。

同廖朱草步月擬過盧生值其花燭不晤即景

炎威晝虐夜初凉，乘月追風叩草堂。坐有嘉賓難闖席，門多閒地且移牀。蕉抽高影凌城入，荷散新盤隔院香。見説佳期先七夕，牽牛心妒老盧郎。

示廖生朱草

漿溪有客避牆東，心跡猶憐數子同。五畝田荒兵火後，一間屋在夕陽中。藏書盡向飢時鬻，得句多於苦處工。喜我詩篇頻請益，可知我正爲詩窮。

示熊甘澍

華陽處士宅蕭然，白板雙扉寄市廛。無米賴將花本換，有經每爲苾芻傳。興高得伴清宵坐，計拙偷閒白晝眠。詩句偶成隨失稿，祇從傳誦識佳篇。

示余不遠

鏞城高尚老遺民，遠向雙峰賣字頻。祇見衣冠存古製，何妨容鬢雜時人。家傳獨子須留種，室少同牢自養親。見說此生心不變，吾儕無計救君貧。

題何劍客十詠樓

層樓百尺倚城開，二水遙分匹練來。知到樓前流自合，不勞爭去故瀠洄。

翠色參天定幾重，遥疑江上九芙蓉。憑軒歷歷青堪數，正見雲開第一峰。

九仙峰色插天寒，七寶堆藍近可觀。畢竟愛仙輸愛寶，人來先指寶山看。

豸角峰孤欲刺天，鋒稜雪没見難全。近來當路邪難觸，但假霜威亦凛然。

雙尖高處氣先秋，絶頂誰能策杖遊。待爾身輕擕我上，放開脚跨兩峰頭。

祥雲曉望氣偏清，曙色東來漸滿城。此際下方人未覺，最高樓上早分明。

敞盡軒櫺領月華，隔溪偏借玉屏遮。繞屏鬢髻爭羅列，欲障清光不許斜。

桂花嶺際夕陽微，片片明霞弄晚暉。可惜此鄉稀雁字，時看鶩鶩與齊飛。

舟師爭進放關時，一片帆檣日影隨。忽過前灣停不動，挨幇知是上灘遲。

雨過溪奔艇子多，蒼茫烟際見漁蓑。應知水溜魚爭上，來往灘頭亂擲梭。

貢川道中作

凄凉沙縣半逃亡，且喜鄰封畝未荒。牛放過溪休大樹，鷄鳴有屋在幽篁。時平野火耕山呰，日落村煙閉堡牆。見説昔年曾叱馭，官橋驛路意難忘。

溪回遥識貢川城，猶阻危灘半日程。牽纜人多泅水過，思家客自刺舟行。青山縱伐樵無禁，翠竹延燒火有聲。日暮維舟巖際宿，一鈎新月向窗横。

重過永安訪龔雲石明府

扁舟又向燕江來，七日灘頭苦溯洄。近市人稠山砦廢，沿溪農唱水田開。官無煩擾饒詩興，邑少追呼見吏才。想到秫收新酒熟，衙齋正好共銜杯。

二月相期續舊遊，羈栖客路早驚秋。四郊樹黑炊煙合，半嶺雲黃粳稻收。作息自矜安土樂，追呼豈識隔鄰愁。訝君忽有蓴鱸興，應爲民情且暫留。

贈黃朗伯

餘生筆硯已甘焚，誰遣詩名到處聞。老去嘯歌銷歲月，閒時吐納盡煙雲。銜杯户小知非敵，賣字錢多可見分。近與延平葉司李，每談此道合推君。

秋日集曾也愚齋蓮道人限韻

故人高會早秋天，又費貧家幾月錢。酒量大都輸小友，鬢毛强半是同年。坐上老少各半。經辭佛案供珍饌，韻出香奩散錦箋。蓮道人輟佛課，歸治饌，又限韻催詩。老我甘依金谷罰，詩成已讓祖生先。

永安同龔雲石明府暨黄朗伯曾也愚栟櫚寺作

晉代栟櫚寺，今秋我再登。遊隨修祀吏，以祀栟櫚先生往。役派有粃僧。酒釃因官窨，筵鋪視客增。老藤爭伐取，吾醉亦堪憑。

修竹灣

入山知易主，精舍已荒蕪。逕竹兵來敗，池荷僧去枯。老矜登涉健，醉怪吏人扶。崖下同遊客，聽予嶺上呼。諸子倦憩樹下，予獨上紫雲堆。

贈去聲上人

破寺過從少，臨行君始來。家於亂日出，酒在病中開。新令遊僧禁，諸方大衆裁。孤雲何處去，空有貫休才。

同也愚去聲過雲半菴留示溪友

林廬遥掩映，一帶是僧家。城郭溪迴隱，帆檣竹隙斜。行人需打飯，寓客爲燒茶。何處遊踪滯，虚留滿樹鴉。

北　塔

永安城北塔，孤峙鑠溪流。峰勢當窗亂，灘聲倚檻收。橋梁兵火斷，市井爨煙浮。一自鳴鐘歇，何人住上頭。

别曾也愚

别君將念載[二]，此别更淒然。老至悲雙鬢，貧來見兩顴。虚庭深夜月，荒寺苦寒天。去後皆堪念，新詩定幾篇。

留别龔雲石明府

我來七月初，溪上秋始新。倏焉踐凜冬，淹忽十餘旬。荷子眷戀意，言别爲酸辛。人生交有道，投契皆有因。我性本疏直，往往遭俗嗔。惟子意氣合，一見膠漆親。晨夕縱談笑，脱略無主賓。一日不會面，子必遣使詢。醉後狎小吏，昔怖今已馴。天涯得至友，旅舍寒如春。解贈不足道，所感子誼真。前夜邀我飲，蕭然廚饋貧。君起自炊釜，令子爲析薪。和此盤中蔌〔三〕，佐以牀頭醇。三十年前樂，到今爲重申。君云少年會文，常爲此樂。子宦我則客，俱忘身在閩。會當與子别，欲語難具陳。近世課吏治，所重不在循。我家長江上，歸去足垂綸。子如宦興倦，亦望早乞身。聞子有别業，門臨大湖濱。魚米賤如土，我來爲結鄰。不然一帆便，往還勿厭頻。毋事垂老年，役役困風塵。

永安雜興 既别令移居山寺，候黄朗伯不至。

山城何所戀，淹忽十旬餘。市匱難求米，廚貧間買魚。天寒人興短，客久主情疏。擁户無相問，乘閒且著書。

旅舍人租去，權栖破寺中。梵勤因客到，燈缺見民窮。曉暗一城霧，宵寒滿屋風。僕夫通夜寐，獨醒白頭翁。

鐘動不能卧，呼童起下牀。廚求隔院火，瓦蓋五更霜。伴少吟消日，僧閒坐向陽。三山客未返，何計理歸裝。

遠出因謀食，深居似避喧。久無朋好過，那得俗人言。市酒脾殊惡，燈窗眼竟昏。故交惟點也，謂曾也愚。時一叩吾門。

夜坐書難讀，應眠苦未疲。遠聞衙擊柝，暗聽僕爭棋。鄉信客頻寄，游蹤家未知。來時鬚半白，今已盡如絲。

數月狂歌興，臨歧感慨生。未能存我法，詎敢盡人情。地主頻留住，鄉僧許伴行。今年歸不及，好是趁春晴。

百丈巖同陳伊斐去聲上人作

久有攀躋興，臨行老伴催。山亭沿路歇，水筧逆流來。橋跨崩崖置，軒依絶壁開。倚窗何所見，遥指紫雲堆。

由百丈過桃源望崖際不敢上

夜來巖際宿，曉徑出溪源。絶澗偶施板，斷崖時有門。興惟因伴侶，力已倦攀援。往昔留詩處，空聞壁上存。昔曾有題句。

再過栟櫚酬五燈上人

野寺臨溪岸，茲來兩度遊。沙深行没屐，渡僻坐呼舟。客了尋山願，僧談住院愁。小師有詩興，堅訂一宵留。

葛里懷舊

茲山曾遁跡，誰料白頭來。讓路樵先過，呼門僧懶開。詩傳亂日句，心死佛前灰。底事林棲客，辭家去不回。

久客難忘舊，重來似乍歸。漫驚游子老，已見主人非。泉石尋疑改，松篁看漸稀。野僧相問姓，無語出禪扉。

宿貢州市樓上聞鐘久之得一聲鏗然琴也率成

小樓留客卧，酒醒夢難成。不省夜將半，時聞鐘一鳴。疏因持佛緩，鏗與汎琴清。轉悟絲桐理，中函金石聲。

自永安還過延平不及入城寄別慕廬司李

湛湛延津水，水落溪潺湲。去歲水落至，今年水落還。往來一載餘，客路一何艱。可憐鬢與鬢，白盡不復斑。扁舟過城下，遥見城中山。念我同心友，執法坐其間。簿書雖紛紜，視聽常幽閒。與我出處殊，而心時相關。我當喪亂時，名玷府寮班。我出府主死，念之常恧顏。昨日覽府誌，遺蹟頗見删。此邦士習澆，非徒民吏頑。所以再過此，不欲重躋攀。子念我客久，遊事恐不嫺。我有詩盈囊，兹遊亦未慳。獨未與子別，中腸屢迴環。悵然平生言，何時與子扳。

建寧病起書懷

伏枕看垂絕，何人更擬瘳。病因心血損，生是命門留。病且絕，似有人以手自腰逆摩至頂，曰：「汝尚有事在。」蓋腎氣未絕使然耳。祇覺名難斷，誰言事未休。分明來去路，於此令尋求。

素無兒女戀，每出頓忘歸。病覺在家好，老知爲客非。起居僮亦得，付囑意多違。何似村翁疾，團圞守一扉。

歲除渾未識，開户已驚春。求藥憑童僕，加餐聽故人。二如、延牧，力勸强飯。客心灰更冷，生意草初新。地主煩鄰郡，軒居問我頻。承延平司李、永安令問疾。久遊歸思切，況是再生餘。禪客教除想，醫人諫看書。靜中無不悔，熟處豈能疏。賴得同心友，談詩足起予。

昨夜甫成寐，曉鐘不覺催。酬神門吏許，丸藥道人來。武夷山费道人適至。世事從春起，吾生若夢回。詩囊束已久，今似欲重開。

校記

〔一〕問　原作「間」，形近而訛。

〔二〕念　宜作「廿」。作「念」與第七句字復。

〔三〕欶　原作「簌」，形近而訛。

田間詩集卷十四

客隱集 起丙午止丁未

贈建安令余東望

白鹤城荒此再過，悲凉其奈客心何。官亭騷驛民供苦，客貨蕭條箨占多。澗草自生忘歲晚，巖花欲放漏春和。同鄉賴有通家誼，長埽高齋待嘯歌。

黄華山懷古

甌越自來形勝地，黄華山踞一城巔。女牆繚繞悲遺蹟，明將軍時禹所築。官閣崔嵬憶昔年。事去空懷三户憤，劫餘猶起萬家煙。遊人莫話興亡事，一眺川原一黯然。

梅仙山同吳炎牧作

出城曾不費躋攀，梅尉棲真住此山。吳地早鬮爲市卒，閩鄉爭説隸仙班。燒丹井廢閒澆圃，棲鶴松孤尚護關。更有墜鞭遺蹟在，渡頭惆悵幾時還。

送莆田林穆之遊南康將有貴竹之行

一時詞客散芝城，又送君爲萬里行。舟楫前途應得伴，時二如、炎牧先行。屋梁孤月倍含情。鄱陽水闊山城近，貴竹煙消驛路平。此去故人如見問，白頭不改舊狂生。

送徐燕嘉之任忠州

忠州深在萬山阿，驛路崎嶇客罕過。兵馬頻經煙瘴少，官僚初選士人多。公田税薄供薪俸，佐吏衙閒足咏歌。見説蠻中容宦隱，遐方課最法如何。

冒暑過放生池訪竺菴大師即事作

精舍無多路，往還隔水遙。僕夫愁過淺，官馬怯浮橋。野廟防兵住，空船小婦搖。放生溪近處，隊隊有魚苗。

大樹根堪坐，乘凉勉策笻。僧貧惟打飯，客到正鳴鐘。上座開堂早，菴有一拙大師。新陰覆院濃。當門山色古，言是鐵獅峰。

年紀看相近，鬚髯總皓然。怪人猶信佛，覓爾懶談禪。浴室先僧到，繩牀任客眠。晚凉思遄返，對岸喚漁船。

暑中余東望見過

炎威最苦向西軒，席地貪眠戒出門。笑我滿牀文債積，較君堆案簿書繁。許分茶啜心先爽，欲寫詩酬眼更昏。稍待近秋凉雨後，衙齋時辦夜深樽。

建安自昔稱仙吏，近見衙疲官太勞。每日出城供驛遞，終年捧檄集舟艘。身孱轉覓忙中健，暑虐偏於劇處逃。猶有餘閒能念我，時來旅舍慰牢騷。

寄浦城潘雪僧明經

秋來尺素往還頻，知爾曾師浪杖人。潦草評詩如有悟，雪僧批竺公雁字詩極佳。尋常下筆總無塵。明經能對非因老，竿牘無求自合貧。久矣國門通不至，可能乞假訪逋民。聞雪僧内人禁其遠出，故嘲之。

酬吳山大師相期武夷一晤 即汪扶光

吳山山下逃名客，已作曹溪得法僧。聞道鬚髯仍戟似，寄來翰墨尚花騰。丹心久死爐中火，熱血惟然洞上燈。相距幔亭皆百里，可能高興與同乘。

寄松溪令董礪阜索邑志

松溪縣僻萬山阿，爲吏風流一郡歌。闔室甘貧妨政少，升衙無事得閒多。上官禮失還相恕，游客途窮亦罕過。聞與嗣宗修邑史，先朝遺蹟好搜羅。

錢公舊是吾宗彦，曾以明經令此鄉。少日擊璫殊激烈，老年爲政號循良。學宫俎豆何由得，易代謳吟且未忘。幸有誌書登宦蹟，不妨採賃與編詳。錢公諱嘉徵，秀水人，國學抗疏擊魏璫，後令松溪有政聲。

中秋後十日芝山寺爲別駕嚴君初度

獨木橋南秋氣清，使君避客出山城。齋居已廢懸弧禮，岳降偏傷戲綵情。時方有太夫人戚。老吏執香隨梵誦，故人攜手聽溪聲。遥知夜靜雙林寂，好是吟詩繞砌行。

題馮歷奇小影

此老鬚多髮全禿，有書束起不肯讀。芒鞋不襪欲何爲，纔向湘江新濯足。

題畫爲余東望明府壽

吳興詞客寫秋峰，錦樹丹黄間碧叢。倒挂絶壁者何樹，疑是桃花巖上紅。可憐青松獨不變，蒼然孤挺萬木中。閩天霜薄紅葉少，此景略與吾鄉同。松根有亭看瀑布，耳畔微聞聲淙淙。人生作吏常苦俗，要有丘壑存胸中。此公於此興不淺，清機應與治理通。溪亭徙倚若有待，山路仿佛無人蹤。只在此中呼或出，多是采芝商山翁。

黄華高士圖爲連石菴初度

吾有老酒友，意氣凌塵寰。自遭喪亂來，流寓黄華山。文交風雅伯，身緊軍吏班。弓箭恒在腰，筆墨且未删。歌管日徵逐，酒伴時往還。莫笑囊無錢，樽中頗不慳。所以初度辰，賓客滿柴關。誰者爲此圖，山水仿佛間。老松色不變，萬木葉以斑。最高者黄華，城郭隱然環。下有臨水閣，如聞水潺潺。亭内二老叟，意思殊蕭閒。看山語何事，相顧開笑顔。似是候酒來，相將共躋攀。二叟一爲子，一或爲西頑。

次韻酬葉慕廬司李見贈客中納姬之作

莫怪篇章龍揣摩，綵毫祇辨畫雙蛾。睡鄉乍覺溫柔妙，詩卷時沾粉澤多。謬許詞人甘白首，別無小婦泣紅羅。來詩有「却妨半臂耐寒多」句。把君佳句私求解，半臂情疑不許歌。

承鄭羽人廣文移樽見過兼錫酒器大醉謝之

瀟洒風流鄭廣文，台州司户不如君。移樽偏在雨中好，度曲都於醉裏聞。海味禁嚴僮密貫，泉窖珍重客爭分。莫嫌鬅落歌兒手，鏻白毋煩累細君。是夜大醉，鬅頗遭歌兒毒手。

贈程姜若司馬

我生足跡多在閩，茲來兩見芝山春。建州遊宦號仙吏，下車半是平生親。司馬程子夙所慕，一見心醉如飲醇。君亦好我頻倒屣，往還無間昏與晨。狂奴老去益無禮，唯君許我能率真。司業酒錢仁祖米，資我旅食不知貧。去歲正月攝府事，百務殷集何艱辛。同時姚子志氣合，謀蒐府乘爲重新。假館授餐延我住，書史筆墨紛然陳。愳我獨力不勝任，廣召多士憑諮詢。

檄下各邑徵故事，至今應者猶逡巡。感君此誼督卒業，往往閣筆志莫伸。靦顏素餐且一載，又復值君初度辰。我欲有詞侑君酒，郡人誦祝亦已頻。所願撰書早晚就，俾君名垂功不泯。文章小道壽千古，金石川岳非等倫。既以壽君還自壽，微名竊附君後塵。況復闡幽有陰德，延及累世寧止身。

姚仲子經三司理初度書懷爲壽

仲子懸弧日，頌聲遍海涯。高堂羅屏障，文采光陸離。我老不善諛，諛亦爲賸詞。請述目所悉，併以陳鄙私。仲子好文采，下筆言纚纚。吐音恥細瞀，摛藻必色絲。辭與鮑照麗，詩耽李賀奇。手註昌谷集，讀者皆解頤。忘年諸老友，往往奉盤匜。才慧無不可，博藝同兒嬉。丹青性所好，神悟本無師。古來作者妙，精意悉已窺。所以疑甫燥，才名海内馳。科第何足道，唾手即得之。奉命理建寧，板輿疋馬隨。平生好山水，深與此郡宜。此郡人文藪，風流今少衰。君來甫三載，已覺俗漸移。君才既通敏，亦復惠以慈。疑獄一語決，曾不岀鞭笞。據案口授書，胥吏共指麾。上官奇君才，請讞允不疑。同寮奇君才，政事動相咨。下吏奇君才，請益忘尊卑。掾史奇君才，有弊秋毫釐。此輩君所恕，亦弗受其詒。文武及僚屬，恃爲芍藥劑。談言以解紛，消弭人不知。以是闠闤間〔一〕，兵民無參差。以是北堂上，平反母氏怡。以是庭階前，郁郁産靈芝。以是門牆下，琅琅珊瑚枝。以是春草堂，退食多暇時。以是四方客，交譽滿路逵。客來曾不厭，厚薄各有施。劣伎盡可獻，寸長亦不遺。笑彼妄自尊，拒人色訑訑。恩怨渾不計，羞殺鄉里兒。歌伶自遠來，終日侑客卮。筐篚隨時陳，半爲行旅資。以入計所出，其費每不貲。君性復好事，所知無不爲。同人有著作，一一付棗梨。近者通都橋，建樹已有基。開元塔必興，願力齊須彌。洵由精神大，籌書不足羈。加以才四應，樂此不爲疲。最重修府乘，謬以史才推。佐郡有程子，同心相縶維。深感知己誼，詎敢老鈍辭。假館給紙筆，素餐將一期。檄書行八邑，應者來何遲。此事貴摭實，采訪尚恐欺。一事有訛缺，將爲後世嗤。如何諸長吏，隻字不肯貽。雖有龍門才，筆墨空淋漓。去冬初開局，朝夕恒於斯。多士分纂修，告成庶有期。新剞苦難得，往籍夯重披。先後百年間，謬誤當問誰。縣遣小吏入春皆不來，老夫自下帷。此輩本寒素，合室望餔糜。雖損當事俸，不給卒歲炊。至，十指如懸鎚。作字未踰百，捫腹輒道飢。無已聽其去，去亦不復追。即今手自錄，眼昏指爲腄。況已心血枯，無復敏妙思。自非衆思集，獨力焉能尸。人情久厭倦，歲月徒虚糜。以此常輟卷，輒思還茅茨。故園久不歸，松竹無藩籬。亦恐兒失學，可惜聰慧姿。家食豈不苦，受餽殊忸怩。所慮負盛心，欲去行且尼。望君勵夙志，勿令成績隳。南浦有潘生，述作意孜孜。委之使采錄，不用煩有司。建陽百里近，昔賢文在兹。吾欲親訪求，因以攬武夷。夏秋倘卒業，客亦無久羈。願君成此書，名德千秋垂。豈如諸治蹟，區區載口碑。君今四十一，膝下已含飴。厥孫又英物，聲如踞地獅。樂哉飲我酒，我還進君規。君得天者厚，一門福履綏。元氣既已固，神氣亦勿虧。讀書聆大要，爲政挈綱維。美名寧有盡，好盡亦爲癡。雖爲衆人羨，亦爲至人訾。精力甚可惜，毋事自煎劘。今君正盛壯，已白數莖髭。祝君常取逸，望君常守雌。長生豈有術，却病寧假醫。老氏畜爲寶，吾道滿宜持。吾言無倫次，字字出肝脾。書之藏君笥，即作獻壽詩。

贈吳在兹

芝城來去客紛紛，怪我羈遲更有君。旅舍盤餐資筆墨，交親供給有煙雲。鬚髯白爲勤工畫，僮僕飢嗔賤賣文。好士祇岡程貳守，時勞損俸與平分。

初度日放生池禮佛承潘儼思吳湯日陳二如過存并呈一拙禪師

年年此日迴增悲，况是將衰久客時。母難自應投佛懺，朋來曾未與僧期。郡書莫就歸難得，家累新添悔已遲。檢點風光疑盡失，重開生面仗吾師。

侵晨出郭禮祇林，避客偏承客屐尋。旅食相憐鄉誼重，謂湯日、二如。窮途共事友情深。謂儼思。桑弧已謬平生志，蔬水聊存此日心。最是餘年勞猛省，梵鐘初動晚堂音。

送别潘儼思回錢塘

蕭蕭孤櫂倚沙頭，抱病還成失意遊。詩句酒杯餘半載，囫書藥裹只扁舟。故人誰貸王舍火，家信到，初被回禄。客路休添潘岳愁。羨爾輕裝容易去，却憐多累苦淹留。

桃竹杖分贈友人有詩見酬依韻走和

雙峰桃竹杖，老去節彌堅。過水欺春漲，尋山狎雨天。分爲清暑玩，預結翠微緣。詩卷時堪挂，寧憂乏酒錢。來詩有「獨恨挂無錢」句。

江在湄少文邀同過永安寺訪無可師因隨看白雲寺關主融相即事

大師栖廢院，夾路芰荷香。有客耽禪悦，邀予問講堂。徑通鄰寺近，關坐一僧凉。日暮忘歸去，煎茶話正長。

我留僧舍宿，君趁禁門還。翻笑同時客，猶餘二仲閒。談清一夜夢，畫破十年慳。無公爲予作寒林學易圖。此意應相妒，來朝又叩關。

同李磊英尋城南鍛者茗飲

城南喧隘處，中有逸人藏。業自遷來習，漳州人，遷移建寧。茶分識者嘗。品泉師陸羽，鼓鍛憶嵇康。坐近爐邊火，偏生兩腋涼。

放生池同方樓岡暨在湄彦博坐溪中石上看月

山色當門古，溪聲出院長。世情僧自熱，官相客難忘。選石邀孤月，攜鐺上小航。禪衣還借著，即恐夜深涼。

巨石中流穩，相從次第攀。興隨才子發，坐讓老人閒。在湄、彦博自拏舟過溪。月碎一灘上，燈明雙樹間。各誇遊歷勝，鐘動不知還。

陳二如見過小飲

我滯將三載，君來又一年。授經心漸懶，修志筆空懸。出入客隨意，杯盤興偶然。細聽談杜註，此論定須傳。

書建寧府志後

死事前朝彦，於今載不妨。自來非改革，胡以别忠良。正朔相承在，殘疆未盡亡。如何同逆命，一概没幽光。

戊子城屠日，銖錙豈記名。即應諱國事，何至匿家聲。士隱疑無罪，女貞合共旌。幽芳不許闡，難解此人情。

此邦儒户重，歷代報先賢。優免朝廷典，源流鄉里傳。已咄多濫冒，何意更夤緣。竄籍爭求入，官教付史編。建寧儒户，優免最厚。頃有别郡儒裔遷建者，冒建儒户，可乎？

篇章須紀實，撰述豈無才。事已兩朝缺，書需八邑該。移文詞祇費，任事志全灰。惟見松溪令，篇篇手自裁。

建寧竹枝詞

一雙小鳥號相思，放出雄飛苦戀雌。若使放雌飛便去，人情大抵似君癡。

開元寺宇最稱雄，故宅今神説呂蒙。對岸關侯祠廟冷，時咄甲馬鬪空中。伽藍即呂蒙，云寺爲蒙宅。

山城遊女半吳粧，嶽廟新秋花滿廊。閩道昔年秋更盛，過橋爭進廣南香。

橋南光孝寺僧稀，喜見當門樹十圍。大殿荒涼曾駐蹕，行人指點淚沾衣。

都司廨廢地形雄，云是閩王昔日宫。尚有香爐移不動，至今猶直殿當中。

尚書臨死氣昂藏，談笑衣冠赴法場。通市人看爭墮淚，只今説作府城隍。謂揭萬年。

梅岐里下收銅板，布名。拱北城根買建蓮。腐乳定尋光孝寺，合香須過廣門圈。

萬落千村不起煙，家家説欠靖藩錢。新投惡少名初挂，虎嚇鄰居要婦眠。

合屬官僚上賀新，爲聞憲府誕麒麟。一雌墮地何曾育，收賀完時説與人。

太守新來清絶倫，只苛屬縣不苛民。縣官家遠無錢至，仍出心憐百姓身。

梅影樓爲賈參戎賦

建安將軍軍府寬，建安無事將軍閒。府中有樓時宴客，登樓恰對梅仙山。梅氏子真漢高士，一朝變姓逃吳市。入閩學仙事渺茫，丹竈丹井都在此。將軍坐鎮保上游，梅尉隱爲一身謀。區區挂冠何足道，姚子題名梅影樓。人生仕路苦鞅掌，入世要存出世想。將軍不學梅尉仙，但對此山生嚮往。將軍煉德不煉丹，功德滿日爲仙官。與民同享長生福，不似方士空驂鸞。

黄連生初度

好士平生志，況憐山水清。偶爲南劍客，忽滯建安城。鄙吝消黄憲，疏狂恕禰衡。居停聊暫假，意氣早相傾。覸縷前朝話，周旋異代情。品原稱國士，德自有家聲。經術今方賤，儒修世所輕。循資登歲薦，罷對棄時名。宅空尋山住，田多少佃耕。吏呼增賦税，公謁懶逢迎。一郡推前輩，同人得老成。纂修勞采輯，議論貴持平。共凜春秋義，寧寬月旦評。思存高士傳，難與俗人爭。花甲期初届，少微星正明。庭蘭滋露茁，巖桂着霜榮。介壽村醪熟，稱觴户屨盈。交歡唯數子，讌集盡羣英。詩必矜新句，飲能勝巨觥。君爲圯上老，我是漆園生。率意禮無禁，雄談坐任驚。籃輿如可命，爛熳醉柴荆。

爲黄連生題畫

翠壑蒼崖錦樹斑，秋光一片鑠巖關。不知茅屋藏何處，定有高人住此間。瀑布聲中采藥去，老松根下放船還。船頭坐者無他往，直到灘頭倒看山。

贈楊織人

楊子家聲清白遺，親朋盈座酒盈巵。不平語即當筵發，半醉音於隔院知。書每借人殘善本，米時分客忍朝飢。畹蘭珍惜蒙詒贈，欲趁歸裝是此時。

示徐又横

郡志須分任，前賢待表章。頗聞持論正，早被指名狂。有諱文應避，無私直豈妨。相期成信史，今已盡韜藏。

假寓楊隆吉高齋既别奉酬

居停纔隔巷，假館不時來。以我屐無定，令君扃晝開。持家難好客，破例爲憐才。寂寞論文酒，何時更把杯。

送别程姜若司馬入覲予亦言旋

兩載芝山客，交情久益知。館餐曾未倦，應接渾忘疲。巷僻停車久，杯濃出署遲。秋風分手後，何處不相思。

此別一何遽，馳驅入覲年。山川嗟遠道，鞍馬逼寒天。也識家偏近，其如病甫痊。賢勞君自慣，親故獨心憐。

別魏叔采昆仲

魏家兄弟並清姿，接坐常親玉樹枝。家政平章惟聽長，庭階倡和自相師。杯濃勸客常先醉，茗熟敲門若有期。別後梅花當檻放，新詩何處寄相思。

別嚴志先 志先初自白門歸

負郭園廬一徑微，每來小豎早開扉。半年江國遊何速，三載閩溪客未歸。寄跡芝山饒臭味，娛親花圃正芳菲。陳髯最有通家好，別後休教屐齒稀。二如與志先尊公交好。

孟冬同無可師訪報親菴過同由里

柳巷凋殘兵火餘，穿橋比舍盡臨渠。暮年喜識先儒里，老友邀尋開士廬。風俗向來尊佛法，人情今欲廢詩書。太平想見絃歌接，半是名流此卜居。

孟冬同無可禪師李磊英居士遊武夷山

萬年宮外筏初齊，緩棹言窮九曲溪。雲散曉峰嬌玉女，日窺仙洞伏金鷄。荒亭幔撤稀𨵦宴，絶壁虹收尚可梯。賴是山人親指點，花源深處不愁迷。

碧樹霜餘半嶺紅，冬晴乘興遠公同。懸崖躡屐攀真慣，淺水浮槎去僅通。題句苦遭游宦客，辨訛須問住山翁。大師選勝思栖隱，勸我休心老此中。

翠壁丹巖盡可憐，大都奇絶在溪邊。石銜宴散虹橋板，崖架撑殘鴨母船。壑轉祇求容水過，峰孤不屑與岡連。此間曲折如何畫，回首屏風意惘然。

將衰莫笑入山遲，且喜無勞拄杖隨。遂有人居接筍上，幾番期訂喊泉時。宦遊舟過惟循例，土著年深不解奇。自是黄冠疲應接，許多佳勝漫教知。

層層青嶂插天遮，況是初冬日易斜。無處四時無霧雨，此山終古此煙霞。燒丹術絶惟修藥，住靜粗慳特貢茶。何事好奇李居士，白雲窩裏竟移家。

老健休疑上嶺難，到來眼界已全寬。坐觀雲起溪山合，卧覺天低星斗寒。松偃未能迴俗駕，當路有偃松一株。鶴飛時説過仙官。玉華二隱高如許，都在窗前指點看。下有大隱、小隱峰。

𨵦到天游客罷遊，果然此踞最高頭。方知曲曲山迴轉，合使峰峰水抱流。丹碧皴中通估舶，煙雲破處墾田疇。棹歌不向前途去，一覽臺遊已盡收。

更衣臺對隱屏尊，山水周旋勝地存。龍起偏嗔書有院，茶荒不改御爲園。文公書院爲龍所毁，今有御茶園。道人霞上呼鷄犬，逋客雲中課子孫。見説溪源田可種，攜家直擬住星村。

酬白雲窩李磊英居士

早歲栖山髮已皤，全家隱在白雲窩。屢遊城市爲官賺，時辦盤餐候客過。鐫篆技高酬直少，李善鐫篆。茶槍價賤贈人多。最憐膝下兒孫衆，婚嫁茫然奈老何。

更衣臺贈藍素先居士

昇仙遺蹟有高臺，從此更衣去不回。磴道衹隨巖叟上，洞門肯爲俗人開。林端伺客窺漁艇，雲外驅童貰酒醅。好是一家峰頂住，更無鷄犬不將來。

返里哭方君則

戚友頻凋謝，惟君我最悲。累喪猶在殯，老母正垂危。名棄愁違養，飢驅更遠離。尚叫臨死日，戒勿令親知。

去年聞汝病，憔悴在黄州。不肯貧干祿，翻教老漫遊。債於身後出，事到死時忞。久闕堪輿説，憑歸土一抔。

閛孫易公歿驚悼成詩

旅死亦何恨，悲君兄弟俱。總爲天下士，同在客中徂。直道通鄉遜，癡腸此日無。故人昔種在，肯令負遺孤。時舍姪授令嗣經。

田間詩集卷十五

客隱集 起戊申止己酉

寄懷魏子存武部

憶昔南園三載居，與君晨夕興何如。詩篇謬荷推錢起，名位寧知讓魏舒。老去江淹才欲盡，難餘周顗酒全除。也〔酉+出〕對客頻相念，戒我窮愁少著書。

生還嶺外卧江村，曾有書通司馬門。寄訊每勞詢活計，檢詩深荷匿狂言。長篇即席還能就，老眼書經未盡昏。近日詞壇應獨步，樽前無我共誰論。

青陽道上

蹇驢溪上日初斜，此去陵陽界正賒。市口人家專哺鴨，村頭婦女共緝麻。頻年奔走嗟雙鬢，一路逢迎見九華。莫道鄉園風土近，沿途錯認許多花。

客陵陽同增岸汾仲師仲諸子遊仙壇即事

陵陽山半古仙壇，下指孤城似彈丸。菜麥畦分鋪地錦，芙蓉峰削插天寒。窮鄉幾户容秦吏，邑開自秦時。遺跡千年紀漢官。竇子明爲漢令。稍喜斷碑陰有字，掃開苔蘚倩人看。

漢家良吏此登仙，煉藥飛昇蹟尚傳。壇畔井湮騰紫氣，山腰寵墮涌丹泉。銜杯忽漫傷前事，披髮誰堪禮昔賢。倘遇子明騎鶴返，可知今代是何年？

訪畢牧生登御書樓有作

尚書府第縣西頭，零落家聲强應酬。細草緑延深巷古，高花白照小庭幽。國恩肯向新朝諱，故物猶憐御墨留。更有綸章皆世寶，許予瞻仰上層樓。

憶内三首

一春旅食滯陵陽，辜負家園爛熳芳。雨夜難眠憂活計，花晨懶起憶新粧。衾稠久共猶餘煖，笥篋親裝尚有香。最是枕邊私語切，丁寧莫棄舊羅裳。

別來茅屋已經春，遥想牽蘿雨後新。絡秀甘爲周浚屈，文君早識馬卿貧。屢從樅水捎家信，好指蓮峰望旅人。多病莫徒勤服藥，持經禮佛也傷神。

新買湖莊近宅邊，出門爲乞住山錢。早移桃柳栽成徑，一任菱荷占却田。卷幔看花宜有閣，敲針垂釣可無船。白茅小搆堪偕隱，好待經營更兩年。

詠陳園紫牡丹

陳氏園亭溪上斜，新晴初放一叢花。憑欄力弱欹朝雨，映水姿明鬬晚霞。傾國自來非正色，爲王早是壓中華。却憐蝴蝶紛紛夢，猶認春風屬魏家。

經旬苦雨負春光，半日晴烘滿院芳。色在齊宮迷小白，名於姚氏亞深黄。九華殿裏偏驚艷，一品衣邊但覺香。朱紫近來凌奪久，未逢零落已情傷。

深紅淺碧亦多姿，爭詫根從島上移。總在中原稱富貴，偏矜北地有臙脂。欺他宰相袍堪賭，映得昭容袖不垂。極目煙光凝塞上，可知此色正當時。

濃芳幾朵照溪明，也覺繁華擅一城。小立朱闌憐燕頷，忽催畫鼓惱蛙聲。漢宮寵屋金同賜，吳女情癡玉是名。應是東皇頒特詔，璽泥常許帶恩榮。

同黄增岸楊嘉樹張師仲集陳園賞紫牡丹

陳家花朵大如盤，朵朵開教正面看。侑酒羞邀紅粉伴，駐顔應服紫金丹。座中星映光堪摘，杯底霞流色可餐。莫惜燒燈乘夜賞，芳叢已見一枝殘。

寓樓對

高樓整日倚溪邊，最是魂傷暮雨天。野老趁歸爭渡過，舟人穩泊蓋篷眠。藥需久服初收效，酒惡新篘枉費錢。城上起更何太急，攪愁合在五更前。

贈黄增岸

黄公俠氣早知名，旅食山城志不平。客店互過相問疾，酒杯輪把各言情。救飢自合投仁祖，謝病終知重長卿。莫上巨源書太切，如今直道幾人行。

陵陽雜詩

山城去住久躊躕，早是羈栖一月餘。米賤僮還思繼粟，菜香吾豈歎無魚。也知患難交偏重，惟覺逢迎跡太疏。咫尺敝廬歸便得，茅柴小葺且安居。

郭門無地可經行，況值春天不肯晴。一夜水崩橋盡斷，連朝溪漲樹皆橫。欲尋官閣愁閽吏，偶有朋樽礙禁城。賴是遊人多失意，時時買酒與同傾。

地主經旬迥未聞，怪來請謁尚紛紛。客多應使官聲損，縣僻無勞吏治勤。同學自知交不淺，買山竊計俸難分。故人似汝吾猶困，穩向江天卧白雲。

病餘無伴罷銜杯，且喜樓居眼界開。山色偶從雲表出，溪聲長是夜深來。卷篇聊遣窮途悶，交際還憐大邑才。不爲荒城難久住，春耕也要及時回。

石經齋值蜀藻初度

五載一相見，剛逢初度辰。我於汗漫老，君以應酬貧。竹色春來暗，松聲別後新。晨昏詩一卷，只此慰孀親。

高齋吟嘯久，又見老狂來。榻幾年猶在，樽無夜不開。論交追古道，應世亦奇才。時命看將轉，雄心且莫灰。

時事竟如此，升沉且莫論。茅齋換新瓦，蓬徑乍開門。田可供租稅，家纔半嫁婚。所欣佳子弟，吟誦滿庭軒。

置買湖莊述懷

南遊餘得百金裝，爲買湖田十畝莊。叱犢怕傷穿洫藕，祀蠶且護繞堤桑。擬開堂户通臨水，更浚溝渠免築牆。屈指樹陰難得大，幾時萬綠映窗凉。

共笑平生生計疏，於今端合老樵漁。撑船自趁侵禾鴨，倚杖閒觀嚙草魚。招隱豈無高士至，爲鄰或有酒人居。年來久廢牀頭易，只看農家種植書。

江潮春漲逐村流，孤嶼微茫一點浮。履畝自分高下種，當門閒閱往來舟。新荷拂水清三夏，早稻登場鬧一秋。獨有寒冬稍蕭索，梅花須種滿山頭。

籬遶柳外萬芙蓉，盡是江南遠近峰。丘壑性靈原自富，煙雲眼界亦全供。可知歲月閒纔筭，真覺交游老漸慵。歸隱即今休恨晚，種山猶擬十圍松。

湖外山阿萬樹遮，尋山只用一舟拏。緣坡瘦地應宜竹，到頂荒崖可種茶。地僻惟存樵子徑，林深合有老僧家。何時供佛三間閣，遥指湖心看藕花。

吾家世業此江邊，説起生涯亦可憐。菱芡過冬皆是飯，雞豚入市即爲錢。霜前捕蟹愁無炬，潮落闌魚衹辦船。活計筭來通不乏，何須沃壤更求田。

山一卷多水一灣，居然稱水亦稱山。惟求樹密常相罨，那得潮來竟不還。蔬圃勤澆僮稺便，瓜棚獨坐老人閒。編籬隔水通橋過，總設柴門可要關。

餘生已分老家園，卜築湖中祗避喧。每聽惡聲悲獨子，更憐古道有諸孫。課耕半是爲牛馬，擺俗應需了嫁婚。聞道清溪深可隱，幾時南渡別成村。買莊時，門内聞有忌者，因不敢居，後竟爲所害。

過七姪蓮子居

吾兄昔愛傍湖居，爾又開荒此結廬。假僕勤需朝酒足，借牛力是晚耕餘。人稀挈女同澆圃，客到操舟自取魚。亦有小窗容几席，毋妨農暇理琴書。

寄懷石埭令姚六康初度

陵山山下一城偏，士俗民風異昔年。難得遠村輸賦税，漸聞闤闠有詩篇。挑燈半是回書札，散吏常因辦客筵。見説來遊多失意，終朝愁欠贈行錢。

邯鄲有夢忝同登，覑後升沉可盡憑。我愧荷衣猶作客，君甘蔬食竟如僧。詩囊未削傷時草，官舍長懸供佛燈。但得茅齋容膝足，肯將三徑累良朋。

旅寓經春溪上樓，每聞人士説君愁。苦遭惡客不相恕，深怪長官無厭求。邑小未能逃責望，名高端合賴交游。即今初度賓朋集，誰是同聲與唱酬。

百家橋訪譚惟石不值

百家橋畔小溪回，萬竹林中一徑開。處士上城輸稅去，遊人下馬叩門來。園廬直喚山童啓，茗果還傳穉子陪。坐久欲眠歸店宿，知君每醉夜深回。

重九日陵陽諸子邀同晉江黃原虛新會朱錫公暨楊嘉樹張師仲劉吉士汎舟舒溪即事

陵陽風氣已將開，座上人皆作賦才。閩粵異鄉同把菊，溪山一路可銜杯。初弦月趁船頭挂，短笛聲隨柁尾來。醉插茱萸還齒序，怪予鬚鬢特相催。

贈上海陳鱸江

伊昔再爲黃浦客，如今總作白頭人。試詢老友無多在，遍問通家已盡貧。夢寐豈能忘澤國，交游强半是逋民。劉侯好事休官早，且喜虬江蹟未湮。上海𠯆令劉公開虬江。

九子峰歌爲石埭令壽郭昆冶太守有小引

大江以南，山最奇秀者，莫如九子。吾嘗往來江上，望之峰崿排空，揭青天而寒白日，太白詩所云「天河挂緑水，秀出九芙蓉」是也。郭公昆冶來守是郡，越二年，政成化洽。吾友姚六康爲君屬吏，繪九子峰以為公壽，俾予歌以志之。予聞山有九十九峰而統之以「九子」，蓋自緯書用九，禹貢誌載皆取諸九，九為陽之成數。是以古之尊稱頌祝其上者，莫不遞進之以至於九，蓋舉其成數為言也。姚君曰：「吾公澤被南北，望著中外，雖大河喬嶽無以踰之，豈直與九子峰作鎮一郡、表峙於江南而已哉！」然吾聞古之頌壽者不稱華岱而稱南山，豈非以南山近在京邑，故即據其朝夕之可見者，以頌其君於無疆，則今之九峰之圖猶之南山之祝也。因取其意而歌之，以侑公觴。

九華之峰九十九，芙蓉朵朵青可數。最高乃是九子峰，下視諸峰皆培塿。峙如仙掌插青霄，森似劍鋒寒北斗。千峰萬峰爭獻奇，冠以九子咸俯首。郭公粉署舊仙郎，一麾出作江城守。貴池魚美豈足耽，所羨兹山爲君有。朝夕看山鈴閣開，簿書堆案煙雲走。公也爲政山出雲，同爲膏澤沾足久。公名直共九峰高，兄視黄山弟匡阜。屬吏見山如見公，以兹寫山爲公壽。諸山羅列九峰前，拜跪能如屬吏否。覽圖共笑山不如，看山更進一杯酒。

皖中酬成二鴻廣文

廣文宦能興蕭然，流寓江城久不旋。弟子醵金營小閣，修羊取息抵良田。浮沉市上交疑濫，嫚罵樽前性苦偏。念我平生疏懶甚，揭逢多難倍相憐。

錫山山水夢難忘，底事移居客皖鄉。意氣似堪諧楚俗，衣冠時復傚唐裝。課孫自作溫經計，賃婢能傳治饌方。膝下營情雙稺女，阮郎婚畢及劉郎。公二女長歸阮氏，次歸劉。

幽栖特卜盛唐山，曲巷疏籬不掩關。雨過但思談即往，日斜長是醉言還。世情勘汝無多想，生計傳予秖一慳。不是尋君何處去，儘教人笑兩癡頑。

端居未覺省交遊，召客研經共一樓。秋至漸看漁火亂，天晴時有雁聲流。異書偶借隨加點，佳醞親儲不用謀。自說學仙無一效，年來但覺此心休。

酬蔣素書見贈原韻

十年江上逐鷗盟，來往江潯不到城。講湯敢言傳絶學，吟詩聊可送餘生。深慚呂母椎牛義，空負楊公舐犢情。擬卜茅齋同唱和，恐添新恨入歌聲。時以號子寃滯皖。

任克家霄漢樓成索詩

任華高閣俯城開，楚水吳山面面迴。日射丹題明塔廟，煙籠碧樹隱樓臺。憑闌月涌三江上，解帶風從萬里來。暢好炎天時召客，八窗洞啓與銜杯。

半帶江流半枕湖，此中少得此樓無。春雲欲起龍山暗，夕照將沉雁汊孤。燈火每隨賓客散，板輿長共弟兄扶。臨風忽有吹簫興，黄鶴天遥似可呼。

煙渚迷茫一氣浮，江聲樹色海門秋。置身衹覺雲霄近，傾耳疑聞河漢流。沙上渡迴欹浪過，雨中帆滿趁帮收。何人不羨任公子，日日垂竿坐上頭。

虚堂小院趁幽情，忽與攀梯上界行。市井柳遮窺檻出，山城雨暗隔江晴。空中結搆多時就，宦後優閒早歲營。吟罷新詩十六首，白頭才盡和難成。克家有落成詩十六首。

贈汪子倫

不見汪倫三十年，支離猶帶向來顛。雄思側眼青霄近，老態低頭白晝眠。家事早交才子理，客情爭恃内君賢。虚懷謬嗜田間集，每日逢人誦幾篇。

相看大抵鬢如絲，跋扈飛揚憶昔時。酒興減因豪太過，病根伏到老纔知。樽前諧謔機鋒在，户外逢迎步屐遲。念我傷心時搤腕，每談血氣動鬚眉。

月夜過沈氏江樓

何處堪乘月，沈家樓最明。晚來江更大，秋到水初清。遠火移時隱，孤舟犯夜行。市門催客去，早是起更聲。

過張氏圓通菴

瓜藤豆莢滿柴關，新搆精廬萬竹間。半載有期常負約，一秋今日始偷閒。參方笠挂留難住，時住山僧欲去。監院廚荒出未還。怪是入山偏值雨，山神要遣聽潺湲。

季鷹宦倦早知歸，佛刹重興願不違。爲塑神僧祈法雨，昔有僧祈雨甚靈，今塑像於此。特迎上座闡禪機。馬隨牛跡尋山近，虎聽魚聲過嶺稀。到此狂心應暫歇，夜深相對一燈微。

劉泰齋初度同二鴻即席

鴨兒塘側訪柴荆，秋雨剛逢初度晴。坐上項毛看並白，燈前眼力訝偏明。心栖淨業常尋寺，跡溷時流不入城。老友攜樽期共醉，更勞添酒話平生。

憶昨中江幟早攀，盤匜曾得奉周旋。論交忽漫過三紀，自癸酉訂交，今三十六年矣。序齒剛稱長十年。愧我無家重入俗，多君有道不逃禪。觀空兼得長生訣，要妙何時附耳傳？

雨過苔痕滿院侵，幽栖餘有道人尋。入山竊附逃名志，傍郭還同遠害心。酒後狂言容謔浪，門前緩步弄登臨。何緣卜宅相鄰並，日日追隨澤畔吟。予頃因盜害困皖，泰齋亦以被盜移近城外。

先生高節古人儔，要數吾鄉第一流。陶令菊荒三徑晚，邵侯瓜熟滿園秋。官家課税偏應重，胥吏侵凌莫漫愁。垂老翻添兒女累，幾時纔遂向平遊。

酬泰齋二鴻過江樓小飲即席和韻

小閣含風秋欲闌，驚濤千頃靜中觀。攀梯窸窣勞高屐，捲幔依遑見遠巒。虚擬琴高能控鯉，也知梅福竟驂鸞。從今姻婭稱三隱，文酒追隨歲月寬。

石門湖歸

萬頃湖藏石作門，一溪疑到武林源。漁舟近岸閗雞犬，馬鬣無碑問子孫。内多冢墓。籬下鹿馴依獵户，樹根牛卧認煙村。老農有飯留田主，濁酒頻添注瓦盆。

扁舟一宿石門湖，返棹沿洄日已晡。水落苦愁河路曲，橋崩深念渡船迂。沙逕蟹火沿途導，澤畔漁家記姓呼。夜半虎行扉不閉，酒醒遥見月輪孤。

大觀閣示王雲馭

老兄俸薄官廚儉，令弟單栖署閣寒。身健欺風窗不閉，夜深得酒寢偏安。飲徒素怯稱雄易，棋敵非勍賭勝難。閒鎖雙扉時出郭，秋山一帶盡情看。

九日偕諸稚登郭外山

連朝陰雨困江隈，向晚雲收霽色開。穉子卷書思過節，老夫放假與登臺。興隨鬢髮年年短，愁逐潮流夜夜來。却望故園腸斷盡，庭階無復菊花杯。

家湘靈書到寄示哭爾止詩即成三首

仲文書至語堪悲，遥寄秋風哭友詩。早見病深催棹返，爾止在皖得病，予與二鴻促之返。誰知客死到家遲。嗣孫賴得扶持去，爾止甫嗣一孫，隨之東下。妻女曾無訣别辭。珍重平生諸稿在，篋中零亂莫教遺。

扁舟西上滯江濱，值我奇冤恨莫伸。老去共知心術正，難中吾見友情真。一觴一詠完千古，同學同年剩幾人。予與爾止、湘靈皆同壬子生。後事好煩王逸少，王安節爲爾止愛婿。他鄉孱弱復誰親。握髮論交四十年，詞壇並駕苦爭先。生還嶺外情彌篤，死別江頭色可憐。晚歲忤時談字學，爾止老攻字學，每與人辨。一生得謗在詩篇。塗山有集君須訂，好是精嚴使必傳。

聞　雷

老卧滄江萬慮灰，天心人事迥無猜。冬暄忽作傾盆雨，日暮驚聞破柱雷。民物攸關心妨有厄，國家應運豈愁災。昨宵炎熱今晨冷，變態真宜付酒杯。

同成二鴻大雪節訪黎天錫即事

城上烏喧雪候新，衝寒有伴覓同人。楸枰遇敵爭棋冷，蘖酒扶衰索醉頻。預勅門無辭老友，常留榻以待貧親。好施不爲忘恩倦，纔信平原意氣真。天錫門多故人子，有背之去者復來。

宿張慎菴舫亭

獨宿江亭夜不眠，濛濛沙渚宿寒煙。月高負郭爭鳴柝，風靜中流穩住船。往事已成莊叟夢，同人猶話義熙年。自矜老筆猶雄健，草草千言一郡傳。是夜皖中諸君屬爲郡守誄言。

遇四明徐虞尊談及往事有作

四明羈客皖公城，邂逅江樓識姓名。爲聽鄉音詢老友，細談家難即賢甥。捐軀早信談兵日，絶命猶存駡坐情。苦趣似予嘗已遍，較渠貪得幾時生。

坐汪子西京寓齋看雪二鴻亦至

面郭高齋眼界寬，北風吹雪白漫漫。經冬始覺天時正，逼歲無言客路難。飲量未充重覓酒，熱腸相對早驅寒。廣文乘興衣冠古，粧點唐人畫裏看。

歲晚寓齋有作

高居軒豁俯江關，雪阻同人聚此間。兩岸白平微見浪，千峰青没不知山。深憐渡馬空村避，時皖中養馬，將渡江而南。猶見征帆逼夜還。誰肯歲除甘作客，擁爐餘得客中閒。

皖中除夕

雪暗荒城競歲華，千門燈火望中遮。童憨槁酒忘爲客，婦病圍爐苦憶家。稚子可知懷旅店，孤孫應是哭江涯。故園此夕腸堪斷，愁聽樓頭更漏賒。

傷心言

康熙七年十月二十四夜，盜殺吾子孝則。值澄偶出，縣令胡必選匿不上聞，澄歸力爭之，漸爲諸上臺所覺，乃撰誣詞，圖塞盜案。澄老病衰迷，無力上控。天道甚邇，公論自存。澄惟伏地吞聲，以聽冥報而已。

吾兒遇難已經年，飲泣終朝痛未宣。劫數也應容孝子，報施不敢信蒼天。細推骨相無凶法，檢點平生少罪愆。莫是還家忘毁戒，佛前未懺牒空懸。兒在閩曾受戒，既歸有室家，疑毁戒未懺，故罹此。死後戒牒猶存。

震澤單單脱網羅，依然横死可如何！震澤之難，兒母及弟妹俱死，兒獨免。刀兵漫説皆前定，罪業還疑自我多。巾笥書殘誰替檢，草堂僧住忍重過。月明獨向墳頭哭，聞兒母墳上夜有哭聲。曾憶松間共嘯歌。

自傷前路黑冥冥，大事參求苦要惺。兒與姪龍友言前路冥冥，相期苦參。詩句偶成隨棄稿，俗緣難斷且持經。日與龍友跪誦諸經。夢能認我元無死，報亦依期似有靈。兒死後現夢於予，言死者非我，且微示以報復之期。夙債償完兒好去，若翁腸斷哭誰聽。

出入兵戈萬死餘，餘生只擬舊田廬。家庭敦睦全由汝，客路艱危屢諫予。每憶良規防薄俗，豈知奇禍是安居。最憐身後逢官怒，一死鴻毛恐累渠。

孝友平生鄉里知，身殲羸得路人悲。病終不過嗟無祿，逆死還應痛有期。盜去暴屍情太慘，兒死後重被相驗。官閗加罪事真奇。多生何業深如許，聚合冤仇在一時。

難日偏乘我客遊，訃傳通國淚爭流。如何十日纔閗上，妄說三人共報仇。兒以十月二十四日被盜，至十一月初五縣報刺死，又只報三人。決定贓虛寧有見，以失單爲虛，當堂塗毀。懸知事秘豈同謀。無計諱盜，乃云兒死事屬暗昧。羣凶遠縱官無據，圜土惟將小豎收。拘兒小童收獄中。

紛紛羣盜已逋誅，官吏加誣毒更逾。篤行豈應如此報，奇冤即恐自來無。夜臺鬼近還容訴，人世天高不敢呼。我老諒非相見遠，呱呱愁棄兩三孤。

制臺符下見如神，謝事空勞洞察真。蒙郡督嚴駁，隨以解任去，付之不理。盜律過嚴偏諱盜，人情可弱益無人。仇曾不問加污衊，死亦何辜可怒嗔。夜半官來棺自剖，誰容屍見白頭親。予在府候審，縣間夜半遣官開棺相驗，竟不通知。

幾番更計議紛紜，責在須教大吏分。朦朧上官，審定成案。怪底簿詞頻改撰，原來案牘總虛文。訴冤有主能無問，讞獄何言迴未閗。凡庭訊，予從不得面質，解上亦不檄予到。即使減三難指盜，豈應行刺可成羣。多兒減作三人，謂「三人不成盜」，三人可行刺乎？

黑霧漫空咫尺迷，啾啾冤鬼向誰啼。苞苴祇爲微官計，緩索全憑老吏提。有老吏作奸四十餘年，恃爲謀主。擔卸高肩真得計，金藏狡窟不須齎。府有蠹吏穴重貲，陰爲縣左右。可憐衰腐勞全力，緘口今生敢更題。

山城閩變即歸來，枉以虛名早見猜。馬上調符催卒返，燈前授旨許囚回。令初以遣捕閩，予至反掣回。又夜提燈至獄門諭盜黨，如所指許即放還。共知駔獪傳家法，敢信犁牛是盜魁。生死遭逢皆此輩，教兒何以瞑泉臺。令家世駔獪，有言其翁亦盜，故庇之獨力。

也知汝輩官偏重，底事吾人命特輕。國法可宜全倒置，良心或恐尚分明。讞嚴祇據含沙甌，縣以私札言予之過，庭讞時引以爲詞。黨衆通加弑主名。盜守門者十餘人，入室者三，有遠房僕在內。乃盡坐家人弑主。太守無私公道在，仍存疑案是何情。

刀鋒火炬列成行，畫臉朱髯刺客裝。情形如此，乃稱刺客。劫質求金嫌入室，殺人流血怪侵牀。盜縛兒入予室，逼財不遂被殺，以此欲成疑獄。渠兇到即填牢户，胠篋緘猶挂屋梁。獲二盜，即時斃以滅口，而贓物滿籠，尚懸保甲屋梁。閩説家庭虧子道，人間豈信有綱常。令翁每至署，輒詬厲而去。

屍橫血濺舉家空，稚子何名繫獄中。黄口聲嘶憑鍛煉，青天手障也朦朧。情知迂拙機偏捷，事苦彌縫計未工。乘予暫出，獨解久禁小僮，教成誣詞，以誤上聽。敗漏正多渾不問，金錢自信有神通。

老病誰能叫九閽，世間公道亦空存。朝廷法重徒滋弊，制府符嚴祇益冤。蒙今督憲嚴駁，乃反坐以奇誣。吾口難箝應得罪，盜名妨觸是何恩。從今白晝無人問，竊恐萑苻嘯漸繁。

紛紛伏莽任縱橫，桴鼓宵藏敢夜驚。致我一門冤最酷，要渠萬户啞無聲。詞卑漫信仇能報，

計毒翻因賄不行。予入省，遣吏卑詞求解，誓爲獲盜，先是遣某吏行成，予叱之。因防予益甚。已墮術中今悔
晚，教人駡煞老書生。

新頒律令限猶寬，漏網雖多捕不難。非盜得情休滅口，毁贓何物尚經官。獲二盜即斃杖下，贓物又
經府驗。但求伏法情甘罷，其奈臨供實不謾。盜供初盡吐實。已改讞詞誰辨得，更仇枯骨特無端。

看君塞默自多慚，奸吏譸張律久諳。法網明開休踰六，辨端早伏只稱三。今有「七强八盜」及「三人
不爲盜」之説，不知何本？魏氏獲盜其七，特放一人，以致劫獄。予家亦只勒報三人。大庭屏衆機何密，官舍輸誠
語太甘。親以甘言啗予，予不聽。死者受誣生受辱，人情到此豈能堪。

盈郊縱劫荷寬仁，轉恃恩多殺害頻。渡口婦空捐六命，烏金渡吴氏被劫，殞三孕婦，計傷六命。獄中卒
又斃三人。魏氏盜殺七人，既獲在獄，又殺三卒而逃。巢依近郭應全覈，盜窟近在郭外。事發南湖且盡泯。
南湖嘗獲盜，供出所劫吾邑方氏、胡氏二案，力嘗得解。似此蔽天非一掌，吾兒冤恨教誰伸？

田間詩集卷十六

客隱集 庚戌

庚戌元旦一指巖書金剛經

早起風恬雪滿扃，春城鐘鼓最先聽。模糊萬里江天白，掩映雙林佛火青。已勅齋廚通禁酒，況逢僧舍請書經。竹窗灑翰還如夢，四十年來此再醒。予以壬申年書經，今三十九年矣。

月下二鴻醉後邀同舍姪閒步

逆旅門惟閉，良宵恨轉增。一樽諸子共，餘興老翁乘。懶對傷心月，偏尋敗興燈。可憐俱老健，攜杖不煩憑。

元宵前三日寓皖上舍姪雪公五十初度并示四姪介公

吾家逢此厄，運也可如何。孝友人虛譽，賢勞汝獨多。傷心初度日，流涕旅中過。忍憶庭階集，樽前共笑歌。

去歲秋風後，阿廉正四旬。可憐失意日，來叩斷腸親。祇益吾兒痛，休傷汝輩貧。今晨同聚首，相對淚痕新。

寄毛恭則憲副天津

天南仗節舊勞臣，回首風煙二十春。端水序分鴻雁杳，灘江書寄鯉魚頻。長憐絶塞詩篇壯，可道中朝遇合新。笑我困窮成底事，祇餘雙眼望交親。

趨朝爭避惠文冠，昵我狂談每夜闌。雅調同時推北地，楚風不自黨公安。蠻中書少尋思得，馬上詩成認稿難。恭則詩數十首錄方寸紙上，人不能辨。把去新篇通不語，賞音直待再三看。到桂林貽書，稱生還集。

百折平生志已違，西山何計出重圍。滇南事去班行盡，嶺外人回故舊稀。每痛吳郎無櫬返，謂鑑在。尚岫袁氏有孫歸。岫特丘還里，贖歸一孫。天涯可信狂奴在，白首銜愁守釣磯。

瀼溪訪江在湄道上即事

津城雨住遍春泥，路過浮橋問瀼溪。溢浦水添新漲闊，匡廬雲截曉峰齊。掉頭帽爲看山側，勒馬韁因戀草低。想見江淹詩興勇，清篇多在笥輿題。

短橋瘦馬日將斜，遥指孤城路不賒。麥隴離披傷雨葉，菜田零落隔冬花。隄崩迂轡尋荒徑，水涸牽舟覓淺沙。一帶炊煙知近縣，鼓聲應報晚陞衙。

經旬陰雨不知春，入境欣逢霽色新。時事自宜安小邑，山川何幸得詞人。詩於作吏偏增妙，官比居家似更貧。莫謂此鄉民俗獷，也因清白漸知馴。

落落官衙草市闉，宦游心事已全違。地偏且喜逢迎少，俗陋惟疑唱和稀。時埽高齋留客榻，聊資薄祿奉親闈。逋租徵罷庭無訟，彩筆花存任意揮。

寓熊氏東臯

小築東臯一水環，編籬護竹隱柴關。短橋導客穿三徑，丈室邀僧住半間。燈火每偷深夜坐，酒杯恰趁雨天閒。溪聲徹曉牀頭吼，疑聽奔泉萬仞山。

潘澹生索贈

城西大宅半荒墟，中有幽人小閣居。好潔市塵行亦少，耽閒官長見全疏。看山屋礙惟張畫，映日窗明獨點書。更羡内君承雅志，茶香酒釅手親儲。

甫抵德安覓彭然石即遇喜極有作

汗漫尋邸渚，維舟問所思。僕夫聊遣覓，老友若相期。鞍馬衝泥至，形容覿面疑。一時驚喜極，不暇訴心悲。

腸斷灘江別，偷生二十年。僮奴一半在，故舊幾人旋。寄我書隨答，懷君詩已傳。最傷添老淚，猶念小兒賢。

同然石出西郊即事

旅食春深可耐閒，偶同鞭轡出西闗。許攜酒榼金泉寺，悔失桃花白兆山。白兆山即太白讀書處，桃花最勝。門叩官堤榆莢裏，馬尋歧路菜畦間。人家不省臨溪住，可惜沿城水一灣。

太白樓

郎子城西太白樓，登樓遥指碧山頭。桃花帶雨年年放，㵎水無人日日流。名士有詩存一首，此鄉勝蹟已千秋。老夫醉亦能高詠，可許書題壁上留。

碧霞書院爲高雲旂太守賦

郎州城畔碧霞臺，遺構荒頹此再開。雲帶遠山江北盡，樹籠春水漢東來。秋成好看盈郊稜，夕照時銜醉客杯。期我登樓應有賦，白頭無復仲宣才。

返漢口不及抵寓寺野泊懷若朗

兩日江程一日還，雨昏猶見漢陽山。行人趁夜思投宿，榜客收帆畏上闗。野寺鐘來津市近，晚堂課畢老僧閒。懸知若熟囦燈坐，可道孤篷滯此間。

南塔寺 即古臨皐

臨皐南郭寺，古殿入頹垣。白晝僧徒少，黄金佛相尊。樹根欺窣堵，帆影過山門。隔院鳴鐘板，威儀恐尚存。

安國寺即事懷晦山大師

出郭偶尋安國寺，登樓遙憶晦山師。已成翠院千竿竹，悔失當門數畝池。師種竹已成陰，門有池爲俗僧占買去。得法比丘行托鉢，寄單居士卧吟詩。懸知靈隱秋光好，正是蒲團厭客時。

赤嶼亭

勝蹟荒殘古郡西，同遊先後事攀躋。看碑不覺千帆過，拂水遥憐萬樹低。詩酒性情吾道在，江山面目向時迷。地名偶被蘇公誤，横使周郎滿壁題。郭外虛亭逐伴過，坡仙遺蹟滿巖阿。黄泥也覺名殊古，赤壁何妨事偶訛。買酒乘舟樊口近，看山隔岸武昌多。當時只有吹簫客，那得狂生共放歌。

洗墨池 宋别駕牧仲營甃池前後構雪堂竹樓

天寧寺側宋賢祠，帖石新鋪洗墨池。註易豈能超象數，相傳爲子瞻注易處，子瞻不解象數。通經終不合時宜。半生筆硯孤臣罪，一滴淋漓異代思。更喜竹樓堪聽雨，雪堂壁上少題詩。

贈米二岳三岳自滇回寓居漢口

米家兄弟奇男子，萬里生還天盡頭。白首泥塗逢漢口，青春劍佩憶端州。豹城異代家難認，馬革當年志已休。看爾窮途攜累重，不堪憔悴楚江秋。

武塘友人爲相如解裘貰酒賦因綴次其事戲題五首

成都才子宴華堂，錦席無端綠綺張。置酒祇知爲令客，窺簾偏是悦貲郎。姮娥有路曾奔月，織女凌河豈限梁。多謝臨邛繆恭敬，殷勤特爲兩人忙。

四壁雙栖慰語頻，多情無怨暗傷神。心憐病免難從宦，眼見貲雄不耐貧。車騎謬矜遊子壯，衣奩重憶嫁時新。也知歸去王孫賤，要到成都作富人。

倦遊餘得鷫鸘裘，解去聊爲一醉謀。縱酒莫添消渴症，典衣欲破遠山愁。琴存綠綺音堪戀，賦直黄金價莫酬。犢鼻已拚親滌器，客裝應是不須留。

奔去歸寧計已迂，不才最是自當壚。共羞重客爲傭保，爭惜良家嫁酒胡。市上數錢傳姹女，陌頭下馬看羅敷。芳心更有琴挑者，未齊相如見妒無。

自倚嬋娟更解音，如何不繫宦遊心。儘抛田宅常爲客，愁向人家又奏琴。取酒漫虚皇后賜，賣文祇易白頭吟。茂陵聘妾傳難信，只信登徒本好淫。

太真出浴圖　小引

圖作小殿畫屏，銀瓶珠樹，蘭湯浴罷，芳澤如存，起立屏間，以雙手挽巾自拭，雲鬟欲亂，寶釧未除，酥菽微墳，纖彎剛穩，下罩薄綃，仿佛可睹。旁列三侍女，一擎盤盛漱具欲進；一捧襦以待；一持團扇，卻立不前。膚容玉映，意態若生，真蕩心之尤物，誨淫之冶史也。邸中無事，為賦四章，聊遣閒情，用消永夏，比之博奕，敢曰猶賢。

洞房春煖浴初闌，小立屏風漫怯寒。瓶隱花光羞映玉，湯餘芳澤不因蘭。也知脂滑巾慵拭，其奈春融汗未乾。羃繫薄綃遮底事，爲防天子暗中看。

娉婷出水倚風流，金殿珠簾懶下鈎。賜餅君王曾慣見，貼身宮婢欲誰羞。豈憐腕膩難鬆釧，弱怯鬟多未卸頭。一自華清同浴後，白雲鄉已遜溫柔。

一枝紅玉出冰壺，解佩凌波得似無。閟殿生憎遮寶扇，薰籠慢勅進羅襦。沃餘新煖疑酣酒，憑久微涼已凝酥。怪是纖趺平貼地，盈盈不遣侍兒扶。

最嫌脂粉涴傾城，浴殿亭亭洗出清。雪以沃湯爭護惜，花因濯露倍鮮明。嗔他碧玉年偏小，厭説昭陽體太輕。老去畫圖魂欲攝，上皇爭怪不癡情。

武昌署中對雨

高齋軒豁抵山居，樹色峰陰入綺疏。樓近漫邀文禕鶴，幕閒空食武昌魚。陳思賦能才猶涌，謂曹次典。無忌官貧客有餘。却怪楚鄉酤酒惡，不堪醒對雨來初。

鄂州山水向來奇，深閉官衙總不知。隔院歌聲憐翠袖，登樓樹杪見紅旗。情懷作惡難尋酒，心血全枯怕看棋。況是打窗連日雨，消愁剛有論文時。

武昌署中集呂仙祠 幕中客病起酬願分韻

呂公祠啓署齋巔，稽首莕階禮大仙。旅客卧痾初起日，山城淫雨乍晴天。吹簫跨劍江樓近，買酒題詩楚俗傳。今日可能邀一醉，青詞應已徹香煙。

又和張石𥿄韻一首

此去仙闗隔幾重，瓣香應透白雲封。醉吟祇是人間酒，來往寧須海上峰。作客易悲偏在楚，爲儒多難莫如儂。乞君枕作邯鄲夢，睡熟城頭漫打鐘。

武昌試院望黄鶴樓作

黄鶴淩空入望頻，登臨虚擬大江濱。楚王臺廢風猶壯，神女峰遥雨正新。鎖院操觚悲往事，憑闌吹笛憶仙人。庾公不淺南樓興，許到清秋放幕賓。

永州石硯

片石離離碧玉姿，湖南山色坐中移。老夫得此全無用，攜向秋窗註楚詞。

武昌明遠樓

層樓三伏八窗開，頭白山翁逐伴來。湖汎晚凉當檻入，江懸清影抱城迴。憑高總豁衡文眼，攬勝遥憐作賦才。好待月明殘暑退，羣公乘暇再追陪。

試院聞蟬

高樹一蟬鳴，同時幕客驚。已知更物候，且喜是新聲。咽入文心苦，吟矜使院清。衰年容易感，早動故山情。

黄鶴樓同左子直孫威公鄧斯及夏振叔諸子即事

黄鵠磯頭四望開，登臨千古客心哀。山迴大别横江抱，水過巴陵坼地來。帝子騎龍終不返，仙人跨鶴幾時回？憑高莫話興亡事，白首青天酒一杯。

鄂渚逢秋秋早清，登樓面面見空明。磯邊日落千帆渡，樹裏湖通九派平。坐對晴川虚閣敞，喧連漢口晚煙横。昔年仙客經過地，夜半時聞鐵笛聲。

三楚風煙此最佳，客來空憶昔豪華。漢陽樹盡餘衰柳，鸚鵡洲沉長白沙。故國粧樓歸道院，異時宫闕建軍牙。擬將遺蹟詢酤叟，無復臺邊舊酒家。

自昔臺邊酒味醇，吕公買醉往來頻。笛從竊换仙音杳，舊時鐵笛每夜有音，爲人竊换。枕到眠酣世界真。亭有吕仙卧像。伐去棗枯根不朽，擲來桃爛跡如新。相逢指點多靈異，游客還疑晒道人。仙棗亭有晒道人。

晴川閣即事

岧嶤虚閣竦晴川，棟宇經烽故巋然。漢口人家秋水裏，武昌城郭夕陽邊。湖光面面疑無地，帆影茫茫欲到天。黄鶴望中山色盡，幾回芳樹憶當年。
高閣凌空水上浮，湖湘九派坐中收。天清隱見黄陂樹，日落蕭條大别秋。悵望楚宫悲浩劫，
開開禹廟對安流。山巔風急遊人怯，脱帽吾須到上頭。

爲邯鄲温進士母孺人七十壽

武昌院裏秋風早，登樓四望雲山好。漢口驛路走京塵，令人却憶邯鄲道。邯鄲道上車馬喧，
温生城中獨閉門。弟兄耕讀家聲舊，辛苦成名母氏恩。武昌文衡君座主，蓮幕邀賓同入楚。
朝夕點閲不辭勞，敢負當年母教苦。即今母氏七十秋，佳晨猶向武昌留。戲綵不逐斑衣隊，
瞻雲祇上黄鶴樓。黄鶴仙人正酣寢，支頭仍是邯鄲枕。枕中有路到君鄉，附書與仙仙自領。
棗根桃核石間新，仙蹟明明報老親。併將鎖院茹冰意，説與高堂丸膽人。

留别魏子存學憲

使君春到楚雲開，白首狂生入幕來。身老尚爲無忌客，眼空偏賞仲文才。授題稿奏皆稱善，
促膝言多迴不猜。最荷故交推分遍，叨霑已勝滿裝回。
四海相知一子存，千秋汝外向誰論。談深儘犯當時諱，客賤還因老友尊。薄俗共驚車笠誼，

素心豈重解推恩。還家擬建存心閣，從此飢驅不出門。

留別詩三首

蓮幕星飛秋漸殘，同時惜別駐江干。東還月照孤帆遠，北去霜侵匹馬寒。官舍放歌常共醉，驛亭高咏與誰看。信陵好客如今少，莫歎天涯行路難。溫虞南

詩卷情親近一年，看君兄弟意蕭然。尋山命屐清秋日，鎖院聯牀酷暑天。閣裏酒殘樽未散，樓頭客去月偏圓。官衙旅舍相鄰並，來往經過亦可憐。魏州來兄弟

庾公賓客總翩翩，博物耽奇有茂先。把酒恢諧期盡醉，聯牀轉側不成眠。霜清月滿辭油幕，水落江寒趁米船。君到西泠逢老友，爲言狂態遜當年。張石谿

過九江雨夜同子直宿文燈巖湖上書齋子直病

檻外平湖湖外峰，繞窗青列萬芙蓉。何期剪燭同聽雨，忽訝披裘早禦冬。坐有僧談茶沸久，爐因客病藥香濃。明朝便逐孤篷去，回首煙雲隔幾重。

鍊師紫煙索和詠雪詩次韻

舞絮紛紛亂撲窗，騰空蛺蝶笑成雙。天花偏散當軒塔，銀漢遥鋪帶郭江。煉藥清晨敲活火，吟詩午夜剔殘缸。老狂心共爐灰死，索和陽春興未降。

成二鴻閣上邀龔孝積小飲紫煙在坐

廣文樓啓郡東偏，小飲偏當欲雪天。屋角暮暄爭樹雀，城根波撼挂江船。鍊師技癢樽前句，老叟裝同畫裏仙。爲叙昔遊今隔世，雙成莫笑盡華顛。

於家菴亭子

僧廬不改故家名，亭子新增宴息情。津市煙横連郭帶，陂塘水闊映江明。下方回望林巒隱，上界平看遠近晴。更喜一泓泉涌井，通城爭汲此泉清。

題畫爲劉生初度

一道奔泉萬仞峰，洞門隱處兩三松。小橋過去蒼苔破，知有劉郎采藥蹤。

田間詩集卷十七

客隱集 辛亥

江上漫興

近岸峰將出，癡雲一半遮。沿郊誇麥秀，展袖避楊花。擲浪長魚立，凝風燕子斜。經旬愁對雨，乍喜見春華。

京　口

東風狂徹夜，乍息曉帆開。艕急爭帮過，江平剪渡來。港淤官運阻，灘落早潮回。前路千檣阻，客心空自催。

過蘇州口號

尖頭艇子快爭先，早見姑蘇塔影懸。夜半帮開催棹發，天明婦起換郎眠。軍妻船截平江闊，估客帆偷小港穿。急雨好風停不得，閶門回首隔昏煙。

嘉禾曹秋岳齋中話舊

屢有過從約，高談此夜深。言于知己盡，事託故人尋。已信蒐求切，寧存忌諱心。當時曾載筆，久向井中沉。

泯滅前朝事，何由遍網羅。追隨予亦暫，聞見爾偏多。失實應難辨，成書許更過。自慚無述作，或可訂淆訛。

重過南園感舊

名園零落委荒坡，三十年來客恨多。已分舊遊惟有夢，却更新主許重過。頃典與蔣氏。門開別徑迷行跡，樓鎖虛窗憶嘯歌。回首昔時凋喪盡，情根不死奈予何。

花欄石磴已全非，滿地蓬蒿一徑微。小院庭心常晒藥，虛廊石角尚鈎衣。王孫早見騎鯨去，逋客爭憐化鶴歸。偷得餘生㪚底事，㪚將衰淚向人揮。亂餘興廢豈堪嗟，人事爭更況物華。檻外藤纏留死樹，池邊蔬匝替時花。舊繞池種花，今皆菜畦矣。畫橋址在思攜手，綺閣窗明舊住家。予合室避黨禍於此。今日短垣分內外，相看咫尺是天涯。一雨全傾薜荔牆，人家分住讀書堂。祇尋蔣詡新開徑，莫覓陳登舊卧牀。病裏爭長搖彩筆，樽前限韻賭紅粧。同時三子行吟地，並鑑在爲三。石上溪邊總斷腸。

家爾斐谿默即事

園林三十載，頭白客重來。徑已隨山改，門仍向水開。衣冠留古意，丘壑見詩才。祇記吟安閣，秋時卧幾回。

林塘終歲改，聊遣暮年閒。竟有千竿竹，居然一帶山。共驚松老大，也覺水彎環。別院鄰家典，何時始贖還。

空闊臨池檻，移樽納晚凉。家僮能度曲，小妓善飛觴。孤月忽然上，新荷分外香。無心成勝集，爭怪老夫狂。

已無兒女累，翻怪老來窮。家爲林泉廢，心矜布置工。出門愁債主，入室笑癡翁。自合離城邑，攜孥住此中。

過子存城南別業

別業臨溪上，輕舟觸暑過。凉軒因老樹，曲水散新荷。且喜林花備，無煩丘壑多。此中饒布置，看汝趣如何。

出城多畫意，一路樹陰連。小港藏歌妓，平橋過酒船。煙炊深竹裏，水踏綠桑邊。早晚閒無事，開門看種田。

頗覺溪流淺，菱盤積漸遮。古藤三伏蔭，雜樹四時花。地僻堪逃暑，時清擬住家。酒杯通可廢，閒話是生涯。

園林不厭遠，宜署「遠懷堂」。召客開高館，藏嬌有曲房。宦情知欲倦，野興詡偏長。正是偷閒日，千秋業肯荒。

客園酬龍門先生

鵠湖重到暗傷魂，祇訪先生識故園。山徑穿松新補石，柴關繞竹別開門。時移豈合辭家難，僧梵惟應報佛恩。聞道年來深避客，獨蒙格外飯王孫。

小構西軒一水環，爲貪隔岸看東山。松林手植皆千尺，池面新穿又幾灣。頭白尚知龍性在，耳聾益令道心閒。自憐塵事無時了，那得從翁此閉關。

不到園林三十年，當時丘壑已茫然。數峰插水餘殘石，雜樹成陰弄晚煙。池上未慳春草句，樽前空憶竹林賢。梅花小閣藏嬌處，詠雪聽歌絶可憐。昔與仲馭冒雪於此聽女史張秀度曲，今其閣猶在也。

草滿庭階藥滿闌，弟兄相對古衣冠。靈光劫後存非偶，碩果人間見亦難。骨瘦漸知輕舉效，眼方應得大還丹。看君道氣饒清福，正好溪邊把釣竿。

無題 蔣亭彦、朱子殷、王天市、柯寓匏、曹掌公、彝士諸子招飲，屬予首唱贈徐較書月仙。

百褶湘裙映綺筵，藕花香處影娟娟。風微客乞鬆羅帶，日落人看過畫船。卮上口脂和酒送，席邊心事倩眉傳。白頭不作鴛鴦夢，醉倚紅粧亦可憐。

朋樽還似舊風流，載妓聯吟憶昔遊。醉把明燈揮白練，醒驚殘月在青樓。筆花買笑偏能燦，酒量逢歡不自留。怪煞徐孃年紀小，前身曾共木蘭舟？

席上贈趙素媛 媛自傷齒長，見少年輒引避，獨與老人周旋。

爲喜幽居郭外賒，湘裙羞鬬石榴花。可憐善病腰全減，誰信多情鬢總華。把酒風流輸小妓，昵人心性是良家。知予久斷青樓夢，約過閒窗自點茶。

輓魏卜臣孝廉

去歲茲晨聚鄂城，清江油幕故人情。談諧每令愁顔改，規勸時教盛氣平。郭外宴遊貪蟹賤，燈前博塞怪鷄鳴。如何我到君纔病，幾日彌留送此生。

庶常抱恨喪幽燕，忠節箕裘幸汝傳。早信孤臣應有後，誰知才子竟無年。門庭久重元方譽，鄉里羣推小謝賢。五十日來相繼死，教人何處問蒼天。阿季虎臣先卜臣死未兩月。

塞菴相國忌日仲芳禮懺放下菴即事感懷

城東精舍近，舊是相公開。竹暗林新護，泉香脉遠來。有幽澗泉。影堂僧洒埽，佛院客徘徊。三十年曾到，那堪首重回。

亂離骨肉盡，腸斷向誰言。我自遭家難，公原報國恩。千秋傷仲子，二妙見曾孫。慷慨當時意，應無恨九原。

別館潛蹤日，虛名黨禍時。撥愁邀小妓，雪涕咏新詩。舟隘牀親讓，宵寒酒共持。平生知己誼，一拜一銜悲。

丈室安禽處，當階散藕花。像爭瞻福德，衣已換袈裟。君國且如此，身家豈足嗟。仲容遺事記，談到日西斜。

寄佷亭大師

得法宗門廿載餘，十年前接數行書。才名世外終難晦，慧業生來豈盡除。幸有逃禪吾道在，不因作佛故人疏。即今領衆爭推出，誰讓孤峰頂上居。

武林回憶舊遊稀，羨煞吾師早見機。遁跡早聞爭賣藥，出家何意竟披衣。也知道力君偏定，自愧初心我漸違。苦趣暮年嘗欲遍，此生未濟得皈依。

寄嚴顥亭給諫

記得開樽共唱酬，紅筵碧酒夕陽樓。名爭壇坫疑前世，分絶雲霄念舊遊。朋好半爲方外客，湖山還憶坐中秋。狂奴意氣今都盡，秖剩蕭蕭白滿頭。

與子暌違三十年，清華爭羨一門仙。早聞金馬歸梧掖，又見青驄出木天。謂長公方貽。最愛新詩從客借，曾修短札托僧傳。衡炎擬買西泠棹，底事揚州去未還。

寄吳梅村宮詹

曾記陪京謁後塵，驚看天上謫仙人。清姿對雪遥相映，彩筆當筵捷有神。已向南廂悲舊吏，誰憐東閤有殘賓。當時末坐今頭白，爭怪先生鬓早新。
秣陵煙樹已全空，回首登臨似夢中。祇課詩篇銷晚歲，別填詞曲哭秋風。同時被召情偏苦，往事傷懷句每工。却憶清江楊伯起，屢辭麻詔薦婁東。
婁水扁舟憶昔遊，遥憐風物渓時秋。山濤啓事真無故，庾信哀時豈自由。音樂解來翻引恨，璽書徵後迴添愁。淮王仙去遺鷄犬，佳句頻吟涕泗流。
聞道林泉足嘯歌，近來酬唱興如何？江東詞客才華盛，嶺外逋臣忌諱多。自把詩篇忘歲月，欲趨壇坫阻風波。如今亂定人俱老，咫尺文園肯不過。

懷曹子顧學士

武塘客到故人稀，學士經年出未歸。但有逢迎皆白首，惟看子弟舊烏衣。雲霄悵望音書少，詩酒追從意興微。欲過南溪橋已撤，短牆松竹隱林扉。
畫舫春遊載妓頻，野田長是醉花茵。紅牙按拍詞旋就，翠袖催詩酒未巡。小謝風流餘令子，謂子聞。仲文池館屬他人。謂仲馭。同時觴咏今無幾，那得經過不愴神。

魏交讓邀同邵光伯沈止岳蔣亭彦孫巖儀令叔子存弟州來暑集

彦會邀皆集，天炎趁早過。素交辭拱揖，珍饌已駢羅。丈室坐來闊，回風醉後多。看人恣飲噉，偏慰老維摩。

晨星存老友，大半聚兹筵。解帶挂牆上，開樽在佛前。深憐羣從少，所見一門賢。已覺秋期近，凉生薄暮天。

自然忠孝裔，庭户見清貧。學道寧辭腐，持齋合認真。楸枰銷日月，藻句役心神。却怪今都廢，甘爲枯槁人。

同爾斐過爾玉蔬圃巖燭置酒即事感舊

每憶園亭好，邀同小謝尋。松聲前代韻，梧葉暑天陰。新月已微露，残蟬尚苦吟。庭階幽意滿，處處昔人心。

庭隅扉半啓，攬勝訝無窮。小院迴廊隔，幽軒曲徑通。雜花皆等雨，修竹迴含風。一片山林趣，居然第宅中。

不辭疏鑿費，歲月此消磨。家世林泉癖，門庭兄弟和。清言酬客簡，義氣接人多。厥嗣還敦舊，開樽候我過。

梅里昔全盛，今來已漸貧。米常賙弟急，園必逐年新。門户勞猶子，琴書付後人。此中何所繫，丘壑是精神。

彷村三章呈子存

名園時命屐，乍到客心猜。何幸君新得，還憐我再來。石頹因岸補，池小引溪開。便乞千竿竹，沿牆一帶栽。

向南牆拓出，纔不礙游觀。漫侈規模大，先教眼界寬。軒楹應漸構，林樹喜無殘。我有扁舟興，時來共把竿。

爲園何必廣，所喜近新居。看僕朝除徑，聽兒夜讀書。來無妨雨過，坐不厭更餘。俗事知難謝，緘關可漸疏。

七夕同子存過谿默爾斐置酒令子巖燭詞客張芸城女郎徐月仙在坐

扁舟逃暑至，漫遣主人知。妓慧留賓待，月仙借居別院，留坐以待主人。廚荒載酒遲。風貪嵗岫好，坐逐樹陰移。日落樽頻徙，荷香處處隨。

即恐嚴城閉，其如良夜何。清歌詞客妙，芸城善絃曲。戲謔老翁多。月細迷烏鵲，星疏蹬翠蛾。但存牛女意，不用渡銀河。

子羹内人七夕五十初度索詩

吾家梅里子羹，揮霍自喜，恥問米鹽。孺人蔣氏，富貴相期，羞從寒儉。國變以後，家賦式微，人嗟杕杜，孺人念庭階之不競，陰求入夢之蘭，知血氣之將衰，空妒宜男之草。雖閫權素重，夫子矢無他心，而門祚宜昌，孺人實出本意。遂許小星作伴，果然明月投懷，就濕推乾，母實忘非己出，牽衣繞膝，兒寧識是誰生？譽溢門庭，功存宗祀。幸當七夕，初度五旬。樓上穿針，無非續命之縷，橋邊織錦，盡作洗兒之衣。合算雙星，已贏百歲，銀河之渡，豈遂無意於牽牛，滄海之珠，定知再胎於老蚌。椒聊之衍可慶，樛木之德難忘，敬咏碩人之詩，兼申王母之祝。

見説家聲盛昔年，老來益識内君賢。每逢客至營珍饌，時把奩搜佐博錢。萱草親培蠲嫉妒，蘭芽代育倍嬌憐。即今初度雙星夜，百歲同心結宛然。

喜孝起七夕納姬

謝家蘭玉舊盈庭，且幸霜凋未盡零。爲選宜男蕃子姓，更勞大婦訪娉婷。黄姑河畔看新月，烏鵲橋頭讓小星。草際螽斯偏應候，夜深吟誦已堪聽。聞孝起内人甚賢。

贈沈延年

城東高士宅，終歲掩庭扉。梅里幾人在，松江何處歸。體從爲客健，室苦有田飢。語及先臣恨，吞聲淚滿衣。

溽暑頻過寺，絺衣到即寬。神情工畫靜，風貌學仙寒。故事勤相訪，遺詩密與看。知君餘意氣，吾已老綸竿。

潔園與仲芳閒坐偶成

每憶梅花墓，連牆是潔園。小橋分曲徑，奇石踞當門。山色重來古，林陰别後繁。餘年真樂事，閉户課諸孫。

亂去頻家難，支持賴一身。憂多容未老，事定橐全貧。木榻研經叟，松窗作畫人。知君無嗜好，於此寄精神。

經時不出户，苔色滿迴廊。性自生來静，身於老去强。嬌兒將入塾，稚女又扶牀。先世同彭祖，偏疑得秘方。

丘壑雖無幾，所矜庭户閒。祇愁新累衆，可放老身閒。時事難言隱，家風未許慳。南園期早贖，應待長公還。

哭仲馭墓

胥山南去墓門開，長伴雙親慰夜臺。二十七年留我在，一千餘里哭君來。淒凉忍聽傷心句，點滴曾沾酹酒杯。　自念平生無負汝，許多情緒向誰哀。

吾兄高節已千秋，老友重來痛不休。門鎖臨溪空第宅，徑荒負郭舊林丘。遺書滿屋殘誰撿，佳句隨身散未收。最是九原幽恨事，空餘雙淚洒松楸。

新秋登慈雲寺千佛閣

武塘彌望盡平疇，高閣憑闌指顧收。殘暑已應辭薄暮，驚飈陡覺入新秋。千家樹簇孤城静，百道溪穿滿邑流。最是下方憂旱切，雨壇鈴鉢晚來愁。

酬蔣亭彦

蔣詡蕭然三徑存，客來踞榻漫呼門。身經憂患名心淡，家自窮愁友宜敦。念我龍鍾謀致藥，隨時鮭菜亦開樽。莫將少日詩頻誦，往事凄凉不可論。

長孺招飲即席二首

秋浦清風一水遥，别離猶憶自前朝。文章識汝飛騰早，意氣嗟予老大消。局罷吮毫閒作畫，酒闌按曲自吹簫。阿翁絲竹初無興，晚歲東山興頗饒。

新安返棹早開樽，高棟全消溽暑煩。小妓令行人肯醉，妖童曲奏席無喧。錦褱遍攬黄山勝，綵筆猶憐白首存。自分老年狂不得，酒酣仍許發狂言。

與沈止岳話舊有作

故人門靜晝長關，與客追歡興不慳。俗事謝來鄉里重，宦情倦後歲時閒。應知博塞堪忘暑，每聽詼諧輒破顔。年力未衰規避巧，錦屏常怪夜深還。

憶昔潛過寶月臺，蒼梧纔得脱身來。心驚虎穴離非遠，日斷羊城去未回。予過端州，值止岳往省。過嶺屢傳烽燧逼，登陴應仗節牙才。相逢拊手談遺事，兩地艱危志總灰。

初秋同子存訪西溪柯給諫霽園是日得雨

探幽河路涸，曳艇問西溪。水涸舟行甚澀。扉啓山僮候，廊迴小竪迷。芳渠流曲折，石磴步高低。且喜炎初解，林間手可攜。

小橋隨意過，忽已踰前岡。石拒行來讓，軒開覓去藏。偃松千歲短，修竹萬竿凉。坐覺商飈起，林陰滿院香。

匠心原擬畫，寓目總堪詩。是樹皆凌堅，無窗不面池。曲房聽雪夜，虚閣對花時。遥憶梧垣客，閒宵有夢思。

久識園林好，今因老友過。秋聲兼雜樹，雨點碎新荷。勢曲無妨小，峰奇轉覺多。知君歸興切，不奈主恩何。

子存坐上以詩代書寄程周量職方

袁公舊識無雙士，對客常稱曠世才。周量爲特丘首拔士，每向予極稱其才。自變姓名離粤嶠，早出聲價冠燕臺。詞壇嶺外先賢盛，風氣朝端數子開。尚有遺民頭白盡，可能同把論文杯？

海天風物已非初，芒屩生還廿載餘。南國嘯歌通似夢，西樵巖穴有誰居。同鄉姻婭稱姚合，謂六康。四海交親見魏舒。謂子存。爭怪老狂不相識，短篇聊代數行書。

寄曹秋岳司農問素臣後事

當湖志士君宗彦，謂素臣。久客天南事已非。亂日去留家是累，別來生死願都違。十年消息憑誰問，萬里妻孥仗汝歸。素臣死嶺外，出公挈其家還里。自識門庭零落甚，遺孤此外更何依。

寄蔣虎臣學士

出君昔向越州遊，把我詩篇咏不休。同邑姚經三云與公在越東索觀予詩，謬加賞歎。宦興但聽清梵冷，奚囊偏是苦吟收。木天宴坐師黄面，楚澤狂歌憶白頭。衰朽也曾窺半偈，前身彷彿是同流。

飲子輔託園即事

入秋猶酷熱，邀趁早凉天。載酒僮攜樂，扶筇妓上船。草間奇石卧，竹裏小橋穿。即此蕭疏趣，溪山轉自然。

巖巒不恃石，磊落見真山。每到匠心處，翻同無意間。小軒因地構，曲檻與池環。頗怪經時鎖，看君正好閒。

四面通臨港，編籬不作牆。梧疏陰自密，蓮謝葉偏香。虚閣憑陵遠，閒房委曲藏。未須窮結構，吾正取荒凉。

日落蟬聲急，高齋颯已秋。苦吟悲鶴髮，時曲試鴉頭。背燭調歌管，分曹散博籌。夜深歸路黑，先遣郭門留。

留别州來

客久難爲别，於君倍愴神。弟兄頻死喪，子姪盡孤貧。衰疾嗟孀母，劬勞仗一身。莫言吾有叔，自擬作閒人。州來言兄弟後事，皆仗阿叔子存。

贈王天市并念令兄肇域

孝廉閉户罕逢迎，言自先朝識姓名。爲叙世交懷舊侶，每談往事憶難兄。巨杯雅量𧇊無敵，鄙句長吟記得清。怪我暮年狂不減，酒闌歌罷轉傷情。

酬陳心微見贈原韻

半生漂泊髮成絲，客路逢迎獨有詩。陳氏道風前代著，心微爲幾亭先生孫。謝家才藻後來奇。廣陵煙月年年艷，建業樓臺處處悲。綵筆即今題咏遍，教人重憶壯遊時。

將發曹次典忽至

江城雨過客將回，忽訝扁舟觸暑來。鄂渚樓臺經歲别，魏塘園館入秋開。名心未歇精神富，耳病初痊笑語猜。努力文場判皓首，詩囊無復有新裁。

毛穉賓沈延年周上衡肅陶招飲爲畹湘乞詩

同人召客有蛾眉，聲價還言待客詩。心醉霞觴傳玉腕，魂消斗帳是冰肌。領巾乞句先要謝，團扇昔情豈用知。見説趙家諸姊妹，溫柔鄉定讓昭儀。

倡樓昔遍武塘城，一被標題早擅名。小曲未調歌板按，新詩纔出舞筵傾。誰憐騷客空存興，轉覓仙班賈有情。諸子皆學仙。上界逍遥渾不礙，儘教調戲許飛瓊。

次日李赤茂招同姜西銘沈延年周上衡肅陶再集畹仙復在

昨醉仙廚未解醒，登筵又早見雙成。樽前勸客情初熟，衆裏逢歡面轉生。畹湘與坐客有哲。詩句和多知暗喜，酒杯病起免教盈。桃花結子源如故，畹湘善生子。難道劉郎記不清。坐客又有別遇嘲之。

智證菴子存修供願雲大師茶話有作

精舍臨溪白舫通，魏公修供晦山翁。花闌早灌先秋露，白露前二日。竹院爭承滿坐風。酷熱，是日大風。因果誘人閒説鬼，詩篇入聖不談空。多生慧業如何斷，綺語從今且勿工。

兩峰最好是清秋，準擬相尋得再遊。師已出山飛錫杖，我猶卧病滯扁舟。道尊靈隱三千衆，坐斷雲居四百州。黄鶴樓中詩剗滅，傳來猜著老堂頭。

遙哭松江徐復菴

三吳遺老見全稀，擬過松江願又違。絶島暗聞徐福返，渡遼虛盼管寧歸。艱難令弟窮途死，惆悵孤兒舊業非。我有拊棺無限淚，含來宿草墓前揮。

別慈雲僧舍

我來方仲夏，忽已入秋初。不寐三更裏，孤吟兩月餘。庭空貪老樹，扉啓映清渠。到日憐多病，高樓任獨居。送客疲來往，尋常懶下樓。晝長粥鼓早，暑盛佛燈幽。得雨寬歸思，驚秋動旅愁。老僧情戀戀，臨去更扳留。平生耽筆墨，況是寓荒林。眼益青燈暈，頭憑白雪侵。笛聲調佛曲，梵唱感人心。久住真難去，餘年倘再尋。

臨發家介子至自燕臺

經時歡聚爾偏慳，臨去欣聞冒暑還。一路旱蝗連楚塞，兼程鞍馬出燕關。書生姓字爭驚坐，京國風塵宛在顔。細説北來行役苦，教人無興問西山。

酬陳雲銘見贈并憶尊先君子更

阿翁壇坫早知名，每憶高談一坐傾。濁世豈容清白吏，貧家無忝孝廉聲。門庭守舊嗟孤挺，笑語親人覺老成。贈我一篇多感遇，哀吟誰動故交情。

訪顧穀臣

魏塘高士老支離，見説人奇病亦奇。車轍到來多長者，郵筒展出盡新詩。交遊四海文章伯，教授通鄉子弟師。一榻欲穿知坐久，端居還許客披帷。

留別魏孝儀志勉

武水栖遲兩月餘，細看幇屐習全除。承歡豈必工干禄，繼志惟應苦讀書。家政維新初尚儉，交情是舊肯教疏。尊公好士門庭廣，且喜由君閉户居。

田間詩集卷十八

客隱集 壬子

將發坐北山樓對雨 是年再往武塘

北風舟不發，小坐雨中樓。老樹浮新綠，懸崖走宿流。琴移高壁挂，書近紙窗收。暫憩翻同客，去留可自由。附舟東下。

小閣迎山啓，疏櫺對雨開。遥憐一片石，似爲此中堆。古屋危巖下，荒亭雜樹隈。無窮丘壑趣，待我客遊回。

晚泊江口

覓舟纔得便，已是暮春天。汗漫悲衰老，經營羡少年。江帆看上水，米價問來船。客伴多攜酒，相邀不使錢。

大通遇風

一夜波濤撼，朝來欲漸平。正思安枕卧，早聽逐幇行。載重舟應穩，檣欹客始驚。榜人收港急，回首特輕生。

守　風

已是春將暮，淹留尚在兹。登程嗔筭早，冒險願寧遲。載減行人喜，吟成小豎知。守風吾自慣，所慮失前期。

望板子磯

故壘濤聲壯，凌江石勢横。奸臣初築此，爲拒上流兵。誤國潛逃竄，謀身苦戰爭。往來人指點，迸臭污磯名。

錦衣洲

雨戀菜花盡，餘香滿路熏。田疇千頃接，疆界一溝分。客指横江浪，僮挑淺渚芹。最憐京國改，猶説錦衣軍。

蕪湖换舟别同行客

北風不肯息，十日滯江干。舟附容同坐，牀寬讓獨安。攜來餅總罄，分得米加餐。一棹下京口，無嗟行路難。

望燕子磯有懷蒲菴禪師

已覺鍾山過，遥瞻燕子磯。拒波亭欲撼，蹴浪石疑飛。雜樹隱深寺，高僧此息機。幾年期一宿，偏與客心違。

望閶門雨不得泊有懷姜如農給諫

扁舟急櫓過閶門，小巷深居望裏存。開口衆中無可語，緘關鬧處不聞喧。書窗近夜應收卷，客坐何人共把樽。誰識晚來江上伴，孤篷獨對雨昏昏。

到嘉興曹秋岳云毛燕山在郡走晤并晤真州卞生

南還何處訪交親，乍接曹攄説故人。鬚髮看予疑僭長，燕山長予一歲。橐裝怪爾與同貧。梧江共事銷磨盡，庾嶺潛歸死喪頻。忽見真州門下客，傷心兒女痛如新。予在粵，與真州王氏結姻，卞其中表也，變後相失，王氏舉家病殁，予兒歸，近遇盜死。

曹顧菴招飲魏青城蔣亭彦朱子殷王天市錢巖燭同集

西園才子金閶彦，海内詞流舊壇坫。故人一别三十年，鬚髯如雪重相見。今日邀同老友過，開軒秉燭成高宴。古苔延緑上階除，新荷吹香滿庭院。老友羸得兩三人，相看容鬢已全變。信陵近婦興久無，謂青成。蔣幹酒徒名空擅。謂亭彦。憶昔同人盛燕遊，妖童艷妓爭嬌眄。坐密花前肆舞筵，粧成燭下開歌扇。舉觴誰是李侯狂，搖筆必數江郎倩。别去幾時成老蒼，回思往事煩繾綣。文場酒量讓後生，却怪朱家勇不倦。謂子殷。坐中王子與錢郎，昔誼今交吾皆善。看君轟飲敵兩雄，我曹衰晚生顏面。才華無復翠袖憐，餔歠猶教少年羨。我於身世戛病纏，君在宦途艱難遍。即今聚首似夢中，幾番欲起情還戀。此生高會復幾回，飲罷還舟淚頻濺。

谿默聞鶯同仲芳爾斐子存交讓作

玉霍軒開萬綠盈，綠陰深處坐啼鶯。溪逷雨過依然默，檻外風來忽有聲。小豎學歌聽欲澀，衰翁倦寢夢還驚。秋宵記得臨池酌，脆管嬌喉一樣清。去秋池上聽女郎詞客絃曲。

同子存過吳子翼溪上居

魏家別業倚溪逷，借與吳郎野趣偏。子翼爲子存妹夫。城角樹遮微見塔，門前港斷尚通船。鶯花正好催遊屐，豌豆初肥佐客筵。貧儉料無妨暮夜，莫因疏豁更思遷。吳有別遷之意。

同子存交讓過沈氏北山草堂

魏塘西去假山頭，其地以沈氏假山得名。老屋臨溪直繫舟。人掩鹿門扉不啓，客尋羊跡巷偏幽。

百年洞壑傳家古，一郡衣冠載酒遊。近日名園疏野勝，到來猶見舊林丘。
迴塘繞檻碧重重，遥指平橋過短笻。萬壑蕭條三夏草，兩朝耆舊九株松。園丁肯借池亭坐，俗客愁從洞口逢。值賈人載酒先至。猶喜軒楹荒不盡，古牆多是薜蘿封。

涉園午日即景

林塘雨細午餘晴，桐葉榆陰滿院清。酒後㯶蒲篙早散，門前賓客藝都精。管絃按譜僮能合，丘壑當軒閣已成。却訝今年衰老甚，逢時減盡舊心情。

龐文兹五十索詩 龐，吳江人，多子，善談星。

疏林遥帶鹿門扉，家在吳江近不歸。半世青氈淹驥足，一牀黄口困牛衣。信心護法諸方恃，知命談星妄想稀。我欲勸君重學易，莫言往日未全非。龐自壽詩時翻知非公案。

曉過南莊便訪倩雲

小港疏籬官路傍，輕舟雙槳趁朝凉。梅陰罨屋香侵幔，竹色迎軒緑滿牀。老嫗喜留開閣坐，兒家爭去隔溪藏。時驅妓之令甚嚴。爲憐好客邀相見，纔繫羅裙未曉粧。

醉後贈倩雲

無端潘令撓花殘，(一時青樓爲令君驅盡。)門掩高楊獨倚闌。(姬姓楊，頗修長。)寶髻綰雲粧閣矮，香塵拂地畫裙寬。袖拋紅豆偷誰打，齒濺青梅不怕酸。最苦夜深翁背癢，欲煩姑爪一搔難。(姬爪禿，嘲之。)

靈塔寺示我靜上人

靈塔寺遊來往頻，每憐奇石卧溪濱。回舟駐楫尋遺蹟，(爲吳仲圭兄園故址。)入院開關見道人。鬢喜同年依例白，(上人亦以壬子生。)花矜鄰圃逐時新。(導予看鄰舍雜花。)小橋曲室安心處，那得從君結淨因。

夏夜雨後月色甚佳同子存交讓池上

桐花香滿院，月出一庭幽。洗却林中暑，賒來石上秋。水光穿檻動，樹影入廊浮。坐久忘歸去，塵勞此暫休。

諸君既別月益皎然張濟甫傾釀小酌細談曲理

良夜應難寐，人歸月倍明。老翁興不淺，殘榼客同傾。絃曲分宫細，源流入譜清。濟甫著有絃曲源流。向來翻樂府，空費審音情。

馮研祥見贈箋書

蕭散江湖七十餘，欲謀歸隱尚無廬。家藏萬卷多零散，膝有諸兒盡別居。款識辨知秦漢物，臨摹看遍晉唐書。先朝法紙新裁扇，爲寫河南帖贈予。

遊雲間夜渡泖宿長水塔同子存亭彦作

奇雲向夕起，出港意徜徉。孤塔餘毫末，扁舟入混茫。境虚邀月早，波動引星長。極目知何際，憑軒酒一觴。

小艇當階繫，開樽風滿樓。水光三泖接，燈影一欄浮。牛女情先渡，七夕前一夜。魚龍氣早秋。所思逝不見，煙樹隔中流。逝田、鬚淵不至。

贈張洮侯

隘巷經秋草弗除，往來爭識子雲居。婦賢慣出牀頭酒，客到頻移榻上書。但是把杯先自醉，長因駡坐與人疏。問年我亦同壬子，蕭散風流漸不如。

訪家子璧

往事心傷不可論，先朝壇坫幾人存。湖山劫後重尋址，軍馬城中獨閉門。生計祇開新藥室，家聲同説舊王孫。雲龍意氣當時合，白首相看兩弟昆。

長歌贈董蒼水

昔我落魄遊雲間，雲間鉅公爭往還。考功時事論侃侃，孝廉史學胸斑斑。謂瑗公、闇公。其餘詩篇稱妙麗，黄門獨步無人攀。可憐國破三君死，文采風流長已矣。著書多諱世罕傳，後起才名誰得似。三十年來見董生，笑談慷慨心爲傾。逸思恍惚風雨集，真氣淋漓鬼神驚。已覺泖水空明現，頓使機山宿霧清。吾家舍人亦作者，謂葆馚。含思吐韻追風雅。縱筆不患才華多，選言未覺篇什寡。甫與白也趣各殊，苦心逸氣爭相下。董生失志家日貧，年年出作江湖人。百粵瘴深題咏遍，三湘煙闊棹歌頻。如此窮愁寧足惜，天留我輩爲詞伯。陳言綺習盡埽除，雲間壇坫重開闢。

家葆翂以金門稿見示覽畢有作

吾家武肅後，子姓東南蕃。才華世不乏，家聲自昔尊。舍人起雲間，昂驤金馬門。惟昔先司寇，名德久弗諼。君生秉夙慧，再來承佛恩。探懷得智珠，下筆傾詞源。既窮作者奥，直破前輩籓。雲間昔才藪，壇坫冠中原。選音絶鄙細，摛藻何翩翻。豈貴質偏勝，抑恐文過繁。近得舍人出，毅然去陳言。其情非不至，其詞迺極溫。方譬玉則和，比質金以渾。庶幾風人遺，猶見雅道存。同時有董生，謂蒼水。逸氣浩若奔。往往任天趣，落落欲孤騫。君詩必頓挫，當放時忽吞。澄也一老狂，嘯歌江上村。作詩聲苦悲，語出雜啼痕。自知多忌諱，聊以攄煩冤。深荷舍人誼，行莖藹然敦。亦有舊詞伯，謂子璧。同是前王孫。哀我爲窮士，視我爲諸昆。雖非連理枝，共此瓊樹根。我如涸轍鮒，君如天池鯤。雲泥各有分，安得相攀援。所欣臭味合，獲把論文樽。我才枯落盡，志探音韻元。大旨窺羲畫，微言寄漆園。何時棄篇章，與君共討論。

倩扶以今年春月過武水既去予始來秋後再至連飲數日醉後走筆贈之

花時不晤漫踟躕，又值蘭舟向鹤湖。壚畔醉眠容阮籍，陌頭來往看羅敷。酒闌趁月愁尤倩，病後臨風怯待扶。莫笑相如頭已白，琴心老去未全無。奩側點毫題畫扇，花間登閣濕紅裙。追歡我自尋風月，雙蛾寫就遠山分，玉腕添香卷幔焚。羡煞麻姑纖爪好，指爪最長。夜深背痒背勞君〔二〕。適興誰來夢雨雲。念佛珠齊綰背斜，搊彈偏要隔窗紗。藍橋路側迷仙窟，姬住西涇橋，昨到雲間覓不得。白舫煙中是妾家。角枕暗鬬芳杜氣，膽缾新換海棠花。自憐曼倩詼諧老，猶戲班頭萼綠華。

子存病瘧久不到園詩以問之

咫尺園林久未來，楸枰竹榻暗生苔。眈吟恐攪三更夢，已瘧應須七發才。幾日欄邊梧子大，今晨閣外藕花開。知君病起塵勞息，肯負新秋酒一杯。

和子存以飲光右腕作楚二絶見慰之作

曾經磨盾據鞍來，老去筋攣展不開。莫是腕中真有鬼，揮毫把盞亦相猜。
半生挾策天涯走，周易南華長在手。莫笑談經揮麈難，猶堪把臂入林否。

寄汪徵五漢上僑寓

憶昨寒江欲解維，扁舟日落叩門遲。銷魂正值霜天暮，惜别偏傷老大時。郭外樓臺秋置酒，亭前賓客晝圍棋。尋思已是三年事，久負晴川唱和詩。

與史趾祥别二十八年矣臨發武水趾祥忽至悲喜之餘遽爾分手短述言懷

揮手三衢廿載餘，白門纔附數行書。如何旅舍驚逢日，又值遊蹤欲去初。述汝靜功應有得，疑予豪氣未全除。同時兄弟今誰在，已似晨星可更疏。

吳門晤姜如須令嗣奉世有感

在昔同流寓，姜家兄弟賢。交深鉤黨日，客散過江年。梅福名難變，梁鴻噫不傳。淒凉逢令子，話舊淚潸然。

山東才輩起，視汝定何如。遠害詩篇少，逃名故舊疏。楚狂空有泣，越絶竟無書。不是難兄語，卿墅席上細言往事。遺孤豈識予。

吳門遇魏凝叔

古人不可見，交道日以衰。我生踰六十，幾人真相知。竊聞易堂風，高義我所師。子棲冠石巔，我居樅江湄。相去三千里，不見遙相思。中有二曾子，亂日常追隨。躬菴未識面，曾一叩茅茨。確齋與和公，扁舟江口維。訪我不得遇，留詩情見詞。從此十餘年，跡若東西馳。但接青原訊，爭索田間詩。我詩不足好，所好其聲悲。閶門訪子寓，覿面還猜疑。上階道名姓，再拜涕交頤。思君三十年，此見一何遲。我老遭多難，憔悴鬢如絲。君年纔五十，猶見盛壯姿。雖無膝下物，同氣足自怡。大兄客幕府，小弟歷遐陲。諸侯爭召致，去就爲安危。

況復書等身，其言悉已垂。大雅久不作，斯文當在兹。吳人好呰訶，今者交口推。乞言屨滿户，願子無濫施。常恐多假借，翻爲忌者譏。我行將北去，思救合門飢。平生諸制作，欲行今非時。易學吾親授，吾老微有窺。書成亦不出，序者非子誰。勸子還山中，明秋早見貽。

八月十八日同周翁仲榮登君山回至永定壩觀潮和韻

扶筇爲有觀潮約，絶巘偏驚二老來。平地湧將銀作屋，晴空噴出雪成堆。那知盛怒尤爭鬬，怪得遊人不上臺。足力小疲聊茗飲，隔窗已報轉頭回。

寓王而出溪上居

縣門南去小橋頭，隘巷斜通水竹幽。塔火長看高下點，江潮不住往來流。丹楓色照孤城晚，白豆花稀滿架秋。最是主人能好客，時邀擘蟹試新篘。

君山歌爲龔雲石明府初度時將北去詩以言懷

延陵九月秋光濃，三十三朵青芙蓉。君山獨起當北障，此山應數第一峰。君山之陰江流急，其陽穰穰萬家邑。民安兵戢吏彈琴，鷄犬羊駝自出入。朝來佳氣滿城闉，爭祝令君初度辰。把菊甫過重九節，重九後五日。登堂早近小陽春。立冬前三日。祝君誰是君老友，老友相看皆白首。幸舍曾經累月留，臨觴那更先分手。舉觴直上君山頭，山外遙將季子疇。春申珠履久寂莫，惟君縞紵情千秋。

重九日過趙翔九家晚登永定禪院樓

城北蕭條處士家，衡門臨市短牆遮。繞籬碎菊多無種，上架秋藤細作花。出郭尋山常貰酒，爲僧邀客自賠茶。憑樓聊應登高節，坐看潮來待日斜。

同山右史非常昆陵毛司伯登君山懷朗伯靖江

官閣憑陵興不孤，雙眸凝處轉模糊。波心森森帆欹側，煙際茫茫塔有無。歷遍雲山寧似晉，望窮沙嶼總爲吳。黃郎祇在孤城裏，絶頂乘風或可呼。

小酌臨江暮色催，客懷且得暫時開。交游祇覓南中廣，豪氣終從北地來。黑樹影遮城郭在，白頭浪裏渡船回。漫言老去登臨倦，此是追攀第二回。

與江陰諸子言别再集君山朱玉汝要予首倡

秋盡君山兩度遊，臨行又上最高頭。一天雲氣含風怒，萬里江聲趁夕流。牛犢自耕沙面地，漁檣閒駐浪中舟。酒餘客起聯吟興，莫作驪歌動旅愁。

京口舟次寄劉臣向

秋盡東遊客未回，思君獨上射蛟臺。尋僧隔嶺聽經去，挈伴誰家看菊來。童稺好於閒處教，小兒望時加教訓。歸帆多在望中猜。計時花甲過期久，悵望江天一把杯。

揚州

水落邗溝夜泊船，一般風物客淒然。闌門仍舊千檣塞，市井重新百貨填。商賈不離爭利地，兒童誰識破城年。當時百萬人同盡，博得孤忠史相傳。

竹西歌吹舊繁華，惆悵闌前問狹邪。一自風塵齊上馬，至今煙月亂啼鴉。長亭祇折新栽柳，官閣難尋舊看花。夜聽隔牆絃管急，聲聲哀怨雜邊笳。

訪汪辰初不遇

萬里天南客，生還望已休。阿咸逢夏口，説汝到揚州。漢口遇汪徵五，知君返。苦自言難盡，悲無淚可流。如何停棹訪，又作楚江游。

僕隸無人在，叩門識我誰。一心依故舊，盡室出艱危。見汝佳兒喜，增予愛子悲。向來同事誼，應有細君知。

北行途中雜紀口號

見説黄河過，長途有定程。四更呼火起，十里聽鷄鳴。樹影遥村合，湖光夾路明。所經多廢址，還指舊時名。

下店無人色，方冬行路難。望南風亦暖，向北午先寒。馬櫪連牆卧，輿儓共坐餐。最愁塵蔽日，前去正漫漫。

闌街遮客住，叱馭尚爭前。立馬論常例，停燈數現錢。忍飢衝霧去，果腹見星眠。盡是戕生法，那堪更暮年。

人冬天氣短，又是日斜時。水淺車行熟，沙深馬去遲。人情柔亦得，客計老方知。同路常忘答，多因暗咏詩。信是今年稔，誅茅滿道旁。路平車碾破，冰滑蹇隄防。買飯欺南客，留人説上房。望中陽氣滉，錯認是湖光。遠望如大水迴合，圉人謂是陽氣。客夥隨幫走，驢行讓馬前。韝鷹横路掣，箭鞁近人懸。口噤難呼伴，指僵自墜鞭。軍装皆可畏，誰去辨愚賢。日出月無色，風嚴冰不開。逢人驚項領，泰安人頸多癭。笑客浣塵埃。路确輪蹄苦，峰青山嶽來。圉兒偏解事，遥辨是徂徠。望嶽催驢過，遥憐老眼昏。懸崖通客路，絶頂見天門。千嶂側看現，數峰回首尊。平生登覽興，行旅向誰論。過泰山下，欲停一日遊覽，同行不可。已覺出門晏，荒譙正點更。麥田思雪壓，方望雨雪。遊子喜天晴。人面判霜割，馬頭看月明。殘星猶在眼，早見德州城。掌燈催客起，參井正當頭。冰結鬚妨斷，風酸涕不收。危樓爭列雉，小院亦深溝。塔級層層見，遥知是景州。一路人煙密，生涯是果園。乍驚泥蓋屋，漸有樹成村。賣餅三家市，懸鐘五里墩。騾車衝突過，應已近都門。

道上口占贈同行清漳李生

行旅蕭條客路悲，孤心相仗互追隨。霜嚴鷄喚登程早，日落驢疲下店遲。撲面塵迷貪話舊，低頭山過爲吟詩。看君萬里輕來往，辛苦難堪老大時。

又和李生韻一首

閩海生還卧故林，半生憔悴到如今。雲山不斷南遊夢，霜雪難明北去心。一路車塵誰是伴，經旬驢背獨成吟。同遊賴有漳南客，贈我詩篇感慨深。

初至都門口號

汗漫來燕市，何門刺可投。要能容放蕩，還是舊交遊。側身爭巷口，轉面避風頭。不用騎驢出，徒行得自由。

寓增壽寺

一路風塵滿鬢華，解鞍投宿老僧家。房留官坐監施飯，店與人開帶賣茶。庭樹午餘時繫馬，鐘樓日落亂栖鴉。五更不睡騾車過，鐸響輪聲枕畔嘩。

酬嚴顥亭冏卿

疾風吹塵沙，白晝晦庭院。故人枉高車，乍接平生面。執手慰艱難，再拜申繾綣。一别三十年，疑是夢中見。喜我神猶王，怪我髮全變。我生患難嬰，欲語淚先濺。如何青雲客，不棄泥塗賤。庭樹莽蕭蕭，頓覺和風扇。問我所著書，新詩復幾卷。探編得周易，開覽大稱善。子夜集嘉賓，炳燭成高宴。指我杵臼交，誇向坐客遍。述我詩句豪，還及當壚倩。風流宛似昨，歲月逝如電。可憐同遊子，盡是東南彦。天地一翻覆，回首舊壇坫。死者長已矣，生者異鄉縣。往事話凄涼，夜深語不倦。嗟我萬死餘，生意纔如綫。區區未死心，寄托在筆硯。古道久不作，故交復誰戀。君今在高位，吹嘘勢以便。倘令製作垂，豈必溝壑援。所貴經學傳，肯但詩名擅。

贈陳胤倩

人生相知心，不在會面久。古人稱故交，即在傾蓋後。况我與子誼，昔忝令兄友。令兄早擅場，忿起同舍陡。失意一言起，㗊然被衆口。避跡入雲間，是非向誰剖。毅哉陸太學，謂子玄。抗言義不苟。送之遊帝京，旋綰開封綬。南渡擢御史，上書請迎后。九重殊内慚，自知非匹偶。遂遣緹騎收，御史加鎖紐。檻車過吴門，太學維舟守。我方罹黨禍，變姓草間走。招手語篷窗，雪涕迸林藪。那知國家壞，賢者厄陽九。終殉江東節，不死奸臣手。舍人早潔身，謂鯤庭。千秋同不朽。不知地下逢，相視一笑否？可憐陸太學，垂老自貽咎。遠放無歸期，南望空搔首。嗚呼三十年，天地一塵垢。生死理以齊，恩怨復何有。是時子年少，名已出兄右。方生謂爾止前人都，定交在杵臼。相和易水歌，共飲燕市酒。豈知昔時人，未死猶有某。今我策蹇來，所挾但敝帚。子客罔卿衙，僧舍門同叩。開門下車揖，相見皆白叟。吾子誼極真，罔卿情亦厚。縱我舊狂歌，不自知老醜。忽憶捐軀人，默然發深忸。我學在溷[illegible]，授人人不受。篇幅一尺盈，心血十年嘔。倘能使流傳，吾生庶無負。

訪龔芝麓宗伯

百年禮樂存宗伯，四海交遊在合肥。俸祿可憐隨客盡，詩篇多是對人揮。物情輻輳寧能謝，主卷頻繁不放歸。自昔老狂蹤跡遠，於今始得一摳衣。

十月風嚴客路賒，疲驢破帽走京華。行裝頗重無非稿，老筆將枯或有花。頭白未能忘嘯咏，身危不敢戀煙霞。詞林壇坫君今主，宗匠推誰第一家。文采風流世所師，精神也爲應酬疲。朝回不斷樽前客，病起還添枕上詩。妙句豈緣思索得，高朋真與性情宜。可知心事牢騷甚，寄興攄懷總在兹。春遊高會雨花臺，坐客全收江左才。偶值野人閒策杖，特虚片席與銜杯。門庭廣大原無外，生性疏狂每自猜。老去益咄交道古，薦紳叢裏爲君來。

贈姚龍懷少司寇

物望重秋卿，經時憲府名。紀綱惟鎮靜，諫議早持平。夢裏朝廷事，閒中故舊情。萬方盆罶久，何計照蒼生。行年逾五十，鬚髮已全新。科目推前輩，班行式老臣。得君心益慎，任事久偏真。點筆精詳處，生全多少人。奉職平生恪，明刑此日難。讞詞無一貸，弼教豈全寬。盜諱幾時息，民冤何處歎。賴君清徹底，先使故鄉安。論年慚老友，接武見佳兒。世德常存厚，家傳不好奇。異書從小讀，新句少人窺。念我飄蓬老，狂歌正可悲。

訪王敬哉宗伯

懶性平生畏曳裾，故人惟見老尚書。追隨祇憶風波裏，涕淚重思患難初。分隔雲泥勞齒挂，交存杵臼怪音疏。漫驚鬢鬢今都變，酒興詩懷總不如。

天門咫尺乞身歸，米市南頭訪舊扉。客到大都仍皂帽，人傳小巷是烏衣。詩篇閉户堪娱老，相業貽家且息機。坐看司空調鼎鼐，手成元化慰庭闈。

亂離烽火遍三吳，聚首江天興未孤。我竟舉家沉震澤，君還結伴出汾湖。路分南北情難寄，跡判行藏道不殊。一别到今三十載，相逢依舊老狂奴。

每憶江村檕棹時，生還有路勸相隨。篷窗挽袂情何切，津市逢兵悔已遲。促膝遍詢同難客，開箱急撿寄懷詩。心傷往事難爲説，此意旁人那得知。

酬紀伯紫見過

平生蹤跡白門久，白門名士皆好友。吾兄落落罕深言，著作常推第一手。昔時住近周處臺，門掩三徑長不開。祝君初度叩門出，至今負我春酒杯。如此才情竟蕭索，老去祇爲諸侯客。終年筆札遠依人，頭白纔逢大宗伯。宗伯詞壇第一人，與君筆墨交有神。丈夫得爲知己用，何必寵譽出其身。我老策蹇到都下，都下故人知者寡。相逢執手爲躊躕，傷予多難淚盈把。旅舍蕭條頓有春，也知不語意氣真。看君落穆情如此，愧煞輸心慷慨人。

宿家亦友塾齋偶成

齒序肩隨四十年，餘年重聚客途邅。風霜荏苒千莖雪，燈火淒涼萬里氈。飯熟行廚常共啖，酒闌大被亦同眠。漫嗟老去皆貧賤，回首垂髫盡可憐。予初與亦友、方壺訂交於吳子遠齋。

過張夢敦太史寓齋有作

吾鄉張太史，端不愧詞林。功課朝回補，詩篇客去吟。好書抄出讀，愛帖借來臨。暇日思研易，相期共討尋。

入門寒色滿，稍喜一窗明。心法圖中悟，文章馬上成。正襟窺性學，隔幔聽書聲。自課佳兒讀，常閩到五更。

應酬徒步苦，來往叩門頻。瘦馬騎能穩，傖童見即親。論心惟矢慎，礪俗獨安貧。物色矜雙眼，座中早識人。

與房興公庫部初不相識遇白仲調坐間一見傾倒言手抄拙集日置案頭因抵掌劇談頗爲白君所訝

平生友誼數關中，揖龍相看臭味同。好把酒杯談漢事，每吟詩律喜秦風。篇章繆辱編蒲寫，姓氏何勞刺字通。坐客自矜朝士貴，論文且讓野人雄。

贈白仲調

鍾山昔日大社開，方生同我騎馬來。謂密之。昆廬閣下文思苦，袒衣撾鼓聲如雷。須臾諸子篇章出，就中數君兄弟才。甲申以來國事變，誰人復問舊壇坫。南渡奸臣黨禍興，一時名士株求遍。周雷竟死可如何，君亦相從陷網羅。二白因省師周仲馭，獄中邏知之，幾不得出。我變姓名逃吳市，可憐盡室沉江波。脱身遠作天隅客，鄉國十年烽火隔。鍾山老友半逃名，文壇虎視稱二白。二白遭逢意氣新，仲子滿腹皆精神。當時閣下才相許，果作南宫第二人。怪君年老博高第，一官守選還需次。祇今羈旅滯都門，天寒歲晚無歸計。語君勿復歎窮愁，亦勿爲予嗟白頭。回首昔年同難客，幾人猶在世間遊。

酬徐白峰贈畫

徐生書畫古人儔，吳下今推第一流。蕭寺屐殘燕市凍，江城門鏁魏塘秋。晳秋在武水過訪君不遇。風塵不變煙霞色，冰雪惟增筆硯愁。一幅單條勞寫贈，持歸長挂北山樓。

贈余佺廬大行

楚國人倫望，燕臺好士聲。眉間瞻爽氣，言外見深情。道以論文合，交於握手成。老年逢快友，真足慰平生。

相知何必舊，傾蓋似君稀。祇是聰明大，都忘狂簮非。往還惟任意，應接渾無機。有仲思談湯，期予數叩扉。

風沙燕市滿，下幔小窗幽。鄴架閒思借，郇廚每自留。開門由客到，叱馭爲人謀。遥憶魏無忌，荆南何處舟。君與子存善。

數過余鴻期斗室有作

帝城客到苦奔競，看爾閒如寄院僧。車馬喧中長抱膝，笙歌沸處獨挑燈。爲眈煮茗爐存火，暫輟抄書硯有冰。我欲縱談無聽者，短韡踏凍興時乘。

酬陳是菴院判

雄才散地願多違，長巷深居晝掩扉。院裏事稀時一到，槖中金盡尚思揮。入門客慣呼牀坐，返寺途遥借馬歸。祿米舉家爭待哺，又分遊子慰朝飢。

雪中謝陳中美贈炭

一夜燕山白，僧窗不敢開。正愁年下炭，剛喜雪中來。樽煖凍餘瀝，爐然死後灰。知君趨幕急，爲此故遲回。

便好閉門坐，無嗟天不晴。耐寒遊子事，煖老故人情。夜榻眠初熟，朝炊飯早成。客中還念客，高誼見平生。

日者楊公采索句送何崑復之建寧別駕

建寧地據閩中勝，别駕才騰犂下聲。官職未妨棋酒興，溪山真慰嘯歌情。民因吏虐常逋賦，田被潦收久廢耕。此去釐清功不小，前程無俟問君平。

飲佺廬寓以夜禁促回不俟曲終途中悵然

一曲清歌判犯夜，廳門何事苦相催。出街依舊多燈火，空使狂奴寂寞回。

嚴方貽侍御見招即席

禹杭清白舊家聲，臺諫爭傳父子名。殿上抗顔諸大老，樽前執禮老狂生。冰霜夜肅官街靜，風月閒談憲府清。時事望君陳讜議，許多咄見恨難平。

壇坫當年無我輩，雲霄老友見尊公。傳家世羨池爲鳳，避道人稱馬是驄。吏弊定須持斧出，民冤那得叩閽通。即今盜賊紛紛諱，可許風聞達上聰。

同伯紫亦友坐宗伯榻前見梅率成

侵寒力疾上衙回，小閣蕭然道士陪。導引有功權謝藥，交親閒話能銜杯。已聞環珮聲初遠，莫遺詩篇興早催。笑指梅花偏耐冷，看他冷後向春開。

校記

〔一〕背勞君　不可通，且與上「背」字復。「背」，疑「肯」之形訛，或「倍」之音訛。

田間詩集卷十九

客隱集 起壬子冬止癸丑

梁大司農玉立招飲有作

計相邀賓閤早開，論文同把夜深杯。相逢南國交情滿，坐上皆吴人。乍對西山爽氣來。燕市自知難作客，漢廷何意獨憐才。白頭皂帽渾無賴，酒後狂談迴不猜。

刺字懷中肯漫投，廿年江國仰風流。日逊兄弟三珠樹，天半文章五鳳樓。百草上階爭應接，孤雲過幔亦扳留。聽君咳唾皆鍾呂，瓦缶如何可唱酬。

大部吴門久播傳，鷄林聲價冠羣賢。滹沱霧淨樓臺迴，鉅鹿秋高壁壘堅。感興自多懷古調，斷腸難誦悼亡篇。尋常屬和揮毫得，却到雷門氣索然。

竹根杯換夜嚴初，世法逢迎許盡除。異代尚悲鉤黨禍，同年曾接孝廉書。謂家仲芳。也知大老門原廣，即恐山人禮太疏。好笑故交無尺素，憑將三寸作雙魚。

程周量職方席上作

廣南才子程職方，高風爽氣莫可當。晝向樞曹修政事，夜尋詞客論文章。詞客紛紛遍燕市，職方客盡天下士。上坐何來皂帽翁，銜杯重話嶺外事。嶺外風物近如何，曾是狂生舊嘯歌。遊仙夢裏虛名大，劫火灰前勝事多。勝事虛名何處説，嘯歌回首情猶熱。公安老髯好篇章，謂袁特丘。每歎程子才奇絕。記得偷閒南海來，詩朋酒伴盡追陪。被酒夜眠光孝寺，題詩朝上尉佗臺。詩成落筆人傳遍，花田香浦爭遊讌。陳生謂喬生。落落鄺生癡，謂湛若。幾度問君君不見。朔風一夜海水飛，報道羊城已被圍。端水弟兄同日散，蒼梧狼狽隻身歸。兵戈阻絕孤城遠，幾人能向刀鋒免。天留程子活草間，一上南宮遂冠冕。江村遠至老髯書，問渠眼力今何如。惜哉此翁晚節墮，憐才藻鑑良不虛。萬事茫茫復何有，二十餘年空白首。曾從武水寄相思，還到金臺飲君酒。酒酣慷慨説當時，説向旁人那得知。可憐兵後書焚盡，猶記狂生兩句詩。

周伯衡兵憲見訪論詩互有吟誦即成長句奉酬

片席塵凝啓幔遲，先生繫馬已多時。談深索筆親裁稿，調合移牀互誦詩。句到鍊成纔淺易，情惟真極始新奇。紛紛詞客矜風格，此意如今説向誰。

慚謝南州榻早虚，曾過南州蒙見訪，已去廬山。芒鞋原衹上匡廬。閤門不袖狂生刺，都市先勞長者車。握手細將音句審，忘形遽覺送迎疏。如君風味今人少，禮法應爲我輩除。

八十老僧巢公小像索詩應周兵憲伯衡、魏環溪侍御之命。

頭白都門老戒僧，心休不厭市囂陵。一肩放下千峰杖，雙膝長趺半夜燈。罵世也曾嗔尚在，護身惟有律堪憑。平生操履思傳後，要乞文章最上乘。

報國寺古松歌

報國寺中松幾株，盤拏欝曲天下無。松下何年遂成市，市氣日盛松以枯。松惟耐寒不耐熱，榮枯一任誰分別。榮者謖謖餘清風，枯者落落存高節。殿前延壽殿兩樹最稱奇，枝枝倒挂横階垂。根柯左右皆反紐，似欲奔赴相撑持。闌楯重重遮得否，一枝不顧墮地走。兩樹獨留一樹陰，此下應有神物守。我來樹下喜且悲，偃蹇空矜霜雪姿。毘陵毛生亦好事，市廛喦處還題碑。毛生腕力大於虎，看松如看公孫舞。振筆一揮字尺餘，欲與此松同千古。

菊隱詩爲噿城陸翼王賦

我昔噿城遊，風物何清美。秀色燦幽芳，噿城多名花。正氣鍾高士。遂有黄先生，遯世而獨起。吾子學湯人，親承先生指。邂逅燕市中，悠然見素履。所學必稱師，發言皆妙理。先生昔殉節，回也未敢死。辛苦搜遺文，艱難撫孤子。雅志悉已成，古道今在此。陶菴既千秋，菊隱意有以。菊亦不在花，隱亦不離市。祇此傲霜姿，澹而靜者是。我性本疏放，對君肅以止。平生好圖象，子必探奥旨。安得三徑資，同住柴桑里。得酒互斟酌，研經窮大始。有時疑義析，酣醉芳叢裏。高聲呼陶菴，爾知亦歡喜。

龔伯通四十

春風初到帝城遥，御柳官梅次第妍。獻歲椒花猶滿把，元宵燈燭已爭然。共稱伯也懸弧日，剛是尊公射策年。富貴即從胎裏出，聰明真自性靈傳。家由科目情難已，身有官資任且懸。堂上德星方瑞世，階前玉笋又參天。人言齒正當强仕，我羨聲能繼大賢。更喜老親呦道後，精神徹夜伴賓筵。

徐原一太史招飲

宣武門西太史廬，北窗開啓映清渠。梨花照夜當軒白，柳色粧春隔岸舒。都下有才皆入坐，榻前無架不堆書。風流近数龔宗伯，除却崑山外孰如？

癸丑上元登白塔寺

寺傳遼后舊粧臺，爲放遊觀趁伴來。南苑冰澌流澌漫，西山雪盡翠新堆。紅樓下見端門近，紫禁平臨金殿開。舉目故宫渾未改，傷心一倍黍離哀。

煤　山

玄武門通一水環，君王遺恨滿煤山。廷爭未必南遷謬，駕出猶聞夜阻還。滄海日沉長此暗，青天龍去有誰攀。即今御苑傷心地，草漬啼鵑舊血斑。

正月燈夕後爲梁司農催妝

熏天花燭映三台，北斗斜傾此夜杯。五色雲扶雙璧合，七香車擁六珈來。梅思點額侵寒綻，柳欲分眉及早開。莫倚尚書官職大，粧成不出待詩催。
梁家畫閣帝城傍，隔幔瓊簫引鳳凰。劉曄續緣仍趙女，晉侯虚室待齊姜。珠求合浦新偏媚，花采連枝晚更芳。遥聽履聲知得意，六宫爭賜與添粧。

雨中同方虎亦友陪龔宗伯過圓覺寺

久約看山期屢更，恰逢朝雨出春城。千林霧合遮門遠，一路溪奔趁馬行。樹杪憑樓雙𡶴迴，雲中捲幔萬峰平。尚書病起登臨倦，小坐聊存物外情。

都門雜詠

黑窰燈市早春開，閒看游人擁巷來。惟有關東多買主，家家載得滿車回。燈市
古寺松根百貨居，珍奇滿目價全虚。詞林無事逢期到，冷眼閒看指晉書。廟市
孤松野外恣盤桓，屈幹迴枝繞院寒。却笑慈恩寺裏樹，根株枯死尚爭看。刺梅園松

昨夜西風雨乍收，黑龍潭上看新秋。尚書賓客樽前滿，一半詞人是白頭。黑龍潭

酬王山長廣文

長沙才子氣如雲，垂老雄姿尚出羣。學舍半氈聊借坐，詞壇一席許誰分。飢來倔彊陶元亮，酒後凄凉鄭廣文。不是遇君偏好辯，辯才那得更如君。予每遇山長，輒與折辯竟席。

嚴顥亭席上遇朱全古

鬚鬢相逢認不真，嚴公席上半遺民。巨觥角壘疑前世，時輩聞名似古人。往事凄凉南國夢，何年流落薊門塵。衰窮賴得傳書種，早賣文章養老親。全古得子最晚，今有聲都下，能以筆墨養親。

王敬哉宗伯邀同諸子集豐臺別業看芍藥即事

十里豐臺路，前朝萬柳園。出城晴景好，夾道樹陰繁。白屋栽花業，青郊放水村。尚書期客早，載酒候籬門。

鞍馬林間簇，看花客早來。蒼苔三徑破，紅藥萬枝開。照席霞同燦，鋪階錦漫栽。最憐初放好，不用煖風催。

爛熳百花叢，相攜半老翁。色欺霜鬢白，夢倚曉粧紅。歲月交遊重，雲泥臭味同。開年無酒

興，今日醉春風。

小構殊疏豁，憑軒朵朵浮。可憐滄海客，重伴子房遊。多病詩全減，追歡豈不留。坐中無俗士，一醻一篇酬。公曾飲我，坐有俗客索詩，不得一字。

陪龔宗伯飲王氏園即事寓懷

尚書病起狎春風，約伴看春興許同。絲竹偶然隨謝傅，樓臺何必屬萊公。樹陰祇借鄰園綠，歌袖遥憐隔幔紅。却憶江南花正好，花時忙煞老詩翁。

送何信周下第

帝城桃李競芳菲，獨指千山叱蹇歸。分手正逢修禊事，以上巳日别。到家應及换生衣。青春怪爾經時過，白髮嗟予後會稀。計日阿翁花甲近，强收和淚慰庭闈。

燕江鄭元彦孝廉蘭谷山房索題

孝廉茅屋傍溪開，谷口還饒入世才。閒怪白雲穿幔去，遠邀流水繞門迴。千峰月向松間出，三徑人從竹裏來。獨有一窗分老友，夜深讀罷共銜杯。

燕臺送別稽田還里

薊門秋到暑初殘，蕭寺松聲送客寒。亡命互憐雙鬢在，破巢敢望一枝安。衰年故舊分攜苦，晚歲行藏自信難。我有長歌歌不得，恐題往事重悲酸。

送何別駕次公之皖

長江萬里此咽喉，吳楚分疆第一州。峰色晴開天柱曉，濤聲夜送海門秋。隨班坐候趨衙鼓，出郭看收下網鈎。君過樅陽勞借問，射蛟臺畔北山樓。小樓名

送羅弘載入皖幕

江城府署最蕭疏，風物遥憐入幕初。村店家家酤白酒，官廚頓頓厭鰉魚。龍山雨霽開朝幕，雁汊秋喧伴夜書。見説維舍多逸興，扁舟肯問野人廬。

方虎第後擢庶常志喜一章

文章信有價，遇合亦有時。干將未出匣，焉辨雄與雌。時至發光怪，望氣爭見知。丈夫志以

伸，豈在速與遲。吾子茗雪彥，弱齡聲譽馳。一經三十年，甫能貢京師。騎驢天街上，素衣化爲緇。宗伯今哲匠，攬卷大嗟奇。再試冠成均，卓哉石鼓詩。旅舍何蕭條，賣文給朝炊。次第登兩榜，適逢明主司。平生承蜩技，到此了不疑。人皆爲君喜，君心竊自悲。艱難甫一第，呫嗶從此辭。追憶母氏教，潸然雙淚垂。揭遇木天選，將還東海湄。木天豈不貴，所重英妙姿。自非少壯年，文采空陸離。豈憶臨軒問，名士無一遺。遂使溝中木，翻飛升天池。可憐泥金帖，聊慰倚閭思。我客宗伯幕，與君共一帷。熒熒夜深燈，書卷互相披。有榻每更卧，有酒亦共持。談諧隨所適，竟夕不言疲。君敦兄事禮，應以齒見推。而我性疏放，禮節無所施。吾生志千秋，今已心血衰。近喜文治興，制誥將有詞。視草任匪輕，此事舍子誰。古來重王言，比之綸與絲。皇皇典謨文，俳麗心所卑。努力崇大雅，毋使國體虧。勉旃君師恩，圖報良在兹。

送胡妙山還里

燕臺不可住，況是乍寒時。客到都門賤，歌逢酒伴悲。世情今已見，詩句幾人知。秋色江南好，還山正及期。

次許生洲雙松詩

萬斛濤聲百尺松，風清不送早朝鐘。池雖乍奪枝留鳳，門覺難登樹是龍。勁色直須看晚節，高標何必踞孤峰。歲寒賴有同心伴，雪嘯霜吟過此冬。

夏日江友霞邀同徐方虎韓元少李協萬集郊外祖家園言别分韻得園字

客聚同門彦，筵開渌水園。倚闌看過馬，解帶卧當軒。鶯老猶疑囀，蟬新不厭喧。白頭方外叟，醉後任狂言。

流水不知源，穿溪直繞門。亭臺悲故國，蘆荻憶江村。荷氣清三伏，藤陰蓋一園。憐君花筆燦，賦别更銷魂。

徐母范太君七十

海内大名徐孺子，堂前老福太夫人。遥憐玉殿宣恩日，正值瑶階獻壽辰。仙露分來千歲碧，斑衣賜出五雲新。榴花照眼萱庭遠，惟賴泥金送喜頻。

顯亭索贈孫嘉客六十

明聖湖邊舊角巾，每逢嚴助話君頻。一氈坐對青山老，五字吟從白髮新。但是有錢隨買酒，從來好客不知貧。佳晨爛醉煙霞裏，愧煞都門賣賦人。

中秋後二日徐原一邀同姜西溟葉子吉張素存遊西山馬上雜作

風塵雙眼暗，出郭見青山。爲趁故人興，纔偷此日閒。客心蹤跡外，秋色有無間。一往奇難盡，相期信宿還。

蘭若臨官道，開門小院幽。茗香行客戀，詩句故人留。壁上見沈仲連題句。得地能無坐，趨程豈是遊。海棠花砌砌，且對滿庭秋。摩訶菴

尋山逢寺入，野趣是荒殘。攬勝吾忘老，攀崖客畏難。河流高處見，山頂望見盧溝橋。嵐氣晚來寒。祇在前村宿，蒼茫耐可看。海會寺

不宿山中寺，來投路口村。有牆堪繫馬，無坐可開樽。其家方創始未成。待月且虛榻，看山祇在門。輸他徐太史，耐與俗人言。

錯到寶珠洞，遙聞鐘磬音。崖危牽馬上，路失遣僮尋。眼界憑虛豁，山門映雨深。向來游興

倦，幾欲罷登臨。

九松何代寺，一路碧森森。子落空庭響，枝交滿院陰。茗香忘坐久，苔厚覺寒侵。向夕無人語，微風送梵音。感恩寺看九株白松。

不見香山寺，到來耳目清。過橋高樹合，繞殿碧泉行。風起兼松響，宵深作雨聲。客來貪坐久，藉草話平生。香山寺與子吉橋巡坐話。

小息憑虛檻，還扶上嶺筇。路盤千尺磴，陰合萬株松。月出窺疏幔，風生雜晚鐘。石闌留客坐，緩步到孤峰。松磴

此地昔臨幸，龍章額尚留。神廟書「來青軒」三字。泉聲通寺聽，月色一軒收。客醉偏懷古，蛩吟自弔秋。淒涼深夜話，回首夢中遊。酒後諸子歷詢遺事。

零落西山墓，歸鞍拜景陵。寢荒搖麥秀，牆缺過瓜藤。正朔猶稱帝，中官剩作僧。昌平原廟近，何日更同登。拜景泰帝陵。

玉泉源不測，崖際涌如珠。流作御溝水，分來裂帛湖。稻粱平畊灌，荷芰貼池鋪。近説湯除疾，前人此坐無。遊玉泉見坐湯者紛紛。

宗伯請告後同過興教寺和壁間宗伯原韻

蕭寺頻來爲看山，從前畢竟是偷閒。如今得請真閒矣，纔算尋山到此間。

定武閘

綠樹臨流小店開，離城八里少人來。尚書説似江南路，坐到斜陽不肯回。

贈張運青比部

玉堂才子出司刑，朝論紛然盡不平。官職敢將郎署薄，人情終覺禁林清。漢廷獄貴通經折，中秘書偏讀律明。每過師門陪弔客，從君久坐見深情。

病起哭龔宗伯八章

主恩初許乞身歸，遥指家山興欲飛。預擬舟航隨所適，也知賓客未全稀。詩篇唱和情難已，煙水追從願竟違。定武閘邊荒寺磴，臨流笄坐舊漁磯。先生得請後，到定武閘，見流水修楊，慨然憶江南風景，坐憩久之，歸數日遂殁。

通籍登朝四十年，上卿身後特蕭然。交遊屢散千金橐，歸去曾無二頃田。醫店尚賒扶病藥，
債家空指助喪錢。平生長物償人盡，剛剩堆牀舊卷篇。
日暮西廳坐客盈，病餘斷酒看人傾。小僮例定先期約，老友常歸犯夜行。苔蘚緣階迷履跡，
管絃挂壁罷歌聲。如何隔宿成今昔，先一夜讌集如故，次日病遂不起。每過廳前涕泗横。
去年促膝榻前時，欣賞新詩悔見遲。遍以篇章誇坐客，親爲解釋示諸姬。伯牙古調彈今罷，
莊叟狂談聽更誰。小竪竊知耽鄙名，撿攜泉路慰幽思。蓋棺之時，小竪以拙刻田間集入殮。
斗室呼瓊夜把杯，常時中席我初來。狂存故態偏相恕，醉狎孌童迴不猜。觴政欲終防客去，
更籌屢報怪人催。祇今簾幙依然挂，蛛網門封孰忍開。
詩酒風流老未除，臨亡底事忽跏趺。信心定是由前劫，學道從來笑俗儒。大抵聰明終不昧，
即今恩愛可全無。頻年逝者多同調，莫歎茫茫冥路孤。先生每言：泉路茫茫，得好友作伴，足以不恨。
夜見三台隕大星，一時哀悼動朝廷。詞流屈指虛壇坫，後輩驚心喪典型。陰德漫言能益壽，
高閎惟信有傳經。通都行路皆嗟歎，祇此嗟聲大可聽。
經旬車馬動朝昏，但見靈輀有淚痕。泣血孤能當大事，陳情疏已荷殊恩。故人未散孫弘閤，
狎客猶存翟尉門。知在九原無所恨，楚詞不用賦招魂。

客園讌集酬王胥庭大司馬

名園曲曲可扶筇，誰信高齋膝僅容。園取「容膝」，易安之義。深巷人來蒼蘚滑，小橋客過野花穠。朝回獨坐今司馬，吟能經行老秩宗。倘許楚狂堪唱和，不嫌乘暇日追從。

叱蹇衝筵最後來，偶隨野興徑登臺。秋清北闕千重見，日暮西山萬叠開。豈謂風塵存綺夏，却逢賓客讓鄒枚。對君大有論詩興，好待詩朋更把杯。是日，坐有二客，不堪唱和。

王敬哉先生初度相邀爲西山之遊不獲去却寄

西山蒼翠望中浮，屢荷招攜不自由。聞過桑乾欺道險，直騎叱撥亂溪流。揮毫未倦通宵興，緩轡全收滿路秋。即使追陪吾已憊，似君老健正堪遊。

病中呈孫北海先生

長安市上風塵昏，先生塵中獨閉門。連雲甲第歌鐘起，先生門内冷如冰。先生行年八十餘，他無嗜好惟著書。上窮六經下史氏，微言治理盡發攄。手批口誦無時息，耳聾眼暗罷不得。餘閒輒復工法書，下筆腕有千鈞力。平生意氣故昂藏，蹁然乍見鬚眉蒼。人間聲色久寂寞，古先法物堆盈牀。先生先朝舊司直，抗顔常在烈皇側。即今逍事向人談，猶睹當年立朝色。田間野客素不羈，握手片語心相知。授餐解衣世所感，磊落之譽吾何辭。逢人輒稱爲磊落英多。先賢碑記亦已錄，逍書在篋何時窺。先生出先融堂碑記付錄，許以手批史漢見示。先生未衰吾且老，頃者一病幾不保。公子顧我榻前來，深煩長者縈懷抱。病中苦悔讀書少，此生去來何草草。天假我年必有因，起來重問先生道。

病中蒙徐原一太史顧我榻前言别伏枕有作送其南還

人生相知不在久，徐子一見爲吾友。兹晨我病子南歸，直到牀前握我手。衰年伏枕與死鄰，寸心欲語難開口。可憐徐子血性人，衆中遇我情獨親。平生交接最疏懶，投君一刺風雪晨。劇談荒寺肝膽露，手把詩篇諷咏頻。去秋差典京兆試，誓變文風拔奇士。奇文到眼人不收，涕泣爭之甘受累。朝廷翻奪主司官，遭際且爲門生喜。世上愛才徒虚名，如君此誼復誰似。同人八月西山遊，夜宿香山泉上頭。虚軒月皎泉聲好，苦將前事恣討搜。老夫醉中如説夢，傾耳爭聽泉不流。嗟君意氣向誰語，師友之間情獨苦。宗伯易簀君在傍，終夜隕泣紛如雨。公子感動輸至情，周全後事君爲主。我拊牀大稱善，古人交情生死見。今人不識君古人，祇將兄弟科名羨。君今暫歸慰倚閭，予亦還家守舊廬。此身一病一回老，晤言即恐從今疏。

故鄉相去千餘里，何時寄我樅陽書。

寄朱錫鬯通州幕中

吾友朱生家角里，相國曾孫名父子。圭璋自是廟廊珍，翻然竹垞稱高士。予亦避世栖田間，相逢却在長安市。君之才名四海知，諸侯爭致惟恐遲。金石碑版搜欲盡，大書小篆無不奇。文章落筆妙天下，餘技尤擅花間詞。我有才華亦蕭索，況復老病心情惡。宗伯歿後心最悲，欲哭長歌不敢作。病中咄子八哀詩，伏枕吟之淚潸落。子詩情至後必傳，每誦子作心爽然。此事亦恐應酬奪，喜子近得主人賢。古人著書須閉户，況有竹垞堪歸田。我老不忘舊遊地，猶擬來汎南湖船。

晚過葉子吉編修有作

天街塵凍馬蹄乾，門掩雙扉暮色闌。蒼蘚半階緣客破，青氈一榻向人寒。暇時擬問圖書秘，直日常輪記註官。更勅講章親繕寫，先期呈進御前看。

應門不報徑披帷，乍見纔如出定時。東觀緣餘無秘本，西山遊過欠新詩。文逢主好頻催試，官讒人先一任逊。却怪老狂疏拙甚，論心偏荷最相知。

之通州途中遇風有懷錫鬯幕中

客程遥指近通州，風起塵昏障馬頭。對面逢人驚土偶，車輪爭路鬪泥牛。翻悲滄海掀揚日，却憶乾坤混沌秋。咫尺城中油幕客，擁書正坐擁重裘。

客店不寐寄懷錫鬯

襆被單裝宿潞河，風嚴旅舍夜難過。博徒徹夜呼梟雉，軍吏當門繫馬騾。鼓絶三聲更漸緩，窗開一罅月偏多。高朋擬共圍爐話，隔院天涯奈我何。

題錫鬯荷鉏小影

見説栖山未有山，一生心事此圖間。每因雨夜催耕起，恰向溪頭放水還。自去自來誰作伴，爲農爲圃總成閒。時人欲問柴桑路，祇在南湖甪里灣。

哭陳胤倩

二十年來客帝畿，空餘靈旐返山扉。遊于垂老真宜倦，病到臨危不及歸。河路間關移櫬遠，交親寂寞助喪稀。哭君還自傷遲暮，江國今存幾布衣。

未衰早見髮全新，酒後揮毫徹夜頻。賣賦舉家皆待哺，謀生半世祇成貧。帷前哭踊嗟猶子，適阿咸至，爲治喪。身後經營仗故人。後事皆顯亭爲經理。撿點遺篇增涕淚，總由此道損心神。

季冬望後李湘北司成大集詞客作公讌詩索和

自我適京邑，兩見歲序移。杪冬倏又半，四月漸以虧。賴有同聲友，文酒日相追。太史金閶彥，司成國子師。下士每折節，雅道賴總持。良夜設高宴，所集英妙姿。華燈燦廣席，醽醁湛清巵。授簡集錦句，揮翰成麗詞。娛情聲律間，何必竹與絲。長安盛遊客，文采良在茲。亦有數白叟，言是壇坫遺。廁坐羣彥中，顧影黯然悲。太史發高唱，元氣何淋漓。和者珠玉盈，迅若風飈馳。平昔鬭篇章，今老無能爲。坐看汗血奔，益覺駑駘疲。奉教完斯篇，甘受杯罰遲。

送張素存編修假歸省親京口

張翰扁舟去莫攀，宦情早爲乞歸閒。褻因好學常賚筆，門畏求書祗掩關。計日瞻雲趨北固，臨時騎馬別西山。老夫穩卧江村久，翻滯長安送爾還。

吳茂孫謁選都門晤間有懷王而農

憶昔分攜端水濱，同時去住困風塵。天南十載悲逋客，冀北三冬遇選人。吾道未妨蹤跡異，交情終在亂離親。衡山曾問牆東隱，㽞説終年萏角巾。

癸丑歲暮飲退翁齋憶芝麓宗伯同紀伯紫作

歲暮開樽話客愁，對君猶見古風流。中朝典故存黄髮，海内交情重白頭。耆萏可憐遺一老，見㽞都合付千秋。酒闌忽灑西州淚，寂寞那堪碩果留。

田間詩集卷二十

客隱集 甲寅

甲寅元旦 時有滇南之警

兩度逢元旦，三年客帝京。應酬當事廢，慶拜故鄉情。遲暮嗟羈旅，餘生望太平。湖南消息斷，即恐未休兵。

風鶴江城近，羈人慮萬端。久無家信至，空恃酒杯寬。亂定傳聞始，兵過客路難。蔗溝魚有禁，何處寄平安。時蔗溝橋搜書，不得通。

新春連日大雪口號二首

一冬雨雪無消息，自入新春總未晴。大宅人稀煙不起，時龔氏僮僕俱散去。天街馬踐淖難行。擁爐坐久灰頻陷，呵凍𦘕勤筆有聲。遊客日來南去盡，窮愁獨滯老儒生。
北山樓上小窗關，遥憶窗前雪滿山。眼暗茅檐飄撇處，氣昏蕭寺有無間。將枯老樹寒偏古，
半破懸崖凍莫攀。江上晚來多畫意，却緣底事不能還。

送嚴蓀友南還

扁舟冰雪阻江關，匹馬衝泥去莫攀。初約余共舟南還，以冰堅改從陸去。紫陌豈宜淹皂帽，白雲終是
戀青山。侯門謝客原耽靜，幕府留賓未許閒。見説主人情繾綣，質君𦘕卷要君還。

贈張豫章

雲間詞客滿京都，公子才華絶世無。乞句筵前佳麗集，求𦘕門外吏人趨。探懷散給皆爲錦，
擲地爭看并是珠。心血富饒應愛惜，似余耗却老全枯。
金門射策有家傳，賫賦長安亦偶然。謝客偷閒春雨裏，溫經得力夜燈前。交遊已盛難辭酒，
文字雖工不值錢。堂上老親今七十，稱觴須待錦衣旋。

贈陳緯雲

一春高會帝城頻，密坐論心爾最親。席上應酬駢句好，花前贈答小詞新。興逢得意先判醉，情到傾甆不顧貧。却憶阿翁交滿世，名成端藉後來人。

方虎苦貧詩以慰之

苕溪才子玉堂賓，擁户蕭條風雪晨。我自病餘真覺老，君從第後轉憂貧。質衣莫漫邀尊酒，減米惟應散僕人。近日國門稱貸絶，脱簪遠寄恃孀親。

酬徐公肅司成

君家兄弟交情古，前輩風流今尚存。庭館慣留高士榻，生徒矜出大賢門。邀歡徹夜神逾王，折節窮儒道益尊。幾度登筵頻值雨，銜杯堅坐聽狂言。
頭白名壇未見遺，每逢開閤亦追隨。微言妙解詼諧裏，雅量爭雄半醉時。序坐自傷衰老僭，論心先荷令兄知。南歸倘踐扁舟約，準寄西堂唱和詩。時健菴有信見約。

贈黄伯和庶常

該諳永日接清歡，冰署依然僧舍寒。導引有功應自恃，篇章過目不重看。攀花上苑偏驚易，索米長安轉覺難。莫信仙師教采藥，幾人乞得大還丹。伯和學道有效，末句諷之。

將出都留别方虎

同學情親欲二年，雨聲燈影夜窗連。故人未許辭蓮幕，才子爭推入木天。作宦較添爲客累，成名翻奪賣文錢。憐君多病無僮僕，那得分攜不黯然。

直性多言汝不猜，相知豈袛互憐才。爲親師友移居近，欲話窮愁緩步來。情至反無詩可贈，交深都覺禮堪裁。即今朝夕惟張翰，誰叩閒門日幾回。

贈王五兄子喜

謝傅庭前玉樹枝，穿雲浥露總稱奇。友于樂在承歡日，富貴生從墮地時。設榻慣留南國客，耽吟苦愛老夫詩。可知第五名原重，不藉家聲已共知。

天津道上作

漫漫官道一沙平，向曉沿溪破霧行。村市蕭疏憑指顧，河流屈曲與逢迎。交叉路口隨驢去，亂塚堆邊併馬耕。遡暮未嗟筋力憊，加鞭猶可及前程。

去歲凌兢出國門，潞河中返待春溫。短裘風急寒仍重，大漠塵高日易昏。小妓暗通留客店，圉兒早候換驢村。春來漸少南船到，榷務重重亦太繁。

津門書所見

雙流遙隔指津涯，帶郭炊煙十萬家。占籍有貲惟賈客，買鮮無日缺魚鰕。開闢市涌南來貨，過渡人迎北去車。近報傳烽爭買宅，許多潛避出京華。

天津鹺署與徐巖叟話舊

帝城東出向天津，破帽衝風訪故人。鹺政歷年頻奏最，吏才何處不稱神。梗萍忽散滄江遠，車笠重逢白髮新。屈指分攜三十載，荷君猶念昔交親。

憶在閩鄉悵別年，紅燈綠酒話烽煙。雲霄取路君偏捷，虎穴抽身我倖全。逍愛每凶人吏誦，南天猶憶舊絃歌。看君高足今初騁，自分泥塗柰老何。
近歲栟櫚我再過，吟詩蹋遍故山阿。隨車老吏身仍健，侍酒孌童鬢已皤。東國爭傳新政事，
名山盡屬虎狼居。當時百折崎嶇裏，説向尊前應哂予。
古驛蕭條吏散初，殷勤猶接使君書。祇知遠害身宜隱，豈謂逃虛計轉疏。遠渚漫尋鷗鳥夢，
交情時有宦遊傳。即今回首論心地，水碧山青盡可憐。

留別韓元少修撰

書生特達主恩新，臭味偏憐老逸民。道在篇章頻問難，情緣師友倍交親。賜衣質酒時招客，
受詔修書數避人。方修孝經衍義。却笑同門徐太史，比君高興共君貧。方虎娶姬，元少仍獨處。

嚴子問七十願亭索詩爲壽

憶昔文壇樹幟年，君家兄弟最多賢。門庭好客論交慎，家世爲儒信佛偏。晚歲應裁居士服，
佳晨早上放生船。莫嗟合浦珠頻失，子問連有喪明之戚。老蚌光明正燭天。
宗門一向苦參求，七十年來了得否。知己弟兄爲至樂，賺人兒女豈深憂。天饒歲月看滄海，
世讓湖山與白頭。料想懸弧朝避客，藕花深處繫扁舟。

暮春出都門馬上口號

輪蹄逐伴出春城，一路看山信馬行。恰是今朝好晴景，千峰讓出雪峰明。

三月春光柳色催，梨花迎客馬前開。熏風一樣江南好，祇苦紅塵撲面來。

青青麥菜滿平疇，楊柳村邊萬緑稠。最是桃花闌不住，出牆陣陣紫煙浮。

青郊一望柳千條，路口人家帶白茅。楚客祇疑新筍迸，橙欒抽出過牆梢。

途中雜詩

京西千里地，衮衮入黄埃。兵過村皆廢，人稀店不開。軍麾同路發，羽騎卷塵來。向晚爭投宿，前途立馬催。

去住由人制，行藏自赧顔。無邊河北路，不斷太行山。百戰興亡地，千秋指顧間。平生懷古興，未許馬蹄閒。

未到清風店，踋名心已清。兩邊高柳合，一帶晚蟬鳴。疲馬迎涼健，征衣入暮輕。加鞭思騁步，猶起少年情。

鷄鳴行李動，逐伴耐朝飢。小驛人爭馬，空牆客和詩。雨遮襄子國，沙没信陵碑。滿目悲歌地，乘軒那得知。

何年開甬道，今已半頹垣。砦散防兵打，村空賀婦存。梨花迎路放，柳絮逐塵翻。燕趙佳人地，誰銷浪子魂。

結茅無比屋，茅屋皆特起如亭。穿竇信如圭。沙闊榆分陌，疇平麥少畦。雨中黄鳥度，煙外杜鵑啼。客伴愁相失，南征馬不迷。

又十(一)首

常山形勝地，城郭至今雄。客起悲歌興，人存河朔風。千峰憑堞近，一水繞壕通。想到荷花放，清香滿郡中。真定府

春深沙不凍，未曉涉滹沱。水落無舟候，橋平並馬過。波聲東去小，山色北來多。何事詒諸將，乘冰急渡河。滹沱河

十里沙河路，離城一望平。過風無去迹，植石表前程。浩浩江心渡，漫漫雪裏行。殷勤吾老友，遠訊見交情。過沙河，劉杜三遣騎見訊。

過盡沙河路，林陰暫駐鞍。忽驚追騎轉，遥擲赫蹄看。叙別廿年久，經過一面難。僮兒傳遠念，述能涕汎瀾。示劉杜三使者

古藤何代樹，花罽晝冥冥。引蔓垂千尺，分陰蓋一庭。逢僧邀小憩，立馬嗅微馨。底事炎曦裏，衝塵不暫停。壽藤菴

來往邯鄲道，盧生正熟眠。人嗟方入夢，吾羨是真仙。即此機全息，原無道可傳。勞勞塵裏客，高臥是何年。黄粱夢

平生懷鄴下，白首渡漳河。風急爭舟楫，沙深陷馬騾。三臺不可見，疑塚至今多。千古英雄恨，無如老去何。過漳河

孤城煙不起，近市小橋通。立馬殷墟地，長懷衛武公。潺湲淇水響，蕭瑟竹林空。濮上今何處，臨流憶國風。淇縣

我懷淇澳竹，欲見一竿難。聞道百泉上，森然萬箇寒。官廚求異味，新筍佐朝盤。却憶江南客，僧房正飽餐。衛輝署中初食筍

渡口行將近，前驅吏過曾。河催官早祭，舟讓馬先登。到岸風偏順，中流浪始興。南歸從此便，無意更憑陵。過黄河

汴城感舊

千里長堤護築牢，一時魚鼈劫難逃。沙平決口流全改，屋出城頭地益高。睥睨栖鴉纔有樹，

田疇負郭久無壕。居民百萬生埋没，井下時聞犬夜嗥。人事天心迴莫猜，夷門駐馬不勝哀。城頭官筏浮皆出，地底人家死未灰。花石可能尋艮岳，悲歌衹擬上繁臺〔二〕。周王宮殿初沈水，猶照朱扉幾扇開。有言河初決時，水浸宮牆，而沙未没，猶於水中見殿門影云。

大梁署中示余鴻期諸子

栖同小院卧連牀，茶罷駢駢午夢長。高柳隔牆常借蔭，雜花滿架乍來香。憂時衹幸傳聞妄，望雨偏嫌早暮涼。却笑素餐諸老友，殷勤莫助主人忙。自愛松風沸茗鐺，取泉郭外苦無清。閒看僕圉新調馬，夢怕江鄉數過兵。窗曙暗知更漏促，庭虚兩見月輪明。湖南閩嶠罕書斷，樂得官衙話太平。

寄懷都門六首

三年官舍酒頻傾，自出春明悔此行。坐上談疏清簟冷，籬邊屐罷紫苔生。靴袭贈别登程便，藥餌扶衰上馬輕。擬過黄河分路去，徘徊深惜故人情。余佺廬民部

詞林不次荷恩光，橐筆朝朝侍御牀。蓮燭撤來歸院晚，宫衣著出退朝香。從遊應制多風諫，

啓沃輪班進講章。料是天炎今暫輟，閒吟時憶老詩狂。孫屺瞻侍讀

三策名高動帝京，披帷還聽讀書聲。應酬不廢神常靜，葷血常除性本清。豈爲持經多道氣，更因力學慎交情。懷君此際緘窗坐，我正衝塵冒暑行。董方南庶常

王家最小佳公子，過市愁人擁巷看。綵筆巧霑吳女黛，細君爲毘陵人。斑衣獨炫子衿寒。一門中獨爲諸生。尚書垂老偏憐少，司馬爲兄亦覺難。遙憶紙窗花罽處，書聲隔院正承歡。王六兄子靜臨別索句却寄。

青箱堂上別筵開，大小尚書共把杯。經學家傳憐一得，詞壇世擅賞微才。夢回東閣留賓住，身悔中州入幕來。已約繁臺秋後出，故人書札莫先裁。王敬哉、胥廷尚書喬梓許致書中州當事，爲刻湯學諸書。

兩年賓閣動招尋，自別春明悔至今。忘分衹緣同學早，相知終是舊交深。田園穩卧何時事，經學流傳此日心。我到嵩山遊即返，窮愁肯向俗人吟。嚴顥亭副院

由汴入雒途中雜述

汴城西出路漫漫，古驛蕭條客店殘。正好三更催鞴馬，但逢獨樹一停鞍。荒田待雨耕人少，赤地無陰候吏難。逐伴隨車傷老大，道傍指作幕賓看。

炎夏趨程使者車，紅塵一路馬頭遮。茨粱喜見堆場麥，苜蓿間開絶域花。過驛嬾陪常例酒，回鞭爲受結緣茶。汴渠煙盡成官道，何處堤楊有暮鴉。

崎嶇京索馬蹄艱，劉項相持在此間。狹路經過餘絶澗，平原指去是青山。清風不進滎陽隘，斜月猶懸汜水關。紀信祠前芳樹合，無由暫駐一躋攀。

平生攬勝未辭勞，杖筴先登度虎牢。忽聽水聲知洛口，遠回山勢見成皋。舟航尚憶敖倉近，戰伐徒餘壁壘高。立馬提鞭聊指顧，元龍老去氣空豪。

帶郭岡巒亘北邙，嵩山回避遠蒼蒼。沙逿上日瞻星白，渡日無風見水涼。斷袖童憨偷躍馬，采藍婦早省喬妝。迎車大有都人士，文物遥憐舊雒陽。

渡洛水望二室懷登封葉慕廬明府

我從洛口渡，馬首萬芙蓉。念子彈琴處[三]，門前翠幾重。雲開分少室，月出正中峰。夜半吟詩罷，時聞岳頂鐘。

成皋迂道出，特地避嵩山。常恐遊人意，遥存蒼翠間。俗情寧足怪，吾事肯空還。定擬尋仙令，秋來到處攀。

赠戴生生爲應子山所暱攜入署中

休璉老去興無窮，賴爾相依入幕中。慧質清姿憐不盡，最憐肯戀白頭翁。
爲愛鵾絃曲調悲，閒窗偷學畏人知。老夫欲試春鶯囀，先教低聲背小詩。
非絲非竹有清音，擁榻居然洛下吟。天性愛親風雅客，莫疑詩卷是琴心。

吳漢章曲師索贈

名擅歌場四十秋，也知狂客舊風流。彩毫拋擲湘絃啞，一樣人欺老白頭。

別朱在門學憲

衡炎遠逐後車塵，白髮慚充幕裏賓。久已諸侯爲剩客，幸隨老友作閒人。風煙滿目傳凶惡，兒女關心夢見頻。況聽秋聲歸益切，滄江還有舊漁綸。

留別余鴻期

燕臺傾蓋忽三年，來往頻過寓館前。茗熟早虚高坐待，榻陳一任老夫眠。詩篇好我常親寫，經學逢君恨未傳。別後倘因歸路便，樅陽江上暫停船。

湖海平生興不窮，無端老去閉樊籠。論心賴得滄江伴，入夢虛隨白髮翁。先時，鴻期夢與余共事。

漫擬買山娛暮景，且期歸馬趁秋風。應知別去時相憶，茗碗燈窗半載同。

宿鞏縣

嵩山不可到，夜宿洛川東。小縣破山下，人家陶穴中。成皋分楚漢，廣武笑英雄。工部坊虛設，杜甫故里有坊。何人繼大風。

南還途中雜詠

纔入新秋別洛城，聞鷄起趁早涼行。芰荷香裏江村夢，麻菽葉邉山雨聲。伴有北人先膽壯，騎須快馬始身輕。殷勤健吏相扶侍，一路安閒老友情。崔門遣吏相送。

南風拂面雨來初，半日常行百里餘。路穩恰逢兵甫過，塵清頓覺暑都除。軺車大抵通秦晉，風物遥憐接鳳廬。但聽鄉音頻借問，隔江烽信近何如。

宿道口題和壁間韻

風塵十日變容面，一程一程近鄉縣。菅麻葉上雨聲催，歸德城樓遮不見。道傍茅屋且停車，迎門老翁六十餘。問年與我生同歲，閒坐收錢愧不如。

蕪關訪蘇韋玉進士信宿晤新安程抑若即席言别

布帆收港雨初昏，小艇尋君直緊門。屋辦貯嬌權下榻，韋玉方治妝閣，卜日迎娶。客惟求舊與開尊。程君爲韋玉受業師，亦老詩人。篇章未覺才華盡，壇坫猶憐碩果存。莫怪故人容易别，上遊風鶴近江村。

蕪關訪房興公庫部榷使

二月分攜出帝京，忽驚江岸遍秋聲。看山氣到關門紫，挂席風因使者清。兵馬沿途游興倦，家鄉隔岸客愁輕。也知榷税蕭條甚，可遂平生好士情。

蒲帆風利柁如飛，叩閣爲逃一日歸。商趁官廉輸税急，船愁兵過上關稀。軍興國課知難減，客到朋尊願不違。我住樅川一水便，詩筒頻與寄漁磯。

興公邀同唐祖命楊吉公夜集南禪寺限韻即成

年來唱和半闕中，草草江城集偶同。僧舍乍開黄葉徑，吟壇還試白頭翁。銜杯待月寧辭醉，刻燭催詩豈顧工。爲語羣公趨授簡，莫教獨讓老夫雄。

向友人乞白菊花

菊乘秋氣放，白更稟金精。能益頹顔壽，兼開老眼明。相尋常冒雨，數問爲餐英。采摘東籬下，應憐遲暮情。

過深莊與劉超宗有卜鄰之約

大龍深處一莊偏，野磵荒橋屐屢穿。葉滿林塘尋去路，松藏屋宇見炊煙。杜門每趁完詩債，好客多虧賣畫錢。我老欲依姻婭住，煩君爲覓近山田。

過有懷便足樓有作

壘石倚家山，登臨不啓關。湖明疏樹外，屋小萬松間。意取讀書便，身因知足閒。老夫頻到此，容易得躋攀。

雨中又作一首

竹裏廚煙起，鷄鳴自一村。地高皆可見，宅近竟無喧。潮縮湖光破，雨搖山氣昏。與君三世好，來往幾人存。

同有懷超宗自柴嶺下過程伯韜居不得留

策杖來從嶺上頭，竹間茅屋苦相留。同遊客散斜陽裏，辜負山家滿院秋。

射蛟臺懷古

漢皇此地駐樓船，萬里旌旗在眼前。遺蹟尚誇今父老，荒臺空憶舊山川。遶溪楓葉寒漁屋，夾岸蘆花白渚田。陵谷幾隨人事變，等閒興廢漫淒然。

酬將樂余不遠過訪田間

自別雙峰鬢總華，五年三到老夫家。新詩小閣留題在，暮雨荒村問路賒。羈旅所資惟筆墨，亂離何處是生涯。要君度歲無他獻，屋角寒梅正放花。

示冠孫

吾孫七歲即知音，能讀翁詩繞膝吟。可識老翁吟太苦，推敲耗盡一生心。

飲先宮保墓側人家

雨暗尚書墓，秋深處士家。室香初製藥，庭小雜生花。蟹早村難得，漿新市肯賒。自矜今晏起，能聽鼓趨衙。

校記

〔一〕繁 原誤作「緐」。下徑改。

〔二〕念 疑「宓」字之誤。宓子賤爲單父宰，彈琴而治。

田間詩集卷二十一

客隱集 自乙卯至丙辰

乙卯春將入中州過浮山哭無公墓

荒墳無路少人行，宿草三年淚始傾。慚愧一乘輸老友，淒涼六闋盡平生。余哭公有詞六調。報親空有遠山夢，浮山搆報親菴，將返。傍隴聊存繞膝情。公墳即在母宜人墓側。時事正棼身遽死，九原可用更逃名。

清明後一日往拜宗伯墓途中有詩

尚書墓上草新堆，爲趁清明叱蹇來。一帶桃花紅似錦，春風吹雜紙錢灰。

回首平生好客情，把杯拈韻坐常盈。梁園散後鄒枚去，頭白相如哭幾聲。
祭埽紛紛向墓田，也澆杯酒酹黄泉。泉臺可識風光好，正是平生暢飲天。
文采風流世所師，論心自笑有情癡。即今閨閤承恩者，哭向墳頭知不知？
心血都爲唱和枯，病中相戒與全孤。九原此事無人禁，聽我高吟技癢無。

自合肥至懷遠連日陰雨泥濘驢背雜述自遣

江北蕭條客路孤，雨餘瀼滑倍崎嶇。窗深没膝埋長耳，泥濺過頭塑小奴。楊柳葉慳青寂莫，野棠花賤白模糊。夜投一宿難求榻，亂稿承氈就地鋪。
苦雨經旬總不晴，路人爭説濘難行。早尋空店圖安寢，又换生驢送短程。作客漫嗟于役阻，爲農且喜及時耕。可知小市炊無米，卧聽通宵打麪聲。
春郊一帶草田荒，牛糞家家堁短牆。村市款兵翁大膽，店門餌客婦時妝。煎茶得水愁泥濁，佐飯無蔬説韭香。自笑一生常旅食，年年客路爲誰忙。
同行莫怪束裝遲，天黑何難駐一時。檐溜滴聲還點點，湖風撲面又絲絲。征衣甫燥重新濕，破帽頻欹苦被吹。賴有老夫消遣法，最艱難處但吟詩。
茫茫草地浩無涯，望絶炊煙一縷斜。上縣買糧爲客伴，撑篷賣粥是人家。瓦盆糟汁聊充酒，土銼餿湯即准茶。料已近淮山在眼，昏昏又被雨來遮。
雲暗天低去路賒，前村遙見兩三家。爲防蹄蹶分高馱，暫下鞍行没短韡。水進坳堂容澡鴨，巢爭獨樹亂栖鴉。何時小閣憑闌坐，對雨臨池看藕花。
禹廟荆山最上頭，兩山却立讓淮流。煙稀隔岸孤城晚，渡闊沿堤萬柳稠。縣吏晏安無過驛，居民生活賴通舟。開平殁後傳封邑，回首青門泣故侯。懷遠縣哀常蒼谷。
麥滿平疇水滿渠，過淮天氣眼初舒。山城晚飯炊紅米，津市時鮮買白魚。高柳囦遻跔犬吠，短橋通處有人居。由來此地塘蓮盛，一道花開十里餘。

宿州

過淮一日雨纔收，早見孤城是宿州。幾處輪蹄交路轉，誰家花樹隔牆浮。店留客熟逋初返，餉累官賠死未休。州官以供億賠累，父子繼死。近以兵衡裁渶吏，關東强項可紓憂。

入永城界示家孺貽

淮南陰雨苦經旬，地入中州眼乍新。千里陸沈初得路，四郊青合始知春。軍興不擾緣均税，吏道無多祇便民。宇下即今愁令去，政成難得繼君人。

麥色棠陰到縣門，騎驢客亦舊王孫。先公按籍分宗派，大令同行序弟昆。政事豈由名父教，風流終是故家存。虞山出處關吾道，一字千秋細討論。時屬爲宗伯墓誌銘。

去歲曾經此路回，江村風鶴客心催。自憐入境鬭絃過，誰擬通家贈策來。龔伯通促過此。任怨始思釐積弊，矢廉方得竭長才。故人有約應難誤，好把衙齋一夜杯。時赴學使者約。

出永城往歸德道上

縣門西出指睢陽，草店煙村路未荒。過市里訛蕭相邑，鄼陽鎮傳爲蕭何封邑，非也。守祠僧奉太丘香。有陳太丘長祠。松楸遠近墳當道，萊麥高低地有岡。處處危樓相望起，朦朧誤認是帆檣。

宿歸德

歸德自來形勝地，閭閻風物已全荒。官渠草没悲隋帝，廢苑鴉啼弔孝王。堤護四門增壁壘，水環千頃作池隍。怪他張許能堅守，淮外金湯算此鄉。

由宋入汴驢上作

熏風卷絮逐征鞍，油菜花齊過雨殘。長耳苦遲隨路换，短裘嫌重奈晨寒。人逢北客回車讓，婦有南妝駐馬看。寄語江鄉休遠慮，中州此日正平安。
梁園暢好是春遊，一路閒吟遣客愁。市口有筵思下馬，墓門無表任拋牛。騎驢小婦裙藏鐙，侍燕僾童帨裹頭。莫笑中原粧太古，看來亦自有風流。
加鞭獨往候前程，却怪僮奴懶趁行。村店每逢開集鬧，人民多是換朝生。兩行綠蔭交頭覆，萬頃青郊一掌平。柳色層層看不見，黄塵遮却大梁城。

入梁喜晤然石邵村即和然石聞飲光至枕上漫成原韻

客路孤吟盡一春，入梁何意遇交親。尊前遺騎情殊切，邵村聞余至，即時遣迓。枕上詩成喜是真。南國凄涼餘二子，東京憑弔有三人。青衫漫染蒼梧淚，眼際烽塵已又新。

同韓子新葉元禮遊鐵塔寺

梁園攬勝遍荒丘，古寺巋存借馬遊。塔始出沙僧巧護，碑將剷字客央留。寺有五烈婦祠碑記，李崆峒撰。僧正剷削，得子新至救止重竪。信陵廟付兵人鎖，烈女祠容將帥羞。祠中設總戎長生位。我眺浮圖窗一面，難舒雙眼望神州。

拜信陵祠

垂白飄零迴自悲，遊梁特拜信陵祠。侯嬴計就身難返，朱亥功成事亦危。祠列兩君木主。下馬客揮千載淚，開門雨爛一牆詩。韓生有願司香火，應是前身國士知。

同邵村然石子新登吹臺

宋門東出指繁臺，詞客相邀並馬來。樹裏長河懸濁浪，城邊古道起黄埃。千尋埤堄煙中失，萬里川原掌上開。歎息五賢祠廟廢，即今誰繼李何才。

日落荒臺足嘯歌，天涯流滯幾人過。鄒枚客重從遊盛，高李情親痛飲多。宋主石移歸白屋，周王宫没問黄河。登臨忽灑千秋淚，雙鬢風塵柰我何。

同邵村然石集孟陟公香草堂

東華門外地，言是舊王園。卜宅耽幽趣，誅茅蓋小軒。窗虚閒作字，客到薄開尊。日暮臨階酌，蕭然負郭村。

臭味聯吴楚，中州此一家。城隅斜過馬，塘下亂鳴蛙。甕小黄粱酒，甌香白水茶。彭郎多逸興，早散爲歸衙。

家左車邀同邵村然石登汴故宫後山

大地平沈剩此山，中原無事且同攀。星槎帝子浮何往，花石君臣去不還。萬井塵昏疏樹裏，半城麥秀夕陽間。醉餘老眼收雙淚，看取興亡只等閒。

前題又和然石二首

宋家城闕草蒙籠，閒上荒臺獨倚筇。艮岳有宫迷舊址，醮壇無路問遺蹤。圖書每記宣和歲，御筆惟存寶月峰。石名，上有題字。趙祚已隨新法盡，漫將花石怨徽宗。

桐封最數周藩盛，詞藻風流憶憲王。道院碧因殘殿瓦，鎖闈紅倚舊宫牆。今爲試院。河邊氣色籠闕紫，樓上塵埃映日黄。料是掘餘無寶玉，居人每夜見輝光。

初度日家左車邀同邵村然石陟公集寓中然石有詩二首并述往事輒和原韻

汗漫平生老未休，兩逢初度在中州。江邊虛鎖陶潛宅，客裏同吟王粲樓。才盡久無花入夢，興豪其奈雪盈頭。天涯兄弟相酬酢，三十年來此一遊。

梧江聯舸槃滄波，此日劉郎約並過。同菴昆仲置酒。漢代衣冠朝士集，蠻鄉倡和黨人多。謂特丘、道隱輩。舟前户聚煙中蛋，海畔山浮雨後螺。忽睹舊詩疑夢裏，然石舊句尚存見示。不禁回首一高歌。

示家左車

怪汝移家早去鄉，萍蹤乍聚轉心傷。瞻雲無路趨南岳，賣藥權時奉北堂。吾道久應爲俗棄，此身只合借醫藏。如何賓客猶盈座，把酒頻妨大阮狂。

再同然石偕令弟宇上殿材登汴故宫後山次宇上韻

漫許追陪嬰鑠哉，重遊倍使客心哀。數峰不毁臺千尺，雙闕猶存土一堆。輦道級高騎馬上，禁城牆過走羊來。謝家兄弟詩難和，吟向荒丘淚滿杯。

開州道上作寄孫曙東

畿南地劇古開州，有客衝塵訪舊遊。道暍思君風滿袖，天炎怪我雪盈頭。把鉏婦健畦當午，上集人嚣麥有秋。民物自安官不擾，征途早見吏才優。

南宫胡次澹明府述其守城擒賊事

南宫近號衝繁地，北道爭傳大令名。市擾所需惟吏治，時危難得是民情。談兵豈有兵爲用，靖亂先于亂未萌。草竊震鄰憂不細，折衝誰信出儒生。

墜馬卧疾南宫枕上口占五首

空矜嬰鑠據鞍雄，一蹶魂飛死喪同。骨折可憐遊興盡，身衰況是客途窮。二千里外家難到，六十年來事未終。傳語兒孫各努力，馬牛休恃白頭翁。

平生躁動老難馴，誰擬繩牀卧五旬，斗室氣蒸捱夏過，紙窗風透識秋新。轉身半夜央僮僕，飼馬經時愧圉人。歸去江村長閉户，餘生那得更憂貧。

檐户喧卑膝僅容，長廊散步久無蹤。草方儘教醫家試，藥酒時煩老友供。覓句可能還跨蹇，尋山即恐罷扶筇。江邀小閣梯危甚，虚憶憑闌望遠峰。

天遣支離佚老狂，敢思嘯傲尚如常。故人早贈扶衰杖，道侶惟栽養血方。但數歸期增憤嘆，況逢秋候倍淒涼。家人盼久休嗔怪，不是遨遊戀異鄉。

我來荒圃未全耕，豆架瓜棚倏已盈。厭聽殿隅撾暮鼓，愁于枕上數更聲。居停久占貧僧舍，餐飯難忘地主情。莫歎歸裝太蕭索，殘軀今已是重生。

沈水門移尊就別述懷

高誼亦何限，嗟余此再生。移尊排客悶，就榻話離情。細雨官街濘，新颸旅寺清。臨歧最蕭瑟，况是病中行。

行李淹三月，空傷一足歸。交情逆旅見，古道宦途稀。客病容高枕，官閒數叩扉。行藏同失意，吾道豈全非。

過沙河承劉杜三明府移尊就榻話舊感賦

去歲曾經此路過，故人遺訊踰沙河。鳴鞭使識交情重，駐馬械露客淚多。吾道是非同坎坷，先朝耆舊漸消磨。即今頭白相逢日，筋骨摧殘柰我何。

閩山古驛小橋邊，回首分攜三十年。命薄總無分出處，身衰又復見烽煙。高車顧客留城外，永夜論心就榻前。吾廢不妨歸閉户，憐君隻影倍淒然。

到邯鄲卧疾旅舍書懷呈楊欽四明府

邯鄲古道漲黄埃，誰擬衰殘卧疾來。挾瑟無情邀趙女，扶筇何計上叢臺。軍興未覺居民擾，驛困惟資長吏才。爲語幕中諸戚友，衙齋虛憶共銜杯。

孟陟公索題小影

香草堂中老逸民，詩篇筆墨晚逾新。幅巾小影都題滿，何處容添跛道人。

發大梁留别友人

遊人久卧大梁城，晨夕過存老友情。榻畔逢迎忘禮法，尊前傾倒見平生。他鄉最苦逢秋别，晚節還嗟抱病行。已約明春江口過，射蛟臺下問柴荆。

舟過西華雨中蒙羽裳明府見顧卧疾小舟不獲接晤述懷奉寄 羽裳本吾家，今爲岑姓，宗誼甚篤。

曲曲清淮繞縣斜，鳴琴大令是吾家。分流終戀同源水，换樹還憐一本花。病裏繫舟惟伏枕，雨中枉駕久停車。岸高瀼滑無由接，遥向篷窗盼𩯭華。

乙卯除夕

層層兒女聚燈前，守歲江村細雨天。碩果彫殘餘幾在，寒灰死盡待重然。形骸已廢無奢望，消息徒聞恐妄傳。留取老夫雙眼在，蹣跚扶杖入新年。

丙辰元旦試筆

新年謝客罷逢迎，策杖惟從閣上行。卧疾可能開歲健，爲農早見立春晴。山鄉水起纔通糴，汛地沙淤免過兵。喜聽鄰翁相慶語，占風决定有西成。

閒園同丁爰立賞牡丹口占

深闌一朵出芳叢，小飲招攜二老翁。莫謂白頭羞對汝，衰顔醉後一般紅。

題陳官儀舫閣

絶壁倚茅亭，通山户不扃。水高平檻白，峰近隔江青。謀食管三寸，養親酒一缾。小樓時得句，孤詠動君聽。

信　步

信步黄華港，同尋冶曼舟。妓舟泊港内。風驅霜葉散，溪聽水花浮。飄泊傷紅粉，留連笑白頭。平生不盡興，還逐少年遊。

方周卜後山高館新成

構廬何必遠，所喜出塵埃。小市人煙伏，高齋眼界開。地因山脚讓，籬儘月光來。吾老閒無事，扶笻日幾回。

陳氏竹林邀飲閒園看雪

入冬今乍冷，喜見雪初飛。寺凍鼓聲啞，山昏市氣微。談深忘老病，酒勇失寒威。共許相扶穩，毋妨盡量歸。

四友詩

方竹人求盡，惟存五尺藤。余閩中回，竹杖一束，都以贈人，偶剩此耳。拋來曾不省，覓得正堪憑。衰疾真相恃，登臨恐未能。可憐銘數字，猶出住山僧。杖有呂雲老僧題句。

五十眼初昏，相需過此生。怪他添障礙，轉與助光明。難免兒童訝，徒傷老大情。餘年著述事，賴爾贊余成。眼鏡

傳來方自釀，早暮祇三杯。到手愁顏破，逢場笑口開。且圖忘歲月，未必濟形骸。攜赴人家飲，無勞問市醅。藥酒

老去書重校，非君夜坐難。熏開冰硯凍，驅却雪窗寒。擁几將冬過，挑燈任漏殘。平生席不煖，還賴足蹣跚。脚爐

雪中念旅石老僧

雪中何所念，念此住山僧。樹折能無壓，崖危且莫崩。爐寒煨芋火，窗暗誦經燈。料是炊煙絕，吾家送米曾。

寒夜圍爐

未黑上關早，驚心歲又殘。擁爐談欲倦，烘被寢先安。也覺一家煖，深憐四野寒。昨宵纔乍冷，已有死河干。

輓陳朗生處士

傲世寧如意，藏書已倦看。鑿開山讓屋，賒得酒忘餐。不自知年邁，真能耐歲寒。甘貧八十載，臨殁倍艱難。

田間詩集卷二十二

客隱集 自丁巳至己未

至吳門曾青藜爲余假館半塘僧室却贈

半塘橋側老僧家，許借閒軒傍水涯。庭蘚久荒知閉户，海棠不護自開花。禪心未許交情冷，客鬢都因妄想華。但得蒲團容膝坐，笙歌一任隔牆譁。

林天友署中晤陳靜機話舊有作

曾聚芝山談往事，銜杯夜雨共悲歌。酒酣握手高懷見，坐久忘言道氣多。鬚鬢白隨年次進，家鄉亂在客中過。知君入署無來往，其奈長洲山水何。

諫草樓 姜勉中、學在爲先人如農給諫索題

先朝直節已千秋，二諫同時本不謀。同時有熊魚山，世稱「熊姜二諫」。拜杖祇知臣職盡，荷戈真賴聖恩優。生栖吳苑人誰問，死葬宣城公戍所事始休。疏草未焚中有淚，時聞夜雨泣樓頭。

半塘僧六十初度

半塘官路寺偏幽，寓客爭賢老比丘。住院祇同吳市隱，生年惟記漢時秋。牀連溪碧清無夢，坐對山青白滿頭。初度漫嗟花甲過，芒鞵還擬十洲遊。

秋夜到涉園有懷魏子存

魏塘秋淺月初斜，客到無須主在家。門徑欲忘隨竪轉，園亭不就逐年加。樹欺院小通交蔭，藕趁軒虛一放花。别後知君高興減，持齋禮佛亦生涯。又作西軒幾日留，梧桐依舊别時秋。蟲移上砌尋人語，魚出翻荷向客浮。但使持經原得悟，也知奉佛本無求。交遊未謝僧徒集，竊恐塵勞未許休。

又題壁上一首 諷子存爲僧所誑

早歲皈心似夙因，晚年偏是見僧嗔。俗儒講學爭疑僞，開士談空豈盡真。功德原嗤有爲法，檀那祇勸在家人。佛法檀波羅蜜，蓋自舍也。舍身利物終無幾，多少交親望此身。

過震澤口號紀哀

忠臣烈婦沉尸地，望見津梁早斷腸。老友情知催櫂過，恐經遺蹟益悲傷。徐方虎命舟人速去，不得停泊。

遺蹟經過看不得，恰逢急雨閉篷窗。當時市井誰相念，記得還金潘小江。比託居停買置殮具，大半科分，獨小江見還。

也是秋深八月天，五更冒雨此堤遊。相隨泣血呱呱子，慘死家園又十年。

難餘去住與誰謀，夢裏還勞死者憂。兒夢亡妻勸令速去。塔寺寄奴重被殺，至今一婢八都留。難後留一僮寺中。兵再至被殺，僧棄之於水。僅存小婢，寄八都沈君佐家，至今未還。

吴門紀遇諸公各以本姓爲韻 余自苕溪至，用家馭少韻。

旅館開尊亦偶然，一時倡和早流傳。荆高慷慨寧資酒，程李勳名不值錢。大抵浩歌多失志，即教豪興總餘年。憐余後至催詩續，應附同聲第二編。

崑山弔健菴昆仲紀事書懷

晚識徐宫贊，斯人當代無。如何青眼裏，猶有白頭儒。家學開風氣，文心屬友于。門牆方鼎鼎，科第且區區。道以求賢廣，情惟得士娱。居喪寧過戚，讀禮未嫌迂。匍匐經秋至，衰殘稺子扶。未能襄執紼，何處展生芻。握手寒暄少，登堂涕淚濡。高齋留榻久，佛刹並輿趨。塔每銜悲拜，僧同失恃孤。慈親明大法，遺囑護浮屠。逮養恩難盡，崇封痛豈渝。榮光生死備，至性弟兄俱。名祗爲時羡，德偏與世殊。看君增往惘，誰不念劬劬。懿狀傳家範，哀思動老夫。無窮風木恨，回首泣啼烏。

同健菴遊靈巖山

遥禮靈巖二十年，追隨暢好九秋天。湖光偶逗帆時見，梵宇全遮塔早懸。一帶新松官禁裏，兩株高桂法堂前。琴臺響屧無聲久，不用談空更説禪。

韓王墓

寺下相傳墓不疑，籃輿無路草離披。麒麟何處尋高塚，贔屭爭瞻有巨碑。宋代園陵無杜宇，吳臣勳業付鴟夷。前壓總向空門盡，半嶺鐘聲報客知。

堯峰上院

堯峰佛院倚山隈，磴道盤空上嶺來。老友信心遵付囑，故人乘興奉追陪。平湖極目粘天動，怪石當車拒客回。若道禪心忘護法，塔門爭對玉峰開。

堯峰山下飯王咸中别業 文恪公後

王郎雅志在溪山，小搆參差三兩間。竹裏洗盤存故物，松間移榻識新鰥。王新有悼亡之戚。廚緣市近隨時辦，户恃鄰淳免夜關。却怪海棠花乍白，知君不忍見紅顔。

花溪雜詠

園林依北郭，舊是百花溪。小港移舟進，回廊引步迷。庭無多竹石，山已足攀躋。滿壁藏書處，耽吟一叟栖。

横門開不正，側向稻畦間。樹杪明孤塔，雲罅識遠山。儘教遊子住，未許主人閒。曲折沿塘路，時時送客還。

莫侈鄰園壯，安閒此有餘。本爲詞客構，恰稱史官居。處處宜臨水，房房可讀書。老夫留信宿，已認是吾廬。

花溪古勝地，芳草亦佳名。園一半舊名芳草園。合并園初大，頻移山始成。喜多閒境界，慎勿苦經營。一帶軒楹舊，存他作者情。

土木亦何限，聊加補葺功。但爲山作勢，須令水皆通。匠意能無巧，文心大抵同。公肅、次耕論與余合，恐山人未必爾也。得君親布置，野趣正無窮。

憺園

吴苑花溪一郡推，家園也覺費心裁。階前丘壑居然古，檻外峰巒若爲堆。幾處高齋留客住，有時丈室待僧開。當門小艇沿牆徑，何日人非問字來。

高居典得未全收，布置林巒且自由。夜半鶴聲愁近榻，雨中山色好憑樓。衰年敢計重遊日，客舍偏驚欲暮秋。我在江村臨水住，相思來往衹扁舟。

題孫赤崖祖孫聚樂圖

遷客生還似汝稀，虞山不改舊林扉。看他繞膝孫雛滿，豈比遼東獨鶴歸。

萬里東飛羽翼殘，巢傾何意長鵷鸞。庭前聚樂渾如夢，畫與思鄉德耀看。

贈潘次耕

松陵才子早知名，握手燕臺氣不平。未受國恩甘避世，偶談家難爲傷情。詩篇半是尊前就，史學偷從帳裏成。顧叟不歸余亦老，江東此事屬潘生。

同次耕集葉九來半繭園

柴扉斜啓逐溪流，小港穿橋一徑幽。梧葉覆階埋蠟屐，豆花壓架纜漁舟。疏籬隱映清池雨，老樹陰森大壑秋。好友論心燒燭短，病餘無量爲堅留。

題徐立齋溪亭小影

石闌無語對溪濱，一片閒情迥出塵。天上從容黄閣老，世間平易素心人。順風祇覺三山近，善氣能迎四海春。最怕與君通夜飲，每從半醉見精神。

寄懷陸翼王六十初度

遊蹤三載聚都門，别緒尊前苦未論。久混風塵身益健，同爲賓客道偏尊。詩書漸廢傷時事，歲月將衰重舊恩。莫歎窮經成皓首，師家絶學賴君存。

既别健菴有作

分手船頭船乍開，銷魂遥見黯然回。盈門賓客知難謝，徹夜書題特費裁。著述身兼朝野任，交遊天授應酬才。桑麻大藥乘時製，許爲扶衰早寄來。

泊長橋雨中不得晤顧茂倫口號見意

長橋幾度訪君遲，又是秋風倚棹時。早戒扁舟防徑過，恰逢暮雨失前期。姓名豈借篇章重，心事遙從筆墨知。我苦蹣跚君伏枕，無由一握慰相思。

重過湖上述懷

持衡使者舊風流，特簡名區攬勝遊。遂使湖山爭應接，也知竹箭费搜求。霜寒客路楓林晚，月滿江城桂樹秋。三十年前壇坫地，因君重上兩峰頭。

蹣跚無計遠追隨，訪舊東來笑獨遲。怪我移舟趨閣日，值君攬轡過江時。驚心白髮常爲客，翹首青雲欲望誰。空有昔年蓮幕約，此情早被故人知。

數峰閣 杭人祀死事六君子

層樓澤畔表忠貞，檻外澄瀾一片清。逋墓夜悲孤鶴語，胥江秋壯怒潮聲。湖山感慨遊人興，祠廟淒涼故國情。二十年來多死事，可能盡讓六先生。

徐方虎邀同孫屺瞻泛湖至法相寺

寂莫西湖艇，朋尊興偶乘。耽幽尋野泊，偕老命與登。兵後攜無妓，官來接有僧。兩高山色盡，何意更扶藤。

過嚴顥亭所居

秋氣蕭條客伴疏，籃輿特問故人廬。高齋虛憶臨池竹，小巷斜穿别圃蔬。籬隱雙扉當晝鎖，草荒三徑待霜除。知君歸亦無安宅，猶勝都門僦屋居。

嚴方貽招飲集武林諸老友

司農生計拙，御史亦長貧。落拓悲遊子，經營集故人。時移交祇舊，事往話重新。執禮殊忘分，通家誼特真。

武林諸子招飲嚴氏宅

同人亂後各生涯，勝集重尋御史家。酒勇祇能堅坐看，令嚴常是罰杯譁。烏衣競羨人如玉，白髮羞稱筆有花。耆舊僅存寥落甚，更憐嚴助滯京華。

過韜光和黄海岸先生韻

山空策杖響如雷，取次登峰眼漸開。二十五年重到此，誰知不是後身來。

石筍峰

逐伴攀登石筍峰，蹣跚惟仗一枝筇。竹間水筧爭分道，湖外江光定幾重。倦就灌園溪叟坐，行追負米老僧蹤。開軒指點看紅葉，早聽山搖下界鐘。

靈隱宿緑天僧閣同魏子存作

祖庭喧處一廬幽，上座邀同老友遊。路滑蒼苔惟恃杖，階平紅樹特開樓。酒杯燭下僧同把，詩料峰前客自收。倘得住山時唱和，白蓮社作老堂頭。

出山陸鶴田舟中置酒泛湖而歸

寺下官橋湖水通，扁舟煙雨泛空濛。早陳蔬果供開士，特設肥鮮待老翁。到眼漸愁紅葉盡，把杯偏讓白頭雄。諸君守戒期成佛，我自逍遥道不同。

留别吴慶百

吾兄家世素風存，坐對湖山獨掩門。絶口不談今日事，關心終念舊時恩。青氈故物書千卷，白首貧交酒一尊。詩律精嚴經學邃，老夫別後共誰論。

雨中入松江訪家葆酚張豫章即事有述

東來正值倦遊初，買得扁舟一葉如。襆被晝眠差健飯，篷窗夜漏怕霑書。愁逢驛路船拘盡，
厎見墳園樹砍餘。煙雨茫茫何處去，采花涇畔故人廬。

弔家葆酚次壁間陸蘭陔韻

朔風吹雁出江天，黃菊丹楓盡黯然。握手淚零三徑草，登樓愁鎖九峰煙。清秋老友聽歌夜，
細雨都門惜別年。賴是陳情將母急，即今無恨白華篇。
潮落潮生候夕陽，六年重到舍人堂。蔍花風過迎舟白，蘐草霜餘萎砌黃。四海交遊悲侃母，
一門子姓憶周姜。當時捧檄爲親喜，此後行藏可更商。

哭徐孝先 閶公子

憶昨相持哭，初逢扶櫬歸。那知不盡淚，今又爲君揮。嗣子牀前弱，交親户外稀。忠魂長已

矣，孱母欲誰依。

萬里還鄉志，翻成嘔血徂。老親猶暴露，孝子竟捐軀。孝先葬親傍其祖塋，爲同室所毆，不得葬而死。薄俗遂如此，蒼天何處呼。飄零遺稿在，尚秘枕中無？

留别張豫章病中

養疾卧林館，交遊未許閒。醫家期固本，道士爲開關。豫章病瘵，術士致其元神自頂門上升，頗有所見。客訝盤餐侈，僮嗟藥餌慳。槖虚猶念我，欲與買舟還。

雲間寄瞿壽明

蒼梧往事不堪思，淚灑澄江乍見時。曾記螢村留少婦，已從燕市識佳兒。嗟余疏直傭生拙，念爾艱難入世奇。寄語虞山霜後樹，好留殘葉待新詩。

贈陳大匡司訓

楓葉飄殘菊秀初，扁舟朝叩廣文廬。青溪地僻堪迎養，絳帳官閒好著書。家訊久無千里雁，盤餐還厭四顋魚。阿翁久客雲間熟，峰泖隨宜可卜居。

過青浦贈周子俶廣文

衰年雅興未全闌，避世藏身此一官。俸薄且耽鄰壞便，時危真覺廣文安。飄零皂帽傷遲暮，寂莫青氈耐歲寒。酒能豈能忘麗句，吳詹殁後與誰看。

過崑山值徐健菴諸郎秋薦

崑山玉並階前樹，徐氏兒皆天上麟。經學世傳寧有秘，文心胎授不猶人。門庭每畏科名盛，賓客徒煩頌賀頻。一向聯翩疑失序，即今取次雁行新。

翀霄三鳳一時鳴，又見諸雛羽翼成。濟濟門牆皆上第，翩翩宅相有賢甥。功收奕世窮經效，報食平生好士情。屈指家聲今昔少，祝君無語但持盈。

鄧尉山寺

梵宇憑陵水一隅，開窗面面領全湖。遙峰伏作當階岫，小艇輕同泛渚鳧。野性從來宜浩蕩，禪心祇合對虛無。高軒坐憶牛頭寺，指點長江萬舳艫。牛首去江三十里，僧房開窗皆見。

過曾青藜鄧尉村居

鄧尉溪邊霜月新，僑居大抵是逋民。可憐徐孺能推宅，且喜姜肱恰比鄰。謂姜奉世。蟹熟有錢更作主，花開不約代留賓。木樨已過梅無信，辜負蹣跚策杖人。

花谿贈徐果亭

玉山再到皆相左，卻向花谿聚一堂。倦客情偏深臭味，成名手未釋篇章。不齋祇覓蔬盤美，無疾時聞藥碗香。怪我平生忘禮法，弟兄爭愛老夫狂。

顧伊人以尊公麟士先生織簾圖見示索和原韻

開卷見茅屋，先生此閉關。同心幾白首，吾道在青山。歲月窮經過，門庭避世間。祇今簾外月，猶照讀書顏。

酬石濂大師

窮途相見早相親，天界威光藉汝新。絶技滿身通不礙，新詩落筆喜無塵。能傾衣鉢成師志，慣作丹青救客貧。最妙寫真誰乞得，雨中偏貌白頭人。

戊午暮春懷廬有作

絶頂茅茨願始成，讀書爲喜傍先塋。開窗下幔驅雲氣，放澗穿牆聽水聲。濁酒三杯身斗健，方牀一覺夢都清。老夫坐久難歸去，況是春鳩喚雨鳴。

逐伴攀躋嶺路賒，爲鄰剛得兩田家。午餘卧起裘堪御，飯罷吟成杖儘拏。近寵筍穿呼作饌，當階水過就烹茶。春來虎迹沿牆少，見說牛闌夜不遮。

莫笑蹣跚杖不前，更憑僮稱上峰巔。青天浩浩排晴嶺，白水條條破遠田。萬古江平誰見浪，千家市伏不生煙。衰殘肯倦登臨興，回首同遊又五年。

過龍泉菴

自傷衰病逐年催，又向峰頭策杖來。乘興偶然逢院入，非時何意遇花開。春盡矣，值牡丹盛開。甌中乳色供新茗，石上錢紋綴古苔。龍井有泉尋不見，拊闌惆悵别僧回。

題履實僧塔

把茅蓋頂任風吹，折脚鐺燈鎮日飢。今日却歸無縫塔，人間少箇住山師。

雪夜寄方有懷

雪裏閉門早，遥憐白鹿莊。山昏增嶺勢，澤凍認湖光。臘酒深房窨，遺書複壁藏。把來同過夜，一卷一呼觴。

贈醫士

此翁學道者，生事一青囊。市服庸醫誤，書傳弟子藏。彈琴通院靜，碾藥對樓香。惟有山居客，時來乞秘方。

補哭方還山詩

曾向溪頭哭繐帷，酸心難賦哭君詩。行藏不礙同門學，情性通于早歲知。家事赤貧遊宦後，篇章暴富暮年時。人生七十寧嫌死，死在窮途更可悲。

淡庭一第苦蹉跎，空向文場費揣摹。亂日功名都小草，老年心事付高歌。連篇立就常疑速，佳句須傳不在多。料是象賢難割愛，老夫删定意如何。

贈童期公

市隱無來往，尋君策杖頻。智于謀食短，人但讀書貧。徙宅甘窮巷，留田養寡親。講堂荒已久，慎勿負先民。

過龍山龍氏外家

小蹇崎嶇日易昏，萬峰環處古煙村。兵烽埽地偏留屋，虎迹沿牆不閉門。避亂全家山足恃，充田有硯產常存。白頭諸舅凋零盡，纔見龐眉幾弟𠂢。

田間詩集卷二十三

客隱集 起己未止辛酉

泊齊門重尋花谿

停舟偷得入林閒，布置更新喜再攀。似有徑通妨石斷，頻安橋過爲溪環。高軒碧映階前壑，小閣青浮郭外山。客自來遊主自去，池邊常鎖兩三間。

己未暮春客崑山諸勿菴招同徐健菴立齋及雲間諸子遊九峰詩以紀勝

名山勝集暮春天，老去招攜有二賢。岸上久遲高士屐，橋頭爭到故人船。廚香出院新燒筍，碗碧當軒細品泉。拄杖暗知筋力憊，倦行時藉草茵眠。

山腰曲折徑全荒，欲訪神扉憩草堂。萬頃蘼蕪開綠野，一窗巖壑鎖丹房。酕醄下嶺遊人輿，爛熳回舟小婦妝。爭道陸家臨水榭，主人移具就滄浪。是日集陸氏秀林草堂。

衰病相扶上嶺艱，也隨小謝共躋攀。立齋同上神山絶頂。孤城隱現浮煙處，三塔參差落照間。繡毯平鋪分麥菜，畫屏遙展認湖山。看君已得輕身術，一日千回只等閒。勿菴上下山如飛。

方塘春盡亂鳴蛙，小院閒軒傍水涯。祠廟有名多傅會，先賢祠姓氏疑不甚確，然相沿已久。蕭籬無限任橫斜。藍輿白舫行頻換，碧草黃花去不遮。百畝湖光千畝地，憑君買作羽人家。鏡湖草堂

舊山臺館半丘墟，纔是先生小搆初。杯酌所邀無俗客，交親相慶免徵書。逃名早授仙師記，破產唯營道侶居。見說九峰君占盡，往來何處是君廬。

蕭寺空傳二陸名，殘碑讀罷不勝情。山川故宅悲文藻，風雨荒村憶弟兄。乍聽鐘清疑鶴唳，時因僧定有書聲。千秋却讓三高士，來去人先拜墓行。天馬山拜三高士墓，過四智寺，爲二陸讀書堂。

高棟層軒異昔時，李家園廢漫興悲。舊爲李氏園。故侯不改清風院，清風院本爲方禹修郡伯建。老友居然忠孝祠。祠供李素峨暨令子舒章。石斷有谿施略彴，崖回無路破柴籬。憑軒絶壁流泉細，引人當年種藕池。

竟日追攀興未休，佘山重集昨宵舟。是日潘孩士、董少楹爲主人。早時賓客開尊俟，趁夜園林秉燭

遊。秉燭遊王印周園。愛看黄冠傾斗酒，道士曹耕雲雄飲。喜同白髮話風流。得仲與余皆白首而興過之。憐余詩思隨年減，此會如何少倡酬。

又一首望小崑山哭夏考功瑗公口號

泖湖碧映小昆山，牛屋三家住此間。亂日占烽頻造榻，深宵炳燭自開關。乙酉八月朔，夜過公居，自出啓關，相持痛哭，指泖水誓死而已。同時報國心偏苦，决志沈淵意轉閒。此事讓君成獨往，可堪令子更追攀。謂存古

到雲間哭葆馚中秘

别爾纔經歲，門庭異昔時。去妻還入室，愛妾已辭帷。閑攏調歌管，筵虚鬬小詞。吹簫僮不見，應是擇人隨。

佛法吾難信，君真乘願來。前身曾見性，出世特多才。司寇門庭大，茸城風氣開。親恩纔報畢，容易掉頭回。

宿徐鹿公村居題壁

徐孺聲名久，相尋傍墓田。救人頻破産，結客諱無錢。失藥從兒病，營炊有婦賢。虛房留竹榻，我亦一宵眠。

徐敬思催妝詩

燭導花迎寶扇開，鸞車初下彩雲堆。夜深解帶休驚避，共綰同心天上來。
金蟬鈿雀擁星橋，天上人間是此宵。爲語笙歌休鼎沸，鳳樓高處正吹簫。
徐郎點筆擅風流，畫就雙蛾迴自羞。借問侍兒誰得似，簾前新月玉峰頭。
奩閣裁來五色箋，新詩先乞定情篇。也知東海蓬萊客，此是蓬萊最小仙。

同顧伊人過馬殿聞園居小飲

纔返九峰櫂，同尋太史廬。喜無多布置，轉覺自蕭疏。窗宿孤吟客，牀堆舊讀書。看君閒亦得，金馬興何如。

憶別風塵日，艱難髮總華。那知燕市酒，重集季常家。詩思閒來進，談鋒老去差。一軒臨水坐，還擬看荷花。

題顧伊人桃源圖

桃源莫道津難問，便可移家不勸君。愁煞此中孤陋甚，但言漢事即新聞。

過葛瑞五小飲分得四支

幽人不出户，吾亦訪君遲。巷僻草無徑，門開花滿籬。衣冠逃世古，道德著書知。麯糵何年斷，猶憐不廢詩。

午日同陸漢標張壽民徐敬思及兒輩登藏書樓

崑山太史藏書閣，令節相扶醉後登。搔首天空容嘯傲，憑闌風起欲飛騰。方池匝户清堪濯，寶塔當窗勢可凌。笑我老爲東海客，也教身在最高層。

立齋學士招同祝子堅吴修齡然雲閣作

磵道逶迤上閣遲，開尊暢好夕陽時。窗臨野圃連荒郭，地接鄰耕限短籬。林際塔標山入畫，燈前客聚鬢如絲。謝公自是難堅卧，待看荷花放滿池。

立齋得樹園雜詠

危崖曲徑一軒藏，雜樹繁陰過短牆。野老上階苔蘚破，園丁卷幔芰荷香。魚浮水面吹花戲，鶴過橋邊讓客忙。乍到自然芳氣烈，詩人休侈柏爲梁。貞木亭。亭以柏爲之。

高軒面面映簾空，身擁圖書萬緑中。怪石竹邊幽徑轉，曲池荷外小橋通。閒階緩步青田鶴，半醉狂吟皂帽翁。老樹不知何代物，正當朱夏起清風。緑滋堂

又二首

古樟前代樹，老幹正蕭森。自得高賢惜，能添滿院陰。林間容宴坐，石上待孤吟。時有輕風至，異香何處尋。

怪石遮門立，尋梯忽有樓。林巒宜倒看，煙雨此全收。曲水圓荷散，朱闌緑樹浮。西窗斜見塔，知在玉峰頭。菌閣

酬實均道積留宿書齋 俞俞軒

夜雨留高館，扶筇一徑賒。苔痕緣石滑，燭影過橋斜。酒醒故園夢，香吹老樹花。不知芸閣卧，還擬宿山家。

題健菴傳是樓

太史藏書處，高樓四望開。人如瑤島聚，窗擁玉峰來。漫侈縹緗富，還憐子弟才。無勞秘石室，光已燭三台。

健菴避客李氏園期余過話余方有歸與之興詩以見意

避客知何地，私期老友尋。板橋無雨滑，竹院未秋陰。涼起銜杯興，幽生講易心。自嗟歸思切，空羨此山深。

飲果亭培林堂

一徑穿橋入，幽居小院寬。所求容嘯詠，非爲事遊觀。佳石選堪坐，好書讀不完。到來無俗客，長得接清歡。

應門無假報，慣識老夫來。户以溫經閉，顔初見客開。扶衰爲合藥，得伴即銜杯。但是夜分醉，籃輿送我回。

同吳園次諸子集葉九來半繭園分韻

吟壇幾見髮蕭蕭，且喜論心未寂寥。荷葉出籬初過磵，樹根支石藉安橋。浮名興到山窗盡，旅客愁逢酒伴消。爭似庭前雙白鶴，自來自去不須招。

馬密齋招同諸子看荷花分韻

小閣鈎簾面曲池，開尊爲趁藕花時。葉藏浣女深難見，香襲園丁久不知。暢好納涼偏貰酒，爭先逃席畏催詩。老年心事多憐惜，肯向風前折一枝。

顧伊人贈詩述虞山知己之誼漫和見意

虞山學海冠江東，一代篇章算此翁。筆有珠璣隨意給，興逢佳麗屬詞工。春風自喜花間蝶，夜雨偏哀草際蟲。見爾贈言增感慨，論詩終未敢雷同。

虞山瞿氏春暉園感懷

相公林屋面清溪，草色苔斑憶杖藜。往事幾人詢鶴語，舊遊千古付猿啼。讀書榻在窗猶閉，和韻詩殘壁更題。回首桂林酬倡日，夢魂常到粤山西。

難後園亭半已虚，何年初葺郭西廬。家聲健羨千秋後，人世牢愁廿載余。令子天南收碧血，文孫階下課遺書。鹿門倡和題牆遍，吟罷傷心痛未除。

偕隱相憐道不孤，閉門惟賴卷篇娱。詩成雨夜酬夫子，淚染春山哭舅姑。點筆應知琴瑟暇，興懷祗覺性情殊。近來詞苑推閨彦，似此清吟及得無。

梧江跚難苦相催，送爾西奔萬壑哀。瘴嶺好留忠孝種，芒鞵真見亂離才。鳳池客向蠻鄉老，馬革屍從虎穴回。誰料虞山巢破後，門庭重啓故人來。

過拂水山莊有感

虞山無復舊林泉，草没空堂故巋然。絶磵坐悲臨水日，長廊行憶詠詩年。半生出處滋多議，一代文章定許傳。贏得愛姬同域殯，凄涼長伴夕陽天。

過遵王宅

幽懷真覺世情疏，松竹陰中畫掩廬。深巷客來苔掃後，閒窗詩就茗香初。鼎彝自識無名款，卷軸多藏未見書。我老窮經思借讀，何緣得近子雲居。

得樹園六月梨花

世界熱如此，孤花自吐芳。不爭桃李艷，且逐芰荷香。冷覺炎威失，幽生靜夜光。開軒高卧見，添入北窗涼。一枝通院白，臨水故溶溶。素質清朱夏，冰心映玉峰。熏風吹只澹，仙露浥偏濃。鶯燕空相憶，非時何處逢。

七夕同祝子堅吴修齡徐崧之健菴集果亭宅話別時久旱得雨

一雨人心定，涼生滿院秋。影斜微月澹，霄淨絳河流。移席滅紅燭，減杯勸白頭。坐客皆老翁，不能飲。夜深詢往事，忘話別離愁。

吳市遇張穆之

嶺海頻翻覆，于卿了不關。生涯資賣畫，願力遍尋山。入市衣冠古，隨時去住閒。相逢各相訝，依舊此人間。

半塘寺晤澹歸禪師率作

昔別是何歲，居然老古錐。機鋒移說法，戲謔且成詩。衲自施來破，齋隨請不辭。同時餘爾我，話舊幾人知。

九子峰歌爲喻武公太守侑觴 時庚申五月五日

天下峰無九華秀，排空峭崿寒清晝。上有九子峰更高，九十九峰爲列岫。九子之下大江横，返照過江山更明。但是清秋逢霧淨，每思春雨望雲生。老夫住近長江側，朝朝暮暮見山色。山中紫氣隔江浮，知有仙人尋不得。使君名在列仙班，郡閣蕭然山水間。簾卷煙雲廳事啓，坐聯詞客印牀閒。花陰犬吠吏人少，訟庭剩長春來草。蕭統讀書浪得名，杜牧風流何足道。老夫昨夜扁舟來，菖蒲酒碧滿城開。恰好佳辰逢令節，家家競舉長命杯。遥指九子爲君壽，九十九峰皆俯首。使君飲量夫何如，一峰爲勸一杯酒。

渡江寄嘉樹

石路荒亭細雨催，思家爲趁北風回。舟藏港内人私覓，官方捉船。水浸籬根店且開。遠樹遥知分汛近，孤篷愁煞剪江來。料君未霽曾登岸，猶聽狂飈幾度猜。

過孔城宿黄元實寓却贈

孔城近是衝繁地，宅枕橋頭是爾家。有榻不眠頻讓客，過門相識必停車。閒行自得郊原趣，厭坐難聽市井譁。生計總教兒輩理，私泥小竈獨煎茶。

樟樹鎮舟中七十初度 辛酉

壽昌橋下生還日，是年四十。燕子磯前花甲年。是年六十。此日停舟樟樹鎮，託人爲買上灘船。

慧力寺贈自之禪師

近郭名藍容易尋，吾師重啓舊叢林。寺臨官道千年古，門對江流五月深。兵火不驚占定力，應酬無礙見禪心。漫嗟夾路松風息，雜樹猶餘滿院陰。往自郭至寺，蒼松夾路，郡人號爲「慧力松風」，今盡矣。

烽煙滿路錫初停，辛苦披衣爲祖庭。塵俗不離心自淨，語言未示法先聆。四方鼎沸容鐘板，百丈遺規見典型。却憶梅山栖隱好，水邊林下户空扃。師有精舍在梅山，是子真舊隱處。

紫芝亭遇雨不得下

乍上孤亭眼未開，狂飈卷雨四山來。樓頭僧出遥招手，覿面無由接引回。

贈曹起鷴

與起鷴別十二載，辛酉夏五相晤慧力寺。余以今年七十，起鷴亦六十矣，作詩預祝

鄂渚别來十二載，萍蹤又聚瑞筠山。信陵賓客貧仍集，顔遠才華老未慳。旅興定因荒郡減，談鋒豈礙鬢毛斑。君纔六十吾七十，五岳遊回正好閒。

客天寧寺次尼備韻

昔年高會武昌城，又聚臨江感慨生。久客爲遲殘暑過，不眠長聽遠鐘鳴。酒緣病減狂仍在，詩覺腸枯句懶成。老去時流相識少，殷勤還賴舊交情。

天寧寺七夕分得期字

梧桐一葉動鄉思，況是銀河鵲渡時。良夜把杯難禁酒，故人分韻强成詩。聽更祇怪僧居逼，買棹真愁客去遲。羨殺牽牛曾不老，年年此夕是佳期。

顧母陳太君七十尼備索詩

顧子別我十年餘，年年爲客向江湖。前年蹤迹滯山左，手裁長句遥寄我。去年壽母遍徵詩，云無老狂詩不可。聞君對策留京師，正值羣儒待詔時。鴻詞博學夙所擅，掉頭不顧意何居。薦君者多勸君止，白雲笑向吳天指。孀閨有母壽七旬，承歡在此不在彼。以兹交親爭謝絶，叱蹇南來留不得。傾都賦詩侑母觴，顧子得詩喜動色。母方倚閭君已歸，稱詩上壽願無違。齷齪羞捧毛生檄，斑斕自著萊子衣。噫嘻！古人養親養志耳，區區禄養何足齒。君之母氏志在斯，如君養者真孝矣。

以所著詩學易學示魏青城

屈指論交四十年，白頭剩得幾人憐。我猶爲客真無賴，君更出山亦偶然。半世詩名應浪竊，一生經學且成編。故人肯教微言絶，何計流行令早傳。

暑夜與潤山僧閒坐有作

一寺惟餘此地涼，僧閒伴我話長廊。但窺佛法詼諧得，不用披衣上講堂。

別魏青城觀察

平生傲世老難馴，自小論心爾最真。學道早知遊宦倦，多情偏苦舊交貧。青山無計成安隱，白首重來累故人。此後餘生能幾面，一回分手一傷神。

泊鹿渚同左子直舟中作

歸帆苦被北風留，卧聽濤驚八月秋。市隱漫勞遊子屐，訪黃嘉卿。江喧知到故人舟。子存夜至亦未晤。閒談往事餘清夢，省識同時是白頭。共慶暮年能作客，莫將兒女自添愁。

守風樟樹鎮

鹿渚淹吾棹，風濤不可前。市通南粤貨，米聚下江船。嗚角官宵濟，聯檣客晝眠。青林柑子樹，簇簇起寒煙。

風平初起柂，乘夜駐江心。舟重防沙淺，篙長試水深。月纔窺嶺墜，蟲只傍舷吟。驛路喧鐃吹，更夫自古今。

兵烽銷不久，民物甫能康。榜客充遥調，漁船辨婦妝。漁船以婦人妝辨文、郭二家。年豐憂識驗，穀賤識農傷。聞道雲中郡，傾儲莫賑荒。

閣淺嘲舟子

沙淺時時閣，舟行太苦辛。漫灘尋路失，減載换船頻。力盡徒嗔柁，謀窮但許神。終朝相駡詈，買莽下灘人。

豐城守灘酬河神　舟人以慢神致責，陳詩謝之。

江湖常浪跡，未解媚神明。河路改難認，舟航淺不行。勞愍哀榜客，慢豈責书生。詩句臨灘訴，聊陳悔過情。

魚蛾

紛紛飛絮白，勢比赴燈蛾。點水霑難起，隨流逐更多。衹緣貪烈餤，何意樂洪波。物小羣生命，甘心死柰何。

楊機部先生

郡人請從祀鄉賢，魏青城使君詢其本末於余，重之也。因作詩答之。

鬱孤臺畔暗風塵，相國登城誓死頻。家室盡捐餘穉子，艱危流涕託門人。一傳竟絶孤臣後，繼世難求五服親。合郡請宜從祀典，同時俎豆恐非倫。

易舟東下再捉

已棄遠來舟，易舟又被留。官無情可聽，吏用賄難求。對月不眠苦，占風獨坐愁。焦思添白髮，吾已雪盈頭。

阻風憶左壯于及兒子撝禄後舟不至

北風連日夕，逆浪駐孤舟。上水帆皆落，漁家網亦收。數錢魚不賣，過渡酒難謀。二子還留後，愁心挂兩頭。

夜泊左蠡望子直不至

左蠡沙爲岸，廬峰對面開。避風爭港進，賣酒過湖來。伴失沿途候，帆遲望影猜。日斜檣欲盡，應泊渚磯隈。

吴城令公廟

津市炊煙暗碧岑，令公祠廟俯江潯。孤城百戰威猶在，半壁千年祀至今。血食儘酬商賈願，好生誰識鬼神心。風塵横笛聲悲壯，卧起篷窗對月吟。

田間詩集卷二十四

客隱集 起壬戌止甲子

壬戌仲春入城鄧樸菴招集宅後小亭

高居卜近北城隈，宅後茅亭晚歲開。性本愛閒常閉户，客惟求舊與銜杯。推班讓汝商山長，湊數容吾雒社來。齒序十年兄事久，漫將鬚鬢僭追陪。翁長余十年，而余鬚輒白。

送金賓王廣文回吳

通家意氣早相親，設教江城喜近鄰。庭館手栽花樹活，山川初聽管絃新。尋常生計因官拙，寂莫歸裝較昔貧。舊傍花谿居在否，一枝且得暫栖身。

酬家介臣廣文

廣文同是舊王孫，世系分明屬弟昆。研席頻移爲設榻，衣襦盡典與開尊。官閒祇受交遊累，俸薄難當食指繁。稍喜北堂親健在，書聲繞膝慰晨昏。

移居西田莊五首

拮据經五載，卜築小山坳。自笑蝨營繭，其如雛滿巢。耕耘從此便，卷帙漸囹鈔。汗漫一生過，餘年爲解嘲。

攜家去不遠，煙火見前村。乍到兒童鬧，同時雞犬喧。無牆旋扈棘，逐徑且開門。最好秋收日，移牀就樹根。

舍北青山出，牆東江水回。本無多土物，勿令委蒿萊。竹母雨中乞，松林薪後栽。干霄應計日，空著意相催。

傳家惟數畝，活計在桑麻。人事應須盡，吾生亦有涯。樹求嘉果接，籬帶野花遮。可惜陽坡地，分來自種茶。

老樹餘檀梓，森森亦繞廬。故居人事謝，枉道客來疏。鄰約嘗新酒，孫歸背晚書。授詩吟得好，已覓慰階除。

七月十六夜夜起看月

秋月新虧夜，貪看獨老身。青通天一洗，白滿世皆新。蟲語定何處，犬嗥知有鄰。萊妻聊伴坐，睡煞少年人。

將入吳寄王我建廣文

平生交道廣，最久在三吳。壇坫稱遺老，宮牆得大儒。每來分苜蓿，常荷念菰蘆。即有婁門棹，寄書東海無。

癸亥社日雨集蟄存堂念杏花村不得往

趁晴逐伴看花來，風雨連宵特地催。每到山家爭索句，況逢社日與銜杯。飄零小院愁將盡，僥幸前村冷未開。爲語少年休敗興，老夫此願了方回。

白家灣

壞道泥深興未闌，最堪憐處白家灣。恨不早來經雨澹，喜多初放賴春寒。朦朧照眼仍存艷，飄落因風豈算殘。見説芳時今欲過，過時合是老夫看。

過白安石先生故居

十里炊煙一帶斜，過門惆悵子雲家。窗前碉絶通宵響，竹裏扉從片雨遮。袖有新文呼酒讀，醅無宿釀隔山賒。追憶往事。先生没後兒孫去，剩得親栽滿院花。

杏花村

石塘湖畔杏花村，幕府頻遊樹少存。漁户買魚供舉網，獵人遮獸候追奔。白茅階戴停車迹，緑草茵承漬酒痕。惱殺居民薪作炭，數株留取待高軒。

雲　巢

選坐移尊遍處遊，雨中刺促到林丘。遙看柳色遮門近，回首花枝隔岸浮。怪石奔騰天半隕，清泉隱見地中流。由來勝地歸傖父，莫悔從前不早謀。

即所見

村煙比屋土人稀，處處尋花客醉歸。柳碧倚紅增態色，菜黄鋪錦襯芳菲。危時倍直求何急，富室爭圖計已非。面面湖光當户入，更無曲折隱柴扉。

深莊

憶別深莊七載餘，騎驢不下到階除。乍逢子弟肩堪並，始覺交親迹太疏。扶醉家家春社酒，看花處處故人廬。知君意興年來盛，愧我衰窮總不如。

靈壽洞

杖策尋春山，荆棘不可披。路逢樵采人，曲折導所之。果然得洞口，石壁青離奇。砉焉裂深壑，洞門俯可窺。二子踴躍下，顧我筋力衰。豈知高興發，還忘磴道危。遥見巖際石，翩如雲下垂。石屋杭郡有煙霞石屋與浮渡，靈奥宛在兹。所窺洞門内，幽幽堂有基。其背得深穴，杳冥不可知。高低石可坐，皆是昔人支。薪榛閟已久，出現應有時。遂陳所攜酒，欣然酌数卮。自慶七十餘，陟降不言疲。酌罷扶醉出，餘興還賦詩。

重過便足樓

七年重到此，已異昔來時。宅近迂開徑，泉奔匯作池。無窗不映竹，是客盡稱詩。有子家堪任，乘時樂自爲。
小亭方丈地，草草見幽情。俗儉茅充瓦，林多竹作桁。詎堪留熱客，但可設棋枰。枕簟追涼處，松風四面清。

示扶升從子

家聲雖替門庭在，賴爾枝梧一姓人。歲月飛騰驚已老，應酬雜沓諱言貧。可憐族衆情難到，爲念吾衰誼更真。合室所需懷抱物，含飴早慰白頭親。

贈李當衡

百年敝宅近城闉，門掩雙扉自在貧。但坐誦經消暇日，有時賣畫過荒春。吟朋酒伴詼諧妙，攃帽荷衣服色新。序齒踰君猶數輩，論心除我有何人。

近郊園林四首

便民城外小山阿，新柳遮門帶淺河。沙路客常扶醉返，板橋官爲式廬過。池通溪水源流活，徑入花闌曲折多。簾户三間連紙閣，不容一榻奈余何。潘蜀藻河墅

名園咫尺近西𡍩，布置新從虎穴還。怪石洗開添磵壑，古牆拓出縱躋攀。巧當泉注迎虚檻，恰好城低讓遠山。歷盡艱危君不死，餘生合向此中閒。姚經三泳園

遠峰亭下藏書處，傑閣層軒儘賜金。樸素未忘家學儉，嘯歌常覺主恩深。花銜石壁當樓放，樹暗回廊滿院陰。宣室即今勤顧問，肯容供奉戀園林。張夢敦遠峰亭

吾鄉勝地侈龍眠，自愛西郊小築偏。搆屋無多惟匠意，買花期活不論錢。新荷香驟風初過，老檜陰移席與遷。笑指前岡懸瀑布，爲君邀作繞階泉。方東來石門冲

送將樂余不遠還閩并寄雙峰何劍客諸子

我昔壯歲遊閩山，一官半刺風塵間。事去倉皇竄巖谷，谷口遺民恣往還。垂老復作雙峰客，何氏園林高士集。衣冠最古有余生，酒酣話舊相持泣。生也無家挾策遊，余亦終歲一扁舟。三度相尋不相見，留詩北山樓上頭。殘年細雨江天暮，蹇驢泥滑江頭路。十年離别話連宵，

明晨冒雨渡江去。廬州邂逅殊草草，畢竟交情吳下好。同宗耆舊忠孝人，謂余生生。半塘街上稱二老。君在吳下久有聲，吟詩把筆任縱横。詩思書法非時尚，高風亦自動公卿。自出閶闕十七載，無端蜃市須臾改。何氏尊前舊酒人，君今歸去知誰在。何郎别我春明門，曾傳口訊到江村。相逢應念吾衰甚，倘得重尋或尚存。

哭胡星卿 甲子

不見吾兄已六年，去冬忽漫有書傳。交遊屈指情親少，老大驚心契闊偏。思續舊遊傷歲晚，擬承清誨在春前。差池兩月成今昔，望斷青山哭墓田。

公主墳園早析居，蹣跚相訪竹間廬。一貧徹骨身偏健，萬事傷心興有餘。亂日家門常不保，老年意氣已應除。八旬無恙徼天幸，祇怪同人迹漸疏。

雨過沙街馴象門，朝朝攜手破苔痕。同心漸失青山冷，雙眼徒穿白日昏。稺子可能傳筆研，老妻誰爲給饔飧。孤墳指去腸堪斷，不忍重尋避世村。

入吳途中酬方葆羽

出江皆共載，分路亦聯檣。祇恃通家誼，還叨大父行。雄才傾幕府，小吏讓時裝。夜泊無煩問，安眠縱老狂。

弘濟寺訪蒲菴和尚

紅樓高下倚雲根，更有禪林別啓門。半嶺江光天不夜，兩廊山色晝常昏。諸方領衆人皆老，丈室傳心爾獨存。少壯幾時鬚白盡，每逢故舊話師恩。

山腰樹杪老僧房，磴道穿崖覆曲廊。萬里江回遮院過，千帆風阻進磯藏。擬開絶壁驅頑石，爲讓卑枝砌短牆。約定歸舟留一宿，竹牀閒話佛燈長。

虎丘

遊吳每欠虎丘詩，老去詩成憶昔悲。崖壑漸湮前代蹟，軒楹相望上官祠。新妝婦慣要人看，絶藝名爭報客知。應有可中亭畔月，清光不異故年時。

送余佺廬中丞内召掌憲

中丞雅意化三吳，詔領臺端拜命趨。法弊兩年知漸革，民勞七郡許全蘇。牙旗晝卷春風靜，幕府宵深海月孤。自識澄清根本重，卻教惆悵滿東隅。

自昔繁難號此鄉，安民不事苦更張。身惟一儉風全變，治與維新吏盡良。遠念故交徵著述，行看衰腐有輝光。白頭遮道車前滿，第一攀轅是老狂。

典裘歌

江南開府駐東吳，門冷如冰自昔無。舉家盡食江船米，吳中水外無所需。錦衣珍饌久寂莫，閒卻驌驦裘不著。有時典錢贈故人，官高衣服寧嫌惡。中丞意氣舊豪華，特惡吳中風俗奢。表率樸素自身始，一時民吏爭咨嗟。即今著出大布好，閭閻競羨儉爲寶。過市䩮貂殊足羞，不衷妖服迹如埽。一裘價重值幾金，典裘務慚墨吏心。即使裘去還堪贖，典裘爲挽奢淫俗。不然羔羊素絲節亦小，區區潔身何足道。吳人言此一裘關係多，邀予爲作典裘歌。

雨泊青楓市望佺廬舟不至枕上偶作

一路追隨晚泊同，差池數里宿孤篷。朱衣吏候沿途雨，白舫人醒徹夜風。共盼旌旗煙樹外，遥聞鼓吹畫船中。應酬此際知初靜，正檢文書蠟炬紅。

揚州訪汪辰初

闌橋乍泊旋相訪，問遍揚州識者疏。市井草深尋巷入，江城花滿閉門居。僮驚客到饒蠻語，篋付兒收祇漢書。我過七旬君踰八，笑啼同是再生餘。

猶憶城隅訪舊年，孤蹤早上漢陽船。一家局促三間室，廿載崎嶇萬里天。筆墨資生何處賣，艱危紀事異時傳。白頭相見留深坐，又損餅中糴米錢。

吳門酬胡孟綸中允

中允胎傳筆有花，近天揮處作雲霞。早年聲價輕高第，先世文章數大家。身貴轉看增道氣，學優未肯任才華。知君刻意追風雅，燭跋尊寒興正賒。

贈劉衡調憲使

此鄉民物已非前，蘇息凋疲賴汝賢。一節霜清邌海郡，千帆風送過淮船。閶門柳色迎車起，京口棠陰駐馬憐。但是有閒偏好客，簿書堆處聽詩篇。

同杜于皇吳六益集劉衡調使君湛華樓共用華字

林塘曲折石蹊斜，山色憑闌一望賒。深院回廊誰可到，野橋荒寺不教遮。使君才大身難逸，賓客肩隨贇總華。莫怪老狂無禮法，半生嘯傲在天涯。

依園雨集共用高字贈顧迂客

雅集憐同調，吟壇重二毛。先朝人漸少，早歲士能高。聽雨留歡久，呼車送客勞。夜深爭欲散，獨讓白頭豪。

徐果亭耘圃

別業無多地，吾憐野趣偏。祇期容嘯詠，頓覺有林泉。結搆功何限，登臨意浩然。不忘名作圃，蔬果匝池邊。

幽居何必遠，宅後即園林。曲水盈盈抱，高軒面面臨。過橋荷葉小，隔岸竹陰深。謝客無來往，悠然得此心。

雅志愛疏豁，虛堂敞不遮。城陰籬外曠，野色雨中賒。階暗添梧葉，池平冒藕花。近牆留古樹，新買自鄰家。

半山功未竟，三徑客常通。談笑無時事，交親半老翁。苔階新過雨，簾户自來風。一片夕陽好，高低塔寺紅。

徐藝初招飲園館

此地昔閒曠，藏書初有樓。清池今更闊，老樹一垣收。詞客坐常滿，高賢到即留。白頭交累世，無礙往來遊。

倚池平疊石，高下作層坡。設席當風快，移尊就月多。客喧爭酒令，童靜遞笙歌。我老猶高興，其如量減何。

輓張帶三先生

吾道復誰在，如君一面難。貴池逢作客，閩海認同官。苦節無人怪，長貧與世安。祇今陳几席，猶見古衣冠。

昔問長公疾，遠尋涇畔廬。榻穿無可坐，屋小自來居。守口容嘗酒，藏身戒著書。家聲看漸起，懷抱轉難舒。

乍失白頭伴，淒涼影獨憐。倚閭遊子遠，豫章公車未返。盡室病人眠。恨事愁中聚，時仲子亦歿。傷心老去偏。橋邊揮淚別，此別是千年。

漫有生芻致，徒傷澤畔魂。克家嗟孝子，接武見文孫。飲能杯仍罷，點殘書尚存。劬廬枯坐處，長對墓開門。

周鷹垂招飲

周郎天下士，意氣早知名。每念途窮客，還敦世講情。把詩追夙昔，對酒憶平生。無幾逃民在，爭邀伴老傖。

愧荷通家誼，交遊異代疏。共推三世學，驚睹一門書。酒勇杯傳後，蘭芬客到初。看君多爽氣，已覺暑全除。

寓示應菴雜作

到此干求嬾，溪邊野趣偏。巷藏歌妓館，門繫賣書船。未晚先僧浴，當風對客眠。且逃炎暑過，行止但隨緣。

離城不厭遠，喜近故人居。隘巷難騎馬，官河禁打魚。杯停消夜酒，盤美及時蔬。愛爾師徒静，無言暑氣除。

隔溪見林屋，清嘯有張融。竹院循籬過，秧田取路通。客心惟汝恃，吾道與誰同。莫怪眈閒謬，還他老放翁。

未有僧房空，聊從殿側棲。侵晨高樹鳥，向午隔鄰雞。心殊無可用，書恨未多攜。且趁完詩債，行吟每日西。

贈賓杲上人

早歲稱菴主，終年想住山。此生期出世，原不爲投閒。參學應無礙，塵勞豈盡刪。自憐知解脱，猶自滯人間。

贈惟浩上人

端居勤梵誦，風雅意難忘。苔色碧侵榻，竹陰清滿房。律工吟欲苦，人静對先涼。即此全心歇，何殊入道場。

喜晤陸翼王

官舍期先失，江城訊枉通。祇知吾計拙，何意爾途窮。時命自然謬，生涯大抵同。故人相待久，早去趁秋風。

徒步憐吾老，旅居怪爾偏。書于何處借，畫復幾回眠。著述晚尤慎，見聞真始傳。此來少問難，深覺負餘年。

同陸翼王林安國張洮侯飲吳六益東郊雨花樓

松江昔有陳徵君，身隱九峰天下聞。同時公卿互推獎，至今傳其詩與文。徵君匿影在空谷，近城東郊亦有屋。有時人城相應酬，高士何嘗能免俗。佘山山下頑仙廬，松聲竹色委荒墟。丘壑圖書爲誰有，此屋幸與詩人居。詩人近體長句好，海内賢達爭傾倒。行年七十子克家，小樓高詠足以老。暑天召客客登樓，憑闌千頃皆平疇。良苗懷新遠風至，遥指獨樹徵君留。樓上五翁皆皓首，一吟一嘯一杯酒。畫家寫作高士圖，不知猶附徵君否？

同豫章玉樹逃暑張梅杰園中即事

六月六日氣焚如，逃暑往尋張秘書。秘書亭館吾咫尺，望見竹樹陰蕭疏。雙扉苔澀久不啓，三徑草荒始教除。君亦畏熱不出户，相見袒裼辭巾裾。森森篔簹暗深院，北窗卧起風徐徐。君家兄弟皆善飲，何以佐之池中魚。舉網取魚魚亂擲，入池十網九網虚。須臾得魚旋酤酒，我有家忌惟啖蔬。池邊雜樹皆擁腫，池内往往栽芙蕖。繞池大半俗人宅，亦有美人臨水居。藕花初放美人摘，至今菡萏不敢舒。急邀美人歌一曲，曲終有花開前渠。

同陸翼王張洮侯吴六益家武子飲林安國宅宅故孫雪居别業

幕才交辟久，垂老賦歸與。不復營生産，惟應典舊廬。一尊常燕客，半世已鰥居。得意是何事，鐫成自著書。

孫公亭館舊，猶見古園林。畫壁苔痕隱，書窗竹色深。數峰前代石，獨樹一庭陰。不是高賢住，誰來野客尋。

晤許子山

故人三載皖江城，夢裏猶疑滯上京。鄉里爭承帷幄惠，江山曾動嘯歌情。田間自不知官長，幕府何由識姓名。見説中丞能好士，逃虚深訝老狂生。

西林寺訪吴日千

似爾真高士，居然一老髡。儘多逃世外，難得斷名根。天意應無悔，吾心豈足論。不知憔悴客，今得幾人存。

氣静詩書裏，神寒丘壑間。故人皆白首，何處是青山。於世都無累，此身落得閒。祇鬪朋好至，倒屣爲開關。

身外惟賢偶，安貧得自如。祇緣生易足，非與世偏疏。客舍還儲酒，僧窗少看書。中丞雅好士，無處式君廬。

海内稱詞妙，超超孰汝過。怪來存集少，祇是讀書多。文應人家乞，詩憑記者歌。千秋有大業，不作意如何。

武林僧索題辨利院用吴日千韻

小埠虚亭桑葉遮，養蠶作繭是生涯。世間纏縛皆如繭，落得山僧早出家。桑埠亭

一滴中全萬頃波，源頭活處本無多。錢塘江上潮來往，如此盈虚不動何。生生泉

清池一碧淨無痕，惟有孤光浪裏翻。衹恐太清魚不樂，放他生正未知恩。滌月池即放生池

田間詩集卷二十五

客隱集 起甲子止丙寅

甲子夏六月客松江遥祝曾青藜吴門六十初度

寧都才子曾青藜，半生飄泊無東西。鄧尉村中住不穩，即今又在閶門棲。劉家浜内一層屋，樓下讀書樓上宿。兒女朝卧婦誦經，僮僕偃蹇飯不足。時時沽酒飲故人，衣衫典盡何時贖。當年意氣胡崢嶸，單騎直入銅馬營。貔虎十萬爭受撫，銅盤歃血推主盟。金印早辭進賢伯，龍旗請駐贛州城。時勢既非天意去，金精峰上埋名住。易堂諸子共躬耕，何年又踏江南路。老夫相識荒江邊，爲談往事淚如泉。是時君年甫三十，迄今又過三十年。年來不入諸侯幕，人情世事總蕭索。到處干求不救飢，舉家惟賴賣文活。君兄亦負不羈才，一生孟浪死可哀。同時慷慨談兵者，自我以外誰在哉？君今六十未爲老，老去窮愁烏足道。造物生才將有爲，如此結局殊草草。丈夫失志真可憐，區區發憤託詩篇。君不見，吳人滿堂爲君壽，但稱君之詩句千秋傳。

酬張洮侯

我客西郊一月久，張翁時來門不叩。翁與我同壬子生，彼此相看皆白首。往時魏塘謂子存同我來，訪君深巷飲君酒。斗室能容四方賓，盤餐一任中饋婦。滿牀顛倒讀殘書，盡日諧謔忘形友。作詩嘲君寫君生，至今猶載同人口。如何別去十三年，蕭然家室一無有。客訪君多不在家，出門門付老嫗守。我老既懶復蹣跚，那得健步隨君走。昨日邀我入倡家，鏡中不自嫌老醜。酒量談鋒仍舊雄，形骸雖衰稟氣厚。君昔同事皆大賢，其人雖死名不朽。君惟未死無盛名，天奪君名予君壽。嗟我一生爲勞薪，心血已枯生亦偶。從此更别十三年，猶能從君飲酒否？

贈張漢度

雲間往事不堪思，重話交遊聽者疑。唱和半非壇坫侶，姓名猶有弟兄知。青門訪故無遺種，白首逢人見小時。何物艷詞君記得，蕭娘壚畔醉中詩。

訪董蒼水

倦遊歸臥興何如，三徑蕭然雨過餘。容鬢半衰爲客日，情懷早見入門初。年深水檻苔常古，秋老瓜棚蔓未除。共説在家貧亦好，憐君無計得安居。

董蒼水徐鹿公招同張洮侯漢度即席

頭白三翁共艇來，籬門不叩早時開。已聞入楚裝勞治，蒼水復欲楚游。又見游梁客倦回。鹿公初歸自汴。老去文章當代賤，貧中婚嫁逐年催。尋常鮭菜堪留飯，畢竟經營費酒醅。

同洮侯登一覽樓有感

五茸風物一樓收，二老相攜樓上頭。樹杪微茫孤塔出，雲邊斷續九峰浮。市煙漸合江城晚，隴稻平鋪海國秋。處處朱門新易主，不堪回首舊交游。

題魯謙菴太守峰泖圖扇面

分明泖碧與峰青，更有閒情筆未形。太守風流何處寫，溪邊虛作醉翁亭。

重遊上海訪史簡菴明府

五十年前此舊遊，江天風物又新秋。自憐久客輕黃浦，應少遺民識白頭。地闢田疇邀雨足，渠通潮汐繞街流。政成祇覺人情便，怪得農歌夜不休。

贈朱拜石

重來人事已非初，鬚鬢相看漢代餘。身健可憐長絕慾，眼昏應爲久抄書。圍棋賭勝情猶勇，酒政從寬興未除。我老較君差一歲，那能無累自蕭疏。

八年前共武林杯，曾約歸從此地回。風物尚存前代夢，閭閻今似再生來。爲謀僧舍央留住，每叩庭扉自起開。話舊更潸知己淚，天涯碧血最堪哀。謂君家文園先生。

贈張弘軒

高樹沿渠小徑偏，泰山守罷早歸田。長才祇借鄉邦用，公論常爲父老先。四海交遊爭輻輳，半生蹤跡載詩篇。閒談往事君猶記，恰好詞壇長十年。君壬戌生，予壬子。

同朱拜石張弘軒過鐸菴訪說大師

屢約尋精舍，今晨始見招。编籬深作巷，疏沼暗通潮。客到苔初破，僧閒暑自消。漫勞談出世，吾意已蕭蕭。

張公舊池館，昔爲蔽竹山居。今作老禪居。鍵户防求畫，臨窗好著書。綠楊扶更卧，錦蒐卷初舒。聞說桃花放，武陵溪不如。

贈孫愷似

孫郎久不見，懷抱向來奇。暗雜封王使，傳回屬國詩。夷中吴土語，云高麗人方語間與吴同。海外漢威儀。碑記通篇誦，徒深異代悲。有碑紀先朝恩德。

艾玉立招同朱拜石張弘軒孫愷似宴集

五十年前客，重來一邑嗟。論文悲異代，昔在邑幕閲試牘，於君先世有文字之知。叙舊得通家。大宅纔新贖，長筵仍舊華。看君敦世講，歲月未言賒。

寓園明菴作

予以前甲戌游上海，今甲子重來，蓋五十一年矣。風景已非，人事迥異。寓菴中浹旬，老態旅況具見乎詞。

江城往事不堪思，小院幽栖又一時。來去祇由黄歇浦，遊觀莫問赤烏碑。爲求縱目躋荒隴，未許行吟出短籬。秋色滿庭蟲語急，老僧長伴客眠遲。

贈徐西厓

城南徐孺子，傾蓋已情親。早歲交遊遍，還家呫嗶新。久遊回，始攻舉子業。自然風雅客，難得性情人。壇坫雲間盛，如君已絶塵。

贈别徐道積

謝家兄弟好，叔子倍神清。遇物無疑滯，持躬特老成。門尊前代客，世篤故交情。多少千秋事，時名豈用爭。

客袖清風滿，常吟枉贈詩。因君迣老念，重我昔遊悲。古驛銜杯夜，高齋讓榻時。殷勤無限意，别後最相思。

梁溪贈陳集生

三吳來去此通津，爲爾情殷過客頻。出處人皆同臭味，應酬天授有精神。竹牀紙閣曾留卧，白酒青蔬不諱貧。怪是無家偏好士，江東誰不識陳遵。

甲子除夕西田莊口號

雪擁雙扉度歲新，身爲萬曆老遺民。六年辛苦三重屋，一室團圞四代人。稚子可能勤繼述，諸孫慎勿厭清貧。漫因除夜傷遲暮，且喜添齡報早春。

乙丑元旦立春

開歲逢春第一天，餘年贏得又新年。吟成枕上呼兒寫，雪滿山中謝客眠。梅蕚應舒横屋角，柳條須插遍池邊。詩文删能閒無事，更註離騷訂七篇。

寄家左車大梁

送別江天一雁飛，臨歧惆悵願多違。祇期迎旅還西上，忽念倚閭竟北歸。長路風霜嗟獨往，深秋早暮憶無衣。衡州更去何年事，望爾朝朝候竹扉。

送別張敦復還朝

奉詔趨程驛路賒，乍辭三徑理征車。宦情久淡偏承寵，主眷方濃敢戀家。休沐幾曾離翰墨，對揚多是吐煙霞。知君別後難忘處，碧藕當軒萬朵花。

秋至天清一雁飛，故人相送出林扉。青山來去雲常在，白首追陪客漸稀。讀易有書陳講幄，吟詩無夢到漁磯。賜金園上親栽樹，爭長新陰待爾歸。

新秋同諸子赴張玉叔碧峰之招上探披雪還集秋樹堂分得雨字

出郭朝氣清，秋山淨可數。碧峰久見招，遙指深松塢。溪聲遠近鬧，磵道曲折取。迎車野花開，當門怪石拒。豁然得高軒，萬象一以俯。前山展翠屏，衆壑紛檐户。爭嗟制作新，山水應有主。瀑布吼西厓，下構茅亭古。聚坐八九人，對面不得語。更上轉奇絶，窮源斯可睹。

力恕老夫衰，興爲羣賢鼓。扳陟盡險艱，扶持辭僮豎。敢信身能輕，所恃杖堪拄。果然得真源，憑空雲際吐。絶壁瀉銀河，漫漫雪花舞。泉聲一何喧，濤勢一何怒。是時天晝晴，颯然衣上雨。悄焉暝色生，出谷始亭午。還坐秋樹堂，分題及老腐。且復共斟酌，勿事行吟苦。此中定有詩，歸向燈前補。

陳官儀後山亭子

孤亭根絶壁，雅志半年成。費少人分任，工多手自營。湖連通市白，月過斷崖明。安得扶闌穩，免予踏險驚。

春雨樅江李屺瞻旅舍作 丙寅

都門別去杳難期，聚首江村暮雨時。客裏窮愁翻作主，天涯汗漫但存詩。招尋未覺交遊減，仕宦頻驚蹭蹬奇。恰好春泥歸不得，白頭拄杖日追隨。

貞靖祠前白松歌 屺瞻出白松歌見示，爲述貞靖房先生死事本末。先生令嗣輿公，吾老友也，援筆屬和，便寄輿公。

先朝國變死者多，屬筆常恐傳訛訛。涇陽李子有至性，旅夜示我白松歌。白松對峙森如玉，貞靖祠前陰滿屋。酒酣爲訴貞靖賢，更出紀事移燈讀。當時巨寇初陷秦，秦中生死無完人。先生絶粒志已決，四海塵昏早潔身。鄉里士民重節義，請官建祠私議謚。孝子祠前手植松，廿年遂有千尋勢。松不凋兮白不涅，亭亭枝幹標高節。清風已信洒塵寰，皓皓更見凌霜雪。李生詩力老且堅，我欲和之氣薾然。尋常題咏亦可已，此詩應藉此事傳。先生象賢吾老友，把我詩篇常在手。通家曾未拜牀前，弔忠反愧居人後。即今拜公還拜松，歲寒此外復誰同。可知西向題詩客，白首人間遁世翁。

浮山示山足上座

浮山山下華嚴寺，憶我遊經六十年。別此山五十餘年矣。接踵上梯猶子侍，舍侄隣祥同遊。攜笻探勝老僧先。傍崖佛殿巖垂霤，隔嶺僧炊洞洩煙。看遍名山輸小巧，獨教詩句半窗傳。雷鯉號半窗，有詩。

酬李醒齋文衡

詞臣新沐主恩優，特簡衡文第一州。遂使繁聲還大雅，果然藻鑒盡名流。搜奇應少遺珠歎，懷古能無故劍求。回首西園酬唱夜，清光仍見月當頭。

勝集高吟永夜樽，別來潦倒不堪論。篇章衹藉交遊重，氣誼寧知位望尊。風教一新多士變，書香得繼故人恩。即今車笠情誰篤，信有南州古道存。

李醒齋下徵拙集漫錄詩易莊屈四註呈教詩以志感

白髮滄江老布衣，終年一卷掩雙扉。自窺風雅篇章減，偶悟圖書講授稀。出處未能忘故杳，徵求已覺有光輝。編摩爲送窮愁日，且喜編摩志不違。

自倦遊梁久索居，驚傳寵問賁荒廬。早知家世尊經術，還向周秦覓異書。莊叟似能明易義，楚辭直可號詩餘。卷篇無計全鈔上，莫怪年來著作疏。

酬程松皐中秘

奉常交誼向來疏，中秘殷勤獨好余。召客論文時置酒，蠲資給札與鈔書。虛名何意騰京國，吾道應甘棄里閭。怪爾耽吟思執禮，共窮經學意何如。時欲執贄於予。

酬童方平

吾家外族世多賢，童爲先外家。舊宅城南小巷偏。一榻梧陰留客坐，半間書室與人連。爲窺圖象門常閉，但得篇章手自編。長夏寫經讎校苦，可知經學要君傳。

送門人吳天況廣文之吳江

松陵吳越交衝地，學舍巍然面大河。隔郡生徒趨講席，停軒使客聽絃歌。扁舟到處湖山好，紗帳閒中唱和多。莫謂老人從此別，餘年猶擬數回過。

張我思東皋

一路籃輿出稻畦，詩壇老友半招攜。童年逐伴悲前代，高樹成行憶舊蹊。予六十年前過此，今非舊觀矣。釣艇花間藏翡翠，官堤柳外過輪蹄。知君最有西塘夢，小檻緣池故向西。

竹葉亭示姚綏仲

小院虚亭萬竹環，客來杯酌未全慳。林中把臂通三世，坐上揮毫又一班。酒伴久無嵇阮輩，交情合在紀羣間。新詩吟去爭傾倒，肯放文心白晝閒。

修堂招飲酬張子基大理

回首西堂高會年，篔簹繞檻故依然。家聲益覺門庭大，客坐驚看故舊偏。五色雛成初出穴，三珠樹起漸參天。知君志切晨昏戀，不爲投閒乞假旋。

秋雨渡江訪趙貴池心遠

潮褪江頭江水平，扁舟冒雨渡江行。遠山雲淨孤城見，近浦秋深合郡清。村社犬眠無吏跡，官衙鼓靜有書聲。尋常閉閤人難造，敢信神交躧屐迎。

曾同徐孺滯京華，屈指文壇數作家。竊恐簿書妨嘯咏，仍聞圖史是生涯。芙蓉秀出千峰色，桂樹香傳滿縣花。如此吏情殊不俗，知君胸自有煙霞。

贈華中湄學博

苔草延階小徑偏，披帷一榻故蕭然。成名未了虀鹽債，好客難支月俸錢。雅志詎能辭俗吏，虛懷曾不棄華顛。同官死事歸無計，齒頰周旋仗汝賢。時家介臣廣文喪未返。

送宗鶴問廣文假歸揚州

八月濤聲江上秋，廣文心急下揚州。經營行旅仍邀客，委曲官衙替買舟。宦薄總無初意氣，吾衰惟記舊交遊。竹西歌吹前朝夢，爲報狂生久白頭。

過建德留别金賓王廣文

千家小邑聚巖阿，爲借高軒足嘯歌。絳帳曉開黄葉滿，青山晝靜白雲過。官貧每爲交游苦，身病還憐應接多。我住江村舟楫便，往來時可逐漁蓑。

寓孔相國坐論閣有感

予於孔氏爲世交，憶甲戌秋謁公於南宗伯署中。回首五十餘年，兩姓兄弟，惟予獨存，予今年亦七十五矣。因成長句，以志昔誼。

猶記留都上謁初，叨從子弟拜階除。秉鈞德著辭朝後，報國軀捐哭帝餘。城市久無旋馬宅，園林借與廣文居。通家祇剩衰殘叟，莫怪文孫誼已疏。

鄭繼之寓宅小飲

看山郭外遠移樽，別緒重思促膝論。自向卧房開藥酒，且留小酌謝梨園。時有優觴見召者。貧餘廡下纔容榻，交滿城中少到門。往事話長誰聽得，白頭獨有此翁存。

簷上寓目

闌權舟難過，偷從小港通。盈街腥網户，駕浪接漁篷。盜散從軍去，防稀汛地空。前途湖面闊，愁煞起西風。

承漢陽明府張壽民移樽鄂渚用謝

楚天風物接江鄉，來往人爭誦漢陽。官但潔身爲政易，治能省事即才長。簿書堆裏心偏靜，車馬塵邊坐有香。自昔見君溫似玉，早知作吏號循良。

盈盈一水聽弦歌，遥指晴川此再過。置酒自應煩地主，移樽底事涉風波。衰年作客交情少，旅食關心古道多。知爾飲冰無宦槖，故鄉人集可如何。

張武仕别駕初度

至後經旬日漸長，嘉辰春早動南方。思親不奏稱觴樂，報母惟添禮佛香。江上誦歌連梓里，樽前賓客聚同鄉。漫矜跨鶴仙人近，衙近黄鶴樓。可勝龍眠舊酒狂。

冬夜集葉慕廬寓齋分得心字

武昌城北晝常陰，濘巷頻乘款段尋。即席分題名士習，隨時小酌故人心。酒從近舍沽偏釅，詩到衰年逼始吟。莫怪老狂頭白盡，看君取次鬢毛侵。

開遠堂燕集觀伎即席和韻二首

妖姿偏與舞衫宜，約法停杯看柘枝。愁煞大娘雙劍起，青萍鋒裏轉腰肢。

雜劇單呈怪眼花，近前代酒背人斜。使君不許分明看，明日開筵設絳紗。

移寓漢陽千谷招飲不赴贈詩見嘲依韻

金陵班裏小陳多，歌舞剛能勝綺羅。料是旗亭無我在，出場端不唱「黃河」。

舞席歌場夜夜陳，白頭翁到滿堂春。今宵燭下爭相憶，實少顛狂首事人。

戲作和千谷韻

白首紅筵每夜闌，上牀長是曉霜寒。如何密坐反思睡，合是花從霧裏看。

酬葉蒼崖少參招飲

歲晚江城官舍清，開樽夜召老狂生。曾經陋巷停車問，纔及龍門躧履迎。客到半酣談益縱，詩逢勍敵句難成。看君吐納真風雅，怪得同聲藉主盟。

黄浦鶯濤早歲過，餘年重睹舊煙波。自憐易代交遊少，遥指南村著作多。近侍即今親吏事，鴻文恥復應詞科。天涯忽漫尋遺老，爲許樽前發嘯歌。

同楚學使者集開遠堂觀伎

紅燭清樽接坐香，新從江漢攬羣芳。筵前仔細聽吳曲，醉後傾頽任楚狂。校士技誇雲夢獵，選聲樂快洞庭張。可憐小伎能歌舞，也點頭頻許冠場。

立春後一日龔觀察成少參邀同顧黄公方與三宴集徐方伯梅雪堂觀劇是日微雪梅亦初放

高觀山半敞亭臺，節使移樽並駕來。爲念故侯偏潦倒，卻邀遺老共追陪。酒嚴庭雪寒全散，歌徹檐梅蕚盡開。正好觥酬酣拇戰，曉鐘底事欲相催。

吾鄉方伯舊風流，爲愛湖山破旅愁。宦後論詩餘老友，閒中送酒有諸侯。樓前花朵移燈見，郭外江光卷幔收。小伎夜寒何處宿，教人臨去幾回頭。

開遠堂除夕和何蔚宗韻

同是天涯客，偏予物外身。詩篇遵罰例，賓主盡詞人。酒量衰年恕，鄉情異地親。歲除何足惜，且喜又新春。

田間詩集卷二十六

客隱集 丁卯

贈龔千谷觀察時將初度

湖南湖北楚疆分，一節新兼屬使君。地闊舟車勞總轄，才長籌算已先聞。商檣雲集通鹽筴，驛路星流驗馬羣。物望漸隆身漸貴，相逢軒笠正殷勤。君在緒部以善算聞。

理棼曾未能賓筵，依舊先公好客年。渤海政聲應有譜，合肥家法不留錢。簿書滿案精神到，歌舞當場唱和偏。聞荷時流相勸誡，諸君惜未見前賢。

潦倒京華旅食春，朱門欲叩每逡巡。忽驚枉駕尋荒寺，便約攜筇伴老親。共事久憐交道古，相知深識孝思真。榻前坐上今餘幾，爭怪吾兄重故人。

憲府森嚴許數過，嘉辰相慶早春和。庭階詠就更班誦，賓客詞新選伎歌。勤政但須綱領擧，省刑終是吉祥多。知君官位隨年進，馬齒增衰奈我何。

元旦雪集開遠堂限開字

歲朝官閤綺筵開，雪片隨春獻瑞來。卻點庭闌添玉樹，故粧林岫作瑤臺。謝家爭會臨階詠，梁苑寧煩授簡催。郢曲漫勞稱宋玉，白頭無復舊時才。

元日雪龔叔損初度索詩

合肥宗伯後多賢，傳癖書淫兒爾偏。得歲偏生居歲首，添丁已定是丁年。叔損纔三十，望子特甚。花開彩筆矜初試，雪映斑衣喜更鮮。門內孟陬多覽揆，怪君獨僭父兄先。

三日邁種初度索詩

春明聚首日披帷，每睹雙眸歎異姿。問字趨庭煩大父，傳經接座有名師。故人重見情偏篤，往事深談客不知。歲月飛騰三十過，直追祖武已嫌遲。

同諸友移尊爲千谷稱壽君即席有詩用元旦韻依和

新年幾度綺筵開，又值佳辰預祝來。推愛自然邀舞袖，君所愛陳伎。移尊聊復借歌臺。爲愁馬滑仍留宿，早聽鷄聲不敢催。一坐主人爭勸酒，揮毫早讓使君才。

同龔千谷僉憲過湖即事

夙有湖南興，今來逐伴行。風平官舫穩，雨住楚江清。驛吏覘檣影，商船避鼓聲。衰年因老友，遂此壯遊情。過金口。

轉苦艅艎鬧，中途擬換船。非關囫遠謗，舟中有謗余者。且得遂安眠。笳鼓聲遥發，更籌點暗傳。所求容筆研，隨意詠詩篇。小陵夾擬换舟。

莫厭漁篷窄，吾裝本自輕。可憐爲客慣，常是趁舟行。帆短風偏駛，窗虚月倍明。故人能給米，但爲買茶鐺。

菜花緣斷岸，遥指祭風臺。戍卒鳴笳候，官船望港來。罾懸漁子去，殿廢廟門開。客有登臨興，偏遭暴雨回。泊祭風臺，雨不得上。

巡更無旅雁，接飯説神鴉。不見沿堤柳，遥憐野戍花。帆收勤轉柁，汛僻早吹笳。夜静西風裏，濤聲走白沙。

津市帆檣集，千家煙火浮。一堤遮漢水，萬里接江流。生活爭魚利，逢迎有客舟。洞庭門外水，容易往來遊。新堤

早過荆河口，歛帆望岳州。緣山殘雉堞，背嶺見層樓。嶺後望見岳陽樓。蠟燭回飆滅，旹籤近幔收。長年教穩卧，船泊上風頭。泊岳州城下，風雨。

洞庭波未大，樓勢倚高空。稍覺湖光遠，猶令詩思雄。客來題欲遍，老去目難窮。卻笑杜陵叟，吟成想像中。岳陽樓。是時春水未生，遠望洞庭，草草賦詩而去。洞庭冬春之交則水落，按工部亦以冬盡春初過湖，所爲詩亦想像得之，非實見也。

岳州形勝地，半嶺削成城。一自三方叛，還勞百戰爭。桃花無主放，麥秀占墟生。黯黯春光早，偏增感舊情。

君山樓檻外，樹色鬱雲浮。近郭兵常到，當軒客少遊。沙屯亂日馬，汀泛古時鷗。野廟含嚬處，遙遙二女愁。望君山。

中流望不極，水落倚汀沙。捩柁迎風駐，移篷避雨斜。客檣投鬧集，人語上帮譁。可惜湖心月，今宵故故遮。湖心晚泊。

北風朝後發，坐穩若乘虛。祇覺前帆退，還嗟後伴疏。天長無過雁，波闊少逢漁。不許臨流

指，神君倘恕余。舟人禁不得指湖。曲岸維舟處，相傳是汨羅。昔人遭放逐，常在此經過。祇憶行吟日，如聞漁父歌。地名灣倍直。還怪直猶多。泊三直六灣口，云是汨羅江。

湘陰南去路，風物似江汀。夾岸吹沙白，迎船遠岫青。野花春澹澹，獨樹雨亭亭。羨爾來舟穩，愁心是洞庭。湘陰道上。

笳聲中夜鬧，解纜讓來船。下吏侵泥候，閒翁聽雨眠。江聯十里艇，郭鎖萬家煙。岳麓朝雲散，三門已歷然。泊長沙。

入署寓樓上望見岳麓

入署吾無事，樓高限苑牆。城頭傳漏鼓，屋角過風檣。春雨增卑濕，朝嵐接混茫。小窗貪睡足，隨意理篇章。

對月

楚國偏多雨，朝晴始見春。簿書勤幕客，文酒屬閒人。山出知雲散，輪虧似月新。時既望，始見月。故園松際好，應念老夫頻。

過賈太傅宅

賈生宅傍市廛開，爲惜春泥蠟屐來。王傅未應嗟放逐，漢文要算最憐才。井泉自滿通街汲，碑石重新過客哀。誰使湘纍同俎豆，冤魂長此共追陪。

同諸子岳麓即事四首 二月晦日

春遊逐伴屢遷延，猶趁今晨二月天。岳麓纔收昨夜雨，湘江不散古時煙。草根萍聚流人宅，水面花浮小伎船。直擬登峰還極目，一生高興到餘年。渡湘江。

絶頂亭荒片石孤，波光一白散江湖。籃輿失路山花引，拄杖登危小吏扶。大地坼煩龍尾剗，山海經：禹治水，應龍以尾劃成川澤。連山奔豈赭鞭驅。署樓指去天疑近，何意憑陵雜老夫。禹碑亭

四山午靜響松風，下嶺尋鐘仄徑通。寓客安單禪誦裏，老僧供茗竹聲中。篔簹籜卸分班綠，躑躅花齊繞道紅。殿腳寺門非所見，洞庭、赤沙去此甚遠。吟詩惆悵杜陵翁。自雲麓宮下岳麓寺。

講堂傑閣倚山開，取次浮湘併馬來。湖色重重當户見，泉聲曲曲繞階回。中丞勝事存書院，爲哲撫周君重建。名士春遊泛酒杯。我老欲眠君輩飲，爲憐小户恕相陪。飲書院。

贈趙雲巖糧儲

使君名德古仁人，一路謳歌佛號新。湖南稱「趙佛子」。緩儌幾曾虧額賦，寬刑偏是感頑民。晝閒閉閤山常靜，雨過褰帷麥早春。試聽兩湖交口誦，未煩識面已情親。

輓鄭肯崖

谷口爭稱鄭子真，華亭高會片時親。可憐白首悲歌客，同是青山憔悴人。名動公卿羞枉道，身經都邑不霑塵。扁舟別後乘雲去，剩把遺編手澤新。甲子相晤雲間，以大編見示。

白門晤方望子自嶺外回

君家兄弟有奇才，何處雲山不到來。足遍四方雙眼大，身經萬死寸心灰。故人世外偏勞念，詞客天南已共推。攜得羅浮蝴蝶繭，相看疑在夢中回。

題姜勉中卷子

萊陽姜給諫，生死一從軍。衹信承嚴譴，敢思背故君。還親餘數齒，報國此孤墳。祔葬兒心盡，千秋守白雲。勉中既葬給諫戍所，瘞其墜齒於先隴，後移母櫬祔葬。

過京口不得泊寄王个菴太守

京口舟車四國通，政聲千里挹清風。江山不改南朝舊，保障還增北府雄。市井晏安無吏擾，官衙澹薄與民同。扁舟不繫遥投刺，曾記高吟白髮翁。

憶到金臺髮始皤，青箱堂上屢經過。先公念舊該諧恕，老友忘形嘯傲多。風雨開尊頻授簡，君昔置酒索詩。江天倚棹獨行歌。也知謝客難辭我，其柰舟師夜渡何。

從孫旆秋薦志勉

吾家灰冷百餘年，賴汝孤生火再然。敢信文工投主好，定知母節荷天憐。母氏苦節多年。讀書有效功難竟，立品方新願早堅。從此致身無限事，區區科第幾人傳。

贈王安節宓草昆仲

城西來往屢披帷，見汝肩隨上學時。性不茹葷胎有種，才兼雜藝智無師。爲耽篇什摹成畫，但寫林泉意在詩。本擬逃名藏薄技，轉教名字滿天涯。

王宓草爲寫少陵進艇圖見贈索題其上并以奉酬

小構江村盡室栖，客來謬擬浣花溪。芙蓉礙港推舟過，魚蟹收罾拄杖攜。任意寫真幽事合，按圖舉似土人迷。敲鍼畫局皆如見，指點篷窗愧老妻。

長干感舊

不到長干又八年，到來風物益凄然。南廊行遍無僧識，久在人間越可憐。
南朝古木舊松園，千樹今無一樹存。却憶垂簾松下店，更誰買醉過黄昏。
松影手開修藏社，石溪挂鉢並稱師。堂前草塞遊僧住，説與師名總不知。
枯木堂前漫叩扉，禪牀如舊坐禪稀。老髠竊據嫌人到，自占窗明補衲衣。
古院荒涼石徑斜，爭傳院裏盛秋花。竹籬倒盡松棚拄，合著鄰人共賣茶。

再過弘濟方丈

磴道攀崖上幾層，老夫三載兩回登。甲子年過此。可知雲霧江天裏，尚有南朝一个僧。
我趨京口因風住，君向淮陰爲雨留。天要兩翁連夜話，故教風雨阻扁舟。

丈室憑虚倚薜蘿，巢居與此不爭多。大師更擬尋高樹，樹頂安巢學鳥窠。

舊遊剩得張居士，謂瑶星。二十年來卧白雲。棲霞菴名。我不到山渠不出，非君消息豈相聞。

華嚴閣上 臨莫愁湖，舊爲中山池館。

高閣湖光四面通，侯家别業梵王宫。千年物换歸新主，一局棋收憶上公。湖本富人物，魏公以棋賭勝得之。倡女曲中名不改，功臣坊裏宅全空。山僧未淆興亡事，惟見秋光歲歲同。

再過江陰趙翔九宅上有作

十六年前客再來，壬子九月過此。尋君徙宅近城隈。酒尊慣爲遊人設，浴室仍因老友開。壬子曾浴其家。往昔唱酬誰復在，即今鬚鬢見猶猜。佳兒别後新添得，已會留賓代汝陪。

江陰陸雲士明府招飲署齋

澄江官閣動遨賓，意氣惟於風雅親。名士豈能爲俗吏，罕城何幸得詞人。嘯吟侶外逢迎少，案牘堆邊著作新。爲喜同聲忘忌諱，謂昉思。病餘徹夜恐勞神。

丹陽道上

官路依前撲面塵，市廛無復舊居民。要知編户征求苦，憔悴衣妝看婦人。

丹陽古道叱車頻，曾記岡頭遇伯倫。甲申五月遇劉晉仲。南渡擁君誇瑞異，一年國祚應天人。是時南都方擁新君，晉仲言其瑞異。

過句曲土橋有作

昔年逐伴此頻過，賣飯人家小婦多。盈盈笑靨今誰在？縱在應爲春夢婆。

買醉壚頭不論錢，唱歌有客引人憐。雹光驚散幽期約，早是遊仙五十年。丙子夏夜，與方廣成宿旅店。方善歌，有密約，爲雷雹驚散，方踰一年即殁。今已五十年矣。

九月再過江陰呈李醒齋閣學

蓼花楓葉逐江程，一月扁舟兩度行。潮汐去來遊子老，雲山迎送故人情。秋清身覺途中健，客久詩多枕上成。節近重陽剛惜別，應留萸酒待狂生。

相逢偏值九秋天，屈指分攜廿四年。賓客久無前伴侶，鄉園非復舊林泉。乍承風貌還煩認，曾睹篇章已盡傳。馬齒僭君詩記得，余舊贈君有「僭長吟壇三十年」句。每增歲月互相憐。

舊遊正值題糕節，此會還當泛菊餘。謝傅風流常入夢，謂尊先公。孟嘉禮法自來疏。詩腸久澀情難已，酒興猶存量不如。見説别離踰二紀，生孫今已列賢書。從孫旆以是年此月生。漫嗟東閣秘難窺，縱我高談仍昔時。著作叢殘勞采錄，兒孫次第荷恩私。寵深祇信由天眷，官大何曾令客知。已約追隨同北首，冬寒肯教束裝遲。

壽春方綸賁孝廉索贈因以志勉

西楚人文海内傳，孩未先生每自署西楚。德門早識世多賢。中丞名節先朝重，大令循良異代憐。蘊耋以明末令瑞金，人至今誦之。兩姓弟兄存一老，通家子姓忝同年。相期事業從兹起，此是前程始著鞭。

吳園次邀同北平楊香山吳門宋既庭集寓齋各賦一章

旅食江城落葉天，吳興招客盡華顛。交遊漸覺先朝少，詩句多爲後輩傳。出處異同成噩夢，江湖歲月總餘年。怪余齒序偏居長，老健相推益可憐。

酬園次

湖州太守最風流，官槐無家任遠遊。往蹟寫來煩畫手，有紀事畫軸。新詞填就趁歌喉。吟壇召客惟求舊，旅舍謀歡未覺秋。時事紛紜看不得，餘年落得閉雙眸。君方目病。

自丹陽返白門早行三首

嚴城朝霧隱，逐伴過丹陽。船活潮來水，橋殘馬去霜。圍兒喧北馱，阿姊鬧吳航。自笑白頭叟，衝寒底事忙。

孔道通吳會，沿溪石路賒。危隄迸驛騎，野阪走征車。健婦錢工數，輿人酒暗加。村村場打稻，幾斛到農家。

辛苦華陽路，多從夢裏行。門開明店火，路黑逐蹄聲。驢歇一宵健，裘添向曉輕。漫嗟山霧重，且喜得冬晴。

經丹陽口號

驛路通衢此最煩，舟車祇在縣東門。馬馳橋壞危猶過，纜繞城回鋸有痕。席帽客來輿價涌，夜航人到主家喧。僮奴怪汝偏經慣，買飯輸錢總不論。

將入都寄訊東流陳明府

蒲帆五月挂江湄，乍見還驚客到遲。漏下出城傳禁鑰，宵深遣吏送舟資。白門青翰空淹日，紫蟹黄花已後期。君約九月相過，竟淹白下失約。欲赴故人都下約，好貽書札慰相知。

皖中飲孟叔子宅上

飲馬池傍老屋偏，孟家兄弟最稱賢。柴桑亂日尋元亮，甲乙之際，聞移居杏花村。苜蓿河邊憶惠連。五色鳳雛新出穴，千秋花甲始周天。君甫值六十。尊前漫訝鬚全白，屈指分攜十九年。

將近孔城值大雪宿逆旅旆孫獨往夜不成寐

出門逢大雪，逆旅暫停車。獨去情何急，前村路尚賒。庭階休詠絮，馬上且看花。此際投誰宿，茫茫夜氣遮。
寒花初作蕊，欲放重增寒。已覺登程早，今知行路難〔一〕。甘衰投旅宿，恃健促征鞍。動忍男兒事，翁眠夜未安。

市鬧無乾地，況逢雪後泥。集開添賈客，店啓進輪蹄。曙色分殘月，更籌信遠鷄。圉人多土著，前路已先迷。

過懷遠渡淮

荆山望不極，暝色已先催。馬陷車頻覆，船歸客始來。沙頭呼渡急，店口打門開。夜禁連宵警，輕裝底用猜。

宿州小除即事

此生常汗漫，老去厭家居。屈指一年盡，計程萬里餘。筒傾攜到酒，裝解讀殘書。旅舍無燈火，凄涼説小除。

早到徐州不得行

天晴官路穩，無故滯徐州。歲逼程空算，人閒心轉愁。沙添移岸近，冰斷塞河流。好趁風平渡，吾身不自由。

兖州道中同粵東陳崑圃黎文連旌德汪帝臣及從孫旆守歲

自憐壥外久翱翔，還逐青雲客路忙。五嶺雲山悲故國，一尊風味喜同鄉。汪君出水陽酒分飲。圍兒櫪畔通宵曲，旅客牀前應節觴。信是聖人居已近，文星聚處有奎光。

校　記

〔一〕今　原作「令」。

田間詩集卷二十七

客隱集 戊辰

元旦晴過兖州口號

新年不暇醮椒觴，逐伴驅車古道傍。桑柘影中過魯國，輪蹄交處見周行。天晴氣召陽春早，風煖塵連帝里長。笑與曾孫談往蹟，阿翁人亦筭靈光。

平原旅舍見壁上白氏女詩和韻 氏名浣月，字防蓮，蘇州半塘人。所適非偶，失意作詩書於任丘旅舍，過客書此，和者甚多

傷心不是怨仳離，誰許庸兒妄畫眉。春夢可憐隨蛺蝶，啼痕空自濕胭脂。燈前早綰同心結，枕上私成薄命詩。信是文君能擇偶，定情仔細聽琴時。

德州道中雪朝作

漫漫銀海浩無垠，滿地公車雜逸民。未戭凝寒欺皂帽，且圖積素壓紅塵。村墟向午人煙少，歧路頻迷馬跡新。慚愧故園牆角外，梅花柳色爲誰春。

贈嶺南黎文連陳崑圃二孝廉

平生汗漫老難休，喜共詞流足唱酬。途倦祗應分韻遣，篇成多是掌燈收。鬱孤馬革悲樞部，黎美周職方死難虔州，君共族也。端水鵶行憶太丘。崑圃尊公曾共事端州。四十餘年成異代，又逢二妙與同遊。

都門送別查夏重還里兼訂皖上之遊

東南詞客聚金臺，獨買舟隨樂令回。侍令岳陸冰修病回。燕市柳新攀欲盡，潞河春淺凍初開。談深塔寺悲先志，尊先公與予訂交長干。吟遍蠻鄉見爾才。秋到皖江尋舊好，可能一問白頭來。

京華春集

門人程松皐邀同朱晦人、楊端木、張寄亭、王令詒、查荆州、夏重德、尹聲山、陳叔毅、衛凡夫、孫愷似、吴宸一、陳仲夔、張弘蘧、家凹瀛、從子歐舫集端木寓中，分得春星。

物象闢春氣，天文爛帝畿。日斜初黯淡，月黑轉晶輝。衹訝明河隱，翻疑列宿稀。極臨當北户，杓指向東扉。農事占晴雨，方州驗穰饑。芒隨時變動，彗罷夜深飛。野錯分難定，躔移度已非。未能含爪斛，且合映魚磯。燭暗增光小，簾疏逗影微。可憐燈火散，猶照白頭歸。

仲春夜集徐立齋寓齋燈下看梅同朱錫鬯采章金穀似令姪藝初諸子作

故人甘寂莫，卜夜暫謀歡。席但隨時設，居於到處安。甈篣賓自認，觴政老求寬。爛熳燈前朵，參差壁上觀。氣和書卷古，香令酒杯寒。幸與素心對，誰言春事殘。青编常作伴，白首好同看。漏鼓催歸騎，知君興未闌。

徐健菴總憲席上有作

皖上分攜又十年，餘年還得聚樽前。也知兄弟時多忌，且喜文章主獨憐。馬上挾書聊寓目，席間假寐是安眠。看君早暮辛勤甚，鬚鬢無多總皓然。

江村小構未安居，晚歲營家計益疏。豈有暮齡勤遠道，荷頒清俸理征車。交情能得幾知己，心血難捐舊著書。辇下即今寥落甚，於君獨仗意何如。

海内高賢盡在門，先朝人剩老夫存。怪予多難身偏健，嗟爾耍詭道益尊。家法自來崇舊德，世交今已及曾孫。同時屬望知多少，瑣瑣予懷敢盡言。

徐道積南還小詩述懷併柬令伯果亭

高館淹留榻再移，衰年相仗起居宜。耽眠早勅司茶候，防蹶爲調善馬騎。已識茥慳稀勸酒，更憐才盡不追詩。東還安石應垂問，莫道狂奴異昔時。

贈徐宫允勝力

中允詞壇久，燕臺客舊鄰。揮毫看敏給，應物足精神。宦達才踰老，身勤髮早新。别來十六載，今剩幾同人。

史才誰不讓，經學況兼通。過目書成誦，銜杯論更雄。交惟敦素好，階已上青宫。舊物無多在，推稱及老翁。

題王子靜小影

與子靜別時，君年纔二十，予到中州寄以長句云云。頃再過燕臺出示此圖，猶予別後五年作也。視予別時已較稍蒼，但輔頰眉目之間宛然可認。況今又復十年，其蒼有加，則予老益可知矣。回憶青箱堂上，予以方外老狂從文貞公，踞榻縱談，諧謔間作，公大忻然粲齒，諸昆弟傾耳匿笑，猶前日事也。西州再過，能無愴感？因君屬題，用以寄慨。

表裏溫其玉不如，整襟端坐過庭餘。蕭然一榻無他嗜，祇有青箱舊讀書。

官職勞勞早縶身，尋山還念采芝人。看君自是神仙侶，生長長安不染塵。

通家來往舊無期，輪派開樽苦要詩。今日爲君題小影，濡毫無復昔淋漓。

已見元昆握化權，更看少弟入班聯。謝公家食分行坐，回憶堂餐十五年。

宛平相公召集怡園述懷

名園屈曲幾年成，綠樹陰穠滿院清。客到早迷門內徑，僮前爲導洞中行。巧堆頑石峰偏秀，計轉寒泉澗有聲。半醉不知新月上，高談爭讓老狂生。

狂生夙昔平津客，八十衰齡今又來。野性受知捐禮法，先公忘分與追陪。每因即席常懷舊，猶愛聽歌數舉杯。往日有詩吟似夢，怪君家世特憐才。

才華晚歲已全休，漫憶當年足唱酬。開閤動邀名士集，爲園喜及老親遊。青山未許存黄綺，皂帽於今幾白頭。剩有半生書卷在，故人何計令長留。

宛平公索題小影

相公下直人事稀，踞石危坐林間扉。窈然塵外發清機，對之和易神有威。鬚髯正黑蒼者微，其人雖瘦天下肥。往昔汾湖亂相依，公年十七皙而頎。顧盼奕奕騰光輝，俄頃星散南北飛。分殊勢絶霄壤違，皂帽騎驢走帝畿。先公不忘舊布衣，出詩見憶相歔欷。坐談往事子姓圍，惟時未老乞身歸。公每退食侍庭闈，縱我狂論無刺譏。今者重來事又非，登堂有淚制不揮。庭階樹色益芳菲，蒼苔碧草思春暉。留侯學道爭先幾，赤松同遊吾敢希。江村老翁何所祈，解推豈救寒與饑。海内清晏無人噫，餘年長坐釣魚磯。

倪雲林木石圖 志敷索題

片石枯株點染疏，青山一帶似吾廬。北窗正好炎天卧，枕上看山不讀書。

真定相公招飲奉酬

謝傳蒼生望不虛，宣麻恰趁客來初。天心祗覺迯回久，相業偏宜歷試餘。曾荷朝班儔俚句，也從賓閤雜華裾。衰年未改狂奴態，唱和當場恐弗如。

白頭懷刺久逡巡，忽漫招尋笑語親。插架應添新典籍，留賓還是舊平津。科名屈指存元老，鬚鬢同時幾故人？早奏治安無別望，清江一曲穩漁綸。

喜徐立齋復任御史大夫

賜環頓復舊簪裾，中外讙騰命下初。殿上班齊爭檢點，車前騶衆早芟除。雙藤仍倚蕭條户，萬卷難抛筆削書。到日再瞻臺内柏，五年霜後更何如。

嚴冷那能與世宜，風裁畢竟帝深知。共驚天意殊難料，若論輿情已覺迯。騶卒早來呵道起，吏人如舊上班隨。都堂豈是君家宅，兄弟輪居事亦奇。

架上圖書歷五車，半年留寓鄴侯家。窗昏輟卷纔邀飲，午倦偷閒一灌花。史學日深經術貫，宦情已倦聖恩加。勳名外有無窮事，好及顛毛尚未華。

野老焉知仕宦榮，朝廷舉錯也關情。權能操縱吾先覺，恩出尋常衆始驚。執法漫勞增意氣，振綱原不事紛更。臺端獨坐官邪儆，我亦餘年樂太平。

留别王廉一僉憲

春明聚首服官初，建節南來訊字疏。時有治聲傳估舶，早聞銜恤返廬居。叩門每值趨庭候，倒屣多從視膳餘。特勑奚童專報客，防教屐齒往來虚。厭向天街避馬駝，大夫門靜屢經過。搴簾自識逢迎少，話昔偏教感慨多。階下新添皆俊物，樽前舊作會高歌。服除叱馭江南路，遥指青山問薜蘿。

大行徐章仲自雲南使回

輶軒攬遍日南奇，萬里經年報命遲。絶壁丹青爭入畫，殊方花鳥悉登詩。賊臣竊據繁華盡，戍馬留屯士女悲。見説采風詢故老，先朝遺事幾人知。

集家越江太史寓感念葆紛舍人即席有作

吳越子姓東南繁，至親乃是十房孫。茸城舍人按宗派，再拜與我稱弟昆。茸城諸錢才輩起，君於舍人爲兄子。因循推分及老夫，居然與君大阮齒。感君古道不敢辭，天街來往無常期。昨夜召客飲我酒，不見舍人心傷悲。舍人有僮名銀管，燈前呼出面髯滿。笙雅堂中夜宴遲，錦屏風後歌聲緩。曾過城西問舊廬，叩門草滿無人除。舍人後事吾不問，惟問諸兒曾讀書。

將出都過張宗伯夢敦話別

禁城西出是君家，客到門常聽暮鴉。上直祇疑天欲曙，退朝多在日初斜。應酬禮廢交難謝，供奉思煩鬢有華。稍喜庭階蘭數本，偷閒秉燭夜看花。

園林新闢倚巖阿，自入春明客少過。宿蘚經時開户掃，新篁計日出牆多。每談宦興知衰甚，其奈君恩獨眷何。我老江村高卧穩，猶能相待訪漁蓑。

過健菴碧山堂作

城西深巷碧山堂，風物蕭疏憶故鄉。點綴砌花增怪石，支排老樹暗回廊。人因謝事顔重少，天爲投閒候早涼。鎮日把書通過日，問君爭似應酬忙。

尚書未老鬢毛新，暫可園林息此身。設榻每留高卧客，有房都住著書人。聽更已幸趨朝少，計日猶愁上直頻。公四日一入南書房。料是非時宣室召，花溪漫憶理魚綸。

都門喜晤劉豫東御史

江國琴聲接近鄰，樽前賓客老偏親。雲霄遠上追隨阻，車笠難逢問訊頻。露白至今花縣湛，霜清爭見柏臺新。平生著作勞垂憶，昨夜緼𥁕話故人。先一夕，御史與坐客談及拙作。

送龔含五太史南還

南海飄然一雁新，通家此日倍情親。官因分謗同時罷，興在論文獨任貧。旅食艱難留老友，歸裝蕭索助門人。憐君驛路秋天遠，剩有清風爲洒塵。

題高詹事江村草堂圖

江天煙樹有無間，茅屋參差白晝閒。祇合畫圖時展玩，鑑湖那許乞身還。

老去經營一釣磯，羨他松竹鏁柴扉。漫嗟永叔空思穎，但是能思世亦稀。

題菜香圖

大官珍饌日分嘗，舌本偏知菜甲香。荷鑁提筐緣底事，親栽親摘味尤長。

題徐藝初清夏讀書圖

長夏軒櫺面面開，撚鬚吟就興初來。竹間三徑尋常埽，酒伴招尋日幾回。
捲幔蕭然一物無，階前閒煞兩奚奴。爐煙不起松風細，似是烹茶待老夫。

朱竹垞六十初度

先朝英妙邈難攀，洛社今時共一班。把臂參差咸籍裏，論交先後紀羣間。功名祇笄逢場戲，著述偏乘解任閒。甪里舊居吾認得，扁舟澤畔待君還。

題竹垞雪中驢背圖

凌兢策蹇向山隈，席帽紅衫雪裏來。望去林巒通一白，畫圖不用更尋梅。

留别汪武曹

一窗聯客榻，半載滯孤蹤。酒令天炎減，燈花夜雨穠。新詩頻踴躍，大醉益謙恭。屬草難成寐，常聽鄰寺鐘。

書帷名士聚，賓閣主人賢。每夜聯杯酌，經時課卷篇。砌花驚屢換，庭月見頻圓。叫笑忘形處，相思大可憐。

甘蕉詩

總憲公以季夏種蕉階前，未一月，枝葉扶疏，居然成扆。蓮瓣層層，每瓣涵露一滴。公每曉手摘數瓣，分予嘗之，作甘蕉詩，索和四首。

長夏風清暑未消，南窗初見種芭蕉。那知一月干霄上，玉露從天不待邀。
儘着西風曉夜催，偏能結實在霜臺。堂餐飫遍天廚味，退食還承露一杯。
秋聲夜向客窗聞，玉液初沾齒頰芬。道是天漿能益壽，朝朝親摘與平分。
蓮瓣層層向曉傾，金盤掌上漫勞擎。老夫未有相如渴，聊解襄陽昨夜酲。

臨發聞家仲扶至不得晤書懷

燕臺別去雁行疏，鄂渚纔通漢口書。捧檄苦羈千里外，登朝已後一年餘。是年考選，後至失期。爲期大被常虛榻，見說衝塵甫下車。我已趨程爭逐伴，春明回首漫躊躕。

出彰義門

春明門上漲天塵，亞相塵中送故人。揖罷登車猶佇立，近前珍重語頻頻。

衰年逐伴别燕臺，豈有長亭酒一杯。門下受恩人一揖，翩翩二阮出城來。謂二方子

九日宿利國驛爲張仲子衡臣初度

令節征途去不休，隔河且喜近徐州。桑弧在道親岡念，萸酒爲觴客舍謀。古驛飯香南國稻，霜天衣冷故鄉秋。老夫合向今宵醉，花甲先君已一週。衡臣與予先後壬子。

謝庭子弟總翩翩，見汝還思湯餅年。爲喜向南霜亦煖，恰逢初度月新弦。燈來敢擇行廚飯，車動誰容戀枕眠。叢菊有花楓有葉，同時寂寞路塵邊。

贈劉伯顧

劉生年甫壯，豪氣應難除。屢換長途馬，惟乘半日車。耽眠嗔夙駕，大嚼得河魚。腹笥經書滿，高談下店初。

贈黄生

我客風塵久，於今羨爾能。物情隨地習，世法逐年增。減飯朝資藥，遲眠夜熄燈。百凡勞耐得，最苦是晨興。

酬張炳公

鄉里情從客路親，衣裘染盡軟紅塵。同時結伴憐予老，長是前驅作主人。

路旁石

一峰特秀當官道，過客誰爲賞鑒人。底事不同松竹伴，終年雜在馬牛塵。

贈楊中美道臺

使君駐節古鍾離，極目雲山馬去遲。霧淨正當初日上，霜嚴多賴煖風吹。鬱葱氣仗新朝護，清白聲從漢代貽。我逐征塵淮口過，無由挽轡寄相思。

送别楊中丞自皖移節之楚

杖鉞江城江正清，又移旌節向南荆。吏民戀切驚遷轉，吳楚情分見送迎。天柱碑懸空淚點，武昌櫂發有歌聲。北風不省人攀卧，直趁雲帆上水行。

餘年初謁戟門塵，軍吏驚看皂帽新。久識虚懷勤國士，何期破格禮遺民。縱談今昔都無諱，贈别文章祇任真。此去南樓風月好，應知常念老詩人。

贈别李屺瞻

聚首瀕江市，維舟欲雪天。淹留剛一月，悵望又三年。肯作歸山計，難求買藥錢。龍眠虚有約，何處訪神仙。

蹤跡何時定，聞君新有廬。尋師應就近，得地且安居。多病身曾健，燒丹術恐疏。湖南舟楫便，難逐武陵漁。鄂渚有懷

君方趨皖幕，吾正上燕臺。遠道傳相念，家書勸早回。屢承當事問，詎有可憐才。老友虚推奬，旌門爲我開。

中丞誠好士，忘分禮狂生。刺字牙門怪，談諧客座驚。祇成官長美，寧爲老夫榮。古道今行

少，於中見爾情。

贈陶廣文誕先

江邑多豪傑，逢君興已闌。潛身防薄俗，屈首就儒官。好客腸仍熱，開尊氣不寒。故鄉時載米，未覺酒錢難。

將入吳寄姜奉世昆仲

倦遊頭白日，今爲汗青趨。每作吳門客，偏親山左孤。論交前代事，尚志古人徒。即有校讎役，能邀一助無？

寄俞犀月

俞生逃世客，亦是俠腸人。壇坫爭推長，風懷豈似貧。酒逢高會勇，詩好老夫真。早晚花谿上，余到吳即寓花谿。休辭來往頻。

酬徐松之以百城煙水集見示

汲汲松陵叟，吟壇輿正長。飢寒餘腹笥，辛苦老名場。勝地搜難盡，佳篇見不忘。茫茫煙水願，頭白爲誰忙。

田間詩集卷二十八

客隱集 己巳至庚午

夏五月夜泊聚寶門

欲投南郭宿，稍趁晚風涼。入港催收柁，穿橋早仆檣。樹陰聯岸合，燈影挂波長。不見長干塔，眊昏祇自傷。

六年不到此，風物益凋殘。隘纜添漁網，侵河置鴨闌。税嚴舟楫少，米賤客商難。老友復誰在，清宵獨坐歎。

潤州酬王太守个菴

京口潮平去鷁催，荷君念舊重遲回。爲尋萬竹留賓住，不放孤篷冒暑開。白首論交先世久，黄堂忘分吏人猜。停車滿院清風起，知是玄暉帶得來。

會食分班坐儼然，文貞公家食班坐，余嘗與焉。青箱再到感懷偏。歷官君已二千石，作客余更十六年。筋力未衰憐老友，神情宛在憶先賢。可知家世承清白，合飲江心第一泉。

過梁溪贈嵇爾遐

皖上相逢病起新，尊前片語覺情親。交遊熱處疑君冷，文字夸時怪我真。幕府爭從官能辟，研田翻救宦餘貧。平生知己恩難負，每訴滇雲泣故人。

梁溪耆舊早相推，頭白狂生冒暑來。地僻迂從鄰叟問，門閒閉爲野人開。僮奴解事邀新浴，老友聞招喜見陪。已命移舟東郭外，禁城留鑰莫教催。

吳門贈洪龍洲中丞初度

牙門上謁及嘉辰，千里歡騰慶祝頻。村塢炊煙今漸滿，閭閻俗尚半還淳。山頭霧淨清風埽，陌上青回夜雨新。自是政平多暇日，時開賓閣禮逍民。

東南開府鎮吳閶，天下儲需仰此方。國課報成原有額，朝廷蠲恤本非常。民情最慶能無事，吏道雖紛但舉綱。側耳農歌聲遍野，躋堂聊借爲稱觴。

送梁藥亭庶常假回嶺南

木天新貴舊狂生，乞假南還冒暑行。客路漫愁梅嶺熱，歸帆應俟曲江清。爲尋老友潛投刺，怕見時流罕入城。屈指回朝春未暮，故人書籍已初成。

夏六月蔡九霞招同張夏重梁藥亭候藥亭不至有作

易代忠襄第，雙扉處士廬。招尋惟老友，討論有殘書。客到炎蒸候，門開灑埽初。論交悲淡末，序齒盡周餘。遠寓欣鄰近，高朋悶舫居。夏重舉家栖於舟。解衣辭揖讓，繫艇上階除。也識應酬苦，猶憐禮法疏。梁生遲未到，酷日正驅車。

山左蔡生索題小影

紅樹參差江上村，新添沙觜長潮痕。漁人爭把漁竿出，空掩沙邊草屋門。

籜帽荷衣踞石磴，怪他稺子捧青編。横琴不奏松風好，借我山根作枕眠。

吴江晚歸寓齋口號

吴江逢急雨，昏黑獨行舟。牧馬歸都盡，蹋車聲已休。燈懸猜塔火，樹黑認城樓。好趁盤門進，婁門豈尚留。

寓花谿數過韓元少學士談讌是夕方虎至喜甚率爾成詩

古人稱勇退，所重盛壯年。聲名正赫奕，而乃耽林泉。我觀韓學士，抗志豈不然。得假不肯出，苦辭病未痊。所居瀕婁水，門繫往來船。家貧雅好客，我至輒登筵。往往序齒坐，愧居衆客先。君無多軒楹，疏豁堂西偏。架上何所有？熟讀書數編。庭前何所有？錦莧色初鮮。又復何所有？爲山石一卷。自矜尊有酒，勿問囊無錢。客至量必佳，觥籌次第傳。到我氣先奪，寬政爲少蠲。所以詘君召，欲赴屢遷延。今夕徐子至，巾車一何遄。徐子我别久，相見白滿顛。分手踰一紀，歲月良可憐。我老不足道，子貌大非前。有詞不盡吐，似以車未懸。出處各有故，豈盡處者賢。韓子上屢問，林卧那得堅。我亦望子出，但出勿留連。老夫幸不死，猶能待子還。再飲韓子酒，再值清秋天。許我醉紅裙，此約勿更愆。

花谿秋雨即事寄道積

平生耽筆研，終歲事討蒐。卷帙忽已積，散去誰爲留。東海兄與弟，自昔好闡幽。大聲呼同人，合力爲我謀。同人亦踴躍，致書南諸侯。所以垂八十，抱書來吳遊。諸侯頗好士，而我拙干求。兩月寓花谿，一刺不妄投。閉門加芟定，未敢倦即休。宵燈暈老眼，與兒同校讎。頭白不足惜，汗青非自由。常恐既始事，厥功無以收。起坐爲不寧，行吟草徑周。節候近重九，雨雜風颼颼。農人聽雨喜，羈人聽雨愁。昨暮御纖絺，今晨求敝裘。僮僕語深夜，所急衾與裯。還念西田莊，未必視此優。況有桂花開，香氣滿林浮。吾生一何有，所仗惟朋儔。晚交徐叔子，心許代我籌。雖未即周急，且以寬我憂。窮乏寧足計，吾事在千秋。

虎丘中秋前三日同汪異三唐鑄萬姜奉世作

勝友先期集，祠前候日斜。月惟知昔好，山轉覺今華。黃瓦停鑾殿，紅燈賣餅家。眼昏遊女過，借問可如花。

答異三問五十年前事

伊昔先朝盛，良宵兩度過。石寬人占早，月上客來多。笛響通場定，山空一妓歌。分班輪喝采，誰問夜如何。

輓王厚章

早歲去鄉里，栖栖老帝京。賣文初遇主，迫暮始成名。身世一朝盡，門閭幾日榮。春明分手日，于汝最傷情。

輓曾青藜

出都聞始至，相見已支離。遠道嗟余老，衰容爲爾危。未能資藥餌，深悔失扶持。有託言皆致，當歸勸已遲。計于遊粤失，訃到入吴知。祇憶窮途困，寧堪易簀悲。形骸累老友，un篋剩遺詩。病婦無聲泣，孤兒失父癡。交惟營寄廡，客或助朝炊。音問寧都斷，飢寒更仗誰。

花谿寄師魯

秋到花谿冷，相期伴我居。樹喧常過鼠，溪涸自生魚。往返頻移疾，淹留苦校書。都門家訊至，應問客何如。

題張穆之爲汪周士畫相馬圖歌

古來高士皆好馬，杜陵有句工摸寫。城隅晚涼看洗時，至今想見清風灑。支公故是學道人，偏愛神駿超凡塵。後代惟傳畫中馬，世上那得真騏驎。東莞張生擅絶技，尋常落筆皆匠意。爲君畫作衮塵圖，聊寓嘶風萬里志。謝氏寫真亦有師，爲曾波臣弟子。鬚眉顧盼奕神姿。注目草坡看作勢，坐待翻騰乍起時。汪君一生山水福，詩酒弟兄事事足。海内名宿遍知交，每逢憔悴情尤篤。知君好馬如好賢，不向天衢向草間。草間自好龍爲友，一上天衢只等閒。

汪晉賢小影索題

神清秋水玉爲姿，搖膝拈毫屬有思。卷軸不開琴不弄，閒階正好苦吟詩。

潘括蒼廣文三十初度爲賦思河墅篇寄蜀藻

河墅近接西龍眠，有翁擁膝鬚皓然。告餞酒盞不離手，況是西風紅葉天。晚來少子心篤愛，晨夕賴以安林泉。胡爲早歲服官職，縶身吴下廣文氈。吴下廣文居無屋，舉家飢待龍眠穀。上官手版謁無時，博士瘦羊苦不足。念翁與我誼氣深，常時埽榻留我宿。盤中往往故鄉味，猶出山厨翁旨蓄。九月晦日初度辰，含悽遠憶河墅親。詩成稿付門人寫，歲儉眉爲諸孫蹙。此日洒門延賀客，此時置酒約比鄰。屈指他鄉親戚聚，遥知上坐老詞人。

客潤州月華山道院登萬歲樓

月華嶺畔有丹丘，與客憑闌萬歲樓。北固山川朝暮見，南徐風物古今愁。潮來海色連青野，浪起江心指白頭。向晚茫茫何所見，依微一塔是揚州。

曉泊梁溪謁徐明府孝思

曙色初開古驛前，梁溪霜壓萬家煙。郵亭未覓居民擾，蜚蹕親知大令賢。乘月甫消京口酒，侵寒早問錫山泉。扁舟來去歌聲裏，那得鳴琴不繫船。

王个菴長君吉初索贈

文貞名德澤無窮，又見諸雛五色同。雅致總無華胄習，奇姿多出世家中。每逢故舊情偏戀，爲乞篇章速豈工。十七年前今太守，也曾催索老詩翁。

同孫赤厓夜集家宮聲宅

同人雅集禮堪删，老友追隨自一班。得伴不辭開甞飲，論文須趁罷官閒。名成大半無生計，病起經時有道顏。怪我八旬差健在，可知老健賴癡頑。

酬陶紫司見過

都門分手去，心急爲寧親。何意栖吳苑，居然見棘人。談深知有道，對久覺傷神。步屧無他往，偏尋老逸民。

韓慕廬席上酬狄立人孝廉

學士喜開尊，老狂占坐頻。大都仙作客，又見玉爲人。席上詩書氣，燈前冰雪神。衰年無飲量，不覺醉醪醇。

虎丘弔蔡忠襄公祠

死節先朝盛，疆場死更殊。臨危還掣肘，解任且捐軀。國事爭知去，臣心本自孤。往來祠廟近，一過一長吁。

同諸寓公守歲宋聲求宅上歸途口號

半年留滯客，除夜故人家。方味隨時備，賓筵取次加。量慳蒙恕酒，身倦且宜茶。勒馬臨階上，頻驚火樹花。

吳門燈夕即事 庚午

閶門燈不見，歸路與逢迎。巷咽邀紅粉，街長過綵棚。漫空妨月到，列挂礙車行。更說南巡日，遮天錦一城。

庚午初春姜奉世邀同汪巽三唐鑄萬往西山看梅夜宿光福

昨日山有信，遠近花且遍。良約亦已久，兹晨欣始踐。如何三四人，臨行一已倦。鑄萬與倦不行。小艇發胥門，逶迤繞芳甸。路指鄧尉村，處處花如霰。老樹臨溪流，亦或出深院。我從塵中來，疏枝已罕見。村人見者多，謂此不足羨。幽芳本寂寞，反爲俗所賤。明晨入山中，得毋眼苦眩。

出光福遇雨憩道傍蘭若雨止上馬駕山飯香岊菴晚登槎山小飲抵暮始回

侵晨雲不開，相期共緩步。我老命籃輿，出街已微雨。道傍有精廬，遊人早趨赴。林際相招呼，回車候雨住。小憩賈勇行，肯惜霑衣屨。遂上馬駕山，茫茫一騁顧。大地遍芳菲，不見所來路。平如朝嵐鋪，皓若夜雪曙。老夫眼迷離，花海洵非譬。此地舊稱花海。下山飯僧廚，談詩催我去。槎山去非遥，片石聊可踞。漫漫白無邊，不知目所寓。況復巖壑殊，高下同一素。暢哉呼酒飲，苦乏斟酌具。花下有人居，假借助我趣。把杯欲成吟，氣奪不能句。輿人頗解事，促歸日云暮。

次日由虎山橋泛舟出銅坑沿湖看花望驚魚磵至熨斗柄維舟小飲夜歸遇蔡九霞同至光福

山行觀已止，客興猶未足。今爲湖濱遊，更圖飽所欲。步出虎山橋，呼舟泛空淥。銅坑甫出湖，舟過香先馥。同遊怪舟遲，紛紛起從陸。而我獨不行，蕩漾沿湖曲。望見村際花，不見村中屋。高下同繽紛，遠近無斷續。人行亦有路，總被花枝覆。所以岸上人，不獲舟與逐。是日天氣佳，照耀湖光綠。未把一杯酒，且縱萬頃目。停舟熨斗柄，追尋來以促。盛誇驚魚磵，指我遙相矚。更擬石壁行，日落一何速。明當補兹遊，未敢辭僕僕。回舟遇中郎，相攜蕭寺宿。

次日遊玄墓迂道石壁午後過長圻嶺到聖恩寺

早發石壁輿，暮回湖上舟。今晨向玄墓，迂道爲此遊。石壁踞峰頂，屹峙太湖陬。天生一片石，削成牆四週。壯哉具區波，當門乃盡收。亦有花滿山，意不與花謀。下山復踰嶺，嶺路阻且修。嶺上見梵宇，丹堊空中浮。其下花爲田，寺在花上頭。山門古松樹，蒼蒼自爲儔。

殿上冶遊女，殿側老比丘。遊女入花去，爛熳花爲愁。誰知紅粉姿，奪此清芬幽。僧室茗碗陳，客意酒甌求。惜哉僧病酒，對酒不能疇。鴉啼人去盡，誰能獨久留。

酬異三

吳會論交地，汪生亦罕儔。不教時輩識，惟共野人遊。新句篇篇穩，春山處處搜。往還爲設榻，隨意即淹留。

酬范秋濤太史

齊門來往僻，喜近素心居。巷指先賢宅，謂長白先生。家藏歷代書。冷知交道重，靜與世情疏。置酒邀賓外，常時祇閉廬。

春遊雜詩 三月望後，汪異三招同姜奉世爲西山之遊

勝地昔淫祀，嬉遊競此晨。生涯停估販，風俗壞人民。一自妖神撤，湯中丞毀祠棄土偶湖中。空存野寺春。數聲啼鳥寂，回首憶中丞。上方寺。是日異三有事山下。

穿橋趨木瀆，轉棹隔橫塘。港涸舟難讓，村稀市益忙。雨聲遮酒店，人語閉漁航。到岸靈巖

近，鳴鐘在上方。雨宿木瀆

別山踰一紀，步屐較前難。説法僧初去，施錢客已闌。古泉仍汎濫，高柱半凋殘。爲取天平徑，琴臺對面看。靈巖寺從山後取路天平山至支硎。

路自靈巖下，同行伴莫分。春深啼鳥急，節至采茶勤。遊女去來讓，昏鐘遠近聞。天平闗上雨，不到范家墳。過天平嶺，嶺有石闗。

支硎開勝境，言自趙凡夫。爲舍僧徒住，常教士女趨。故山唯有墓，幽徑已成衢。千載稱高士，誰云身世孤。支硎山趙墓

合室栖山日，先朝全盛年。僧藏居士影，帖記買山錢。謏謏池邊樹，涓涓石上泉。往來閱遊女，藉草縱高眠。

忽有松間路，停車杖可拏。徑隨流水曲，籬讓古橋斜。爛熳風前蝶，朦朧霧裏花。庭梅陰滿院，客到已全遮。法螺菴

華山饒法護，吳下此招提。樓曠僧新置，殿虚佛別栖。聞苞春僧人望幸，虚佛殿以待。古碑深陷壁，殿四壁皆陷，字碑亦新置也。怪石漫鐫題。山下多奇石，皆比物題名其上。夾道松千樹，清風客滿攜。華山

兹山名自古，積石浩縱横。丈室容單住，同遊挽袂行。喜無紅粉到，還見白頭驚。欲問先賢墓，無人識姓名。天平山。郡志載錢公藻墓，迷不可見。

自慶八旬叟，能從二妙遊。扶持危下嶺，屈曲罷探幽。卧榻更相讓，籃輿不自謀。慚余詩思澀，無以謝林丘。

顧迂客俠君昆仲邀同周子潔朱望子諸君依園雅集

名園高會歷年開，曾失佳期此特來。甲子夏五月，見邀未赴。序齒俱爲前代客，論文欣把故人杯。肩隨周仲移時認，坐僭朱遊半日猜。兩姓弟兄存二子，周子佩、朱雲子皆老友。餘生留得共追陪。

得宋既庭廣文去年所寄書

江上分帆別，丁卯秋，别子江陰。吳門訊杳然。那期經歲字，翻自故山傳。經學存愚見，文章進老年。解人那可得，還是舊名賢。

客吳門聞龔千谷歿于白下愴今憶昔率爾述懷不自知其言之長也

於惟端毅公，風流海内被。吾兄名父子，家聲罔或墜。合門仗一身，如何中道棄。曾未二十年，遂哭君兩世。憶昔壬子冬，落拓走燕市。宗伯交未深，望門投以刺。其夜徐方虎，持我詩出視。宗伯乍覽之，欣賞發長喟：「安得斯人來，斯文足鼓吹。」有言適在都，公門必已至。

急索門籍觀，居然見名氏。門吏受人指，沮令勿登記。詰旦命吾兄，冒寒叩蕭寺。邀我就榻前，深談慰渴思。酬公詩四章，循環手不置。持入示諸姬，謂悉平生志。須臾沮者來，相見大慚愧。我故與詼諧，頗寓溫嶠智。留我東閣居，不問記室事。佳篇荷下詢，直言了無避。傾耳爲沉吟，良久嘆曰是。虛懷如有失，迺謂吾姑俟。以此日聚首，唱和無一字。把我一卷詩，疾病無時離。臨殁竟以殉，僮豎習所嗜。公病久不出，外廷微有議。便思請告歸，苦爲臣妾累。暇日與談經，爲晰系遁義。公志本勇決，毅然辭高位。疏上病益危，乃遭宵人詈。以此爲誤公，罔獻公子媢。惟兄達大體，媢兄兄轉恚。穀陽豎者流，安足當一誶。公起朏許歸，曠懷今始遂。漸欲遠佞人，默諭左右侍。行樂未及旬，溘然趺坐逝。恩禮全始終，舉朝爭歎異。可憐上卿家，身後一無備。匹馬遍通都，逢人爲涕泗。喪祭隨具舉，盡出交親饮。舊吏與門生，一一親含襚。兄子方南還，誰與共勞瘁。此事何足言，而兄心則識。兄初職司空，上知饒心計。特假楚疆節，南北驛兼治。鄂渚貽我書，掃榻日夕遲。知我好諍言，芻蕘庶有裨。我性本疏狂，所至動遭惎。門内同一家，不知謗所自。我耳若不朏，兄朏大駭異。謂此先子友，非與賓客類。彼固無所需，有需敢告匱。我朏兄斯語，已勝解推惠。久思湖南遊，壯遊良不易。同舟過洞庭，岳麓再霑醉。有詩三十首，壹皆兄所賜。甫返武昌舟，早策都門騎。朏兄遭詿誣，未審誰者祟。問訊不逢人，但知廣羅織。方切友生憂，詎信武昌潰。

軍書晝夜馳，官賊同兒戲。傷哉譏謗餘，復罹此顛躓。幸無職守羈，奉母脱危地。舉家踉蹌奔，皇問篋與笥。以是身蕭然，空舟如客寄。舟薄樅陽過，吾兒候江涘。念我家特貧，曾不少供餼。其秋我返里，何當執手慰。亹亹尺素書，遠自潯陽致。上言蘄水祠，磨碑待君誌。端穀名蹟多，蒐羅恐時觖。我惟紀所知，似得昔人意。會有汗青役，入吳自編次。文成播吳門，郵絶何從示。已詘楚案清，金陵駕且税。吾事行且畢，旦夕可把臂。詎期凶問傳，令我驚以悸。人生天地間，去來必有爲。如何英與華，乍吐旋已閟。觀子政事才，豈非今能吏。精神靡不周，盤錯見利器。門豈無雜賓，所親必正士。昔賢好客風，至今儼未替。世不見宗伯，見君庶其似。所以江漢間，益深往哲企。繼述本孝思，人徒仰俠氣。仕宦曾幾時，困頓旋以斃。己志既未伸，後必昌而熾。兒孫接踵起，況有弟也穉。我雖八十翁，及見箕裘嗣。撫棺欲一慟，金斗遠莫跂。古人戒越疆，洵由筋力敝。遙遙述此懷，俯仰無窮淚。

棟亭詩織造曹子清索題

丹山有文鳥，其鳴于高岡。梧桐得所栖，棟實以爲粻。棟實味良苦，不充腥穢腸。食之志高潔，超然千仞翔。昔賢典衮職，黼黻昭天章。杼柚盡樂業，筐篚勤輸將。愛兹嘉樹名，堅苦適其常。手植庭階前，聊以表清芳。德輝被南服，仁風至今揚。哲嗣紹厥美，文藻何煌煌。

重履先公任，感物情内傷。昔爲數寸萌，今已參天長。掇實咀且泣，有同丸膽嘗。益凜牀前誨，素絲節勿忘。乃知五色雛，其種必鳳皇。斯人本國瑞，斯樹亦家祥。枝條森官閣，蔽芾遍江鄉。所以都人士，賦頌相賡颺。孝思既以著，先德亦以彰。豈如南國詩，徒美召公棠。

送家禹銘入都

齊女門邊舟乍開，春風逐伴上燕臺。家聲共是錢王裔，世路爭需幕府才。合室長饑惟客恃，亡親未葬待遊回。同時好士人都去，欲爲遊揚書漫裁。

荷花蕩讌集酬徐大臨張日容金紹廷三子

六月荷花蕩，吳中此勝遊。籃輿邂野叟，畫舫集詞流。酒興同人勇，名心一老休。漫矜文字飲，歌管沸鄰舟。

月夜過太湖

湖水秋平浪不興，茫茫昏黑一帆凌。舟前忽訝峰堪辨，柁後旋驚月早升。近市無喧收客店，投帮有港宿漁燈。遥憐書局人初静，此際銜杯客散曾。

莫釐峰

洞庭東崎莫釐峰，絶頂還來八十翁。嶺勢下窺青斷續，波光遠逗碧玲瓏。詩才欲盡情難已，眼力雖衰望未窮。自幸吴中山覽遍，登臨多是謝公同。同遊爲徐健菴。

同姜奉世訪徐昭法上沙

文靖死國難，今且踰四紀。孝廉終身哀，遁跡絶城市。人尋不可見，只在此山裏。旌麾屢到門，堅卧門不啓。束帛雖戔戔，徒令草莽委。所需買畫錢，衣食道在此。四方饒購求，輔相賴賢子。玉樹一朝摧，筆墨復何恃。逢時本不祥，嘉物況易毁。勸君毋過傷，爾我皆暮齒。死者不可作，生者事未已。聞有遺腹兒，拭淚且歡喜。

自我入吴門，營營事梨棗。奄忽一年餘，今晨事始了。恰逢天氣佳，急問入山道。同行有姜子，叩門前爲導。手攜魚尺長，知是山中少。烹魚佐青蔬，脱粟同一飽。山中豈無人，如子特枯槁。勿復話疇昔，徒令傷懷抱。門外久不窺，門前委蔓草。今兹送我出，始見山色好。此别不足惜，所惜人俱老。努力加餐飯，作意辭煩惱。百年無幾時，孱軀且應保。

花谿七夕同果亭作

一卧花谿兩度秋，今年佳夕迥添愁。鍼傳樓上穿應巧，錦就天邊織未休。東觀校書移遠岫，綸扉去國阻扁舟。棣華兩地遥相望，我亦何情盼女牛。

酬西蜀唐鑄萬 晳山西長子令

早鬪吏蹟繼先臣，君先公前令吳江。自能鳴琴庽逸民。鄉國無家長作客，生涯有硯不言貧。文厪被看山誤，索醉惟知訪舊頻。痴絶損炊營廢圃，一錢都付種花人。

寄顧景范

東山書局集羣儒，念爾身衰道未孤。討論最詳前代事，精神多在職方圖。情于死友徵終始，家與貧交共有無。近説成編遭客毁，同人早爲别賢愚。

武塘哭魏子存回晚泊梵受菴感憶佷公因寄同塵禪師 師居隔城可見，不得晤語

禪扉水繞向城隅，來往維舟自鶴湖。領衆已非前法席，尋僧無復舊門徒。青氈共事人皆盡，

白社同參道亦孤。遥指梵居欣在望，末由親近漫招呼。

重九日周介凡邀同從孫菽𧰼飲菡怡閣閣在虎丘山後

虎丘山後宴遊稀，小院疏籬一徑微。佛塔當窗聽鐸語，漁檣近岸挂罾歸。僧辭受戒虛陪坐，閑算登高盡啓扉。正好巨觥看角量，催人歸棹雨霏霏。

蔡九霞同袁士旦見訪因邀過九霞齋頭小飲

寓僻秋聲早，披帷二仲來。爲憐孤館客，邀把論文杯。緩步高齋近，深談小雨催。蹣跚今始出，猶可杖藜回。

生輓醉死歌洪生丹霞索贈

吳下達人韓學士，得人飲酒即歡喜。家貧無日不開尊，勸客不醉不肯止。門下有客洪丹霞，酒行觴政紛相委。丹霞司令令無頗，于人常恕于己苛。滿斟更請移燈照，餘瀝還教受罰多。又好與人酣拇戰，輸家得酒如卷波。自説夜深酒腸大，已見燭下朱顏酡。即時醉死無不可，但要生前人輓我。輓歌聽罷倒便眠，劉郎有鍤何須荷。世上那肯埋醉人，伯倫此願終相左。

不如中山買來千日酒，死去千日仍出土。臨期攜酒上墳頭，扶君起坐爲君壽。所苦千日之内墳未開，學士獨坐空搔首。

過陳山農言别不值

燕市過從日，于今十九年。故人無不老，時事大非前。母節幽須闡，方書序未傳。相過不相值，此别意茫然。

吴門諸子餞别王氏歸田園

名園疑在小山阿，寓客臨行始一過。林壑百年松桂古，軒窗四面芰荷多。令嚴監席央紅袖，酒勇分班卷白波。醉後領巾爭乞句，枯腸其奈玉人何。

惠山秦氏園遇主人以新翁索詩

秦氏園林風物清，最憐繞院引泉行。平池森森來無際，曲磵淙淙去有聲。遊女過橋思避客，主人窥竹早知名。眼前詩料如何寫，好待溪窗枕上成。

梁谿秦留仙邀同嵇爾遐秦吉生嚴蓀友飲集

故人勝集晚秋天，高樹當門纜客船。一帶園廬連澤畔，同時耆舊聚尊前。名壇讌會悲先代，予癸未春，與諸子集君家，名皆宅上。仕路崎嶇怪早年。圖史滿牀花滿徑，何須更枕惠山泉。

過蕪關以酒六瓻見阻報税率成

新詩滿篋一帆回，剩得吳閶酒六醅。豈意過關須上税，好風偏教滯江隈。
一生觴詠在江湖，客路朋尊不用沽。今夜月明空對酒，官封官物得嘗無。
行年八十老煙波，酒興還輸詩興多。見説上關詩料免，官家關税豈爲苛。
爲愛吳中酒味醇，淺斟留待把杯頻。早知涓滴皆官物，悔不傾尊醉榜人。
舟過蕪關不放行，因攜斗酒阻歸程。多情轉怪韓元少，此是承君送酒情。

勞在兹見過索詩爲其親壽

吳閶西出一溪斜，白板雙扉處士家。合室生涯資筆墨，四時供給有煙霞。春晴燈燦千門月，雪霽梅鋪萬壑花。遥憶佳晨觴詠罷，白頭扶醉杖憑拏。

(皖)新登字 05 號

責任編輯・彭君華
裝幀設計・古　衆　王國亮
責任校對・龍山薇

安徽古籍叢書(第三輯)

錢澄之全集・田間詩集

[清]錢澄之 撰　諸偉奇 校點　孟醒仁 審訂

安徽省古籍整理出版規劃委員會
安徽古籍叢書編審委員會 編

黄山書社出版(合肥市金寨路381號)　新華書店經銷

合工大精密激光照排中心照排

合肥杏花印務股份有限公司印刷

開本:850×1168 1/32　印張:20　插頁:2　字數:300,000

1998 年 8 月第 1 版　1998 年 8 月第 1 次印刷

印數:0001—2000

ISBN7—80630—010—4/Z・40　定價:(精)31.35 圓　(軟精)27.85 圓

《安徽古籍叢書萃編》書目

定本莊子故
康輶紀行　東槎紀略
北山樓集
疑庵詩
方望溪遺集
識小録　寸陰叢録
東萊詩詞集
明太祖集
王侍郎奏議
朱楓林集
敬孚類稿
施愚山集（全四册）
吴敬梓吴烺詩文合集
張孝祥詞箋校
竇山公家議校注
翠微南征録北征録合集
阮大鋮戲曲四種
老子注三種

杜詩説
朱書集
論語解注合編
郭祥正集
皖人詩話八種
績學堂詩文鈔
唐詩評三種（上下）
鈍齋詩選
老子注譯
莊子詮詁
説文假借義證（全五册）
劉銘傳文集
包世臣全集（全三册）
田間易學
莊屈合詁
田間詩集
田間文集
古事比（上下）
安徽出土金文訂補

道聽途說
蘭茗館外史
青泥蓮花記
秋崖詩詞校注
舌華録
明語林
夜雨秋燈録（上下）
包拯集校注
毛詩後箋（上中下）
壹齋集（上下）
孟子講義
楊仁山全集
不得已（附二種）
歙事閒譚（上下）
惜抱軒詩集訓纂
張孝祥詩文集
吴汝綸全集（全六册）
青溪集
藏山閣集

田間詩學（上下）
俞正燮全集（全三册）
皖人戲曲選刊　鄭之珍卷
詠懷堂詩集
所知録
文選箋證（上下）
七頌堂集
程瑶田全集（全四册）